KB077249

캐롤

Carol

by Patricia Highsmith

First published in the United States in 1952 under the title 〈The Price of Salt〉
Revised edition with an afterword by the author
Copyright ⓒ 1984 by Clair Morgan
Copyright ⓒ 1933 by Diogenes Verlag AG Zürich
Korean Translation Copyright ⓒ 2016 by Openhouse for Publishers Co., Ltd.
All rights reserved.

The lyrics quoted on pages 209 and 212 are from the song Easy Living by Leo Robin
and Ralph Rainger.
Copyright ⓒ 1937 Famous Music Corporation,
Copyright renewed 1964 by Famous Music Corporation,
and are reprinted with their permission.

'The Love song of J. Alfred Prufrock' by T.S. Eliot, from Collected Poems 1909-1962
ⓒ Estate of T.S. Eliot and reprinted by permission of Faber and Faber Ltd.

This edition published with arrangement with Diogenes Verlag AG Zürich through
Shinwon Agency Co.

이 책의 한국어판 저작권은 신원 에이전시를 통해 저작권자와 독점 계약한
(주)오픈하우스포퍼블리셔스가 소유합니다. 신 저작권법에 의하여 한국 내에서 보호를 받는 저작물이므로
무단 전재와 무단 복제, 전자 출판 등을 금합니다.

에디션D 시리즈
09

캐롤

CAROL

———

퍼트리샤 하이스미스 지음 · 김미정 옮김

* 일러두기

1952년, 첫 출간 당시 이 책의 제목은 『소금의 값(The Price of Salt)』이었으나 1990년,
영국 블룸스버리 출판사와 새롭게 계약한 뒤 하이스미스가 처음부터 붙이고 싶었던 제목인
『캐롤(Carol)』로 바뀌었다. '옮긴이의 말(464p)'에 자세한 내용이 나와 있다.

에드나, 조디, 제프에게 바칩니다.

1부

점심시간이 되자 프랜켄버그 백화점 직원 식당은 발 디딜 틈이 없었다.

　　기다란 테이블에는 빈자리가 하나도 보이지 않았다. 계산대 옆에 세워 놓은 나무 울타리 뒤로 직원들이 속속 도착하여 순서를 기다렸다. 이미 식판을 든 직원들은 비집고 앉을 자리를 찾거나 누가 다 먹고 일어나는지 두리번거렸지만, 한 자리도 없었다. 액자 하나 걸리지 않은 식당에서 접시가 부딪히고 의자가 끌리며 와자지껄한 가운데 오가는 발걸음에 회전식 출입문이 삐거덕거렸다. 이 모든 게 단 하나의 초대형 기계가 내는 소음처럼 들렸다.

　　테레즈는 앞에 놓인 설탕통에 기댄 '프랜켄버그 백화점 사규집'을 들척이며 초조히 식사했다. 지난주 처음 연수 받으러 온 날 이미 이 두툼한 사규집을 훑어보았지만 달리 읽을거리가 없었다. 식사할 동안 집중할 데가 필요했기에 연휴 규정을 다시금 읽어 내려갔다. 프랜켄버그에서 15년을 근속

하면 3주간의 연휴가 주어진다. 오늘의 메뉴는 으깬 감자와 그레이비소스를 곁들인 회갈색 로스트비프. 옆에는 완두콩이 소복이 놓이고 홀스레디쉬가 종이 종지에 담겨 나왔다. 테레즈는 프랜켄버그 백화점에서 장장 15년을 근무하면 과연 어떨지 상상해보았지만 도저히 가늠할 수가 없었다. 25년 차가 되면 4주간 휴가를 갈 수 있다. 프랜켄버그 백화점은 직원용 여름 및 겨울 캠프를 운영했다. 아예 교회도 세워주지 그래, 직원 출산용 병원도 차리고, 테레즈는 생각했다. 백화점은 감옥처럼 체계적이었다. 테레즈는 이 사실이 소름 끼쳤다. 이제 자신도 여기 소속이 되었음을 실감했다.

사규집을 건성으로 넘기던 중 양쪽 면에 걸쳐 큼지막이 적힌 글귀가 눈에 들어왔다. "당신도 프랜켄버그의 일원입니까?"

테레즈는 식당을 가로질러 보이는 창문을 쳐다보며 생각을 애써 돌리려 했다. 리처드에게 크리스마스 선물로 삭스백화점에서 봤던 스웨터를 사줘야겠어. 검붉은 노르웨이 스웨터였는데 20달러 선에서 괜찮은 지갑을 찾지 못하면 그걸로 사야지. 다음 주 일요일에는 켈리네와 함께 웨스트포인트에 하키나 보러 갈까. 식당 건너편 초대형 사각 유리창이 몬드리안 작품처럼 보였다. 한쪽 구석으로 열린 작은 정사각형 창문 사이로 희끗한 하늘이 보였다. 새 한 마리 오가지 않았다. 백화점에서 올리는 연극 무대라면 어떤 세트를 만드는 게 좋을까? 생각이 도로 현실로 돌아왔다.

"그런데 말이야, 당신은 참 달라. 남들은 못해도 당신은 몇 주만 지나면 그곳에서 벗어날 수 있다고 굳게 믿는 것 같아." 리처드가 말했다. 리처드는 테레즈에게 내년 여름을 프랑스에서 보낼 수 있을 거라고, 아니 보내자고 했다. 그는 같이 가자고 했다. 사실 그를 따라가지 못할 이유가 하나도 없었다. 리처드의 친구 필 맥엘로이가 편지를 보냈다. 다음 달에 테레즈에게 연극판에 일자리를 마련해주겠다고 했다. 그녀는 필을 본 적은 없지만 일자리를 구해준다는 말이 미덥지 않았다. 9월부터 뉴욕을 이 잡듯 뒤지고 다녔다. 몇 번이고 돌아다녔지만 한 자리도 구하지 못했다. 한겨울에 대체 누가 일자리를 주겠는가? 그것도 이제 막 일을 배우기 시작한 초짜 무대 디자이너 견습생에게. 내년 여름에 리처드를 따라 유럽에 간다 해도 그와 함께 노천카페에 앉아 있다가 프로방스 아를을 거닐며 고흐가 그림을 그렸던 장소를 찾아다닌 후 어느 마을에 정착해 그림을 그리는 일 따위는 일어나지 않을 것이다. 요 며칠 백화점에서 근무해보니 그런 꿈은 더욱 요원해 보였다.

백화점 근무가 짜증스러운 데에는 다 이유가 있었다. 테레즈는 그 이유를 리처드에게 굳이 설명하지 않았다. 그녀가 떠올릴 수 있는 한 싫어하는 것들이 죄다 이곳에 응집되어 있었다. 의미 없이 움직이고 쓸데없는 잡일을 하다 보니 하고픈 일에서 점점 멀어졌다. 시재 점검, 소지품 검사, 출퇴근 기록기 등의 절차가 너무 복잡해서 직원들이 효율적으로 일할 수 없었다. 다들 누군가에게 영혼을 담보 잡힌 채 살아가는 것 같았다. 정반대 방향으로 가는 비행기에 올라탄 듯 저마다 일생 동안 품어야 할 의미와 사명, 사랑까지도 이곳에서는 절대로 표출할 수 없었다. 테이블이나 소파에 앉아 사람들이 나누는 대화가 떠올랐다. 숨이 끊겨 미동조차 없는 사물 위를 떠돌 듯 대화는 겉돌았다. 타인의 심금은 울려보지 못한 사람들. 남의 심금을 울려보겠다고 작정해도 얼굴에 가면을 뒤집어쓴 채 입으로 뻔하디 뻔한 말을 내뱉으니 누가 봐도 입발림이라고도 믿을 수 없을 지경이었다. 백화점에서 매일 똑같은 얼굴만 마주해야 한다는 사실에 외로움은 더해 갔다. 말을 걸 만한 사람이 아예 없는 건 아니지만 한 번도 말을 걸지 않았고, 걸 수도 없었다. 차라리 오다가다 버스에서 딱 한 번 보고 영영 스치는 사람들이라면 말이라도 할 것 같았다.

테레즈는 매일 아침 지하에 있는 출퇴근 기록기 앞에 줄을 선 채 정직원과 계약직 직원을 무심히 눈으로 골라냈다. 내가 어쩌다 여기에서 이러고 있는 거지? 당연히 공고 때문이지. 하지만 그것으로는 이 운명을 설명할 수 없었다. 무대 디자이너가 될 수 없다면 앞으로 무슨 일을 하게 될까? 그녀의 인생은 갈팡질팡의 연속이었다. 이제 열아홉, 조바심이 났다.

"남들을 믿어라, 테레즈. 꼭 명심해." 얼리샤 수녀는 종종 이렇게 말했다. 그것도 꽤 자주 그랬다. 테레즈는 이 말을 애써 실천하려 했다.

"얼리샤 수녀님." 테레즈는 치아 사이로 바람이 섞여 나오는 이 발음이 좋아서 나지막이 읊었다.

식당 청년이 그녀가 앉은 테이블을 훔치자 테레즈는 포크를 집어 들고 도로 일어났다.

수녀의 얼굴이 보였다. 퀭한 얼굴이 햇살을 받자 분홍 돌멩이처럼 발그레해졌다. 푸르스름한 수녀복에 풀을 먹여 빳빳해진 가슴께가 일렁였다. 키 크고 마른 얼리샤 수녀가 하얀 테이블이 놓인 식당 한쪽 구석에서 돌아 나왔다. 수녀는 어디를 가든 작고 푸른 눈으로 여학생들 틈에서 테레즈를 쫓았다. 테레즈는 자신을 바라보는 수녀의 남다른 시선을 눈치챘다. 얇은 입술을 늘 일자로 앙다문 얼리샤 수녀는 초록색 뜨개 장갑을 종이에 싸서 웃음기 가신 얼굴로 건넸다. 테레즈의 여덟 번째 생일 선물로 아무 말 없이 불쑥 장갑을 내민 것이다. 그리고 그 일자 입술로 산수 시험에 꼭 통과하라고 말했다. 테레즈가 산수 시험에 통과한들 누가 신경이나 쓸까? 테레즈는 수녀가 캘리포니아로 떠나고 나서 몇 년이 지나도 그 장갑을 학교 사물함에 넣어 두었다. 하얀 종이가 삭은 천처럼 흐물흐물해졌지만 장갑을 끼지 않았다. 그러다 결국 작아서 끼지 못하게 되었다.

누군가 설탕통을 치우는 바람에 사규집이 쓰러졌다.

테레즈 맞은편으로 손이 보였다. 한 여자가 늙고 투박한 손으로 커피를 젓더니 손을 바들바들 떨면서 롤빵을 뚝 잘라 접시에 담긴 갈색 그레이비소스를 듬뿍 찍었다. 테레즈와 같은 메뉴였다. 양손은 모두 텄고 마디마디 가로진 주름살에 때가 끼었다. 오른손에는 청명한 녹색 보석 반지가, 왼손에는 결혼반지가 보였다. 손톱 끝에는 빨간 매니큐어를 바른 흔적이 남아 있었다. 테레즈는 여자가 포크로 강낭콩을 떠서 입으로 가져가는 모습까지만 보았다. 시선을 들어 건너편에 앉은 얼굴까지 따라 올라가지 않아도 어떻게 생겼는지 알 것 같았다. 프랜켄버그 백화점에서 일하는 50대 여직원들의 모습은 대체로 엇비슷했다. 얼굴은 피곤과 스트레스에 찌들고 안경 쓴 눈은 유달리 작거나 크게 왜곡되어 보였다. 양쪽 뺨에 얼룩덜룩하게 블러셔를 발라도 화사해 보이지 않는 안색. 테레즈는 쳐다볼 수 없었다.

"새로 오셨나 보네?" 소음을 뚫고 높고도 다정한 목소리가 또렷이 들렸다.

"네." 테레즈는 대답한 후 고개를 들었다. 아는 얼굴이었다. 누구나 그렇듯 피곤해 보였다. 테레즈는 이 여자가 2층에서 대리석 계단으로 천천히 내려오는 모습을 본 적이 있다. 오후 6시 30분, 백화점이 한산한 시각이었다. 여자는 두 손

을 넓은 대리석 난간에 대고 몸을 실어 무지외반증(엄지발가
락이 휘면서 돌출되는 중세—옮긴이)이 생긴 두 발을 바닥에서
떼고 미끄러져 내려왔다. 테레즈는 이런 생각이 들었다. 저
여자는 병들고 가난한 사람이 아니라 여기 직원일 거야.

"일은 잘 되어 가시나?"

앞에 앉은 여자가 테레즈를 보며 웃었다. 눈 밑과 입가
에도 주름이 자글자글했다. 반짝이는 눈에는 애정이 서려
있었다.

"일은 잘 되어 가냐고 물었우." 주변에서 말소리와 접시
소리가 크게 들리자 여자가 되물었다.

테레즈는 입술을 축였다. "네, 고맙습니다."

"여기는 마음에 들고?"

테레즈는 고개를 끄덕였다.

"다 드셨습니까?" 하얀 앞치마를 두른 청년이 여자의 접
시를 엄지로 다급히 쥐었다.

여자는 팔을 휘저으며 그 손 치우라는 제스처를 했다.
통조림 복숭아가 담긴 접시를 앞으로 당겼다. 작고 미끄덩거
리는 주황색 물고기처럼 복숭아가 숟가락에서 자꾸 빠져나
갔지만 결국 간신히 입에 넣을 수 있었다.

"나는 3층 스웨터 코너에서 일한다우. 뭐 궁금한 게 있
으면," 여자는 신경을 날카롭게 세우고 말했다. 누가 끼어
들기 전에 하고픈 말을 다 쏟아내려는 것 같았다. "아무 때

나 와서 물어보구려. 나는 로비체크, 루비 로비체크. 사번은 544번이고."

"정말 고맙습니다." 테레즈가 대답했다. 순간 이 못생긴 부인이 달리 보였다. 안경 너머 적갈색 눈동자에서 다정한 관심이 흘러나왔기 때문이다. 테레즈는 심장이 뛰기 시작했다. 이제 되살아난 것 같았다. 테레즈는 부인이 일어서는 모습을 지켜보았다. 짤따란 여자가 점점 멀어지더니 나무 울타리 뒤로 늘어선 사람들 틈으로 사라졌다.

테레즈는 로비체크를 찾아간 적은 없지만 매일 아침 8시 30분에 백화점 건물로 직원들이 속속 들어올 때마다 부인을 찾았다. 엘리베이터나 식당에서도 두리번거렸다. 부인을 다시는 만나지 못했지만 그래도 백화점에서 찾아볼 사람이 있다는 것만으로도 좋았다. 세상이 완전히 달라 보였다.

매일 아침, 7층으로 출근할 때마다 테레즈는 잠시 걸음을 멈추고 장난감 기차를 바라보았다. 기차는 엘리베이터 옆 테이블 위에 올라가 있었다. 장난감 코너 뒤편 바닥에 설치된 기차보다 크기도 작고 성능도 떨어졌지만, 작은 펌핑 피스톤은 큼지막한 장난감 기차에게서 찾아볼 수 없는 힘을 뿜어냈다. 타원형 트랙 위를 빙글빙글 돌며 분노와 좌절을 분출하는 모습에 테레즈는 시선을 뗄 수 없었다.

으아아악! 기차는 종이 찰흙으로 빚은 컴컴한 터널 속으로 들어가며 외쳤다. 으아아악! 터널을 빠져나올 때도 비명을 내질렀다.

아침에 엘리베이터에서 내려 출근할 때나 일을 마치고 저녁에 퇴근할 때도, 작은 기차는 시도 때도 없이 빙글빙글 질주했다. 기차는 작동 스위치를 켜는 누군가의 손을 저주하는 것 같았다. 앞코를 내밀며 커브를 돌 때, 직선 코스를 질주할 때, 기차는 광기 서린 폭군처럼 내달리지만 어디에도 가지 못하는 신세였다. 뒤에는 객차 세 량이 매달려 있는데 객차 창가에는 사내처럼 보이는 모형이 굳은 표정으로 앉아 있었다. 원목을 깎아 만든 목재와 가짜 석탄을 실은 열린 화물칸 두 량도 그 뒤를 따랐다. 맨 뒤에는 승무원용 차량이 끌려오다가 커브 길을 달릴 때면 날카로이 비명을 질렀다. 흡사 어미의 치맛자락을 붙들고 늘어지는 아이 같았다. 벗어날 수 없기에 미쳐버린, 이미 숨이 끊겼기에 지칠 수 없는 신세. 아무리 발이 잽싸도 센트럴 파크 동물원 우리 안에서만 맴도는 여우와 비슷한 처지였다.

오늘 아침, 테레즈는 기차로 향하는 시선을 서둘러 거두고 근무지인 인형 코너로 곧장 향했다.

9시 5분이 되자 넓디넓은 장난감 코너에 생기가 돌기 시작했다. 긴 테이블을 덮은 녹색 천이 걷혔다. 전동 장난감이 공중으로 공을 던졌다 받으며 작동하기 시작했다. 사격 코너에서는 총소리가 빵야 빵야 나면서 목표물이 빙글빙글 돌아갔다. 테이블 위에 차려진 헛간에 모인 동물들은 꽥꽥 꼬꼬

댁 시끄럽게 떠들었다. 테레즈 뒤쪽에서 드르르하는 소리가 들렸다. 커다란 강철 북을 맨 병정의 북소리였다. 병정은 호전적인 얼굴로 엘리베이터 앞에 서서 하루 종일 두드렸다. 그림과 공예품이 놓인 테이블은 채 마르지 않은 지점토 찰흙 냄새를 풍겼다. 이 냄새를 맡으니 어릴 적 학교 미술실과 지하실 창고가 떠올랐다. 듣자하니 누군가의 무덤이라고 했다. 어린 시절 테레즈는 철창 철문 사이에 코를 들이대고 킁킁거렸다.

인형 코너 매니저인 헨드릭슨 부인은 창고에서 인형을 꺼내어 유리 카운터 위에 두 다리를 벌려 앉히는 중이었다.

테레즈가 마투치 양에게 인사했다. 마투치는 카운터에서 시재금을 확인하느라 온통 정신이 팔려 고개만 꾸벅 숙였다. 테레즈도 자신의 시재금을 확인했다. 28달러 50센트. 시재금 내역표 겉봉에 금액을 적고 현금 출납기 속에 권별로 집어넣었다.

이제 첫 번째 손님이 등장했다. 엘리베이터에서 내리더니 잠시 멈칫했다. 사람들은 장난감 코너에 오면 늘 그렇게 당황한 표정을 지은 후 발걸음을 옮겼다.

"괜찮은 인형 있나요?" 어떤 손님이 테레즈에게 물었다.

"이거 맘에 드는데 노란색 옷 입은 걸로 주세요." 여자 손님이 인형을 테레즈 쪽으로 밀며 말했다. 테레즈는 몸을 돌려 손님이 원하는 인형을 창고에서 꺼내 왔다.

여자 손님의 입매와 뺨을 보니 테레즈는 어머니가 떠올랐다. 진분홍 블러셔가 발린 뺨에는 마맛자국이 살짝 패였고, 붉은 입술 양 옆에는 팔자주름이 자글자글했다.

"벳시윗시 인형은 크기가 죄다 이 정도인가요?"

판매 기술 따위는 필요 없었다. 사람들은 크리스마스 선물로 오로지 인형을 사주려 했다. 손님이 파란 눈 말고 갈색 눈을 가진 인형으로 달라고 하면 테레즈는 쭈그리고 앉아 상자를 뒤적이다 헨드릭슨 부인에게 열쇠로 쇼케이스 문을 열어달라고 하면 그만이었다. 그럴 때면 부인은 그 인형은 찾으나마나 재고가 없을 거라며 투덜거리면서도 문을 열어주었다. 테레즈는 카운터 뒤쪽으로 난 복도를 옆걸음질 쳐서 인형을 포장 코너에 맡겼다. 산처럼 쌓인 선물 상자가 자꾸 넘어지려 했다. 배송 담당 청년이 아무리 내어가도 상자는 늘어만 갔다. 원래는 산타 할아버지가 근사한 표정으로 더듬더듬 선물을 찾아 건네주는 것이 정석이다. 테레즈는 밍크와 세이블 모피 코트를 입고 온 여자들이 얼굴은 무표정해도 분칠 아래 감춰진 선한 마음은 분명 있을 거라 믿었다. 이들은 대개 도도한 태도로 가장 크고 비싼 인형을 대충 샀다. 비싼 인형은 머리칼도 인모고 옷도 갈아입힐 수 있다. 가난한 사람들은 좋은 마음으로 백화점에 와서 기다리다가 자기 차례가 되면 저 인형은 얼마냐고 소심히 물은 후 안타까운 표정으로 고개를 저으며 돌아섰다. 30센티미터짜리 인형은 13달러 50센트였다.

"이거 가져가세요. 정말 비싼 거지만 제가 그냥 드릴게요. 프랜켄버그 백화점에 왔다가 그냥 가실 수야 없죠." 테레즈는 그들에게 이렇게 말하고 싶었다.

그러나 싸구려 코트를 걸친 여자들과 낡은 머플러를 두른 남자들은 풀이 죽어 어깨를 떨구고 도로 엘리베이터로 향했다. 그들은 가다 말고 다른 쪽 카운터로 아쉬운 눈길을 보내며 자리를 떴다. 만일 손님이 와서 인형을 찾으면 그건 인형이 아니면 안 된다는 뜻이다. 인형은 뭔가 특별한 크리스마스 선물이었다. 좀 과장해서 말하면 갓난아이 다음으로 생기가 넘쳐흐르기 때문이다.

사실 아이들이 직접 오는 경우는 거의 없지만 간혹 한 명씩 보일 때도 있었다. 대개 남아가 아닌 여아였고 부모의 손을 꼭 붙들고 등장했다. 테레즈는 인내심을 가지고 아이가 좋아할 만한 인형을 보여주었다. 그러다 어떤 인형을 보여주는 순간, 드디어 아이의 표정이 변했다. 그동안의 시간이 바로 이 인형을 만나기 위함이었다는 듯 아이는 그 인형을 데리고 사라졌다.

어느 날 저녁 퇴근길이었다. 길 건너 커피와 도넛을 파는 가게에 앉아 있는 로비체크 부인이 테레즈의 시야에 들어왔다. 테레즈가 집에 가기 전에 종종 들러 커피 한잔 하던 곳이었다. 로비체크 부인은 가게 저 안쪽에 있는 길게 휜 높은 테이블 끝에 앉아 커피가 담긴 머그컵에 도넛을 적셔서 먹고 있었다.

테레즈는 커피와 도넛을 들고 바글바글 서 있는 여자들 틈을 비집고 그쪽까지 갔다. 로비체크 곁으로 가서 인사한 다음 커피가 유일한 목적이었다는 듯 몸을 돌려 높은 테이블에 앉았다.

"아, 안녕." 로비체크 부인의 시큰둥한 반응에 테레즈는 민망했다.

테레즈는 로비체크 부인 쪽으로 두 번 다시 고개를 돌리지 않았지만, 그럼에도 어깨는 서로 맞닿아 있었다. 테레즈가 커피를 반쯤 마셨을 때였다. 로비체크 부인이 퉁명스레 입을 열었다. "시영 지하철을 타러 가야 하는데 여기를 빠져나갈 수나 있을지 모르겠네." 부인의 목소리는 직원 식당에서와는 달리 쓸쓸했다. 이제야 부인이 난간을 붙들고 살살 미끄러져 내려가던 곱사등의 늙은 여자로 보였다.

"여기서 나가요, 우리." 테레즈가 힘차게 말했다.

테레즈는 길을 터서 문으로 갔다. 테레즈도 시영 지하철을 탄다. 두 사람은 지하철 입구에서 느릿느릿 이동하는 무리에 섞여 서서히 계단으로 빨려 내려갔다. 물 위에 둥둥 뜬 쓰레기가 수챗구멍으로 향하는 듯했다. 두 사람 다 내리는 역은 렉싱턴 가였다. 로비체크 부인은 3번가 동쪽과 맞닿은 55번가에 살았다. 테레즈는 저녁거리를 사러 가는 부인을 따라 조제 식품 판매점에 들어갔다. 테레즈도 저녁거리를 사려 했지만 로비체크 부인이 보고 있어서 사기가 뭐했다.

"집에 먹을 게 좀 있나보우?"

"그건 아닌데요, 전 나중에 살게요."

"그럼 우리 집에 가서 같이 먹어요. 아무도 없는데, 같이 가지." 로비체크 부인은 어깨를 으쓱했다. 미소를 짓느니 그쪽이 힘이 덜 들어 보였다.

정중히 거절해야겠다는 마음은 이내 사라졌다. "고맙습니다. 그럼 가요." 테레즈는 쇼케이스에 놓인 셀로판 비닐에 싸인 케이크를 보았다. 큼지막한 벽돌처럼 생겨서 위에 빨간 체리가 올라간 과일 케이크였다. 테레즈는 그걸 사서 부인에게 건넸다.

로비체크 부인의 집은 테레즈가 사는 곳과 비슷했다. 적갈색 사암으로만 마감되어서 그런지 훨씬 어둡고 우중충했다. 복도에는 빛이 전혀 들지 않았다. 로비체크 부인이 3층 복도에 서서 불을 켜자, 그제야 지저분한 집이 테레즈의 시야에 들어왔다. 부인의 방은 난장판이었다. 침대도 엉망이었다. 자고 일어나도 간밤의 피곤이 안 풀리나? 테레즈는 의아했다. 테레즈를 방 한가운데에 덩그러니 남겨두고 로비체크 부인은 발을 질질 끌며 테레즈가 건넨 봉지를 들고 작은 부엌으로 갔다. 이제 남들 눈을 신경 쓰지 않아도 되는 집에 왔으니 피로감을 있는 그대로 풀어헤치는 것 같았다.

테레즈는 어쩌다 이렇게 됐는지 전혀 기억할 수 없었다. 방금 전 나눈 대화도 생각나지 않았다. 사실 대화는 중요하지 않았다. 로비체크 부인은 테레즈를 놔두고 저리로 가더니 황홀경에 빠진 듯 갑자기 알아들을 수 없는 소리를 웅얼거리며 어수선한 침대 위에 대자로 누웠다. 계속 중얼거리며 미안한 듯 간신히 미소를 지었다. 똥배가 툭 튀어나온 짤막한 몸뚱이가 유난히 추해 보였다. 사과하듯 고개를 한쪽으로 삐딱하게 기울인 채 얌전히 테레즈를 쳐다보았지만 테레즈는 무슨 말인지 잘 들리지 않았다.

"전에 내가 퀸즈에서 드레스 숍을 했었우. 꽤 컸지." 로비체크 부인이 말했다. 테레즈는 그 말투에 자랑이 섞인 것을 감지하고 거부감이 일었지만 잠자코 듣기만 했다. "왜 있잖아. 허리에 V 자 장식이 달린 드레스, 앞에 작은 단추가 쪼르르 달리고. 한 3년, 5년 전 얘기지만." 로비체크 부인은 뻣뻣한 두 손을 허리춤에 쫙 펼치며 알 수 없는 동작을 취했다. 손이 작아서 복부를 절반도 가리지 못했다. 어두침침한 조명을 받으니 눈 밑이 시커멓게 그늘져 더 늙어 보였다. "다들 카트리나 드레스라고 불렀는데 혹시 들어봤우? 그거 내가 다 디자인한 거요. 다들 퀸스에 있는 우리 숍에 왔다니까. 얼마나 유명했는데, 그럼!"

로비체크 부인은 테이블을 지나 벽에 기댄 작은 트렁크를 향해 갔다. 구시렁거리며 트렁크를 열더니 그 안에서 짙고 두꺼운 드레스 여러 벌을 끄집어내 바닥에 널어놓았다. 그러고는 석류처럼 붉은 벨벳 드레스를 들어 올렸다. 깃은 하얗고 작고 흰 단추가 앞쪽에 일자로 조르르 달려 허리의 V 자장식까지 이어졌다.

"자, 봐. 드레스가 이렇게나 많다우. 이거 다 내가 만든 거야. 다른 숍에서 카피까지 했다고!" 붉은 드레스의 하얀 깃 위쪽을 턱으로 괴고 있으니 안 그래도 못생긴 로비체크 부인의 얼굴이 기괴하게 뒤틀렸다. "이게 맘에 들우? 내가 줄 테니 이쪽으로 와봐요. 와서 이거 한번 입어보구려."

테레즈는 한 벌 입어보고 싶다는 생각을 떨쳐냈다. 로비체크 부인이 다시 누워서 쉬었으면 좋겠다고 생각하면서도, 자유 의지는 전혀 없는 듯 순순히 일어나 부인 쪽으로 다가 갔다.

로비체크 부인은 검은 벨벳 드레스를 벌벌 떨리는 손으로 테레즈에게 집요하게 안겼다. 순간 테레즈는 부인이 백화점에서 어떻게 응대하는지 알 것 같았다. 사실 그렇게밖에 할 줄 모르기 때문에 부인은 손님에게 허둥지둥 스웨터를 떠안기는 것 같았다. 테레즈는 아까 부인이 프랭켄버그 백화점에서 일한 지 4년이 됐다고 한 말을 떠올렸다.

"녹색 드레스가 더 마음에 들우? 그럼 입어보든가." 순간, 테레즈는 머뭇거리다가 검은 드레스를 내려놓고 붉은 드레스를 골랐다. "이거 숍에서 아가씨 다섯 명한테 팔았던 건

데, 내가 하나 줄게. 재고긴 해도 아직도 꽤 세련됐다우. 이
게 더 마음에 들우?"

테레즈는 붉은색 드레스가 더 좋았다. 붉은색, 특히 석
류처럼 붉은 가닛 레드가 좋았다. 게다가 레드 벨벳도 마음
에 들었다. 로비체크 부인은 테레즈를 구석으로 몰더니 옷을
벗어서 암체어에 올려놓으라고 했다. 그런데 테레즈는 그 드
레스를 입고 싶지도, 받고 싶지도 않았다. 드레스를 보니 기
숙학교에서 옷을 물려 입던 시절이 떠올랐다. 부모 없는 여
학생들처럼 테레즈도 그렇게 옷을 물려받아 입는 게 실용적
이라고 다들 그랬다. 재학생의 절반은 고아였는데 이들은 외
부에서 소포 한 번 받아본 적이 없었다. 테레즈는 스웨터를
벗고 완전히 알몸이 되었다. 양손으로 팔뚝을 감싸 안았다.
살갗이 차갑고 무감각했다.

"내가 손바느질한 거요." 로비체크 부인은 자만심에 취
해서 떠들어댔다. "하루 종일 내가 어떻게 꿰맸는데! 여직원
이 넷이나 있었우. 그런데 시력이 나빠졌지 뭐야. 이쪽 눈은
거의 보이지 않고. 어서 입어 봐요." 부인은 테레즈에게 한쪽
눈을 수술 받은 얘기를 꺼냈다. 완전히 시력을 잃은 건 아니
고 미약하나마 시력이 남아 있다고, 그래도 굉장히 힘들었다
며 녹내장이라고 했다. 아직도 고생이라며 등도 아프고 발에
는 무지외반증이 생겼다고 했다.

부인은 자신이 어떻게 고생했고 어떤 굴곡을 겪었는지

줄줄이 늘어놓았다. 그 애길 들으니 테레즈는 부인이 어쩌다 백화점 판매 사원으로 전락하게 됐는지 이해가 되었다.

"잘 맞지?" 로비체크 부인이 자신만만하게 물었다.

테레즈는 옷장 문에 달린 거울을 들여다보았다. 작은 두상에 늘씬하고 마른 체구가 빚어낸 실루엣이 불타오르는 것 같았다. 샛노란 조명이 양쪽 붉은 어깨 장식 위로 쏟아졌다. 드레스는 수직으로 뚝 떨어져 발목까지 내려왔다. 동화책 속 여왕들이 입을 법한 드레스였다. 핏빛보다 더욱 붉었다. 테레즈는 한 걸음 물러나 넉넉한 품을 뒤에서 쥐었다. 가슴과 허리를 타이트하게 만든 후 적갈색 눈동자로 다시금 거울을 쳐다봤다. 자신과의 조우. 바로 테레즈 자신이었다. 체크무늬 스커트에 베이지색 스웨터를 입던 여학생이 아니었다. 프랜켄버그 백화점 인형 코너에서 일하는 여직원도 아니었다.

"맘에 들고?" 로비체크 부인이 물었다.

테레즈는 놀라우리만치 차분한 입술을 살폈다. 누군가와 키스를 나눈 듯 립스틱이 다 지워졌지만 입술선은 뚜렷했다. 테레즈는 거울 속 저 인물에게 입을 맞춰 살려 내고 싶었지만, 그녀는 그저 초상화처럼 미동도 없이 서 있었다.

"맘에 들면 가져가요." 로비체크 부인이 닦달했다. 백화점에 온 여자 손님들이 거울 앞에서 코트와 드레스를 입어보는 동안 탈의실 벽에 몸을 기댄 채 멀리서 쳐다보는 판매 사원 같았다.

테레즈는 이 모습이 영원할 수 없음을 알고 있었다. 돌아서는 순간, 이 모습은 사라질 것이다. 이 드레스를 갖는다 해도 이 모습은 없어질 것이다. 단지 순간일 뿐이다. 테레즈는 드레스를 받고 싶지 않았다. 옷장 속 다른 옷들 사이에 이 드레스가 걸린 모습을 상상하려 했지만 그림이 그려지지 않았다. 테레즈는 단추를 풀고 칼라 호크를 벗으려 했다.

"맘에 들우?" 로비체크가 자신 있게 물었다.

"네." 테레즈는 그렇다고 짧게 대답했다.

칼라 뒤쪽에 있는 호크가 풀리지 않았다. 로비체크 부인이 거드는데도 테레즈는 그새를 참지 못했다. 숨이 막힐 것 같았다. 대체 여기에서 뭐하는 거지? 어쩌다 이 드레스를 입고 있는 거냐고? 갑자기 로비체크 부인과 이 집이 악몽으로 다가왔다. 지금 꿈을 꾸는 것 같았다. 로비체크 부인은 이 감옥을 지키는 곱사등의 간수였고, 그녀는 이곳으로 끌려와 고문당하는 것 같았다.

"왜 그래? 어디 옷핀에 찔리기라도 했나?"

테레즈는 입을 열어 말하려 했지만 뭐라 해야 할지 정신이 아득했다. 정신이 저 멀리 달아나 버렸다. 저 멀리서 소용돌이가 일더니 어두침침하고 섬뜩한 방 안에 무대가 펼쳐졌다. 두 여인이 참담한 전장 안에 서 있는 듯했다. 달아난 정신은 소용돌이 안에 몸을 숨겼다. 그 안을 들여다보니 절망감이 보였다. 테레즈가 두려운 건 바로 절망감이었다. 백화점에서 일하는 로비체크 부인의 지친 몸이 뿜어내는 절망감. 트렁크 안에 잔뜩 쑤셔 넣은 드레스에서 흘러나오는 절망감. 로비체크의 못생긴 외모에 찌든 절망감. 삶의 마지막 순간까지 보잘것없는 처지일 수밖에 없는 부인의 절망감. 이뿐 아니었다. 테레즈의 절망감까지 보였다. 원하는 모습이 되어 원하는 직업을 갖고픈 테레즈의 절망감. 테레즈의 인생은 그저 일장춘몽일 뿐, 이게 진짜일까? 이런 두려운 절망감이 엄습하자 테레즈는 너무 늦기 전에 드레스를 벗어던지고 도망가고 싶었다. 온몸이 쇠사슬에 칭칭 감겨 붙들리기 전에.

어쩌면 이미 늦었을지 모른다. 악몽을 꾸듯 테레즈는 방 안에서 하얀 슬립만 걸친 채 몸을 파르르 떨며 움직이지 못했다.

"왜 그래, 추워? 여기 따뜻한데."

더웠다. 라디에이터가 씩씩거리는 소리를 냈다. 방에는 바늘 냄새와 퀴퀴한 노인네 냄새가 진동했다. 약 냄새는 물론 로비체크만의 독특한 금속성 체취까지 풍겼다. 테레즈는 스커트와 스웨터를 벗어 놓은 의자 위에 주저앉고 싶었다. 옷을 깔고 앉아도 상관없다. 대신 완전히 뻗으면 안 된다. 그랬다간 정신을 잃을 것이다. 그럼 쇠사슬에 묶인 채 곱사등의 간수와 같이 지내야 할 테니까.

테레즈의 몸이 부들부들 떨렸다. 갑자기 제어할 수 없었다. 공포심이나 피로감 때문이 아니라 오한이 들었다.

"좀 앉아봐요." 로비체크 부인의 목소리가 멀리서 들렸다. 놀랍게도 목소리에는 무관심과 짜증이 배어 있었다. 로비체크는 자기 방에서 여자들이 현기증으로 쓰러지는 일을 지겹도록 겪은 것 같았다. 저 멀리에서 부인이 꺼끌꺼끌한 손가락으로 테레즈의 팔뚝을 아래로 잡아끌었다.

테레즈는 의자에 앉지 않으려고 버텼다. 그러면서도 곧 주저앉게 될 것이며, 심지어 이끌리듯 앉으리라는 것도 알았다. 테레즈는 의자에 털썩 주저앉았다. 로비체크 부인이 스커트를 추켜올려주는 느낌이 들었지만, 스스로 몸을 움직일수 없었다. 비록 몸은 양쪽 팔걸이에 의지하고 있어도 정신은 여전히 또렷해 자유로이 사고할 수 있었다.

로비체크 부인이 말했다. "백화점에서 너무 오래 서 있어서 그러우. 크리스마스 시즌이라 요즘 힘들지. 벌써 넷이나 쓰러지던데. 자기 몸을 아끼는 법을 좀 배우라고."

계단 난간에 몸무게를 실어 조심조심 내려가는 일. 직원식당에서 식사하며 기력을 챙기는 일. 여직원 휴게실에 조르르 앉아 신발을 벗어 무지외반증에 걸린 발을 라디에이터 위에 올려놓는 일. 라디에이터 위에 신문지를 깔고 부산을 떨며 5분이라도 앉아 있는 일.

테레즈는 정신이 또렷했다. 너무나 또렷해서 놀라울 지경이었다. 눈앞에 펼쳐진 공간을 그저 바라보기만 할 뿐, 몸이 마음대로 움직이지 않았다.

"너무 진이 빠져서 그래." 로비체크 부인은 의자에 앉은 테레즈의 어깨 위에 모직 담요를 둘러주며 말했다. "좀 쉬라고. 하루 종일 서 있었고, 퇴근해서도 계속 서 있었잖우."

테레즈는 리처드가 읽어준 T.S. 엘리엇의 시 한 구절을 떠올렸다. '그건 내가 바란 게 아니었네. 전혀 아니었네.' 그녀는 이 말을 하고 싶었지만 입술을 옴짝달싹할 수 없었다. 앞에 선 로비체크 부인이 숟가락을 병에 대고 뭔가를 따르더니 입 안으로 밀어 넣었다. 테레즈는 독극물인지 의심조차 하지 않고 그것을 얌전히 삼켰다. 이제 입술이 조금 움직여지고 의자에서도 일어날 수 있을 것 같은데 몸이 말을 듣지 않았다. 결국 테레즈는 의자에 몸을 깊이 묻고 로비체크 부인이 덮어준 이불을 덮은 채 가만히 잠든 척했다. 테레즈는 곱사 여자가 방 안을 움직이며 테이블을 치운 다음 옷을 벗고 침대에 눕는 모습을 한참 지켜보았다. 로비체크 부인은 큼지막한 레이스 코르셋을 벗어던지고 어깨와 등을 가로지르는 속옷까지 벗었다. 테레즈는 두려움에 두 눈을 질끈 감았다. 침대 스프링이 삐거덕거리더니 그르렁그르렁 길게 숨을 내쉬는 소리가 들렸다. 로비체크 부인이 마침내 잠들었다는 신호였다. 그런데 그게 다가 아니었다. 부인은 손을 뻗어 알람시계를 잡고 태엽을 감았다. 그다음, 베개에서 머리를 떼지 않고 옆에 있는 원목 의자 위를 더듬거리며 시계를 도로 내려놓으려 했다. 어둠 속이었지만 테레즈는 부인이 팔을 네 번이나 들었다 놨다 한 끝에 의자 위에 시계를 내려놓는 모습을 보았다.

15분 후면 부인이 완전히 잠들겠지. 그럼 그때 나가야지.

테레즈는 너무나 노곤했기에 느닷없는 경련에 시달리지 않도록 조심했다. 그녀는 매일 밤 경련에 한참을 시달리다 간신히 잠이 들곤 했다. 오늘은 경련이 일지 않았다. 15분쯤 흐른 것 같았다. 테레즈는 옷을 입고 조용히 문을 빠져나왔다. 그저 문을 열고 도망쳤으니 어려울 것도 없었다. 쉽군, 테레즈는 생각했다. 진정으로 벗어나지 못했기에 쉬웠던 것이다.

"테레즈, 내가 일전에 말했던 필 맥엘로이라는 친구 기억하지? 증권회사 다녔던? 그 친구가 뉴욕에 왔는데 몇 주 후면 당신 일자리가 생길 거래."

"진짜? 어디래?"

"그리니치빌리지에 있는 극단인가 봐. 필이 오늘 저녁에 우리 보고 싶대. 내가 만나서 얘기해줄게. 한 20분 이따 보자. 지금 막 학교에서 나왔어."

테레즈는 계단을 세 개씩 성큼성큼 올라 방으로 갔다. 마침 세안하던 중이어서 얼굴에 묻혀 놓은 비누가 다 말라버렸다. 세면대 속에 있는 오렌지 타월을 내려다보았다.

"일자리라니!" 테레즈는 혼잣말을 했다. 마술 같은 단어였다.

테레즈는 옷을 갈아입고 리처드에게 생일 선물로 받은 성 크리스토퍼(그리스도교의 전설적 성인—옮긴이) 펜던트가 달린 짧은 은 체인 목걸이를 했다. 머리에 물을 살짝 발라 더욱 깔끔히 빗어 내렸다. 그리고 필 맥엘로이가 보여 달라고 하면 금방 꺼내 보일 수 있도록 간단히 그린 무대 스케치와 마분지로 만든 무대 모형을 옷장 속에 넣어두었다. "사실 제가 별로 경력이 없어서요."라고 말할 생각을 하니 초라한 기분이 들었다. 견습생으로 일한 경험도 전무했다. 딱 한 번 있긴 있었다. 뉴저지 주 몽클레어에서 이틀간 일하면서 만든 무대 모형이 아마추어 극단에게 최종 낙점된 적이 있었는데, 그것도 경력으로 친다면 말이다. 그녀는 뉴욕에서 무대 디자인 관련 코스를 2주간 수강했고 서적을 많이 읽었다. 필 맥엘로이는 아마 굉장히 치열하고 바쁘게 사는 청년일 테니 아무 이유 없이 그녀를 보러 오는 게 귀찮을지 모른다. 안타깝지만 결국 그 일을 못하게 되었다고 말할지도 모른다. 그래도 리처드가 선물한 목걸이를 하고 있으니 오롯이 혼자서 받을 충격보다는 크지 않을 것 같았다. 테레즈와 만난 이후 지금까지 리처드는 자의든 타의든 직장을 다섯 번 그만두었다. 새 일자리를 구하는 건 그에게 일도 아니었다. 테레즈는 한 달 전 펠리컨 프레스에서 해고를 당하자 징징거렸다. 출판사에서는 사전 통보를 전혀 해주지 않았다. 해고 사유는 그녀가 진행하던 리서치가 마무리되었기 때문이라고 했다. 누스밤 사장을 찾아가 왜 사전 통보를 해주지 않았느냐고 따지자 사장은 전혀 몰랐다는 듯, 아니 모른 척하며 그게 무슨 말이냐고 되물었다. "뭐, 사전 통보라니?" 그의 냉랭한 말투에 왈

칵 눈물을 쏟을까봐 테레즈는 사장실을 뛰쳐나왔다. 리처드는 가족과 같이 살아서 그런지 늘 어렵지 않게 기운을 차렸다. 게다가 돈도 수월히 모았다. 해군에서 2년간 복무하며 2천 달러를 모았고, 그 후 1년간 1천 달러를 더 모았다. 테레즈가 무대 디자이너 조합 준회원 가입비인 1천5백 달러를 모으려면 얼마나 걸려야 할까? 뉴욕에 산 2년 동안 모은 저축액은 고작 5백 달러였다.

"절 위해 기도해주소서." 테레즈는 책장 선반 위에 놓인 나무 성모상을 보며 말했다. 테레즈의 집에서 가장 아름다운 물건이었다. 나무 성모상은 뉴욕에 처음 왔던 그 달에 구입한 것이다. 옹색한 책장 말고 성모상을 둘 만한 괜찮은 장소가 이 집에 있다면 좋으련만. 책장이라고는 하나 사실 과일 나무 상자를 척척 쌓은 다음 벌겋게 페인트칠한 모양새였다. 그녀는 원목 책장을 하나 갖고 싶었다. 감촉이 좋고 왁스를 먹여 매끈한 책장이었으면 좋겠다.

조제 식품 판매점에 내려가 맥주 여섯 캔과 블루치즈를 사왔다. 그런데 집에 돌아와서야 그곳에 간 진짜 이유가 떠올랐다. 저녁에 먹을 고기를 사러 갔었던 것이다. 오늘 밤 리처드하고 집에서 저녁을 먹기로 했다. 그런데 계획을 수정해야 할 것 같았다. 리처드와 관련된 일이라면 제멋대로 계획을 변경하고 싶지 않기에 테레즈는 도로 내려가 고기를 사러 갈 참이었다. 그때 리처드가 길게 꾹 누르는 초인종 소리가 들렸다. 문 열림 단추를 눌렀다.

리처드가 웃으며 단숨에 계단을 뛰어 올라왔다. "필한 테 전화 왔어?"

"아니."

"잘 됐네, 그럼 지금 오고 있다는 소리야."

"언제?"

"몇 분 있으면 올 거야. 그리고 잠깐 있다 갈 거야."

"일자리 확실한 거 맞아?"

"필이 그렇다고 했어."

"무슨 연극이래?"

"모르겠어. 그냥 세트 담당이 필요하다고만 들었어. 당신이라고 못할 게 뭐야?" 리처드는 테레즈를 혼내듯 쳐다보았지만 웃고 있었다. "오늘 자기 근사한데. 긴장하지 마. 그리니치빌리지에 있는 작은 극단이라지. 아마 거기 있는 사람 다 긁어모아도 당신만한 사람 없을 거야."

리처드가 의자에 걸어 놓은 코트가 떨어지자 테레즈는 그걸 집어서 옷장에 걸었다. 코트 속에는 그가 미술학교에서 가져온 목판화 종이가 둘둘 말려 있었다. "오늘은 좀 괜찮았어?"

"그럭저럭. 오늘 집에서 작업하려고 가져왔어." 그는 무심히 말했다. "붉은 머리 모델이 왔는데 괜찮더라."

테레즈는 그의 스케치를 보고 싶지만, 리처드가 자기

그림이 부족하다고 생각할 것 같았다. 그녀의 침대 위에는 그가 초창기에 그린 파랗고 검은 등대 그림이 걸려 있었다. 리처드가 해군에 복무할 당시 그린 작품으로 그림을 막 시작했을 때였다. 그런데 아직까지 실력은 나아지지 않았다. 테레즈는 앞으로도 그대로일까봐 걱정이었다. 리처드는 황갈색 면바지를 입었는데 무릎께에 새로 묻은 목탄이 얼룩져 있었다. 검붉은 체크 셔츠 안에 셔츠를 겹쳐 입었다. 수사슴 가죽 모카신을 신은 발은 워낙 커서 거대한 곰발처럼 보였다. 그는 오히려 벌목하는 인부나 프로 운동선수에 가까워 보였다. 손에 붓을 든 것보다 도끼를 든 모습이 훨씬 잘 어울렸다. 테레즈는 그가 도끼를 든 모습을 본 적이 있었다. 브루클린에 있는 그의 집 뒤뜰에서 나무를 벨 때였다. 리처드는 그림 실력이 나아지고 있음을 가족에게 증명하지 못하면 내년 여름 아버지가 운영하는 액화 석유 가스 회사에 들어가 롱아일랜드에 지점을 내야 했다. 그게 아버지의 소원이었다.

"이번 주 토요일에 작업해야 해?" 테레즈는 일자리 문제로 예민해진 채 물었다.

"아니, 당신은?"

토요일 근무라는 사실이 방금 떠올랐다. "난 금요일에 오프야." 그녀는 체념하듯 말했다. "토요일은 오후 출근이고."

리처드가 웃었다. "이건 음모야." 그는 테레즈의 양손을 쥐고 팔을 자기 허리춤에 두른 채 방 안을 이리저리 돌아다 녔다. "그럼 일요일은 어때? 부모님이 저녁 먹으러 오라시는데. 잠깐 갔다 오자. 내가 트럭을 빌릴 테니 오후엔 그거 타고 드라이브하고."

"좋아." 테레즈는 좋다고 했다. 리처드도 그걸 좋아했다. 텅 빈 대형 가스탱크 트럭 앞자리에 앉아서 여기저기 쏘다니면 나비처럼 자유로움이 느껴졌다. 그녀는 리처드의 허리를 감은 손을 풀었다. 괜히 부끄럽고 바보 같은 기분이 들었다. 양팔로 리처드를 안으니 나무 기둥을 감싸고 선 느낌이었다. "오늘 스테이크 고기를 샀는데 백화점에서 도둑맞았어."

"도둑을 맞아? 어디서?"

"직원들이 가방 놓고 다니는 선반에 올려놓았거든. 크리스마스 시즌에 입사한 직원들은 정식 사물함이 없어." 지금은 웃으며 말하지만 오늘 오후에는 거의 울 뻔했다. 늑대. 늑대 무리 같았다. 핏물이 고인 고기 봉지를 훔쳐가다니. 그것도 먹을 거라고, 공짜라고. 그녀는 판매 사원들을 붙들고 혹시 봤냐고 물어보았지만 다들 못 봤다고 했다. "백화점에 고기를 가져오면 어떡합니까?" 헨드릭슨 부인이 씩씩거리며 말했다. 하지만 정육점이 오후 6시면 문을 닫는데 어쩌란 말인가.

리처드는 소파에 기대어 앉았다. 얄팍한 입술선이 한쪽으로 휘어졌다. 한쪽 입꼬리만 처져 있어서 도무지 표정을 읽을 수 없었다. 익살스러워 보이기도 하고 씁쓸해 보이기도 했다. 그의 푸른 눈동자에서도 뭐라고 딱히 꼬집어 말할 수 없는 모순이 느껴졌다. 멍해 보이기도 하고 솔직해 보이기도 했다. 그는 천천히 놀리듯 말했다. "그럼 분실물 센터에 내려가보지 그랬어? 쇠고기 500그램 잃어버렸다고. '미트볼'이라는 이름의 고기가 들어오면 알려달라고 그러지 그랬어."

테레즈는 웃으며 작은 주방 찬장을 살피며 말했다. "지금 농담이라고 하는 거지? 헨드릭슨 부인이 진짜로 분실물 센터에 가보라고 했어."

리처드는 폭소를 터뜨리며 일어섰다.

"집에 옥수수 통조림하고 샐러드용 양상추 있어. 빵하고 버터도 있고. 내가 나가서 냉동 폭찹이라도 사올까?"

리처드는 테레즈의 어깨 너머로 팔을 쭉 뻗어 찬장에서 호밀빵 한 덩어리를 꺼냈다. "이걸 지금 빵이라고 한 거야? 곰팡이가 슬었어. 이것 좀 봐. 개코 원숭이 엉덩이처럼 시퍼래. 빵을 사다 놓고 왜 안 먹어?"

"어두울 때 잘 보이라고 뒀지. 그런데 당신이 싫다니." 테레즈는 빵을 빼앗아 쓰레기통에 버렸다. "내가 이거 먹자고 한 거 아니야."

"그럼 무슨 빵 먹자고 한 건지 어디 보여줘봐."

냉장고 옆에 있는 초인종이 때마침 울렸다. 테레즈는 뛰어가 문 열림 단추를 눌렀다.

"왔다." 리처드가 말했다.

두 남자가 들어왔다. 리처드는 필 맥엘로이와 그의 형 대니를 소개했다. 필은 테레즈의 상상과는 딴판이었다. 그는 치열하거나 진중해 보이지도, 그리 똑똑해 보이지도 않았다. 그리고 서로 인사하는 동안 테레즈와 거의 눈을 마주치지 않았다.

대니가 코트를 벗어서 팔에 걸자 테레즈는 그것을 받아서 걸었다. 테레즈가 필의 코트를 걸어둘 빈 옷걸이를 찾지 못하자, 필은 코트를 벗더니 의자에 툭 던졌다. 코트 자락 절반이 바닥에 끌렸다. 낡고 지저분한 폴로 코트였다. 테레즈는 맥주와 치즈, 크래커를 내오면서 필과 리처드가 일자리 얘기를 하는지 한동안 귀를 쫑긋 세웠다. 두 사람은 작년 뉴욕 주 킹스턴에서 만난 이후 그동안 있었던 일들을 얘기했다. 리처드는 필이 웨이터로 일하던 길거리 식당의 벽화를 그리려고 작년 여름 2주간 킹스턴에서 일했었다.

"혹시 연극 일 하세요?" 그녀가 대니에게 물었다.

"아닙니다." 대니가 말했다. 그는 낯을 가리는 사람처럼 보였다. 혹은 따분해서 빨리 이 집을 나가고 싶어 하는 눈치였다. 대니는 필보다 나이가 많고 덩치도 더 컸다. 고동색 눈동자로 집 안 구석구석을 유심히 살폈다.

"다른 건 아직 정해지지 않았고 연출자와 배우 세 사람만 정해졌어." 필이 소파에 등을 기대며 리처드에게 말했다. "필라델피아에서 같이 일했던 동료가 이번에 연출을 맡았어. 이름은 레이먼드 코르테스. 제가 추천하면 쉽게 들어가실 수 있어요." 그는 테레즈에게로 시선을 옮기며 말했다. "저는 그 작품에 둘째 형 역할로 출연하기로 했어요. 제목은 「스몰 레인」입니다."

"코미디인가요?" 테레즈가 물었다.

"코미디 맞아요. 3막짜리. 단독으로 세트 제작하신 적 있어요?"

"이번에 세트가 몇 개나 필요한 거야?" 테레즈가 물으려는 순간, 리처드가 먼저 물었다.

"최대 두 개. 어쩌면 하나로 갈지도 몰라. 조지아 홀로랜이 주인공이야. 지난 가을에 상연했던 사르트르(프랑스 철학자이자 극작가──옮긴이) 작품 봤어? 거기에 출연했던 배우지."

"조지아? 아참, 조지아하고 루디하고 대체 무슨 일이 있었던 거야?" 리처드가 웃으며 말했다.

실망스럽게도, 두 사람의 대화는 조지아와 루디에 이어 테레즈가 잘 모르는 다른 사람들 얘기로만 겉돌았다. 조지아라는 여자는 어쩌면 리처드 옛 애인일지도 몰라, 테레즈는 생각했다. 리처드가 전에 한 다섯 번 정도 얘기한 적이 있었다. 테레즈는 셀리아라는 이름은 들어봤지만 다른 사람들의 이름은 기억하지 못했다.

"직접 만드신 세트인가요?" 벽에 걸린 마분지 무대 모형

을 쳐다보며 대니가 물었다. 테레즈가 고개를 끄덕이자 대니
는 구경하려고 자리에서 일어났다.

이제 리처드와 필은 예전에 리처드에게 돈을 빌린 어떤
남자 얘기로 넘어갔다. 필은 어젯밤 산레모 바에서 그 남자
를 봤다고 했다. 긴 얼굴에 짧은 머리를 한 필을 보니 테레즈
는 엘 그레코(그리스계 스페인 화가—옮긴이)와 비슷하다는 느
낌을 받았다. 그의 형도 긴 얼굴에 짧은 머리를 했지만 미국
인디언이 연상되었다. 그런데 필의 말투를 들으니 엘 그레코
를 닮았다는 착각은 산산이 부서졌다. 그는 그리니치빌리지
에 있는 바에서 흔히 볼 수 있는 사람들처럼 말했다. 그곳 젊
은이들은 작가나 배우를 지망하며 대개 백수로 지냈다.

"정말 근사하군요." 대니는 벽에 매달린 작은 무대 모형
뒤쪽에서 살피며 말했다.

"이건 〈페트루슈카〉(스트라빈스키의 발레 작품—옮긴이)
무대예요. 사육제의 큰 시장이 나오는 막이요." 그녀는 대니
가 이 발레 작품을 아는지 궁금했다. 대니는 변호사나 의사
일지 모른다. 손가락 사이사이가 누런데 담배 얼룩은 아니었
다.

리처드가 출출하다고 하자 필도 배고파 죽겠다고 했다.
그럼에도 두 사람은 앞에 놓인 치즈를 건드리지도 않았다.

"이제 30분 됐다, 필." 대니가 재촉했다.

그리고 잠시 후 두 사람이 일어나 코트를 걸쳤다.

"뭐 좀 먹으러 가자, 테레즈. 2번가에 있는 체코 음식점 어때?" 리처드가 물었다.

"좋아." 테레즈는 좋은 척하며 대답했다. 그걸로 끝이었다. 아무것도 정해진 건 없었다. 가장 중요한 질문을 필에게 묻고 싶었지만 그러지 않았다.

일행은 위쪽이 아니라 아래쪽으로 걸어 내려갔다. 리처드는 필과 나란히 걷다가 이따금씩 힐끔거리며 테레즈가 잘 따라오는지 확인했다. 대니는 보도 연석이 나오면 그녀의 팔을 붙들고 미끄러운 도로를 건넜다. 바닥에는 눈도 얼음도 아닌 것이 여기저기 너저분하게 얼룩져 있었다. 3주 전 내린 눈의 흔적이었다.

"혹시 의사 선생님이신가요?" 테레즈가 물었다.

"물리학을 공부하고 있어요. 뉴욕대(NYU) 대학원생입니다." 대니는 테레즈를 보고 웃었지만 대화는 거기에서 한동안 끊겼다.

한참 후 대니가 다시 입을 열었다. "무대 디자이너 되기가 정말 힘들죠."

그녀는 고개를 끄덕였다. "꽤 힘들어요." 그녀는 그에게 혹시 원자폭탄과 관련된 연구를 하는지 물으려 했지만 묻지 못했다. 그가 그것을 하든 안 하든 대체 무슨 상관이람? "지금 저희가 어디로 가는지 혹시 아세요?" 테레즈가 물었다.

그가 활짝 웃자 하얀 치아가 드러났다. "그럼요, 지하철

타러요. 그런데 그전에 필이 뭐 좀 먹고 싶은가 봐요."

　네 사람은 3번가를 걸었다. 리처드는 필과 내년 여름에 갈 유럽 얘기를 나누고 있었다. 부속물처럼 리처드의 뒤를 쫄래쫄래 따라 걸으니 테레즈는 창피함에 가슴이 콩닥거렸다. 왜냐하면 필과 대니에겐 분명 그녀가 리처드의 연인으로 보일 테니 말이다. 테레즈와 리처드는 연인 사이가 아니었다. 리처드는 테레즈가 유럽에 같이 가리라고 기대하지도 않았다. 우린 참 이상한 관계야, 이런 관계를 대체 누가 믿어주겠어, 그녀는 생각했다. 뉴욕에 와서 보니 데이트 하는 사이라면 다들 한두 번씩은 잠자리를 했다. 리처드를 만나기 전에 만난 남자들—안젤로와 해리—은 테레즈가 그들과 잘 생각이 없다는 것을 알고 떠났다. 리처드를 만나온 지난 1년간 같이 자려고 서너 번 정도 시도했지만 결과는 실패였다. 리처드는 기다리겠다고 했다. 테레즈가 그를 더 많이 좋아할 때까지 기다리겠다는 의미였다. 리처드는 결혼하고 싶어 했다. 청혼한 여자는 테레즈가 처음이라고 했다. 테레즈는 둘이서 유럽으로 떠나기 전에 그가 다시 청혼하리라는 것을 알았지만, 결혼할 만큼 그를 사랑하지 않았다. 그럼에도 유럽 여행에 소요될 대부분의 경비를 그에게 받아 쓸 생각을 하다니 왠지 익숙한 죄책감에 시달렸다. 이어서 리처드의 어머니 셈코 부인의 모습이 떠올랐다. 부인은 웃으며 두 사람 사이를 인정하며 결혼을 허락했다. 테레즈는 자기도 모르게 고개를 저었다.

"왜 그러십니까?" 대니가 물었다.

"아무것도 아니에요."

"추우세요?"

"아뇨, 하나도 안 추워요."

대니는 그녀의 팔을 몸 쪽으로 바싹 당겼다. 테레즈는 추웠다. 처량했다. 리처드와의 관계가 굳건한 것도, 그렇다고 가볍지도 않았기 때문이다. 두 사람은 더 가까워지지 않으면서도 그저 바라만 보고 있었다. 그와 사랑에 빠진 건 아니었다. 이제 만난 지 열 달이 채 되지 않았다. 그와 사랑에 빠지는 건 불가능할 것 같았다. 그동안 만난 그 어떤 사람, 어떤 남자보다 리처드를 가장 많이 좋아하는 건 사실이었다. 가끔은 그와 사랑에 빠진 것 같은 기분이 들 때도 있었다. 아침에 눈을 뜬 후 천장을 멍하니 바라보면 문득 리처드가 떠올랐다. 테레즈가 애교를 떨면 리처드가 애정을 담아 환한 표정을 지어주는 모습. 잠에서 덜 깬 몽롱한 시간이 지금 몇 시인지, 오늘이 며칠인지, 오늘 해야 할 일이 뭔지, 인생에서 가장 소중한 것이 무엇인지에 대한 자각으로 점차 채워졌다. 그럼에도 이 감정은 연애 서적에서 말하는 내용과는 딴판이었다. 사랑은 축복 받은 광기라 했다. 사실 리처드도 축복 받은 광기를 보여주지 않았다.

"주소마다 죄다 생 제르맹 데 프레(프랑스 파리에서 가장 오래된 성당으로 데카르트가 잠들어 있다―옮긴이)가 붙어 있어!" 필은 손을 흔들며 소리쳤다. "유럽에 가기 전에 주소 알려줄게. 거기엔 얼마나 있을 거야?"

트럭이 덜컹거리며 지나갔다. 철컹거리는 체인 소리가 리처드의 대답을 삼키는 바람에 테레즈는 제대로 듣지 못했다. 필이 53번가 코너에 있는 라이커스라는 가게로 들어갔다.

"여기서 먹는 건 아니고 필이 잠깐 들르겠대." 리처드는 테레즈의 어깨를 감싸 안으며 안으로 들어갔다. "오늘 참 근사하다, 테레즈? 안 그래? 처음으로 제대로 된 일자리를 얻었잖아!"

리처드의 확언에 테레즈는 어쩌면 지금이 최고의 순간일 거라고 애써 믿으려 했다. 그런데도 리처드의 전화를 받은 직후 세면대에 놓인 오렌지 타월을 봤을 때 든 그런 확신이 다시금 들지 않았다. 그녀는 필 옆에 있는 스툴에 기대어 섰다. 리처드는 테레즈 옆에 서서 여전히 필과 떠들었다. 하얀 타일이 발린 벽으로 눈부시게 하얀 조명이 쏟아졌다. 바닥은 햇빛보다 더 밝았다. 이곳에서는 그림자가 보이지 않았다. 윤기 나는 필의 눈썹 숱까지 보였다. 대니는 표면이 거친 파이프를 그냥 들고만 있었다. 테레즈는 리처드의 손을 자세히 살폈다. 코트 밖으로 두 손이 축 늘어져 있었다. 민첩하고 키가 큰 체구와는 뭔가 어울리지 않는 듯한 느낌이 다시금 들었다. 손은 두툼, 아니 퉁퉁해 보였다. 소금통이나 여행 가방 손잡이를 잡으려는 듯이 두 손으로 허공을 더듬었다. 저 손으로 내 머리를 쓰다듬기도 했지, 테레즈는 생각했다. 손바닥은 소녀의 것처럼 아주 보드랍고 촉촉했다. 그는 손톱 정리하는 걸 잊어서 정장을 입었을 때 여러 번 난처한 상황에 처한 적이 있었다. 테레즈가 두어 번 잔소리한 적도 있었지만, 그래 봐야 리처드의 신경을 긁을 뿐임을 이제 깨달았다.

대니가 테레즈를 쳐다보고 있었다. 그의 자상한 시선이 테레즈에게 잠시 머물렀다. 테레즈는 시선을 내리깔았다. 바로 그때, 테레즈는 얼마 전 느꼈던 확신이 지금 다시 들지 않는 이유를 깨달았다. 필 맥엘로이의 추천으로는 일자리를 얻을 수 있을 것 같지 않아서였다.

"일자리 때문에 걱정하시나 봐요?" 대니가 옆에 서서 물었다.

"아뇨."

"걱정 마세요. 필이 몇 가지 귀띔해줄 거예요." 그는 파이프를 꺼내 입술 사이에 물었다. 그리고 무슨 말을 하려다가 고개를 돌렸다.

테레즈는 필과 리처드의 대화에 반쯤 귀를 기울였다. 두 사람은 선박 예약에 대한 얘기를 하는 중이었다.

대니가 말했다. "그건 그렇고, 블랙캣 극장이 제가 사는 모튼 가에서 두 블록 떨어진 곳에 있습니다. 필은 저와 같이 지내고 있고요. 언제 오셔서 점심이나 같이 하시죠."

"고맙습니다. 그럴게요." 그럴 일은 없겠지만 그래도 그렇게 청해주는 그가 고마웠다.

"어떻게 생각해, 테레즈?" 리처드가 물었다. "유럽에 가기엔 3월이면 너무 이르지 않나? 복잡한 관광 시즌에 가는 것보다 차라리 좀 일찍 가는 편이 나을 것 같은데."

"3월이면 좋지." 그녀가 말했다.

"못 갈 이유가 하나도 없어. 안 그래? 겨울 학기만 끝나면 상관없잖아."

"못 갈 이유가 없지." 말은 쉬웠다. 그렇게 믿는 것도, 그렇게 믿지 않는 것도 어려운 일은 아니었다. 만약 이 모든 게 사실이라면, 일자리가 진짜로 있다면, 연극이 흥행한다면, 테레즈는 적어도 성공 하나쯤은 거두고 프랑스로 갈 수 있을 것이다. 테레즈는 갑자기 손을 뻗어 리처드의 팔을 잡고 팔뚝을 쓸어내린 다음 손깍지를 꼈다. 리처드는 화들짝 놀라서 말을 하다 말고 입을 다물었다.

다음 날 오후, 테레즈는 필이 알려준 번호로 전화를 걸었다. 아주 야무질 것 같은 목소리의 여직원이 전화를 받았다. 코르테스 씨는 안 계시지만 필 맥엘로이를 통해서 테레즈의 얘기를 이미 들었다고 했다. 그 일자리는 그녀의 것이라며 12월 28일부터 주급 50달러에 일하라고 했다. 일을 시작하기 전에 와서 코르테스 씨를 만나도 좋지만 꼭 그럴 필요는 없다고 했다. 맥엘로이가 강력 추천을 했으니 그러지 않아도 된다고 했다.

테레즈는 필에게 감사의 말을 전하러 전화했지만 아무도 받지 않았다. 테레즈는 그에게 블랙캣 극장 측의 배려에 대해 편지를 썼다.

장난감 코너에서 가장 어린 관리자인 로버타 월스가 오전 근무 점검을 위해 정신없이 돌아다녔다. 그러다 걸음을 한참 멈추고 테레즈에게 나지막이 말했다. "오늘 여기에 있는 24달러 95센트짜리 인형 가방을 못 팔면 월요일에 가격 인하를 해야 합니다. 그럼 우리 백화점은 2달러씩 손해를 보겠죠!" 로버타는 카운터에 있는 갈색 보드지 재질의 인형 가방을 턱으로 가리킨 후 들고 있던 회색 상자를 마투치 여사의 손에 떠넘기고 바삐 자리를 떴다.

긴 복도를 따라 로버타가 지나가자 판매 여사원들이 비켜섰다. 로버타는 카운터를 이리저리 점검하고 7층을 구석구석 살피며 오전 9시부터 오후 6시까지 종횡무진했다. 테레즈는 로버타가 이번에 또다시 승진을 노리고 있다는 소리를 들었다. 로버타는 얼룩무늬 빨간 안경테를 쓰고, 여느 여사원들과는 달리 녹색 유니폼을 늘 팔꿈치까지 걷어붙였다. 테레즈는 로버타가 복도를 뛰어다니다가 헨드릭슨 부인을 불러 세워 손을 휘저으며 뭔가 지시하는 모습을 보았다. 헨드릭슨 부인은 알겠다며 고개를 끄덕였고 로버타는 다정히 어깨를 토닥였다. 테레즈는 그 모습에 약간 질투가 일었다. 사실 헨드릭슨 부인이 부러운 건 전혀 아니었다. 오히려 부인이 싫었다.

"혹시 천으로 된 울보 인형 있나요?"

테레즈는 그런 인형이 있는지 알지 못했지만 여자 손님은 프랜켄버그 백화점 광고에서 봤다며 분명히 있을 거라고 굳게 믿는 듯했다. 테레즈는 인형 상자를 하나 더 끌고 왔다. 여기에 마지막 희망을 걸었지만 역시 없었다.

"뭐 찾아요?" 산티니 양이 감기 걸린 목소리로 테레즈에게 물었다.

"천으로 만든 울보 인형이요." 테레즈가 대답했다. 요즘 들어 유달리 산티니 양이 테레즈에게 친절했다. 테레즈는 문득 도둑맞은 쇠고기를 떠올렸다. 그런데 산티니 양은 오늘은 눈썹을 올리고 붉은 아랫입술을 삐죽 내밀더니 어깨를 으쓱한 후 그냥 가버렸다.

"천으로 된 인형? 양 갈래 머리인 거요?" 이탈리아계로 호리호리한 마투치 양이 테레즈를 쳐다보며 물었다. 그녀는 화살코에 부스스한 머리를 하고 있었다. "지금 한 말 로버타가 들으면 큰일 나요." 마투치 양은 주위를 두리번거리며 말했다. "지금 한 말 아무한테도 들키지 마세요. 그 인형 지하에서 팔아요."

"아, 네." 백화점 위층 인형 코너와 지하 인형 코너는 지금 전쟁 중이다. 손님들이 백화점 7층에서 인형을 구입하도록 유도하는 것이 판매 전략이었다. 7층이 뭐든 더 비쌌다. 테레즈는 여자 손님에게 그 인형은 지하층에서 판다고 안내했다.

"오늘은 이것 좀 팔아봐요." 데이비스 양이 지나가면서 테레즈에게 말했다. 그녀는 붉은 매니큐어가 발린 손으로 케케묵은 인조 악어가죽 여행 가방을 두드렸다.

테레즈는 고개를 끄덕였다.

"다리에 힘이 있는 인형 있나요? 세울 수 있는 거요."

테레즈는 중년 여성을 바라보았다. 클러치를 끼고 어깨를 쫙 펴고 서 있었다. 카운터 너머로 흔히 볼 수 있는 얼굴과 달랐다. 표정은 온화했지만 마치 눈앞에 보이듯 원하는 물건을 정확히 요구했다.

"저건 내가 찾는 것보다 약간 커요." 테레즈가 인형을 보여주자 여자는 말했다. "미안하지만 이것보다 좀 더 작은 거 있나요?"

"잠시만요." 테레즈는 복도를 따라 내려갔다. 뒤에서 여자가 따라오는 게 확실했다. 손에는 클러치를 들고 카운터에 바글바글 모여 있는 손님들 무리를 크게 돌았다. 테레즈가 인형을 가지고 돌아올 수고를 덜어주려는 듯했다. 테레즈는 기꺼이 수고해주고 싶었다. 저 여인이 원하는 인형을 제대로 찾아주고 싶었다. 그러나 두 번째로 보여준 인형도 그녀가 찾는 것과 달랐다. 이번엔 인모가 아니었다. 테레즈는 다른 곳을 뒤져서 똑같이 생긴 대신 인모가 달린 인형을 찾았다. 테레즈는 새 상자에 종이를 새로 깔고 안에 인형을 뉘였다.

"바로 이거예요." 여자가 다시 말했다. "호주에 사는 친구가 간호사인데 이 인형을 그리로 보내려고요. 저랑 간호학교를 같이 다닌 친구거든요. 우리가 입던 간호사복을 작게 만들어서 애한테 입힐 거예요. 정말 고맙습니다. 크리스마스 잘 보내세요!"

"즐거운 크리스마스 보내세요." 테레즈가 웃으며 말했다. 처음으로 손님에게서 크리스마스를 잘 보내라는 인사를 받았다.

"여태 한숨 돌리는 겁니까, 벨리벳 양?" 헨드릭슨 부인이 다그치듯 앙칼지게 물었다.

테레즈는 한숨 돌릴 틈이 없었다. 지갑과 소설책을 포장대 카운터 아래 선반에 넣어 두긴 했다. 제임스 조이스(아일랜드 작가―옮긴이)의 『젊은 예술가의 초상』이었다. 리처드는 제발 이 책 좀 읽어보라고 했다. "어떻게 조이스 작품을 하나도 안 읽고서 거투르드 스타인(미국의 여류 시인, 조이스와 불화를 겪음―옮긴이)을 읽을 수 있지?" 리처드는 도무지 모르겠다며 이렇게 말했다. 그녀는 리처드와 책 이야기를 할 때마다 위축되었다. 학창 시절, 도서관 선반에 꽂힌 책을 모두 훑어보긴 했지만 학교 도서관은 세인트 마거릿 교칙에 따라 정렬되어 있었을 뿐, 가톨릭의 가르침과는 거리가 멀었다. 그래서 그곳에 거투르드 스타인 같은 예상치 못한 작가들의 책이 끼어 있었음을 이제야 깨달았다.

상자를 잔뜩 실은 대형 배송 카트가 직원용 휴게실로 향하는 복도를 가로막고 있었다. 테레즈는 카트가 지나가기를 기다렸다.

"짧은 머리 아가씨!" 배송 카트를 옮기던 한 청년이 그녀를 보고 소리쳤다.

테레즈는 그가 거는 농에 슬쩍 미소 지었다. 지하층 휴대품 보관소로 내려오면 배송 팀은 테레즈를 보고 시도 때도 없이 '짧은 머리 아가씨'라고 불렀다.

"짧은 머리 아가씨, 나 기다리는 거예요?" 삐거덕대는 물품 카트 소리를 뚫고 걸걸한 목소리가 들렸다.

테레즈는 지나가다 말고 다가오는 배송 카트를 비켜섰다. 그 위에는 배송 담당 직원이 올라타 있었다.

"여기 금연 구역입니다!" 마치 상사가 으르렁대듯 어떤 사내가 외쳤다. 테레즈 앞쪽에 있던 여직원들은 담배 연기를 허공에 내뿜다 말고 이구동성으로 투덜거리며 여자 화장실을 피난처 삼아 몸을 숨겼다. "자기가 뭔데, 프랜켄버그 사장이라도 되나?"

"유후! 짧은 머리!"

"나 지금 시간 있는데!"

배송 카트가 테레즈 앞을 미끄러지며 지나가는 순간, 테레즈의 한쪽 다리가 철제 카트 모서리에 긁혔다. 그녀는 내려다보지 않고 앞만 보고 걸었다. 통증이 은근히 퍼져 나갔다. 테레즈는 여직원들이 떠들고 소독약 냄새가 진동하는 혼돈 속으로 합류했다. 피가 타고 내려 신발까지 적셨다. 스타킹은 구멍 나 갈기갈기 찢겼다. 테레즈는 찢겨져 들린 살가죽을 제자리에 덮었다. 어지러워 벽에 몸을 기댄 채 수도꼭지로 손을 뻗었다. 그 상태로 잠시 가만히 있으면서 거울 속 여직원들의 정신없는 수다에 귀를 기울였다. 휴지에 물을 묻혀 스타킹에 묻은 핏자국을 지우려고 꾹꾹 눌렀지만 피는 계속 흘러내렸다.

"괜찮아요, 고맙습니다." 테레즈가 그녀의 상처를 잠시 굽어보는 여직원에게 이렇게 말했다. 여직원은 자리를 떴다.

결국 마지막 방법밖에 남지 않았다. 테레즈는 자판기에서 생리대를 산 다음, 생리대 속에 든 솜을 뜯어서 다리에 대고 거즈로 묶었다. 이제 카운터로 돌아가야 할 시간이다.

두 사람의 시선이 동시에 맞닿았다. 테레즈는 상자를 열다가 고개를 들었고, 때마침 여인도 고개를 돌리는 순간 두 시선이 부딪쳤다. 여인은 늘씬한 몸매에 금발이었으며 넉넉한 모피 코트를 걸친 모습이 우아했다. 한 손을 허리에 대고 있어서 모피 코트 앞섶이 벌어졌다. 눈동자는 회색으로 무채색이나 불꽃이 일듯 강렬했다. 눈동자에 붙들린 테레즈는 시선을 피할 수 없었다. 앞에 있는 손님이 재차 묻는 소리가 들렸지만 테레즈는 가만히 선 채 벙어리가 되었다. 여인은 딴데 정신이 팔린 표정으로 테레즈를 쳐다보았다. 백화점에서 사야 할 물건이 머릿속 절반을 차지한 것 같았다. 주변에는 판매 여직원이 한둘이 아니었지만, 테레즈는 저 여인이 분명 자기에게 올 것임을 직감했다. 여인이 서서히 카운터로 다가오는 모습이 보였다. 테레즈의 심장은 멈춰 섰던 순간을 만회하려는 듯 쿵쾅거렸다. 여인이 점점 다가오자 테레즈의 얼굴이 붉어졌다.

"저 인형 가방 좀 볼 수 있을까요?" 여인이 물으며 카운터에 몸을 기댔다. 여인은 유리 진열장 상판 유리를 통해 아래를 내려다보았다.

망가진 인형 가방이 아래쪽에 보였다. 테레즈는 몸을 돌려서 잔뜩 쌓인 상자 중에서 맨 밑에서 미개봉 상자를 끄집어냈다. 테레즈가 일어서자 여인은 차분한 회색 눈동자를 그녀에게 맞추고 있었다. 테레즈는 표정을 감출 수도, 고개를 돌릴 수도 없었다.

"저게 마음에 드는데, 저건 없나요?" 여인은 테레즈 뒤편 쇼윈도에 전시된 갈색 인형 가방을 향해 고갯짓을 했다.

그녀는 눈썹까지 금발이었고 이마가 봉긋했다. 입매도 눈매만큼 야무지네, 테레즈는 생각했다. 그녀의 목소리는 입고 있는 모피 코트처럼 부드럽고 나긋나긋했다. 그러면서도 뭔가 비밀이 가득할 것 같았다.

"있습니다." 테레즈가 말했다.

테레즈는 열쇠를 가지러 창고로 들어갔다. 열쇠는 문 안쪽에 박힌 못에 걸려 있지만 헨드릭슨 부인 말고는 아무도 건드리면 안 된다.

데이비스 양이 보고 놀라서 한마디 했지만, 테레즈는 "열쇠 좀 쓸게요."라고 말한 후 도로 나갔다.

테레즈는 쇼윈도를 열고 인형 가방을 꺼내서 카운터에 올려놓았다.

"전시 상품으로 가져가야 하나요?" 여인은 다 이해한다는 듯 웃으며 말했다. 양쪽 팔꿈치를 카운터에 세우고 편안히 말하며 인형 가방 안을 구경했다. "이걸 받고 화내진 않겠죠?"

"별 상관없을 겁니다." 테레즈가 말했다.

"그럼, 이걸로 할게요. 배송 후 현금 결제로 하겠어요. 이 옷들은 뭐죠? 이것도 같이 딸려 오는 건가요?"

비닐 포장지에 싸여 가격표가 달린 옷이 인형 가방 안쪽에 들어 있었다. 테레즈는 설명했다. "아니요, 그건 별도입니다. 인형 옷을 사시려면 차라리 저쪽 복도 건너편 인형 코너로 가세요. 이건 그것보다 별로예요."

"그렇군요! 그럼 크리스마스 전에 뉴저지로 배달되는 거죠?"

"그럼요, 월요일에 들어갑니다." 만약 그때까지 도착하지 않으면 테레즈는 직접 배달 갈 생각을 했다.

"제 이름은 H. F. 에어드 부인이에요." 여인은 부드럽고 또렷한 목소리로 말했다. 테레즈는 녹색 배송 접수증에 이름을 꾹꾹 눌러 적었다.

이름, 주소, 동네명이 연필심 끝에서 모습을 드러냈다. 절대로 잊지 못할 비밀처럼 테레즈의 기억 속에서 영원히 아로새겨졌다.

"착오가 있으면 안 돼요, 아셨죠?"

테레즈는 여인의 향수를 처음으로 느꼈다. 테레즈는 대답 대신 고개를 끄덕였다. 테레즈는 배송 접수증을 내려다보았다. 필요한 숫자를 열심히 적으며 여인이 말미에 이렇게 말해주기를 간절히 애원했다. "나 만나니 정말 좋죠? 그럼 우리 언제 다시 만날까요? 오늘 점심 어때요?"라고. 여인의 목소리가 상당히 쾌활해서 이렇게 툭 말을 건넬지도 모른다. 그러나 여인은 '아셨죠?'라는 말 뒤에 아무 말도 덧붙이지 않았다. 테레즈는 자신이 크리스마스 시즌에 고용된 미숙하고 실수 잘하는 신입 판매 사원으로 비추었을 생각을 하니 그 무엇으로도 부끄러움이 가시지 않았다. 종이를 내밀어 서명을 받았다.

이제 여인은 카운터에서 장갑을 집어 들더니 몸을 돌려 천천히 사라졌다. 테레즈는 점점 멀어지는 여인을 바라보았다. 모피 코트 아래로 드러난 발목은 하얗고 가늘었다. 굽이 높고 무늬 없는 검은 스웨이드 구두를 신었다.

"후불 현금 결제 건입니까?"

테레즈는 헨드릭슨 부인의 추하고 무표정한 얼굴을 쳐다보았다. "네, 부인."

"맨 윗장을 손님한테 드려야 하는 거 몰랐어요? 이게 없으면 배송 받을 때 손님이 뭘로 구입을 증명하겠어요? 손님 어디 계시죠? 따라가서 잡을 수 있어요?"

"네." 여인은 3미터 떨어진 복도 건너편 인형 옷 카운터에 있었다. 테레즈는 녹색 용지를 손에 쥐고 잠시 망설이다가 카운터를 돌아 나와 힘차게 걸어갔다. 순간, 테레즈는 자신의 행색이 부끄러웠다. 낡은 남색 스커트에 면 블라우스를 입고 남 보기 민망한 플랫 슈즈를 신었다. 남들 다 입는 녹색 유니폼조차 지급 받지 못했다. 게다가 대충 두른 추한 거즈 바깥으로 피가 다시 배어 나왔을 것이다.

"이거 가져가셔야 합니다, 손님." 테레즈는 카운터 한쪽 끝에 손을 대고 그 옆에 옹색하게 용지를 내려놓은 다음 몸을 돌렸다.

테레즈는 다시 카운터로 돌아와 재고 상자를 쳐다보다

가 뭔가를 찾는 듯 정신없이 상자를 꺼냈다가 도로 집어넣었다. 여인이 저쪽 카운터에서 볼일을 다 보고 이제는 가버렸을 거라는 확신이 들 때까지 시간을 때웠다. 다시는 되돌릴 수 없는 시간처럼 흘러가는 순간순간을 의식했다. 다시는 돌이킬 수 없을 행복감. 마지막 순간 다시 못 볼 얼굴을 보려고 고개를 돌릴 수도 있었다. 그때 희미하게나마 또다시 느껴지는 게 있었다. 뭔가 다른 종류의 두려움이 밀려왔다. 카운터 앞에 선 나이 든 손님들이 집요하게 응대를 요구하며 테레즈를 불러 대고 있었다. 작은 기차가 낮게 신음하는 소리도 들렸다. 이렇게 폭풍처럼 밀려드는 소리가 그녀를 가두고 여인에게서 갈라놓았다.

마침내 테레즈가 고개를 돌렸다. 바로 그때, 회색 눈동자와 정면으로 마주쳤다. 여인이 그녀를 향해 걸어오고 있었다. 마치 시간을 되돌린 듯, 여인은 다시 카운터에 몸을 가볍게 기댄 채 인형을 가리키며 보여 달라고 했다.

테레즈는 인형을 집어서 유리 카운터 위에 앉혔다. 딸그락하는 소리가 났다. 여인이 테레즈를 쳐다보았다.

"깨지지는 않겠네요."

테레즈가 미소를 지었다.

"이것도 주세요." 여인은 조용하고 느릿느릿한 말투로 말했다. 순간 시끄러운 소용돌이 한복판에 침묵이 고였다. 여인은 다시 이름과 주소를 말했다. 테레즈는 그녀의 입술에서 천천히 흘러나오는 소리를 받아 적었다. 아직 제대로 외우지 못했다는 듯이. "크리스마스 전에 배송되는 거 확실하죠?"

"아무리 늦어도 월요일에는 들어갈 겁니다. 크리스마스 이틀 전까지는요."

"좋아요. 귀찮게 하려고 또 물어본 건 아니에요."

테레즈는 인형 상자를 끈으로 묶고 단단히 매듭을 지었다. 그런데 이상하게도 매듭이 풀렸다. "어머나." 테레즈는 부끄러운 나머지 변명할 거리가 없어서 여인이 보는 앞에서 다시금 매듭을 묶었다.

"힘든 일 하시네요."

"네." 테레즈는 후불 현금 결제 용지를 접어서 하얀 끈 사이에 끼워 넣고 핀으로 고정시켰다.

"자꾸 확인해서 미안했어요."

테레즈는 그녀를 응시했다. 어디선가 본 것 같은 감각이 되살아났다. 여인이 말하려는 순간 두 사람은 서로 웃음이 터졌다. 테레즈는 다 이해했다. "아닙니다. 그때까지는 확실히 배송될 거예요." 테레즈는 좀 전까지 여인이 서 있던 복도 건너편을 바라보았다. 저쪽 카운터 위에 작은 녹색 용지가 그대로 있었다. "저 용지 잘 보관하셔야 하는데요."

여인의 눈이 미소로 바뀌면서 무채색의 회색 눈동자가 반짝였다. 테레즈는 누구의 눈인지 거의, 아니 확실히 알 것 같았다. "저것 없이도 전에 물건 잘 받았어요. 난 저거 안 챙겨요." 여인은 고개를 숙이고 두 번째 배송 용지에 서명했다.

테레즈는 여인이 이리로 다가올 때처럼 서서히 멀어지는 모습을 바라보았다. 여인은 가다 말고 다른 카운터 쪽을 바라보며 검은 장갑을 두세 번 손바닥에 대고 툭툭 털었다. 그러고는 엘리베이터를 타고 사라졌다.

이제 테레즈는 다음 손님을 응대했다. 꿋꿋하게 인내심을 발휘하며 일했다. 떨리는 손으로 연필을 잡고 주소를 눌러 쓴 탓에 그다음 배송 용지까지 자국이 흐릿하게 남았다. 테레즈는 로건 씨의 사무실로 갔다. 몇 시간 지난 줄 알았는데 시계를 보니 고작 15분이 흘렀다. 이제 손을 씻고 점심을 먹을 시간이다. 회전식 타월 기계 앞에 손을 닦으며 뻣뻣이 서 있었다. 뭔가 허전한 느낌이 들었다. 어떤 사물이나 사람으로부터 완전히 고립된 기분이었다. 로건 씨는 크리스마스 이후에도 계속 근무할 생각이냐고 물었다. 아래층 화장품 코너에서 일할 수 있다고 했다. 테레즈는 거절했다.

오후 늦게 테레즈는 1층으로 내려가 백화점 카드 코너에서 카드를 샀다. 아주 예쁘진 않았지만 파란색과 금색이 섞여 깔끔했다. 테레즈는 카드 위에 펜을 든 채 침착히 서 있었다. 뭐라고 적을까. "정말 멋지신 분이에요."라거나 "사랑해요."라고 적을까. 결국 뻔하고 사무적인 문구를 적어 내려갔다.

프랜켄버그 백화점에서 감사 인사드립니다.

서명란에 서명 대신 사번을 적었다. 645-A. 그다음, 지
하 우체국으로 내려가서 카드를 들고 우체통 앞에서 멍하니
머뭇거렸다. 투입구에 절반쯤 카드를 밀어 넣다 말고 정신이
확 들었다. 앞으로 무슨 일이 벌어질까? 아무튼 며칠 후면
백화점을 그만둔다. H. F. 에어드 부인이 신경이나 쓰겠어?
금발 눈썹을 살짝 치켜들고 잠시 카드를 본 다음 잊어버리겠
지. 테레즈는 우체통에 카드를 떨구었다.

퇴근길에 무대 관련 아이디어가 떠올랐다. 무대가 될 집
안 인테리어를 구체적이면서도 전체적으로 잡을 수 있었다.
가운데에 소용돌이 계단을 세우고 양쪽 옆으로 방을 하나
씩 배치하는 거야. 테레즈는 그날 밤 마분지 무대 모형부터
만들고 싶었지만 연필 스케치만 간신히 끝냈다. 누군가 보고
싶었다. 리처드도, 잭도 아니었다. 아래층 앨리스 켈리도 아
니었다. 스텔라, 스텔라 오버튼이 보고 싶었다. 테레즈가 뉴
욕에 처음 왔을 때 몇 주간 알고 지낸 무대 디자이너였다. 예
전에 살던 아파트에서 이리로 이사 오기 전에 칵테일파티를
열었는데 그게 마지막이었다. 이제 스텔라와 연락이 끊겨서
그쪽에서는 테레즈가 어디 사는지 몰랐다. 테레즈는 복도에
있는 전화기 쪽으로 내려가고 있었다. 그때, 짧고 경쾌하게
벨이 울렸다. 테레즈를 찾는 전화가 왔다는 뜻이다.

"고맙습니다." 테레즈는 오즈본 부인을 향해 아래로 소리쳤다.

리처드는 주로 9시경에 전화했다. 내일 밤 영화를 보러 가자고 물었다. 서턴에서 상영하는데 아직 보지 못했다. 테레즈는 별다른 약속은 없지만 베개 커버를 완성해야 한다고 말했다. 앨리스 켈리가 내일 저녁 아래층에 내려와 재봉틀을 써도 좋다고 허락했기 때문이다. 게다가 머리도 감아야 했다.

"머리는 오늘 밤에 감고 내일 밤엔 나랑 만나." 리처드가 말했다.

"너무 늦었어. 머리 젖으면 잠 못 자."

"내가 내일 밤에 감겨 줄게. 욕조까지 쓸 필요는 없고 그냥 물 두 바가지만 있으면 되잖아."

테레즈는 웃었다. "안 그러는 편이 나을 것 같아." 리처드가 머리를 감겨주었을 때 테레즈는 욕조에 들어가 있었다. 리처드는 욕조 물이 꿀떡꿀떡 빨려 내려가는 소리를 흉내 냈다. 테레즈는 배를 잡고 웃다가 바닥에 미끄러져 넘어졌다.

"음, 그럼 토요일 아트 쇼는 어때? 토요일 오후에 시작이라는데."

"토요일은 밤 9시까지 근무야. 9시 반은 돼야 퇴근할 수 있어."

"이런, 그럼 내가 학교에 있다가 9시 반에 코너로 갈게.

44번가와 5번가가 만나는 코너, 알았지?"

"좋아."

"오늘 별일 없었어?"

"없었어. 당신은?"

"나도. 내일은 선박 예약 좀 알아보려고. 내일 밤에 다시 전화할게."

결국 테레즈는 스텔라에게 전화하지 않았다.

내일은 금요일이었다. 크리스마스를 앞둔 마지막 금요일. 프랜켄버그 백화점에서 근무하면서 금요일이 가장 바쁘다는 건 알았다. 그런데도 다들 내일이 최악일 거라 했다. 손님들이 유리 카운터를 향해 미친 듯이 밀려왔다. 테레즈가 응대를 시작하자 손님들은 이리저리 휩쓸리며 끈적이는 물살처럼 복도를 가득 채웠다. 7층에 이렇게까지 인파가 모여들다니 상상조차 불가능했다. 그런데도 엘리베이터는 사람들을 꾸역꾸역 토해냈다.

"왜 입구를 안 막는지 모르겠어요." 테레즈는 마투치 양에게 말했다. 두 사람은 창고 선반 근처에 구부정하게 서 있었다.

"뭐라고요?" 마투치 양은 잘 들리지 않는지 되물었다.

"벨리벳 양!" 누군가 고함을 치며 호루라기를 불었다.

헨드릭슨 부인이었다. 부인은 오늘 호루라기까지 동원해 시선을 끌려고 애썼다. 테레즈는 판매 여직원들과 바닥에 쌓인 빈 상자 더미를 뚫고 부인에게로 갔다.

"전화 받아요." 헨드릭슨 부인이 선물 포장대 옆에 있는 전화기를 가리키며 말했다.

테레즈는 어쩔 수 없다는 듯 제스처를 했지만 헨드릭슨 부인은 그걸 볼 겨를조차 없었다. 수화기 너머에서 뭐라고 하는지 들리지 않는다. 테레즈는 리처드가 장난삼아 전화한 줄 알았다. 전에도 그런 적이 있었다.

"여보세요." 테레즈가 말했다.

"여보세요, 사번 645-A, 테레즈 벨리벳 맞습니까?" 전화 교환원의 목소리가 지지직거리는 소음 너머로 들렸다. "통화하세요."

"여보세요?" 테레즈가 되물었지만 말소리는 거의 들리지 않았다. 전화기를 잡아끌고 몇 걸음 떨어진 창고 안으로 들어갔다. 선이 그렇게까지 길지 않아서 바닥에 웅크린 자세로 전화를 받았다. "여보세요?"

"여보세요. 저기…… 크리스마스 카드 고마워요."

"어머나, 그럼 혹시……."

"네, 에어드 부인입니다. 저한테 카드 보내신 거 맞죠? 혹시 아닌가요?"

"맞아요." 테레즈가 대답했다. 놀라우면서도 들켰다는 기분에 쭈뼛거렸다. 뭔가 잘못하다 들킨 듯했다. 테레즈는 두 눈을 감고 전화기 선을 배배 꼬았다. 어제 보았던 영롱하면서도 미소 짓던 눈동자를 다시금 그렸다. "기분 상하셨다면 죄송합니다." 테레즈는 손님에게 응대하듯 사무적으로 말했다.

여인이 웃었다. "정말 재미있군요." 편안한 말투였다. 테레즈는 어제 듣고 반해 버린 그 목소리에 이렇게 편안히 웅얼거리는 말투가 섞여 있었음을 떠올리며 혼자 싱긋 웃었다.

"그러셨어요? 왜요?"

"장난감 코너에 있던 그 여자 분 맞죠?"

"네."

"저한테 카드를 보내시다니 정말 친절하시군요." 여인이 정중히 말했다.

테레즈는 순간 무슨 뜻으로 하는 말인지 간파했다. 여인은 그녀를 응대한 남자 직원이 카드를 보낸 줄 알았던 것이다. "어제 제가 손님을 모시게 되어서 정말 좋았습니다." 테레즈가 말했다.

"그러셨어요? 왜요?" 여인은 테레즈의 말투를 따라하는 것 같았다. "음, 크리스마스니까, 우리 커피 한잔 하는 거 어때요? 아니면 술이라도."

갑자기 문이 열리자 테레즈는 움찔했다. 여직원이 창고로 들어와 앞에 섰다. "아…… 저도 좋아요."

"언제가 좋아요? 내가 내일 아침 뉴욕으로 가는데. 점심 같이 먹을까요? 내일 시간 낼 수 있어요?"

"물론이죠. 한 시간 정도 낼 수 있어요. 12시에서 1시까지요." 바로 앞에 있는 여직원은 발볼이 벌어진 플랫 모카신을 신고 있었다. 테레즈는 그것을 보며 대답했다. 라일사 스타킹을 신은 굵은 발목과 장딴지 뒤쪽을 보니 코끼리 다리가 움직이는 것 같았다.

"그럼 내일 12시경에 34번가 역 입구에서 만나요."

"좋아요. 제가……." 테레즈는 내일 정확히 1시에 백화점에 복귀해야 한다는 사실을 떠올렸다. 오후 근무다. 앞에 있던 여직원이 선반에서 끌어내리려던 상자가 쏟아지자 테레즈는 팔을 머리 위로 들어 올렸다. 여직원이 휘청이며 뒷걸음질로 테레즈 쪽으로 왔다. "여보세요?" 테레즈는 나뒹구는 상자 소음을 뚫고 크게 외쳤다.

"죄송해요." 자브리스키 부인이 몸 둘 바를 모르며 사과한 후 나갔다.

"여보세요?" 테레즈가 다시 불러보았다.

전화는 끊겼다.

"안녕하세요?" 여인이 웃으며 말했다.

"안녕하세요."

"무슨 일 있어요?"

"아뇨." 그래도 날 알아보네, 테레즈는 생각했다.

"특별히 가고 싶은 식당 있어요?" 여인이 걸으며 물었다.

"아뇨. 조용한 식당을 한 군데 알긴 아는데, 여기에서 좀 멀어요."

"이스트사이드까지 갈 시간은 없죠? 맞다, 한 시간만 된다고 했었지. 여기에서 서쪽으로 두 블록 떨어진 식당인데 괜찮더라고요. 거기까지는 시간이 되죠?"

"네, 그럼요." 벌써 12시 15분이었다. 테레즈는 분명 지각이라는 것을 알았지만 괘념치 않았다.

두 사람은 가는 길에서부터 열심히 대화를 나누었다. 이따금씩 행인이 둘 사이를 갈랐다. 여인은 원피스가 잔뜩 걸린 노점 손수레 건너편에서 테레즈에게 눈웃음을 보냈다. 두 사람은 나무 서까래가 드러난 레스토랑으로 들어갔다. 하얀 테이블보가 덮인 이곳은 신기하게도 조용했고 손님이 반도 차지 않았다. 커다란 나무 부스 안에 앉았다. 여인은 설탕을 뺀 올드패션드(칵테일의 일종―옮긴이)를 시키며 테레즈에게도 이거나 셰리주(황갈색의 독한 포도주―옮긴이)를 권했다. 테레즈가 망설이자 여인은 같은 것을 주문하며 웨이터를 돌려보냈다.

여인은 모자를 벗고 손가락으로 금발 머리를 이쪽저쪽으로 한 번씩 쓸어내렸다. 그리고 테레즈를 쳐다보았다. "어떻게 카드를 보낼 그런 깜찍한 생각을 했어요?"

"기억에 남아서요." 테레즈는 말했다. 여인이 한 작은 진주 귀걸이를 쳐다보았다. 진주라 해도 여인의 머리칼이나 눈동자보다 더 빛나진 않았다. 테레즈는 그녀가 아름답다고 생각했지만 얼굴이 흐려져 도저히 똑바로 쳐다볼 수 없었다. 여인은 가방에서 립스틱과 콤팩트를 꺼냈다. 테레즈는 그녀의 립스틱 케이스를 보았다. 보석 같은 금빛에 사물함처럼 생겼다. 그녀의 입을 쳐다보고 싶었지만 회색 눈동자가 근거리에서 불꽃처럼 반짝이자 시선을 돌릴 수밖에 없었다.

"백화점에서 일한 지 얼마 안 됐죠?"

"네, 2주 됐어요."

"그리고 오래 하지 않을 거죠?" 여인은 테레즈에게 담배를 권했다.

테레즈는 한 개비를 집어 들었다. "네, 다른 일을 할 거예요." 테레즈는 여인이 들고 있는 라이터 쪽으로 몸을 기울였다. 가느다란 손가락 끝에 길쭉한 손톱이 보이고 손등에는 주근깨가 번져 있었다.

"원래 그렇게 엽서를 보내는 편이에요?"

"엽서요?"

"크리스마스 카드였죠?" 여인이 혼자 웃었다.

"물론 아니에요." 테레즈가 대답했다.

"그럼 크리스마스를 위해 건배!" 여인은 테레즈의 술잔에 건배한 후 한 모금 마셨다. "어디 살아요? 맨해튼?"

테레즈는 이야기를 풀어 놓았다. 63번가에 살며, 부모님은 모두 돌아가셨다고 했다. 뉴욕에 산 지는 2년 되었고, 그 전에는 뉴저지에서 학교를 다녔다고 했다. 테레즈는 그곳이 미국 성공회 계열 학교라고 말하지 않았다. 그리고 좋아해서 가끔 떠올리는 얼리샤 수녀 얘기도 하지 않았다. 수녀는 하늘색 눈동자에 코는 못 생겼지만 다정하면서도 엄했다고도 말하지 않았다. 어제 아침부터 얼리샤 수녀는 뒷전으로 밀려났다. 맞은편에 앉은 바로 이 여인 때문에.

"그럼 쉴 때 뭐해요?" 테이블 위에 놓인 램프 때문에 여인의 눈동자가 은색으로 보였다. 눈동자가 액체 감광유제처럼 빛났다. 귓불에 매달린 진주도 살아 있는 것 같았다. 떨어지기 직전의 물방울처럼 맺혀 있었다.

"제가……." 원래 무대 디자인을 작업한다는 얘기를 해야 하나? 스케치도 하고 페인트칠도 하고, 고양이 머리나 작은 모형을 깎아서 발레 공연 세트장에 장식하기도 한다고. 아무 데나 오래 걷기와 몽상하기를 제일 좋아한다고 말할까? 그럴 필요는 없을 것 같았다. 여인의 눈동자는 뭐든 쳐다보기만 하면 완벽히 꿰뚫어 볼 것 같기 때문이다. 테레즈는 술을 조금 더 홀짝였다. 맛있었다. 그런데 이 여인은 겁도 없이 대차게 술을 쭉 들이켰다.

여인은 고갯짓으로 웨이터를 불렀다. 술이 두 잔 더 나왔다.

"마음에 들어요."

"뭐가요?" 테레즈가 물었다.

"누군가, 모르는 사람이 내게 카드를 보냈다는 사실이요. 크리스마스라면 원래 그래야 하잖아요. 올해는 특히나 좋네요."

"저도 기뻐요." 테레즈는 여인이 진심인지 살피며 대답했다.

"정말 예뻐요. 게다가 아주 섬세하고. 맞죠?"

그녀가 지금 인형 얘기를 하는 거라는 생각에 테레즈도 여인에게 미인이시라고 가볍게 화답했다. "정말 아름다우세요." 테레즈는 두 번째 잔을 들이켜며 용기 내어 말했다. 이 말이 어떻게 들릴지는 신경 쓰지 않았다. 왜냐하면 테레즈가 뭐라 하든 여인은 자신이 아름답다는 걸 알고 있을 테니 말이다.

여인이 고개를 젖히고 크게 웃었다. 음악보다 더욱 아름다운 소리였다. 눈꼬리에 주름이 살짝 잡혔다. 입술을 오므려 담배를 물었다. 여인은 잠시 테레즈에게 시선을 고정시키고 팔꿈치를 테이블에 세운 다음 담배를 든 손으로 턱을 괴었다. 밀착된 검은 정장이 그려낸 선이 허리에서부터 점점 넓어지더니 어깨까지 길게 이어졌다. 그 위로 가늘고 헝클어진 머리칼이 흩날렸다. 나이는 대략 서른에서 서른둘 정도 되어 보였다. 인형과 인형 가방은 딸에게 주려고 산 것 같았다. 딸은 아마 여섯 살이나 여덟 살쯤 되었겠지. 테레즈는 딸아이의 모습을 상상했다. 금발 머리에 행복해하는 환한 얼굴, 마른 몸에 비율도 좋고 언제나 신나게 뛰어놀 것 같았다. 엄마의 얼굴은 북유럽계처럼 오밀조밀하고 짧은 편이지만, 아이의 얼굴은 흐릿하고 밋밋할 것 같았다. 그리고 남편은 어떨까? 테레즈는 상상할 수 없었다.

테레즈가 입을 열었다. "남자가 크리스마스 카드를 보낸 줄 아셨죠?"

"맞아요." 여인이 웃으며 말했다. "스키 코너에 있던 남자 직원이 보낸 줄 알았어요."

"죄송해요."

"무슨요, 난 좋아요." 여인은 부스 칸막이에 몸을 기댔다. "그 남자하고는 점심을 못 먹잖아요. 난 정말 좋아요."

여인의 향수가 다시 은근히 코끝에 닿았다. 진초록 실크가 떠올랐다. 특별한 꽃에서 나는 향기처럼 오로지 그녀만의 것이었다. 테레즈는 술잔을 내려다보는 척하며 향내를 맡으려고 몸을 앞으로 좀 더 기울였다. 테이블을 옆으로 치우고 여인의 품에 뛰어들어 목 언저리에 바싹 묶어 맨 녹금색 스카프에 코를 파묻고 싶었다. 테이블 위에서 서로의 손등이 스치고 지나가는 순간, 테레즈의 살갗은 그 부분만 따로 살아난 듯 화끈거렸다. 테레즈는 왜 이러는지 이해할 수 없었지만 아무튼 그랬다. 살짝 고개를 튼 여인의 얼굴을 쳐다보는 순간, 이 모습을 어디선가 본 것 같았다. 그러나 그럴 리 없었다. 테레즈는 이 여인을 본 적이 없다. 만약 그랬다면 어찌 잊을 수 있으랴. 침묵이 흐르는 가운데 테레즈는 서로가 서로에게 말을 걸어주기를 기다리고 있음을 알았다. 그럼에도 침묵은 어색하지 않았다. 주문한 요리가 나왔다. 크림소스를 뿌린 시금치 위에 계란을 올린 요리였다. 김이 모락모락 피어오르고 버터 냄새가 진동했다.

"혼자 사는 건 괜찮나요?" 그녀가 물었다. 테레즈는 자기도 모르게 자기 이야기를 풀어 놓고 있었다.

그래도 시시콜콜한 것까지 말하지는 않았다. 어디선가 읽은 사연보다 대수롭지 않다는 듯 여섯 문장 정도 늘어놓은 것 같았다. 이제 와 과거가 뭐 그리 중요하겠는가? 테레즈의 어머니가 프랑스계나 영국계든, 헝가리계든 중요하지 않았다. 아버지가 아일랜드계 화가였든 체코 출신의 변호사였든, 돈을 많이 벌었든 못 벌었든 상관없었다. 어머니가 여덟 살짜리 딸을 세인트 마거릿에 보낸 이유가 딸이 떼쟁이나 말썽쟁이여서든, 우울한 골칫덩어리여서든 관계없었다. 테레즈가 그곳에서 행복했든 말든 상관없었다. 왜냐하면 오늘 이 시간부터 행복해졌기 때문이다. 부모와 배경 따윈 아무 필요 없다.

"옛 이야기를 하는 것보다 따분한 게 있을까요?" 테레즈는 웃으며 말했다.

"그렇다면 과거 없는 미래가 되는 건가요."

테레즈는 이 말을 곱씹지 않았다. 맞는 말이었다. 테레즈는 지금 막 웃는 법을 배운 양 계속 웃었고 어떻게 멈춰야 할지 몰랐다. 놀랍게도 여인도 같이 웃었다. 날 보고 웃네, 테레즈는 생각했다.

"벨리벳은 어디 이름이죠?" 여인이 물었다.

"체코계 이름인데, 좀 바꾼 거예요." 테레즈는 어색하게 설명했다. "원래는……."

"굉장히 독특해요."

"이름이 어떻게 되세요? 성 말고 이름이요." 테레즈가 물었다.

"내 이름이요? 캐롤이에요. 제발 '캐롤르'라고 부르지 말아요."

"제발 '쩨리즈'라고 부르지 말아주세요." 테레즈는 초성에 힘주어 발음했다.

"정확한 발음이 뭐예요? '테레즈'가 맞아요?"

"네, 그게 맞아요." 테레즈가 대답했다. 캐롤은 프랑스식으로 '테레즈'라고 발음했다. 테레즈는 자기 이름이 온갖 발음으로 불리는 상황에 익이 박여 때론 자신도 여러 가지로 발음했다. 테레즈는 캐롤이 자기 이름을 그렇게 발음하는 게 마음에 들었다. 여인이 입술을 움직여 그렇게 부르는 것이 좋았다. 전부터 막연히 느끼던 무한한 갈망이 이제 눈에 보이는 소망으로 이루어졌다. 너무나 어이없고 부끄러운 욕망이 테레즈의 마음속에서 불쑥 고개를 내밀었다.

"일요일엔 뭐해요?" 캐롤이 물었다.

"글쎄요. 특별한 일은 없어요. 그쪽은요?"

"나도 그래요. 요즘에는요. 괜찮으면 나중에 우리 집에 놀러 와요. 언제든 환영이니까. 그래도 집 근처엔 자연이라도 있으니까요. 괜찮으면 이번 주 일요일에 우리 집에 올래요?" 회색 눈동자가 테레즈를 직시했다. 처음으로 테레즈가 캐롤과 눈을 맞추었다. 두 눈엔 장난기가 서려 있었다. 다른 것도 보였다. 호기심, 그리고 도발도 있었다.

"그럴게요." 테레즈가 대답했다.

"정말 특이한 여자군요."

"왜요?"

"별에서 온 사람 같아요." 캐롤이 말했다.

리처드는 길모퉁이에 서서 테레즈를 기다리며 추위에 발을 동동 굴렸다. 테레즈는 오늘 밤 하나도 춥지 않았다. 거리를 오가는 행인들이 코트 속에 몸을 파묻고 지나가는 모습이 이제야 들어왔다. 테레즈는 리처드에게 팔짱을 끼고 애정 어린 손길로 바싹 몸을 붙였다.

"안에 있다가 나온 거야?" 10분 늦은 테레즈가 물었다.

"아니, 밖에서 기다렸어." 그는 꽁꽁 언 입술과 코를 그녀의 뺨에 비볐다. "오늘 힘들었지?"

"아니."

가로등이 크리스마스 조명으로 간간이 장식되어 있지만 오늘 밤은 유난히 까맸다. 리처드가 성냥을 긋자 확 타오르는 불빛에 얼굴이 훤해졌다. 테레즈는 그를 바라보았다. 매끈한 이마와 그 아래로 이어지는 가느다란 눈은 강인해 보였다. 뭐든 집어삼킬 것 같은 고래를 정면에서 바라보는 느낌이 들었다. 얼굴은 나무를 깎아 매끈하게 대패질까지만 하고 칠은 하지 않은 원목 같은 분위기를 풍겼다. 테레즈는 어둠 속에서 파란 하늘이 동그란 점처럼 찍힌 눈동자를 바라보았다.

리처드가 테레즈를 보고 웃었다. "오늘 밤 기분이 좋은 가봐. 우리 좀 걸을까? 안에 들어가면 담배를 못 피울 테니. 한 대 피울래?"

"아니, 괜찮아."

둘은 걷기 시작했다. 갤러리는 바로 옆이었다. 대형 빌딩 2층에 위치한 그곳은 불 켜진 창이 길게 나 있고 창문마다 크리스마스 리스가 걸려 있었다. 테레즈는 생각했다. 내일이면 캐롤과 만난다, 내일 아침 11시면. 여기에서 열 블록 떨어진 곳에서 캐롤을 만날 수 있어, 열두 시간도 채 안 남았어. 테레즈는 리처드에게 다시 팔짱을 꼈다. 순간, 왠지 쑥스러웠다. 43번가를 따라 동쪽으로 걷다보니 건물 사이로 드러난 조각하늘 정중앙에 오리온자리가 보였다. 테레즈는 학창 시절 유리창으로도, 그리고 뉴욕에서 처음 구한 아파트 창으로도 오리온을 바라보곤 했다.

"오늘 예약했어. 3월 7일 '프레지던트 테일러호'야. 예매처하고 얘기했는데 바깥쪽 방으로 배정해줄 수 있대. 대신 내가 계속 확인해봐야 한대."

"3월 7일?" 테레즈는 기대감이 섞인 듯 말했지만 지금으로써는 유럽에 갈 생각이 전혀 없었다.

"한 10주 정도 갔다 오자." 리처드가 테레즈의 손을 잡고 말했다.

"내가 못 간다고 하면 그 예약 취소할 수 있어?" 테레즈는 지금이라도 못 간다고 말하고 싶지만, 그래봤자 결국 언쟁밖에 더하겠는가. 예전에도 테레즈가 망설이는 바람에 다툰 적이 있었다.

"음…… 물론이지. 테레즈!" 그가 웃었다.

리처드는 손을 잡고 흔들며 걸었다. 우리 무슨 연인 같아, 테레즈는 생각했다. 테레즈가 캐롤에 대해 느끼는 감정은 사랑에 가까웠다. 다만 캐롤이 여자일 뿐이다. 광기까지는 아니라도 축복은 분명했다. 바보 같이 들리겠지만, 어떻게 지금보다 더 행복할 수 있을까? 지난주 목요일부터 지금까지보다 어찌 더 좋을 수 있을까?

"우리가 같이 썼으면 좋겠어." 리처드가 말했다.

"뭘?"

"방 말이야." 리처드는 화통하게 웃으며 말했다. 테레즈는 두 사람을 쳐다보는 행인들의 시선을 느꼈다. "어디 가서 자축의 술 한잔 해야지? 근처에 있는 맨스필드로 가자."

"가만히 앉아 있기 싫어. 나중에 가."

리처드의 미술학교 학생증으로 전시회 반값 입장이 가능했다. 갤러리는 천고가 높고 호사스러운 카펫이 깔려 있어서 부유하고 화려한 광고 배경으로 등장하곤 했다. 그림, 판화, 일러스트레이션 같은 온갖 작품이 벽에 빼곡히 걸려 있었다. 리처드는 그 앞에 서서 작품마다 몇 분씩 감상했지만, 테레즈는 그림을 감상하자니 기분이 울적해졌다.

"이거 봤어?" 리처드는 전화 수리공이 전화선을 수리하는 모습을 그린 복잡한 소묘를 가리켰다. 테레즈가 전에 어디선가 본 작품이었다. 오늘 밤 그걸 보고 있자니 진짜로 몸이 아파 왔다.

"응." 테레즈는 딴 생각 중이었다. 유럽에 가려고 아등바등 돈 모으기를 그만두면 ―가지도 않을 텐데 이러고 있으니 정말 우스꽝스럽긴 하다― 코트를 새로 장만할 수 있을 것이다. 크리스마스 직후면 세일을 할 테니. 지금 입은 검정색 폴로 코트는 입을 때마다 추레한 기분이 들었다.

리처드가 테레즈의 팔을 붙들었다. "기술자에 대한 존경심이 부족해, 아가씨."

테레즈는 부러 얼굴을 찡긋 했다가 그의 팔을 다시 붙들었다. 문득 그가 가깝게 느껴졌다. 그를 처음 만난 밤처럼 포근하고 행복했다. 프랜시스 카터를 따라 크리스토퍼 스트리트에서 열린 파티에 갔었다. 그때 리처드는 약간 취해 있었는데 테레즈가 옆으로 오자 정신이 말짱해졌다. 그리고 남들과 대화할 때보다 더욱 신이 나서 책과 정치, 사람들 얘기를 했다. 그날 밤 내내 두 사람은 대화를 나눴다. 그날 그의 열정과 야망, 취향을 알게 되자 테레즈는 그가 꽤 마음에 들었다. 테레즈가 처음으로 참석한 파티는 리처드 덕분에 성공적이었다.

"감상을 안 하네." 리처드가 말했다.

"피곤해서 그래. 당신이 본 작품, 나도 질리도록 봤던 거야."

문 앞에서 리처드가 학생 모임에서 알고 지낸 이들을 만났다. 젊은 남녀 한 쌍과 흑인 한 명이었다. 리처드는 테레즈에게 그들을 소개했다. 딱 봐도 그리 친한 사이는 아니었지만, 리처드는 그들에게 이렇게 공표했다. "우리 3월에 유럽에 가요."

그 말에 다들 부러움의 눈길을 보냈다.

밖으로 나오니 5번가가 텅 비었다. 마치 드라마틱한 액션을 기다리는 무대 같았다. 테레즈는 손을 주머니에 넣고 리처드 옆에서 잔걸음을 걸었다. 오늘 어디에선가 장갑을 흘렸다. 내일 11시를 상상하는 중이다. 내일 밤 이맘때까지 캐롤과 같이 있을 수 있을까?

"내일은 어떻게 할까?" 리처드가 물었다.

"내일?"

"말했잖아. 일요일에 우리 집에 가서 저녁 먹기로 한 거."

테레즈는 기억을 떠올리며 머뭇거렸다. 일요일 오후에 네다섯 번 셈코 씨 집에 들른 적이 있었다. 그들은 2시경부터 저녁을 거하게 먹기 시작했다. 셈코 씨는 대머리에 키가 작았다. 그는 축음기를 틀고 폴카와 러시안 포크송에 맞추어 테레즈와 춤을 추곤 했다.

"있잖아, 어머니가 당신 원피스 맞춰 주고 싶으시대. 벌써 천은 사다 놓으셨더라고. 사이즈를 재고 싶다 하시던데."

"원피스라…… 그거 손이 많이 갈 텐데." 테레즈는 셈코 부인이 입은 자수 블라우스를 떠올렸다. 손으로 일일이 수놓은 하얀 블라우스였다. 셈코 부인은 당신의 자수 솜씨를 뿌듯하게 여겼다. 테레즈는 그렇게 품이 많이 들어가는 옷을 받고 싶지 않았다.

"어머니가 좋아하셔. 내일 괜찮지? 한 12시쯤 갈까?"

"이번 주는 안 될 것 같아. 혹시 거창한 계획을 세워 놓으신 건 아니겠지?"

"그건 아니야." 리처드가 실망한 듯 말했다. "내일 근무해야 해? 아님 무슨 특별한 일이라도 있는 건가?"

"일이 좀 있어." 테레즈는 리처드에게 캐롤 애기를 하고 싶지 않았다. 캐롤을 보여주기도 싫었다.

"그럼 우리 드라이브도 못 하겠네?"

"아마도…… 미안." 테레즈는 지금 리처드에게 손을 붙들린 상황이 싫었다. 그의 손에서 땀이 흘러 테레즈의 손이 얼음장처럼 시렸다.

"마음이 바뀔 가능성은?"

테레즈는 고개를 저었다. "없어." 돌려 말해서 양해를 구할 수도 있었으나 테레즈는 내일 일에 대해 거짓말하고 싶지 않았다. 게다가 이미 내뱉은 거짓말 위에 한술 더 보태고 싶지 않았다. 리처드의 한숨 소리가 들렸다. 두 사람은 아무 말 없이 거리를 한참 걸었다.

"어머니가 레이스 달린 흰 원피스 만들어 주신댔는데. 실망이 이만저만이 아니실걸. 에스더 말고는 우리 집에 그 옷 입을 사람도 없고."

에스더는 리처드와 먼 사촌지간이었다. 테레즈도 한두 번 봤다. "에스더는 잘 지내지?"

"여전하지 뭐."

테레즈는 리처드에게서 손을 뺐다. 갑자기 허기가 졌다. 석식 시간 내내 캐롤에게 편지를 썼다. 캐롤에게 보내지 않은, 보낼 생각도 없는 편지였지만. 두 사람은 3번가에서 업타운으로 가는 버스를 탄 후 내려서 동쪽으로 걸어 테레즈의 집까지 왔다. 테레즈는 빈말로 리처드에게 올라가자고 청했다.

"아니, 그냥 갈래." 리처드가 말했다. 그는 첫 번째 계단에 한쪽 발을 걸치고 있었다. "오늘 밤 당신 뭔가 싱숭생숭해 보여. 정신이 딴 데 팔려 있어."

"아닌데." 그녀는 얼버무리면서도 그 말에 부아가 치밀었다.

"당신 그래. 딱 그런데 뭐. 아무튼, 있잖아……."

"뭐가?"

"우리 사이는 어째 진전이 없는 거니?" 그가 불쑥 진심을 꺼냈다. "나랑 일요일조차 같이 보낼 마음이 없는데 어떻게 유럽에 가서 몇 달씩 같이 지낼 수 있겠어?"

"있잖아…… 취소하고 싶으면 그렇게 해. 리처드."

"사랑한다고, 테레즈." 그는 머리를 손바닥으로 쓸어내리며 성난 듯 말했다. "물론 난 취소할 마음이 없어. 하지만……" 그는 잠시 말을 멈췄다.

테레즈는 리처드가 무슨 말을 하려는지 알았다. 테레즈는 그에게 애정을 제대로 증명해 보인 적이 한 번도 없었다. 그럼에도 리처드는 그 말을 하지 않았다. 왜냐하면 테레즈가 자신을 사랑하지 않는다는 것을 잘 알았기에 그녀에게서 사랑은 기대조차 하지 않았다. 그럼에도 테레즈는 리처드를 사랑하지 않는다는 죄책감에 시달렸다. 그에게 뭔가 받을 때마다 마음이 무거웠다. 생일 선물을 받을 때나 그의 부모님 집에 저녁 식사 초대를 받을 때도, 심지어 그와 시간을 보낼 때조차 미안했다. 테레즈는 돌난간을 꽉 쥐었다. "그래…… 나도 알아. 난 당신을 사랑하지 않아."

"지금 그 말이 아니잖아, 테레즈."

"지금까지 일들을 모두 없던 것으로 하고 싶다면, 그러니까, 이제 그만 만나고 싶으면 그렇게 해." 테레즈가 이 말을 꺼낸 건 이번이 처음이 아니었다.

"테레즈, 이 세상에서 내 옆에 두고픈 사람은 바로 당신이야. 그런 말, 너무 끔찍해."

"끔찍하다고 해도……."

"테레즈, 날 사랑하긴 하니?"

'헤아려보겠어'라는 시구(엘리자베스 베렛이 로버트 브라우닝에게 보낸 연서의 첫 구절―옮긴이)가 떠올랐다. "난 당신을 사랑하진 않지만 좋아해. 오늘 그런 생각이 들었어. 방금 말이야." 테레즈는 지금 이 말이 어떻게 들릴지 따위는 신경 쓰지 않았다. 전부 사실이었기에 말을 쏟아냈다. "사실 그 어느 때보다 오늘 당신이 더 가깝게 느껴졌어."

리처드는 믿기지 않는다는 듯 바라보았다. "그랬어?" 그는 웃으며 계단을 하나씩 오르더니 그녀 바로 아래에서 멈추었다. "그럼 오늘 밤 같이 보내, 테레즈. 우리 한번 노력해보자."

테레즈는 리처드가 계단을 오르기 시작할 때부터 이 말이 나올 줄 알았다. 지금 이 순간 비참하고 부끄러웠다. 그리고 자신에게도, 그에게도 미안한 생각이 들었다. 그건 불가능했기 때문이다. 테레즈는 그걸 원치 않기에 너무나 민망했다. 심지어 시도조차 원치 않는 높다란 벽에 가로막혔다. 그가 자자고 할 때마다 테레즈는 비참하고 민망해서 말문이 막혔다. 자고 가라며 그를 처음 허락했던 때가 떠오르자 또다시 마음이 힘들어졌다. 그때 하나도 좋지 않아서 하던 도중에 이렇게 물었다. "이게 맞는 거야?" 이게 맞는데 어떻게 하나도 안 좋을 수가 있어? 테레즈는 생각했다. 테레즈의 물음에 리처드는 웃음을 터뜨렸다. 호탕하게 한참을 웃었다. 그가 진심으로 웃는 모습을 보자 테레즈는 분노가 치밀었다. 두 번째 경험은 더욱 혐오스러웠다. 리처드는 이제 모든 난관이 걷혔다고 착각했지만, 테레즈는 너무 고통스러워서 흐느껴 울었다. 리처드는 어쩔 줄 모르며 자기가 짐승이 된 것 같다고 털어놓았다. 테레즈는 그건 아니라고 그를 두둔했다. 리처드가 짐승이 아니라는 사실을 테레즈는 잘 알았다. 예전에 만났던 남자와 비교하면 리처드는 천사였다. 만약 테레즈의 집 앞 계단에 서서 같이 자자고 하는 안젤로 로시에게 그랬더라면 그는 짐승처럼 굴었을 것이다.

"테레즈, 자기……."

"아니." 테레즈는 마침내 자기 목소리를 찾으며 말했다. "오늘 밤은 안 돼. 그리고 유럽에도 못 가." 매몰차게 여지를 남기지 않고 솔직히 고백했다.

리처드의 입술이 놀라서 벌어졌다. 테레즈는 그가 인상을 쓰는 모습을 차마 볼 수 없었다. "왜 못 가?"

"그건…… 그건 난 못 해." 테레즈는 마디마디 고뇌에 차서 말했다. "당신과 자고 싶지 않아."

"아, 테레즈." 리처드가 웃었다. "자자고 해서 미안해. 그냥 잊어버려, 자기야. 그럴 거지? 같이 유럽에도 갈 거지?"

테레즈는 시선을 돌렸다. 오리온자리가 또다시 시야에 들어왔다. 약간 기울어져 보였다. 다시 리처드에게로 시선을 옮겼다. 테레즈는 생각했다. 당신이 자고 싶어 하니 나도 그 생각을 안 할 수가 없지만, 그래도 난 못 해. 테레즈는 진짜 이렇게 내뱉은 것 같은 착각이 들었다. 아무 말도 하지 않았음에도 이 말이 두 사람이 선 공간 사이에 단단한 나무 벽을 쌓아 올린 것 같았다. 테레즈는 전에도 이렇게 말한 적이 있었다. 2층 그녀의 방에서도, 프로스펙트 파크에서 연줄을 감으면서도 말했지만, 리처드는 들은 척도 하지 않았다. 그럼 이제 뭘 해야 할까, 같은 말을 반복해야 하나. "잠깐 올라갔다 갈래?" 테레즈는 스스로를 괴롭히며 이렇게 물었다. 도무지 설명할 수 없는 부끄러움에 시달렸다.

"아니." 리처드는 가벼이 웃으며 말했다. 그가 참고 이해해주는 모습에 테레즈는 더 창피한 마음이 들었다. "그냥 갈래, 잘 자. 자기 사랑해, 테레즈." 리처드는 한 번 더 눈길을 주더니 발걸음을 돌렸다.

テレズ는 거리로 걸어 나가 주위를 살폈다. 일요일 아침답게 거리는 한산했다. 바람이 거대한 프랜켄버그 백화점 시멘트 건물 코너를 휘감았다. 훼방 놓을 인간이 하나도 보이지 않자 분노한 것 같았다. 나밖에 없네, 테레즈는 이런 생각이 들자 혼자 피식 웃었다. 둘이 만나기에 여기보다 더 괜찮을 곳이 있을 법도 한데. 치아를 때리는 바람이 얼음처럼 시렸다. 캐롤이 25분이나 늦는다. 오지 않는다 해도 계속 기다릴 참이다. 하루 종일 그리고 밤이 될 때까지. 전철역 입구에서 누군가 올라왔다. 휘어질 듯 가녀린 여인이 검은색 롱 코트를 입고 바삐 걸었다. 바퀴를 돌리듯 두 발을 정신없이 옮기고 있었다.

테레즈는 다시 주위를 돌아보았다. 캐롤이 건너편 보도 쪽으로 차를 대고 있었다. 테레즈는 그쪽으로 걸어갔다.

"여기요!" 캐롤이 인사하더니 몸을 숙여 차 문을 열었다.

"안녕하세요. 안 오시는 줄 알았어요."

"늦어서 정말 미안. 춥죠?"

"아뇨." 테레즈는 차에 올라탄 후 문을 닫았다. 차 안은
포근했다. 기다란 녹색 차량은 실내 시트도 청록색이었다.
캐롤은 서쪽으로 차를 천천히 몰았다.

"우리 집으로 갈래요? 아니면 어디 가고 싶은 데 있어
요?"

"어디든 다 좋아요." 테레즈가 말했다. 캐롤의 콧마루를
따라 번진 주근깨가 보였다. 짧은 금발을 보는 순간 그때 그
향수가 다시 떠올랐다. 캐롤은 녹금색 스카프를 헤어밴드처
럼 머리에 두른 뒤 뒤에서 묶어 맸다.

"그럼 우리 집으로 가요. 한참 가야 하지만."

두 사람은 차를 타고 외곽으로 이동했다. 차는 차창 앞
에 보이는 것들을 모조리 쓸어버릴 기세로 넘실거리며 산 속
을 지났다. 차는 캐롤이 가자는 대로 고분고분 말을 들었다.

"드라이브 좋아해요?" 캐롤이 시선을 돌리지 않고 물었
다. 입에 담배를 문 채 핸들을 가볍게 잡고 있었다. 그 무엇도
대수롭지 않다는 듯 의자에 앉아 느긋하게 담배를 피우는
듯했다. "왜 아무 말도 안 해요?"

링컨 터널로 들어가자 두 사람은 소리를 질렀다. 차창 밖
을 바라보고 있으니 설명할 수 없는 짜릿함이 널뛰며 테레즈
의 가슴에 차올랐다. 이 터널이 우리 둘을 집어삼켰으면, 그
럼 시체 두 구가 되어 밖으로 질질 끌려 나오겠지. 테레즈는

그러기를 바랐다. 이따금씩 캐롤의 시선이 느껴졌다.

"아침은 먹었어요?"

"아뇨." 테레즈는 대답했다. 아마 얼굴에 핏기가 없어 보였을 것이다. 아침을 챙겨 먹기 시작했지만, 우유병을 싱크대에 떨어뜨리는 바람에 우유를 몽땅 쏟았다.

차가 터널을 빠져나왔다. 캐롤은 길가에 차를 세웠다.

"이거요." 캐롤은 둘 사이 시트 위에 놓인 보온병을 턱으로 가리킨 후 그것을 들고 뭔가를 컵에 따랐다. 갈색 액체에서 김이 모락모락 피어올랐다.

테레즈는 고마운 마음으로 커피를 쳐다보았다. "어디서 났어요?"

캐롤이 웃었다. "뭐든 어디서 났는지 꼭 알아야 하나요?"

커피는 상당히 진하고 달착지근했다. 한 모금 마시니 온몸에 기운이 퍼졌다. 커피를 반쯤 마셨을 무렵 캐롤이 시동을 걸었다. 테레즈는 잠자코 있었다. 무슨 얘기를 꺼내야 하지? 대시보드 위 열쇠고리에 매달린 황금색 네 잎 클로버에 캐롤의 이름과 주소가 적혀 있다고 아는 척할까? 방금 전 길가에서 봤던 크리스마스트리 스탠드 얘기를 꺼낼까? 습지 위를 유유자적 날아가던 새 이야기는 어떨까? 그건 아닌 것 같았다. 캐롤에게 썼으나 부치지 않은 편지 속에 뭐라고 적었는지 얘기할까? 그건 말할 수 없었다.

"교외로 나가는 거 좋아해요?" 캐롤이 좁은 도로로 접어들며 물었다.

두 사람은 작은 마을로 들어섰다가 금방 빠져나왔다. 크게 반원을 도는 진입로를 지나 2층짜리 하얀 주택에 도착했다. 사자가 앞발을 내밀고 쉬는 듯한 모양새로 주택의 양쪽 날개가 앞으로 튀어나와 있었다.

철제 도어매트와 반짝이는 작은 철제 우편함이 보였다. 개가 한쪽 구석에서 왔다 갔다 하며 거세게 짖어댔다. 나무 뒤로 하얀 차고가 보였다. 집에서 향내가 풍기는 것 같아, 테레즈는 생각했다. 달콤한 향이 여러 가지 뒤섞인 듯했지만 캐롤의 향수와는 달랐다. 경쾌하지만 단호하게 소리를 내며 문이 등 뒤에서 이중으로 잠겼다. 테레즈는 뒤돌아보았다. 캐롤이 당황한 눈빛으로 입술을 약간 벌린 채 쳐다보았다. 이러다가 캐롤이 자기가 테레즈를 데려온 사실을 잊은 채 '당신 여기서 뭐하는 거야?'라고 윽박지를 것 같았다. 여기까지 데려올 생각은 아니었다는 듯이.

"원래 가정부 말고는 아무도 없는데, 그나마 오늘은 외출하고 없어요." 캐롤은 테레즈가 품은 질문에 화답하듯 말했다.

"집이 정말 예뻐요." 테레즈가 말했다. 캐롤은 안절부절 못하면서도 살짝 미소를 지었다.

"코트 벗어요." 캐롤은 머리에서 쓴 스카프를 벗고 손으로 머리칼을 쓸어내렸다. "아침 먹을래요? 이제 12시가 다 되었지만요."

"아니에요."

캐롤은 거실을 살피더니 당황하며 못마땅한 표정을 감추지 못했다. "우리 2층으로 가요. 거기가 좀 더 편해요."

테레즈는 캐롤을 따라 넓은 나무 계단을 올라갔다. 금발 머리에 캐롤처럼 각진 턱선을 지닌 소녀가 그려진 유화를 지나쳤다. 창밖으로 S 자 산책로가 놓인 정원이 보였다. 청록색 조각상이 있는 연못이 잠시 보였다 사라졌다. 2층은 좁은 복도를 중심으로 네다섯 개의 방이 배치되어 있었다. 캐롤은 녹색 카펫과 벽지로 꾸민 방으로 들어갔다. 테이블 위에 놓인 상자를 열어 담배를 꺼내 불을 붙이며 테레즈를 응시했다. 어떻게 하지? 무슨 말을 꺼내지? 테레즈는 난감한 나머지 캐롤이 말이든 행동이든 뭐라도 할 때까지 기다리기로 했다. 청록색 카펫이 깔린 작은 방을 훑어보았다. 기다란 녹색 쿠션 벤치가 벽을 따라 놓여 있고, 중앙에는 평범한 원목 테이블이 자리 잡았다. 게임하는 방인가. 책과 레코드는 있는데 사진은 별로 없어서 서재처럼 보이기도 했다.

"내가 제일 좋아하는 방이에요." 캐롤이 방 밖으로 나가며 말했다. "원래 내 방은 저쪽이지만."

테레즈는 건넌방을 들여다보았다. 면 커튼이 걸리고 탁자처럼 생긴 소박한 금빛 목공품이 놓여 있었다. 화장대 위에는 평범한 거울이 길게 걸려 있었다. 방 안으로 해가 들어오지 않는데도 햇빛이 방 안을 비추는 것 같았다. 침대는 더블베드. 맞은편 사무용 책상 위에는 군용 솔이 놓여 있었다. 남편 사진을 찾았으나 보이지 않았다. 화장대 위에는 금발 꼬마 소녀를 안은 캐롤의 사진이 놓여 있었다. 그리고 구불거리는 검은 머리를 한 여인이 은색 액자 속에서 활짝 웃고 있었다.

"어린 따님을 두셨군요." 테레즈가 물었다.

캐롤은 복도 벽 문을 열었다. "네, 콜라 마실래요?"

낮게 깔리던 냉장고 소리가 커졌다. 집 안을 통틀어 두 사람이 내는 소리 말고는 아무 소리도 나지 않았다. 테레즈는 차가운 콜라를 마시기 싫어서 병을 들고 캐롤을 따라 아래층으로 내려간 다음, 주방을 통과해 창으로 보이던 작은 정원으로 나갔다. 연못 너머로 누런 삼베 부대에 싸인 1미터 높이의 식물들이 서 있었다. 그런데 그게 무슨 식물인지는 알지 못했다. 캐롤이 바람에 늘어진 줄을 단단히 당겼다. 풍성한 모직 스커트와 파란 카디건을 입은 채 몸을 숙이자, 캐롤의 몸이 얼굴처럼 탄탄하고 다부져 보였다. 발목은 여전히 가늘었다. 캐롤은 몇 분 동안 테레즈를 잊은 듯 어슬렁어슬렁 돌아다니다가 모카신을 신은 발로 땅을 단단히 디디고 섰다. 너무 추워서 꽃도 피지 않은 이 정원에서 마침내 평온을 찾은 것 같았다. 코트를 입지 않아 꽤 추웠지만 캐롤은 그 사실조차 잊은 듯했다. 테레즈도 애써 캐롤을 따라 했다.

"뭐 하고 싶어요? 산보? 아니면 음악 들을까요?" 캐롤이 물었다.

"지금도 좋은데요." 테레즈가 대답했다.

테레즈는 캐롤이 딴 생각에 정신이 팔려서 괜히 집으로 데려 왔다고 후회하는 느낌이 들었다. 두 사람은 정원 산책로가 끝나면서 이어지는 문으로 도로 들어갔다.

"일은 마음에 들어요?" 캐롤이 부엌에서 물었다. 아직도 정신이 다른 데 가 있었다. 캐롤은 큰 냉장고 안을 들여다 보더니 기름종이에 덮인 접시 두 개를 꺼냈다. "점심 좀 먹어요."

테레즈는 블랙캣 극단에서 일하게 되었다고 얘기할 참이었다. 그래야 뭔가 설명이 될 것 같았다. 그게 테레즈 자신을 말해줄 가장 중요한 것일 테니. 그런데 지금은 때가 아닌 것 같았다. 테레즈는 캐롤처럼 자기도 정신이 다른 데 팔려 있다는 느낌을 주려고 일부러 느릿느릿 대답했지만 굉장히 쑥스러웠다. "배우는 게 많아요. 도둑이나 거짓말쟁이가 되는 법도 배우고 시인이 되는 법도 한꺼번에 배우죠." 테레즈는 등받이가 직각으로 솟은 나무 의자에 머리를 기대어 앉아 사각 창으로 따스히 쏟아지는 햇살을 쏘였다. 묻고 싶었다. 어떻게 사랑하면 되냐고. 테레즈는 캐롤을 만나기 전까지 그 누구도 사랑하지 않았다. 얼리샤 수녀도 사랑은 아니었다.

캐롤이 테레즈를 쳐다보았다. "그럼 어떻게 해야 시인이 되나요?"

"사물을 느껴야죠. 아주 흠뻑이요." 테레즈는 진지했다.

"그럼 도둑은요?" 캐롤은 엄지를 핥더니 인상을 찌푸렸다. "캐러멜 푸딩 좋아해요?"

"아니요, 됐어요. 아직 도둑질은 못 해봤는데, 어렵진 않을 거 같아요. 주변에 지갑도 많겠다, 그냥 아무거나 훔치면 되잖아요. 전에 저녁거리로 고기를 샀는데 그것도 훔쳐가더라고요." 테레즈는 웃었다. 누구든 캐롤과 함께라면 웃을 수 있을 것 같았다. 캐롤과 함께라면 그게 무엇이든 웃음이 절로 나올 것 같았다.

두 사람은 차가운 치킨을 잘라 크랜베리 소스를 뿌리고 그린 올리브와 아삭한 하얀 샐러리를 곁들여 먹었다. 캐롤은 점심을 먹다 말고 거실로 갔다. 위스키가 든 잔을 들고 오더니 수도를 틀어 그 안에 물을 섞었다. 테레즈는 캐롤을 쳐다보았다. 시선이 맞부딪쳤다. 두 여인은 한동안 서로를 응시했다. 캐롤은 복도에 서서 테레즈를, 테레즈는 테이블에 가만히 앉아 어깨 너머로 캐롤을 바라보았다.

캐롤이 나지막이 물었다. "백화점 카운터에서 이런 식으로 손님들 많이 만나요? 당신이 먼저 말을 걸 테니 조심해야 하지 않아요?"

"그렇죠." 테레즈가 미소를 지었다.

"그럼 점심은 누구랑 나가서 먹어요?" 캐롤의 눈이 반짝였다. "유괴범을 만날 수도 있잖아요." 캐롤은 얼음이 들지 않은 잔을 살살 돌리더니 한입에 털어 넣었다. 팔목에 찬 얇은 은 팔찌 여러 개가 잔에 부딪혀 쨍그랑거렸다. "음…… 이런 식으로 사람들을 많이 만나냐고 물었는데?"

"아뇨." 테레즈가 대답했다.

"그럼, 한 서너 명?"

"당신을 만난 식으로요?" 테레즈는 시선을 고정시켰다.

캐롤도 시선을 거두지 않았다. 테레즈에게 다른 말, 다른 문장을 말하라고 강요하는 것 같았다. 그러더니 술잔을 스토브 위에 내려놓고 시선을 돌렸다. "피아노 쳐요?"

"가끔요."

"그럼 좀 쳐봐요." 그리고 테레즈가 거절하려 하자 캐롤이 명령하듯 말했다. "못 쳐도 괜찮으니 아무거나 치라고요."

테레즈는 학교 때 배운 스카를라티(이탈리아 작곡가―옮긴이)의 곡을 연주했다. 캐롤은 건너편 의자에 앉아 미동 없이 편안히 듣고만 있었다. 새로 따라 놓은 위스키와 물에는 입을 대지도 않았다. 테레즈는 C장조 소나타를 쳤다. 약간 느리고 멜로디는 쉬우나 기본 화음을 온통 굴려서 쳐야 하는 곡이었다. 밋밋하다는 생각에 트릴 부분에서 멋을 내며 치다가 손을 멈추었다. 이건 너무 과하다는 생각에 테레즈는 건반 위에 손을 올린 채 가만히 있었다. 순간, 이 모든 것이 캐롤의 유희였음을 깨달았다. 캐롤이 실눈을 뜬 채 테레즈를 감상하고 있었다. 테레즈를 휘감은 캐롤의 집에서 연주에 몰두하다 보니 테레즈는 무방비 상태가 되었다. 테레즈는 숨을 크게 들이켜고 손을 무릎으로 내렸다.

"피곤해요?" 캐롤이 조용히 물었다.

이 질문은 지금이 아니라 평소에 어땠는지 묻는 것 같았다. "네."

캐롤이 뒤로 다가와 테레즈의 어깨에 손을 올렸다. 테레즈는 캐롤의 손을 기억 속에서 그렸다. 부드럽고도 단단한 손으로 테레즈의 어깨를 누르는 순간 섬세한 힘줄이 드러났다. 캐롤은 두 손으로 아주 천천히 테레즈의 목에서 턱 밑까지 쓸어 올렸다. 길고 긴 격정의 시간. 얼마나 강렬했던지 캐롤이 테레즈의 고개를 뒤로 젖혀 헤어라인에 가볍게 입을 맞추던 짜릿함까지 지워버렸다. 테레즈는 그 입술의 감촉조차 느끼지 못했다.

"따라 와요." 캐롤이 말했다.

테레즈는 캐롤을 따라 다시 2층 계단으로 향했다. 테레즈는 난간에 몸무게를 실었다. 순간 로비체크 부인이 떠올랐다.

"낮잠을 좀 자는 게 좋겠어요." 캐롤은 꽃무늬 면 침대보와 그 위에 깔아둔 담요를 젖혔다.

"고맙습니다만, 괜찮은데요……."

"신발 벗고." 캐롤이 다정히 말했지만, 목소리 톤은 복종을 요구했다.

테레즈는 침대를 쳐다보았다. 간밤에 잠을 설쳤다. "안 자도 되는데 꼭 자야 한다면……."

"30분 이따 깨울게요." 테레즈가 눕자 캐롤이 이불을 덮어주었다. 캐롤은 침대에 걸터앉았다. "몇 살이에요, 테레즈?"

테레즈는 고개를 들어 캐롤을 바라보았다. 눈을 똑바로 쳐다볼 수 없지만 꿋꿋이 시선을 맞추었다. 지금 이 순간 죽어도 상관없었다. 침입자로 몰려 캐롤에게 목 졸려 그대로 침대 위로 고꾸라진다 해도. "열아홉 살이에요." 목소리만 들으면 아흔한 살도 더 먹은 것 같았다.

캐롤은 살짝 웃으면서도 인상을 찌푸렸다. 뭔가 찌릿한 생각이 떠오른 것 같았다. 둘 사이의 공간에서 그 생각이 실제로 만져질 것 같았다. 이윽고 캐롤이 테레즈의 어깨 밑으로 두 손을 밀어 넣고 테레즈의 목덜미에 고개를 파묻었다. 캐롤이 숨을 내쉬었다. 캐롤의 몸에서 내뿜는 긴장감도 함께 느껴졌다. 테레즈의 목덜미가 뜨거워졌다. 캐롤의 머리칼에서 그때 그 향수 냄새가 풍겼다.

"애송이네." 캐롤이 꾸짖듯 말하며 고개를 들었다. "뭐 하고 싶어?"

테레즈는 레스토랑에서 상상했던 행각이 떠오르자 수치심에 이를 앙다물었다.

"뭐 하고 싶냐고?" 캐롤이 다시 물었다.

"없는데요. 아무튼 고맙습니다."

캐롤은 몸을 세우더니 화장대로 가서 담뱃불을 붙였다. 테레즈는 실눈을 뜨고 캐롤을 바라보았다. 불안해 보이는 캐롤, 그 모습이 걱정스러웠다. 테레즈도 담배를 즐기지만 캐롤이 흡연하는 모습을 보는 게 좋았다.

"그럼 뭐라도 마시겠어?"

테레즈는 그것이 물을 지칭한다는 것임을 알았다. 열이 펄펄 나는 아이를 대하듯 캐롤의 목소리에 다정함과 걱정이 담겨 있었다. "따뜻한 우유요."

캐롤이 미소를 짓자 입꼬리가 살짝 올라갔다. "따뜻한 우유라……." 캐롤은 테레즈의 말투를 따라하더니 방에서 나갔다.

테레즈는 졸음과 걱정 사이를 오가며 몽롱하게 누워 있었다. 한참 후 캐롤이 우유를 하얀 컵에 따라 접시에 받쳐 들고 나타났다. 한 손은 접시받침, 다른 한 손은 컵 손잡이를 붙들고 있느라 발로 방문을 닫았다.

"좀 끓였더니 우유에 막이 생겼어." 캐롤이 짜증스레 말했다. "미안."

테레즈는 그래도 좋았다. 캐롤은 원래 그럴 것만 같았

다. 딴 생각 하느라 우유가 끓게 내버려 둘 것 같았다.

"이런 거 좋아해? 밍밍한 거?"

테레즈가 고개를 끄덕였다.

"윽." 캐롤은 의자 팔걸이에 걸터앉아 테레즈를 바라보았다.

테레즈는 한쪽 팔꿈치로 몸을 세웠다. 우유가 너무 뜨거워서 처음엔 입술을 대지도 못했다. 간신히 한 모금 마시니 입 안에 우유가 퍼지면서 이것저것 뒤섞인 자연의 맛이 느껴졌다. 우유에서는 뼈와 피 맛도 나고, 따스한 살과 털 맛도 났다. 분필처럼 소금기는 전혀 없지만 점점 자라는 복중 태아처럼 생동감 넘치는 맛이 났다. 우유가 얼마나 뜨겁던지 컵 바닥까지 뜨끈했다. 동화 속 사람들은 변신을 위해 묘약을 들이켜고, 전사는 경계를 풀고 독이 든 잔을 들이켠다. 그렇게 테레즈도 우유를 끝까지 비웠다. 캐롤이 다가와 컵을 받아들었다. 테레즈는 졸려서 정신이 몽롱했지만 캐롤이 세 가지를 묻는 소리가 들렸다. 하나는 행복과 관련된 질문이었고, 또 하나는 백화점과 관련된 질문, 마지막 하나는 미래에 관한 것이었다. 테레즈는 자기도 모르게 대답하고 있었다. 갑자기 웅얼거리는 목소리가 들렸다. 붙들 수 없는 용수철처럼 목소리가 튕겨져 나오더니 눈물범벅이 되었다. 테레즈는 캐롤에게 자신이 뭘 두려워하고 뭘 싫어하는지 털어놓았다. 외로움과 리처드에 대해, 그리고 어마어마한 실망감에 대해 쏟아냈다. 부모님 얘기도 했다. 모친은 아직 생존해 계시나 열네 살 이후 만난 적이 없다고 말했다.

캐롤이 물으면 테레즈는 대답했다. 어머니 얘기는 하고 싶지 않았지만 그래도 대답이 튀어나왔다. 어머니는 그리 중요한 사람이 아니어서 실망조차 할 게 없었다. 그러나 아버지는 중요했다. 아버지는 참 많이 달랐다. 아버지는 테레즈가 여섯 살 때 돌아가셨다. 체코슬로바키아계 변호사였으나 평생 화가를 꿈꾸었다. 특별한 분이었다. 자상하면서 타인과 공감할 줄 알았다. 잘 버는 변호사도, 잘 그리는 화가도 아니라며 어머니가 잔소리를 해대도 아버지는 화가 나서 언성을 높인 적이 단 한 번도 없었다. 몸이 늘 좋지 않았는데 결국 폐렴으로 세상을 떠났다. 테레즈는 어머니가 아버지를 죽였다고 생각했다. 캐롤은 쉬지 않고 질문을 던졌다. 테레즈가 여덟 살 때, 어머니는 자신을 몽클레어에 있는 기숙학교에 집어넣어 놓고 그 후론 거의 찾아오지 않았다고 털어놓았다. 어머니는 방방곡곡을 돌아다녔다. 피아니스트였는데 최정상급은 아니었다. 그래도 늘 열정적으로 연주 여행을 다녔다. 테레즈가 열 살 무렵, 어머니는 재혼했다. 크리스마스 시즌이면 롱아일랜드에 있는 어머니 집을 방문했다. 어머니와 새아버지는 테레즈에게 같이 살자고 했지만 진심은 아니었다. 테레즈는 새아버지 닉이 마음에 들지 않았다. 어머니와 같은 부류였기 때문이다. 목청도 크고 덩치도 크고 머리색이 짙은 새아버지는 폭력적이고 과격했다. 테레즈는 두 사람이 천생연분이라고 생각했다. 어머니는 당시 임신 중이었고, 그후 이부동생을 둘이나 낳았다. 그렇게 일주일을 보낸 후 테레즈는 다시 학교로 돌아왔다. 이후 어머니는 서너 번 정도 학교를 찾아왔다. 올 때마다 선물을 들고 왔다. 블라우스나 책도 사오고, 한번은 화장품 키트를 사 온 적이 있었다. 테레즈는 몹시 못마땅했다. 화장품을 보는 순간, 어머니의 마스카라 발린 푸석푸석한 속눈썹이 연상됐기 때문이다. 이런 선물을 가져오다니 민망했다. 어머니는 화해를 가장해 그걸 들고 왔다. 한번은 이부동생인 어린 사내아이를 데려온 적도 있었다. 그 순간 테레즈는 자신이 천덕꾸러기로 전락했음을 실감했다. 아버지와의 애정이 식자 여덟 살 딸아이를 기숙학교로 보내버린 어머니. 이제 와 굳이 학교로 찾아와 챙기려는 이유는 뭘까? 학교의 절반을 차지하던 다른 고아 소녀들처럼 차라리 나도 고아였다면 오히려 행복했을 텐데. 결국 테레즈는 어머니에게 다시는 오지 말라고 했다. 그리고 어머니도 다시는 찾아오지 않았다. 민망해 하며 분노하던 표정, 갈색 눈을 부라리며 신경질 내던 모습, 비꼬는 듯 비웃다가 침묵하던 얼굴. 그게 테레즈가 기억하는 어머니의 마지막 모습이었다. 그렇게 열다섯 살이 되었다. 학교 친구들은 테레즈가 어머니에게서 편지조차 받지 못하는 것을 알고 대신 어머니에게 편지를 썼다. 어머니가 편지를 보내긴 했다. 그러나 테레즈는 답장하지 않았다. 그렇게 열일곱 살, 졸업식이 다가오자 학교에서는 어머니에게 200달러를 송금하라고 요청했다. 테레즈는 어머니한테 한 푼도 받고 싶지 않았고, 어머니도 한 푼도 보내지 않으리라 믿었다. 어머니는 돈을 보냈고, 테레즈는 그것을 받았다.

"유감스럽지만 그 돈을 받았어요. 이 얘긴 여기서 처음 하는 거예요. 언젠간 돌려 드려야죠."

"말도 안 돼." 캐롤이 다정히 말했다. 의자 팔걸이에 걸터앉아 손으로 턱을 괴고 시선은 테레즈에게 맞춘 채 웃고 있었다. "넌 아직도 애구나. 어머니한테 그 돈을 갚겠다는 생각을 버려야 그때 진짜 어른이 되는 거야."

테레즈는 대답하지 않았다.

"어머니를 다시 뵐 생각은 있어? 앞으로 몇 년 후에라도?"

테레즈는 고개를 저었다. 얼굴은 웃었지만 눈물이 계속 흘렀다. "이 얘기 그만하고 싶어요."

"리처드도 이거 다 알아?"

"아뇨. 그냥 살아 계시다는 것만 알아요. 그게 뭐가 중요해요? 하나도 중요하지 않아요." 테레즈는 울 만큼 울어서 모조리 쏟아낸 것 같았다. 노곤함과 외로움, 실망감까지. 눈물 안에 그 모든 것이 담겨 있었으리라. 그냥 울게 내버려 둔 캐롤이 고마웠다. 캐롤은 화장대 옆에서 등을 돌리고 앉았다. 테레즈는 한쪽 팔꿈치를 세우고 침대에서 뻣뻣이 누운 채 흐느낌을 억지로 짓이겼다.

"다시는 안 울게요."

"그럼 그래야지." 캐롤이 성냥을 그었다.

테레즈는 침탁에서 휴지를 하나 뽑아서 코를 풀었다.

"리처드 말고 누가 또 있어?" 캐롤이 물었다.

테레즈는 주변 사람들과 모두 인연을 끊었다. 릴리와도, 맨 처음 뉴욕에 와서 살던 아파트에서 만난 앤더슨 부부와도 연락을 끊었다. 펠리컨 프레스의 프랜시스 카터와 팀, 몽클레어 기숙학교에서 만난 동창 로이스 바브리카와도 연락하지 않았다. 지금은 주변에 누가 있나? 오스본 부인 집 2층에 사는 켈리 부부, 그리고 리처드가 전부였다. "지난달에 해고당하는 바람에 부끄러워서 이사 나왔어요." 테레즈가 말을 멈추었다.

"이사를 했어?"

"어디로 이사 간다고 아무한테도 말 안 했어요. 리처드에게만 얘기하고 조용히 사라졌죠. 그렇게 해야 새로운 삶을 살 수 있다고 생각했었나 봐요. 너무 창피해서 어디에 사는지 아무에게도 알리고 싶지 않았어요."

캐롤이 미소를 지었다. "사라진다! 그거 좋네. 그럴 수 있으니 얼마나 행운이야. 자유로우니까. 그건 알지?"

테레즈는 아무 말 없었다.

"알 리가 있나." 캐롤이 혼잣말을 했다.

화장대에 앉은 캐롤 옆에서 사각 회색 시계가 희미하게 재깍거렸다. 테레즈는 백화점에서 천 번도 더 그랬던 것처럼 시계를 보며 의미를 부여했다. 4시 15분이 약간 지난 시각. 너무 오래 누워 있는 건 아닌지 마음이 불편했다. 손님이 올 예정이라면 말이다.

그때, 전화벨이 울렸다. 느닷없이 길게 울리는 전화벨 소리가 복도에서 히스테리를 부리며 비명을 지르는 여인의 목소리처럼 들렸다. 둘 다 놀라 서로 쳐다보았다.

캐롤이 일어나더니 손바닥에 대고 뭔가를 탁탁 털었다. 테레즈는 백화점에서 장갑을 손바닥에 대고 두 번 털던 캐롤의 모습이 떠올랐다. 전화벨이 또다시 울렸다. 이번에는 분명 캐롤이 손에 들고 있는 걸 집어던질 거야, 뭔지 몰라도 그걸 반대편 벽 쪽으로 냅다 던지겠지. 그런데 캐롤은 몸을 돌려 물건을 조용히 내려놓더니 방을 나섰다.

복도에서 캐롤의 말소리가 들렸다. 테레즈는 캐롤이 무슨 말을 하는지 듣고 싶지 않았다. 테레즈는 자리에서 일어나 치마를 매만지고 신을 신었다. 아까 캐롤이 손에 뭘 들고 있었는지 살폈다. 황갈색 나무 구둣주걱이었다. 다른 사람 같았으면 내던졌을 텐데, 테레즈는 생각했다. 테레즈는 캐롤을 다음의 한마디로 정의 내렸다. 자존심. 캐롤은 목소리 톤을 바꾸지 않고 같은 말을 반복했다. 똑같은 톤으로 몇 번이고 말했다. 테레즈가 문을 열고 밖으로 나가려는 순간 캐롤이 이렇게 말했다. "손님이 있어." 벽창호 같은 고집으로 벌써 세 번이나 같은 말을 차분히 반복했다. "난 그게 충분히 이유가 된다고 생각해. 다음에 오면 되잖아? 내일은 왜 안 되는데? 당신이……."

그러고는 대화가 끊겼다. 캐롤이 계단을 밟고 올라왔다. 캐롤과 통화하던 사람이 도중에 전화를 끊은 것 같았다. 도대체 누가 감히. 테레즈는 궁금했다.

"저 가야겠죠?" 테레즈가 물었다.

캐롤은 그녀를 처음 집으로 들일 때와 같은 눈길로 바라보았다. "있고 싶으면 있어. 이따가 괜찮으면 드라이브 가자."

테레즈는 캐롤이 다시 드라이브 나갈 마음이 없음을 눈치챘다. 테레즈는 침대를 정리하기 시작했다.

"그냥 둬." 캐롤이 복도에서 바라보며 말했다. "그냥 문만 닫아."

"누가 오세요?"

캐롤은 몸을 돌려 녹색 방으로 들어갔다. "내 남편, 하지."

아래층에서 초인종이 두 번 울리더니 동시에 빗장이 철컥거리는 소리가 났다.

"지금 당장은 안 된다고 했는데도 저러네." 캐롤이 중얼거렸다. "내려와, 테레즈."

테레즈는 갑자기 두려워서 속이 울렁거렸다. 캐롤의 남편 때문이 아니라 캐롤이 그가 왔다고 짜증을 냈기 때문이다.

남자가 계단을 오르고 있었다. 테레즈를 보는 순간 발걸음이 느려지더니 살짝 놀란 기색이 얼굴을 스쳐갔다. 그러고는 캐롤에게로 시선을 옮겼다.

"하지, 이쪽은 벨리벳 양이야. 이쪽은 에어드 씨."

"처음 뵙겠습니다." 테레즈가 말했다.

하지는 테레즈를 멍하니 바라보았다. 그는 신경질이 그득한 파란 눈동자로 테레즈를 머리에서 발끝까지 훑었다. 덩치가 좋고 볼이 발그레했다. 최고 수위로 경계하듯 한쪽 눈썹을 더 높이 치켜 올렸다. 눈썹이 흉터로 뒤틀린 것처럼 보였다. 그는 "안녕하세요."라고 인사한 후 캐롤에게 말을 건넸다. "방해해서 미안. 물건 좀 챙길 게 있어서." 캐롤을 스치고 지나가 테레즈가 보지 못한 방문을 열었다. "린디 물건 좀 챙겨갈게."

"벽에 걸린 액자를 가져가려고?" 캐롤이 물었다.

남자는 아무 말이 없었다.

캐롤과 테레즈는 아래층으로 내려갔다. 거실에서 캐롤은 앉고 테레즈는 서 있었다.

"더 있다 가." 캐롤이 말했다.

테레즈는 고개를 저었다.

"더 있다 가라고." 캐롤이 강하게 말했다.

캐롤의 눈에 담긴 차가운 분노를 보는 순간, 테레즈의 온몸이 갑자기 굳었다. "못 있겠어요." 테레즈도 고집을 굽히지 않았다.

그러자 캐롤은 풀이 죽었는지 이제는 미소까지 지었다.

하지가 잰걸음으로 복도를 지나 잠시 서성였다가 다시 계단을 천천히 내려오는 소리가 들렸다. 검은 옷차림에 발그레한 뺨에 금발 머리를 한 남자가 모습을 드러냈다.

"수채화 세트를 못 찾겠어. 내 방에 둔 줄 알았는데." 그는 투덜거렸다.

"어디 있는지 알아." 캐롤이 일어나 계단으로 향했다.

"크리스마스 선물 산 거 있으면 전해줄게." 하지가 말했다.

"고마운데, 그건 내가 직접 줄게." 캐롤이 계단을 올랐다.

이혼한 지 얼마 안 됐나, 아니면 곧 할 건가, 테레즈는 궁금했다.

하지가 테레즈를 쳐다보았다. 그의 표정은 강렬했다. 호기심 어린 눈에는 근심과 지겨움이 뒤엉켜 있었다. 입가가 탄탄하고 두툼히 살이 올라 입술선과의 경계가 뭉뚱그려져 입술이 아예 없는 사람처럼 보였다. "뉴욕에서 오셨습니까?" 그가 물었다.

테레즈는 그의 말투에서 무시와 무례가 느껴졌다. 따귀를 맞은 기분이었다. "네, 뉴욕에서 왔어요."

그가 재차 질문하려는 순간, 캐롤이 계단에서 내려왔다. 테레즈는 캐롤에게 그와 단 둘이 몇 분이나 있었다고 호소하고 싶었다. 긴장이 풀리면서 온몸이 부들부들 떨렸다. 그리고 이 모습을 하지도 보고 있음을 알았다.

"고마워." 하지는 캐롤에게 상자를 건네받으며 말했다. 그는 걸음을 옮겨 2인용 소파 위에 벗어 둔 코트를 집어 들었다. 검정 소매가 흉하게 널브러진 모습을 보니 싸워서라도 이 집의 소유권을 가지려는 것 같았다. "그럼 이만." 하지는 작별을 고하며 코트를 입고 문으로 걸어갔다. "애비 쪽 친구야?" 그는 캐롤에게 조용히 물었다.

"내 친구야." 캐롤이 대답했다.

"린디한테 선물 주러 올 거지, 언제 오는데?"

"내가 아무것도 안 주면 어떻게 되는데, 하지?"

"캐롤." 그가 현관에서 발걸음을 멈췄다. 뭐라고 하는지 잘 들리지 않았지만 뭔가 유쾌하지 않은 대화가 오가고 있었다. "나 지금 신시아 만나러 가는 길인데, 오는 길에 잠깐 들러도 돼? 8시 전까지 올게."

"하지, 목적이 뭐야?" 캐롤이 의아하게 말했다. "가뜩이나 못마땅해 하면서 왜 이래?"

"린디가 걱정돼서 그래." 그의 목소리는 이성을 잃은 듯 맥이 빠졌다.

잠시 후, 캐롤이 혼자 들어와 문을 닫더니 뒷짐을 진 채 문에 기대어 섰다. 차가 떠나는 소리가 들렸다. 캐롤이 오늘 밤 남편을 보기로 한 게 분명해, 테레즈는 생각했다.

"저 갈게요." 테레즈가 말했다. 캐롤은 아무 말이 없었다. 두 사람 사이에 흐르던 침묵 속에 생기가 사라졌다. 테레즈는 점점 더 불편해졌다. "제가 가는 편이 낫겠어요."

"그래, 미안해. 남편 때문에 정말 미안하게 됐어. 저렇게 무례한 사람은 아닌데. 오늘 손님이 있다는 소리를 괜히 했나봐."

"상관없어요."

이마에 주름을 잡은 채 캐롤이 어렵게 입을 뗐다. "오늘 내가 집에까지 못 데려다줄 것 같은데 대신 기차 타고 가도 괜찮겠어?"

"괜찮아요." 테레즈는 오늘 캐롤이 집으로 자신을 데려다주러 왔다가 이 어둠 속으로 혼자 돌아오는 모습을 두고 볼 수 없었다.

차 안에서도 두 사람은 아무 말 없었다. 차가 역에 도착하자마자 테레즈는 차 문을 열었다.

"4분 후에 기차가 있어." 캐롤이 말했다.

테레즈가 다급히 물었다. "우리 다시 만날 수 있어요?"

캐롤은 나무라듯 그저 미소만 짓더니 차창을 올렸다.
"잘 가."

당연히, 당연히 다시 만나야지, 테레즈는 생각했다. 바보 같은 질문이었다.

차는 빠르게 후진한 후 어둠 속으로 사라졌다.

테레즈는 다시 백화점이 그리워졌다. 월요일도 그리웠다. 월요일에 캐롤이 백화점으로 찾아올지 모른다. 그러나 그럴 가능성은 없었다. 화요일은 크리스마스이브니까 화요일에 캐롤에게 전화를 하면 된다. 크리스마스 잘 보내라고.

테레즈는 단 한 순간도 마음속에서 캐롤을 지운 적이 없었다. 눈앞에 보이는 것 모두 캐롤을 통해 보는 것 같았다. 그날 저녁, 캄캄하고 편편한 뉴욕 거리를 걸었다. 내일 할 일도, 싱크대에 우유병을 떨어뜨려 우유를 와장창 쏟은 일도 전혀 중요하지 않았다. 침대에 몸을 내던진 후 종이 위에 연필로 선을 그었다. 또 한 줄 긋고, 조심스레 또 한 줄 그었다. 또 하나의 세상이 테레즈의 주위에서 태어났다. 반짝이는 나뭇잎이 백만 개는 달린 환한 숲 같은 세상이 펼쳐졌다.

남자는 엄지와 검지로 물건을 집어 든 채 대수롭지 않게 쳐다보았다. 민머리 위에 몇 가닥 남은 검은 머리칼을 옆으로 깔끔히 빗어 넘겼다. 테레즈가 창구로 와서 말을 꺼내는 순간 그는 시선을 물건에 고정시킨 채 아래 입술을 삐죽 내밀더니 노골적으로 경멸하며 무시하는 표정을 지었다.

　　"이런 건 매입 불가요." 그가 마침내 말했다.

　　"조금이라도 쳐주시면 안 될까요?" 테레즈가 애원했다.

　　입술이 더 튀어나왔다. "50센트." 그는 창구 너머로 물건을 도로 던졌다.

　　테레즈는 손가락을 더듬어 물건을 쥐었다. "그럼, 이거는요?" 테레즈는 코트 주머니를 주섬주섬 뒤지더니 성 크리스토퍼 펜던트가 달린 짧은 은 체인 목걸이를 꺼냈다.

　　그는 다시금 엄지와 검지로 더러운 물건을 쥐듯 펜던트를 건성으로 뒤집었다. "2달러 50센트 쳐주지."

　　최소 20달러는 나가는 목걸이였기에 뭐라고 따지고 싶었지만, 다들 '고맙다'고만 말하는 바람에 테레즈는 아무 말도 하지 못했다. 그녀는 목걸이를 집어 들고 밖으로 나왔다.

낡은 포켓나이프나 망가진 손목시계, 창가에 잔뜩 걸린 목공용 대패를 팔아넘긴 운 좋은 사람들은 대체 누굴까? 테레즈는 창문 너머를 다시금 들여다볼 수밖에 없었다. 남자의 얼굴이 창가에 걸린 헌팅 나이프 밑으로 보였다. 남자는 웃으며 테레즈를 바라보았다. 테레즈의 일거수일투족을 모조리 꿰뚫어 보는 것 같았다. 테레즈는 서둘러 거리를 내려갔다.

10분 후, 테레즈가 돌아왔다. 은 체인 목걸이를 맡기고 2달러 50센트를 받았다.

테레즈는 서둘러 서쪽으로 향했다. 렉싱턴 가를 건너 파크 가를 지나 매디슨 가로 내려갔다. 주머니 속에 든 작은 상자를 움켜쥐었다가 날카로운 모서리에 손가락이 베었다. 비어트리스 수녀가 준 상자였다. 갈색 나무와 자개를 체크 문양으로 삼강 세공한 상자였다. 얼마짜리인지는 모르겠지만 그래도 값이 좀 나갈 줄 알았다. 그러나 그렇지 않다는 것을 이제 깨달았다. 테레즈는 가죽 제품을 파는 상점으로 들어갔다.

"창가에 있는 검은색 가방 좀 보여주세요. 검정 스트랩에 금색 버클이 달린 거요." 테레즈는 판매 사원에게 말했다.

지난주 토요일 오전에 캐롤을 만나서 점심을 먹으러 가

는 길에 눈에 띈 핸드백이었다. 이 백을 보는 순간 마치 캐롤을 바라보는 듯한 느낌이었다. 캐롤이 약속을 어겨서 다시는 만나지 못한다 해도, 테레즈는 어쨌든 이걸 꼭 사서 부칠 생각이었다.

"그걸로 할게요."

"세금까지 해서 71달러 18센트입니다. 선물 포장해 드릴까요?"

"네, 해주세요." 테레즈는 빳빳한 10달러권 여섯 장을 카운터에 내밀고 나머지는 1달러로 계산했다. "이거 여기 좀 맡겨 두었다가 이따가 6시 반에 찾아가도 될까요?"

테레즈는 지갑에 영수증을 챙겨서 상점을 나왔다. 백화점에 핸드백을 들고 가 굳이 위험을 자청할 필요가 없다. 아무리 크리스마스이브라 해도 자칫 도둑을 맞을 수도 있으니 말이다. 오늘은 백화점에서 근무하는 마지막 날이다. 앞으로 나흘 뒤면 블랙캣 극단에서 일하게 된다. 필이 크리스마스 지나서 연극 대본을 갖다 준다고 했다.

테레즈는 브렌타노 가게를 지났다. 쇼윈도에는 온통 새틴 리본이 걸려 있었고 가죽 커버 책과 갑옷을 입은 기사 그림도 보였다. 테레즈는 발걸음을 돌려서 가게로 들어갔다. 사지 않고 잠시 구경만 할 참이었다. 혹시 핸드백보다 여기에 좀 더 괜찮은 선물이 있는지 보고 싶었다.

한쪽에 걸린 그림이 눈길을 사로잡았다. 백마를 탄 젊

은 기사의 그림이었다. 활짝 펼쳐진 숲을 지나는 기사 뒤로 급사 소년들이 줄지어 따라가고 있었다. 맨 뒤에서 따라오는 소년은 금반지가 올라간 쿠션을 받쳐 들고 있었다. 테레즈는 가죽 커버 책을 들었다. 커버 안쪽에 25달러라고 적혀 있었다. 지금 은행에 가서 25달러만 더 인출하면 이걸 살 수도 있다. 25달러가 뭐 대순가. 사실 목걸이를 전당포에 맡길 필요는 없었다. 리처드에게 선물 받은 물건을 더는 갖고 있기 싫어서 전당포에 맡긴 것이다. 책을 덮으니 금박을 입힌 책배가 눈에 들어왔다. 캐롤이 중세에 쓰인 연시를 좋아할까? 캐롤의 독서 취향을 전혀 알지 못했다. 테레즈는 책을 내려놓고 서둘러 밖으로 나왔다.

위층 인형 코너에서 산티니 양이 카운터를 오가며 큰 상자에 담긴 캔디를 나눠주고 있었다.

"두 개 받으세요. 사탕 코너에서 올려 보낸 거예요." 산티니 양이 테레즈에게 말했다.

"그럼 그럴게요." 테레즈는 사탕을 씹어 먹으며 크리스마스 정신이 캔디 코너에까지 퍼진 거라 생각했다. 오늘따라 백화점 분위기가 이상했다. 무엇보다 유달리 조용했다. 손님은 많았지만 크리스마스이브인데도 다들 서두르는 기미가 아니었다. 테레즈는 엘리베이터 쪽을 힐끔거리며 캐롤을 찾았다. 혹시 캐롤이 오늘 오지 않으면 6시 반경에 전화해서 크리스마스를 잘 보내라고 안부를 전할 참이다. 캐롤의 집 전화번호를 알고 있었다. 집에 갔을 때 전화기에 적힌 번호를 봐두었다.

"벨리벳 양!" 헨드릭슨 부인이 호출하자 테레즈는 정신이 바짝 들었다. 부인은 테레즈에게 손을 흔들며 웨스턴 유니온(미국 전보 회사로 시작하여 현재는 금융·통신 회사로 운영되고 있다─옮긴이) 집배원이 왔다고 알렸다. 그는 테레즈 앞에 전보를 내려놓았다.

테레즈는 서둘러 서명한 다음 전보를 열었다.

5시에 아래층에서 만나. 캐롤.

테레즈는 전보를 손바닥에 대고 엄지로 꽉 눌러 구겼다. 나이 먹어 구부정한 집배원이 무릎을 앞으로 삐죽 내밀며 터벅터벅 엘리베이터로 향했다. 종아리에 감은 붕대식 각반이 헐겁고 삐뚤빼뚤했다.

"기분 좋은 일 있나 봐요." 자브리스키 부인이 지나가면서 우울한 목소리로 말했다.

테레즈는 미소를 지었다. "네, 좋아요." 자브리스키 부인은 생후 두 달 된 갓난아이를 두었고 남편이 실직 중이라고 했다. 테레즈는 저 두 사람이 서로 사랑해서 결혼했는지, 지금 진짜로 행복한지 궁금했다. 아마 행복하겠지. 그런데 자브리스키 부인의 공허한 표정과 무거운 발걸음을 보면 행복이 바닥나 보였다. 다 사라졌으리라. 테레즈는 이런 글을 본 적이 있었고, 리처드도 전에 이렇게 말한 적이 있었다. '결혼한 지 2년이 지나면 사랑은 없어진다.' 결혼은 잔혹한 흉계일 뿐이다. 캐롤의 얼굴과 향수를 떠올리려 했지만 무의미해졌다. 무엇보다 테레즈가 캐롤을 사랑한다 말할 수 있을까? 테레즈는 대답할 수 없는 질문에 도달했다.

5시 10분 전, 테레즈는 헨드릭슨 부인에게 가서 30분 일찍 퇴근해도 좋다는 허락을 받았다. 부인은 테레즈가 일찍 퇴근하려는 것이 전보와 관계있음을 눈치챘는지 어쨌는지, 별말 없이 테레즈를 보내 주었다. 오늘 하루 벌어진 또 하나의 이상한 일이었다.

캐롤이 전에 만났던 입구에서 기다리고 있었다.

"안녕하세요. 다 끝났어요." 테레즈가 말했다.

"다 끝나?"

"여기서 일하는 거요. 다 끝났다고요." 캐롤의 우울한 모습을 보는 순간, 테레즈도 축 처졌지만 이렇게 말했다. "오늘 전보 받아서 정말 기뻤어요."

"네가 시간이 나는지 어쩐지 몰라서. 오늘 저녁 괜찮아?"

"그럼요."

두 사람은 밀려오는 인파 속을 천천히 걸었다. 캐롤은 관리하기 까다로워 보이는 스웨이드 펌프스를 신었다. 덕분에 테레즈보다 5센티는 더 커 보였다. 30분 전에 눈이 내리다가 지금은 그쳤다. 눈이 바닥에 얄팍하게 깔렸다. 거리와 인도에 모두 하얀 모직천이 깔린 것 같았다.

"오늘 애비를 만나려고 했는데 바쁘대. 괜찮으면 드라이브 가자. 네 얼굴 보니 정말 좋아. 오늘 밤 약속도 없다니 천사가 따로 없네. 알지?"

"아뇨." 테레즈는 이유도 없이 그저 좋았다. 캐롤은 기분이 가라앉은 듯 보였다. 무슨 일이 있었던 게 확실했다.

"이 근처에 커피 마실 데 있어?"

"네, 동쪽으로 조금만 가면 돼요."

테레즈는 5번가와 매디슨 가 사이에 있는 샌드위치 가게 중 하나를 갈 생각이었다. 그런데 캐롤은 입구에 어닝이 달린 작은 바를 골랐다. 웨이터는 지금은 칵테일 아워라며 처음에는 주문을 안 받으려 했다. 캐롤이 나서려고 하자, 웨이터가 뒤로 들어가서 커피를 내왔다. 테레즈는 핸드백을 가지러 갈 생각에 마음이 다급했다. 아무리 선물 포장을 했다지만 같이 가지러 가기는 싫었다.

"무슨 일이 생긴 거예요?" 테레즈가 물었다.

"설명하기에 너무 긴 일이 벌어졌어." 캐롤이 웃으며 말했지만 지친 미소를 보냈다. 이어서 침묵이 이어졌다. 두 사람이 서로 떨어져 우주를 헤매는 듯한 헛헛한 침묵이 이어졌다.

캐롤이 고대하던 약속을 어쩔 수 없이 깨야 했던 건가, 테레즈는 생각했다. 캐롤이라면 응당 크리스마스이브에 바쁠 텐데.

"나 때문에 할 일 못하는 건 아니지?" 캐롤이 물었다.

테레즈는 마음이 점점 다급해졌다. 어쩔 수 없었다. "매디슨 가에 가서 뭐 좀 가져올게요. 여기서 가까워요. 기다려주시면 금방 갔다 올게요."

"알았어."

테레즈는 일어났다. "택시 타면 3분이면 돼요. 설마 가시는 건 아니죠?"

캐롤은 미소를 지으며 손을 뻗어 무심한 듯 테레즈의 손을 꽉 쥐었다가 놓았다. "그럼. 기다릴게."

테레즈가 택시에 탈 때도 캐롤의 지친 목소리가 귓가에 아른거렸다. 돌아오는 길에 차가 막히자 테레즈는 내려서 마지막 블록을 뛰어 왔다.

캐롤은 그 자리에서 커피를 반쯤 비우고 있었다.

"커피는 됐어요." 캐롤이 나가고 싶어 하는 눈치라 테레즈는 이렇게 말했다.

"차를 시내에 세워 놨어. 거기까지 택시 타고 가자."

두 사람은 배터리 파크에서 별로 멀지 않은 비즈니스 구역으로 들어갔다. 지하에 주차해 둔 캐롤의 차가 나왔다. 캐롤은 웨스트사이드 고속도로를 탔다.

"이러니 훨씬 낫네." 캐롤은 운전을 하면서 코트를 벗었다. "뒷자리에 좀 놔줘."

또다시 두 사람은 말이 없었다. 캐롤은 속도를 내며 앞차를 추월했다. 어디 행선지가 있는 것 같았다. 테레즈가 아무 말이나 꺼내려는 찰나, 차가 조지 워싱턴 다리에 도착했다. 남편과 이혼 협의 중인 캐롤이 오늘 시내에서 변호사를 만난 것 같은 느낌이 문득 테레즈의 머리를 스쳤다. 그쪽엔 변호사 사무실이 즐비했다. 그런데 뭔가 일이 틀어진 것이다. 두 사람은 왜 이혼을 할까? 하지가 신시아라는 여자와 바람이 나서? 테레즈는 얼떨했다. 캐롤이 테레즈가 앉은 쪽 차창을 내리고 달리는 바람에 차가 속도를 낼 때마다 바람이 들이닥쳐 찬기가 테레즈의 팔을 때렸다.

"애비가 저기에 살아." 캐롤이 강 건너를 턱으로 가리키며 말했다.

눈에 띄는 불빛 하나 보이지 않았다. "애비가 누구예요?"

"애비? 나랑 가장 친한 친구." 캐롤은 이렇게 말하고는 테레즈를 쳐다보았다. "창문 열고 달렸는데 안 추워?"

"안 추워요."

"추울 텐데." 차가 빨간 불에 걸리자 캐롤이 창문을 올렸다. 캐롤은 오늘 저녁 테레즈를 처음 만난 듯한 시선으로 쳐다보았다. 얼굴에서부터 무릎에 올린 테레즈의 손까지 훑어

내렸다. 테레즈는 길가 견사에 있다가 캐롤에게 팔린 강아지 신세가 된 것 같았다. 캐롤이 이제야 테레즈가 옆에 있다는 것을 자각했기 때문이다.

"무슨 일이에요, 캐롤? 지금 이혼 소송 중인 거예요?"

캐롤이 한숨을 내쉬었다. "응, 이혼하는 중이야." 차분하게 말한 후 다시 차를 몰았다.

"남편이 양육권을 가져갔군요."

"오늘 밤 그렇게 됐어."

테레즈가 되물으려는 찰나, 캐롤이 먼저 말을 꺼냈다. "다른 얘기하자."

옆 차에 탄 사람들은 라디오에서 크리스마스 캐럴이 흘러나오자 다 같이 따라 불렀다.

캐롤과 테레즈는 말이 없었다. 용커스(뉴욕 주 동남부 허드슨 강을 끼고 있는 도시—옮긴이)를 지났다. 테레즈는 캐물을 기회를 몽땅 날린 것 같았다. 캐롤이 불쑥 뭐라도 먹자고 했다. 8시가 다 된 시각에 두 사람은 길가 작은 레스토랑에 멈춰 섰다. 이곳에서는 프라이드 클램 샌드위치를 팔았다. 카운터에 앉아서 샌드위치와 커피를 시켰지만 캐롤은 먹지 않았다. 캐롤은 테레즈에게 리처드에 대해 물었다. 지난 일요일 오후에 호기심 어리게 묻던 모습과는 사뭇 달랐다. 그저 테레즈가 캐묻지 못하게 막으려는 것 같았다. 질문은 지극히 사적인 내용이었지만, 테레즈는 기계적으로 무심하게 대답했다. 캐롤의 조용한 목소리가 이어졌다. 바로 옆 사람과 속삭이는 카운터 직원의 목소리보다 훨씬 작았다.

"같이 잠도 자?" 캐롤이 물었다.

"네, 두세 번 잤어요." 테레즈는 잠자리 횟수를 말했다. 처음이었고 세 번 했다고 했다. 이런 얘기를 하는 게 부끄럽지 않았다. 그 일이 이렇게 덤덤하고 별거 아닌 듯 느껴진 건 처음이었다. 캐롤이 그런 밤들을 구체적으로 상상하는 것 같은 기분이 들었다. 자신을 객관적으로 평가하는 캐롤의 시선이 느껴졌다. 테레즈는 캐롤이 자기에게 지나치게 차갑다거나 정서적으로 굶주린 것 같긴 않다고 말할 줄 알았다. 그런데 캐롤은 잠자코 있었다. 테레즈는 앞에 놓인 작은 뮤직 박스 수록곡 리스트를 못마땅히 쳐다보았다. 뜨거운 입술을 가졌다는 소리를 들은 적이 있었는데 누가 한 말인지는 기억나지 않았다.

"그게 시간이 걸릴 때도 있어." 캐롤이 말했다. "한 번 더 기회를 줘야하지 않겠어?"

"그런데 왜죠? 그게 즐겁지가 않아요. 게다가 리처드를 사랑하지 않아요."

"만약 그게 잘 맞으면 사랑한다고 느껴질걸?"

"다들 그런 식으로 사랑하나요?"

캐롤은 카운터 벽 뒤에 걸린 사슴 머리 장식을 올려다보았다. "그런 건 아니야." 캐롤은 미소를 지었다. "리처드 어디가 좋아?"

"글쎄요, 리처드는……." 테레즈는 그게 진짜로 진지한 자세인지 확신이 서지 않았다. 화가가 되겠다는 리처드는 그 꿈을 이루려고 최선을 다하지 않았다. "그 어떤 남자보다 리처드의 자세가 마음에 들어요. 자기가 어디까지 사귈 수 있을 여자인지 아닌지로 보는 대신 날 하나의 인격체로 대하거든요. 게다가 리처드의 가족들도 좋아요. 그에게 가족이 있다는 것도 좋고요."

"가족이야 다들 있지."

테레즈는 애써 말을 이어갔다. "생각이 유연하고 변화할 줄 아는 사람이에요. 의사다, 보험 판매원이다, 이렇게 규정지을 수 있는 여느 남자들하고는 달라요."

"결혼 후 몇 달 동안 내가 하지에 대해 파악한 것보다 네가 리처드에 대해 더 많이 아는 것 같다. 넌 적어도 내가 했던 실수는 하지 않을 거야. 결혼을 그저 스무 살 무렵에 해치워야 하는 일로 여기는 지인들도 있어."

"그럼 사랑하지도 않는데 결혼했단 말인가요?"

"아니, 사랑하긴 했지. 그것도 열렬히. 하지도 날 사랑했어. 그런데 그이는 일주일 만에 여자의 인생을 꽁꽁 묶어 자기 주머니에 쑤셔 넣을 사람이더라. 사랑해본 적 있어, 테레즈?"

테레즈는 가만히 있으려 했지만 느닷없이 대답이 튀어

나왔다. 거짓과 죄책감에 입술이 저절로 움직였다. "아니요."

"그래도 사랑하는 게 좋지." 캐롤이 미소를 지었다.

"남편은 아직도 당신을 사랑하나요?"

캐롤은 안절부절못하고 고개를 숙였다. 테레즈가 불쑥 물어서 놀란 것 같았다. 그래도 캐롤의 목소리는 흔들리지 않았다. "잘 모르겠어. 어떻게 보면 그이는 마음이 하나도 변하지 않은 것 같아. 그 사람은 여전하다는 걸 이제야 깨달았어. 처음으로 사랑한 여자가 나라고 했는데, 그건 사실인 것 같아. 사랑이라고 하는 일반적인 의미에서 보면 그이가 고작 몇 달 동안 반짝 나를 사랑하고 만 것 같진 않아. 다른 여자한테 눈길 한 번 준 적 없었으니까. 그건 확실해. 그랬다면 오히려 더욱 인간적으로 느껴졌을 거야. 그럼 내가 이해하고 용서했을 테니."

"그럼 남편은 따님을 사랑하나요?"

"그 남자는 딸이라면 껌뻑 죽지." 캐롤이 웃으며 테레즈를 쳐다봤다. "남편이 사랑에 빠졌다면 그건 린디일 거야."

"애칭 말고 본명이 뭐예요?"

"네린다. 남편이 지은 이름이야. 그 사람은 아들을 원했는데 오히려 딸이라 더 좋은가봐. 난 딸을 갖고 싶었어. 둘이나 셋 정도 낳고 싶었는데."

"그런데…… 남편이 싫다고 했나요?"

"내가 거부했어." 캐롤이 테레즈를 다시 쳐다보았다. "이게 크리스마스이브에 할 얘긴가?" 캐롤은 손을 담배로 뻗더니 테레즈가 내민 필립 모리스 한 개비를 받아들었다.

"당신의 모든 걸 알고 싶어요." 테레즈가 말했다.

"아이를 더는 낳고 싶지 않았어. 결혼 생활이 원만하지 않았거든. 린디와의 관계도 별로였고. 그래도 넌 사랑을 하고 싶겠지? 곧 그렇게 될 거야. 그리고 사랑에 빠지면 마음껏 즐겨. 나중엔 더 힘들어질 테니."

"누군가를 사랑하는 게요?"

"사랑에 빠지는 게. 심지어 자고 싶은 욕구조차 일지 않을지 몰라. 성욕이라는 건 우리들, 특히 남자들이 믿고 싶어하는 것보다 굼뜨게 동하는 편이야. 첫 경험은 그저 호기심을 채우는 정도로 끝나고, 그다음부턴 그 행위를 반복하면서 그걸…… 찾으려 하지."

"그게 뭔데요?" 테레즈가 물었다.

"뭐라고 불러야 하지? 친구, 파트너? 아니면 인생을 공유할 사람이라고 할까. 어떤 말이 좋을까? 사실 다른 식이라면 훨씬 쉽게 찾을 수 있는데도 다들 꼭 섹스를 통해 찾으려 하는 것 같아."

캐롤이 호기심이라고 한 말, 테레즈는 그것이 사실임을 알았다. "다른 식이라면?"

캐롤이 쓱 쳐다보았다. "그건 각자 알아서 찾아야지. 나 한잔 하고 싶어."

레스토랑에서는 맥주와 와인밖에 없다고 하자 두 사람
은 밖으로 나왔다. 캐롤은 다른 곳으로 가서 술을 하는 대신
다시 뉴욕으로 차를 돌렸다. 캐롤은 집에 가고 싶은지, 아니
면 잠시 자기 집에 들르고 싶은지를 물었다. 테레즈는 캐롤
의 집으로 가겠다고 했다. 켈리 부부가 오늘 밤 집에서 와인
하고 과일 케이크 파티를 연다며 초대한 사실이 떠올랐다.
꼭 가겠다고 했지만 테레즈가 빠져도 그들은 아쉬워하지 않
을 것 같았다.

"나 때문에 기분 잡쳤지." 캐롤이 불쑥 말했다. "일요일
도 그렇고 오늘도 그렇고. 오늘 같은 밤을 같이 보내기엔 내
가 괜찮은 상대가 아닌데. 뭐 하고 싶은 거 있어? 크리스마스
분위기가 물씬 풍기고 캐럴이 흐르는 뉴와크 레스토랑으로
갈까? 나이트클럽은 아니고. 거기 저녁 메뉴가 꽤 괜찮아."

"어디든 다 좋아요."

"하루 종일 후진 데에서 앉아만 있었잖아. 네가 자유의
몸이 된 것도 아직 축하하지 못했는걸."

"그냥 같이 있는 것만으로도 좋아요." 테레즈는 뭔가 설
명하고자하는 마음이 담긴 자신의 목소리에 미소를 지었다.

캐롤은 시선을 맞추지 않고 고개를 저었다. "어린애네,
어린애. 혼자 무슨 생각 하는 거야?"

잠시 후, 뉴저지 고속도로를 달리며 캐롤이 말했다. "아,
생각났다." 캐롤은 포장도로에서 벗어나 자갈길 위에 차를

세웠다. "같이 내리자."

두 사람은 불이 켜진 노점 앞에 섰다. 그곳에는 크리스마스트리가 잔뜩 쌓여 있었다. 캐롤은 테레즈에게 너무 크지도 작지도 않은 나무를 고르라고 했다. 두 사람은 트리를 뒷좌석에 실었다. 테레즈는 조수석에 앉아 감탕나무와 전나무 가지를 한 아름 안고 있었다. 얼굴을 나뭇가지에 파묻고 숨을 들이켰다. 짙은 녹색이 뿜어내는 짜릿한 내음, 청량한 향내를 맡았다. 야생 숲에서 나는 향기 같았다. 장식용 방울, 선물, 눈, 캐럴, 휴일 같은 크리스마스 하면 떠오르는 온갖 분위기가 풍기는 것 같기도 했다. 백화점 전체에 온통 크리스마스 기운이 퍼지더니 이제 캐롤의 곁에까지 번졌다. 자동차 엔진이 그렁거렸다. 테레즈는 뾰족한 바늘 같은 전나무 잎을 손으로 건드렸다. 행복하다, 행복해. 테레즈는 생각했다.

"지금 당장 트리를 꾸미자." 캐롤은 집으로 들어가며 말했다.

캐롤은 거실 라디오를 켠 다음 마실 것을 준비했다. 라디오에서 캐럴이 흘러 나왔다. 종소리도 청명하게 울려 퍼졌다. 큰 교회에 들어온 것 같았다. 캐롤은 면 이불을 꺼내와 트리 주위에 눈 내리는 풍광을 재현했다. 테레즈는 반짝임을 연출하려고 그 위에 설탕을 뿌렸다. 금색 리본에 길게 그려진 천사를 오려서 트리 꼭대기에 붙였다. 트레이싱 페이퍼

를 겹겹이 접어 천사 모양으로 오려 펼친 다음 줄줄이 이어
진 천사를 나뭇가지를 따라 걸었다.

"손재주가 있네." 캐롤이 벽난로 근처에서 트리를 바라보
며 말했다. "아주 훌륭해. 이제 선물 상자만 있으면 되겠어."

테레즈는 코트를 벗어 소파 위에 두었다. 그 옆에 선물도
있었다. 그런데 같이 줄 카드를 집에 놓고 오는 바람에 카드
없이 선물만 달랑 주고 싶지 않았다. 테레즈는 트리를 쳐다
보았다. "또 뭐가 필요하죠?"

"없어. 지금 몇 시지?"

라디오 방송이 끝났다. 테레즈는 벽난로 위에 놓인 시계
를 바라보았다. 1시가 지났다. "이제 크리스마스네요."

"오늘 자고 가. 그게 낫겠어."

"그럴게요."

"내일 꼭 해야 할 일이 있어?"

"없어요."

캐롤은 라디오 위에 올려 둔 술잔을 집어 들었다. "리처
드는 안 만나?"

리처드를 보긴 봐야 했다. 정오에 만나서 그의 집에서 크
리스마스를 보내기로 했다. 그러나 몇 가지 핑계를 댈 수 있
을 것 같았다. "아뇨, 오늘 만나기로 했는데, 중요한 건 아니
에요."

"내가 아침 일찍 차로 데려다줄게."

"내일 바쁘세요?"

캐롤은 술잔을 마저 비웠다. "응."

테레즈는 종잇조각과 리본 자투리 등 너저분하게 어지른 자리를 정리했다. 뭔가를 만들고 나서 뒷정리하는 건 질색이었다.

"보아하니 리처드는 자기가 일하는 이유가 될 만한 여자를 옆에 두어야 하는 남자 같아. 그 여자와 결혼을 하든 말든 간에. 그런 남자 맞지?"

왜 지금 리처드 얘기를 꺼내는 거지, 테레즈는 짜증이 났다. 캐롤이 리처드를 좋아하나. 그렇다면 전적으로 테레즈의 실수였다. 어렴풋한 질투심이 바늘처럼 그녀를 찔렀다.

"난 혼자 사는 남자나 혼자 살아야지 했다가 막판에 여자랑 크게 사고 치는 남자보다 리처드 같은 남자가 훨씬 존경스러워."

테레즈는 커피 테이블 위에 놓인 캐롤의 담뱃갑을 쳐다보았다. 이 주제에 대해서는 한마디도 할 말이 없었다. 테레즈는 짙은 풀 내음 속에서 한 줄기 가녀린 실처럼 피어오르는 캐롤의 향수 냄새를 맡았다. 그 실을 따라가 캐롤을 품에 안았으면.

"결혼을 하든 말든 아무 상관이 없잖아, 안 그래?"

"네?" 테레즈는 캐롤을 쳐다보았다. 캐롤이 살짝 웃고 있었다.

"하지는 자기 세계로 여자를 절대로 들이지 않는 남자야. 반면, 네 친구 리처드는 결혼을 절대로 하지 않을 남자 같아. 결혼하고 싶다는 생각만으로 기쁨을 얻을 타입이지." 캐롤은 테레즈를 머리부터 발끝까지 훑어보았다. "결혼할 여자가 아니어도." 그러더니 이렇게 이어서 말했다. "테레즈, 춤출래? 춤추는 거 좋아해?"

갑자기 캐롤이 매정하고 독해 보여서 테레즈는 울음을 쏟을 뻔했다. "아뇨." 리처드 얘기는 꺼내지도 말 것을, 그런데 다 해버렸네.

"피곤해 보여. 침대로 가자."

캐롤은 하지가 일요일에 들른 방으로 테레즈를 데려갔다. 나란히 놓인 트윈 베드 두 개 중 한쪽 이불을 젖혔다. 테레즈는 이곳이 하지가 쓰던 방일지도 모른다는 생각이 들었다. 아이 방 같은 느낌이 드는 물건은 하나도 보이지 않았다. 테레즈는 하지가 이 방에서 린디가 쓰던 무슨 물건을 들고 나갔는지 떠올렸다. 하지는 캐롤하고 쓰던 침실에서 나와서 이 방으로 옮겼고, 이후 린디한테 물건을 챙겨오라고 해서 캐롤의 손길을 피해 이 방에서 부녀가 같이 지낸 것 같았다.

캐롤은 침대 발치에 파자마를 내려놓았다. "잘 자. 메리 크리스마스. 크리스마스 선물로 뭐 받고 싶어?" 캐롤이 문가에 서서 물었다.

테레즈는 순간 웃음이 터졌다. "없어요."

그날 밤, 테레즈의 꿈에서 새가 나왔다. 플라밍고처럼 길고 새빨간 새들이 검은 숲을 헤치며 부채꼴 대열로 힘차게 날아갔다. 새 울음소리가 휘어지듯 빨간 아치를 그리며 날아갔다. 순간 두 눈이 번쩍 뜨였다. 진짜로 무슨 소리가 들렸다. 부드럽게 휘어지는 휘파람 소리가 커졌다 작아지더니 색다른 끝음으로 마무리 되었다. 이어서 새 소리보다 더 가녀린 소리가 들렸다. 창밖은 흐린 회색빛이었다. 바로 창 밑에서 휘파람 소리가 또다시 들렸다. 테레즈는 침대에서 일어났다. 진입로에 긴 컨버터블 한 대가 서 있었다. 어떤 여자가 차 안에 서서 휘파람을 불고 있었다. 테레즈가 내다보는 바깥 풍경은 마치 꿈만 같았다. 테두리가 뿌연 무채색 화면처럼 느껴졌다.

이윽고 캐롤이 목소리를 낮춰서 말하는 소리가 들렸다. 세 사람 다 한 방에 있는 듯한 느낌이었다. "잘 거야, 아님 안 자고 버틸 거야?"

차에 있던 여자가 한쪽 발을 시트에 올린 채 다정스레 말했다. "둘 다." 웃음을 억지로 억누르는 떨림이 느껴졌다. 테레즈는 순식간에 저 여자가 마음에 들었다. "드라이브 갈까?" 여자는 이렇게 물으며 캐롤의 창을 향해 활짝 웃었다. 테레즈가 방금 전 봤던 그 웃음이었다.

"이 바보." 캐롤이 낮게 말했다.

"혼자 있어?"

"아니."

"오호라."

"괜찮아. 들어올래?"

여자가 차에서 내렸다.

테레즈는 방문으로 가서 문을 열었다. 캐롤이 복도로 막 나서면서 가운 벨트를 묶고 있었다.

"깨워서 미안. 들어가서 더 자."

"괜찮아요. 저도 내려가도 돼요?"

"물론이지." 캐롤이 활짝 웃었다. "옷장에 가운 있어."

테레즈는 가운을 입고 아래층으로 내려갔다. 하지가 입던 가운 같았다.

"크리스마스트리는 누가 만들었나?" 여자가 물었다.

다들 거실에 모였다.

"이쪽이." 캐롤이 테레즈 쪽으로 몸을 돌렸다. "여기는 애비. 애비 거하드. 이쪽은 테레즈 벨리벳이야."

"안녕하세요." 애비가 말했다.

"처음 뵙겠습니다." 테레즈는 저 여자가 애비이기를 바랐다. 애비는 다시 특유의 웃음을 활짝 지어 보였다. 아까 차 안에 서서 눈이 튀어 나올 만큼 놀란 표정을 지을 때도 이렇게 웃었다.

"트리 잘 만드셨네요." 애비가 테레즈에게 말했다.

"이제 다들 목소리 좀 높이지 그래?" 캐롤이 말했다.

애비는 두 손을 부비며 캐롤을 뒤따라 부엌으로 들어갔다. "커피 있어, 캐롤?"

테레즈는 식탁 옆에 서서 두 사람을 바라보았다. 애비가 더 이상 쳐다보지 않아서 마음이 편안했다. 애비는 코트를 벗고 캐롤이 커피를 내리는 것을 거들었다. 허리와 엉덩이가 완벽한 통짜라서 보라색 니트 정장을 입은 모습만 봐서는 어디가 앞이고 뒤인지 분간이 가지 않았다. 손도 좀 어설펐고, 걸음새도 캐롤의 우아함과는 딴판이었다. 캐롤보다 조금 더 나이 들어 보였다. 웃으면 이마 한가운데 주름 두 개가 굵게 잡히고, 드세 보이는 둥근 눈썹이 더 높이 올라갔다. 커피를 내리고 오렌지 주스를 짜는 동안 애비와 캐롤은 계속 웃으며 별 것도 아닌 얘기를 조각난 문장으로 토막토막 잘라서 말하고 있었다. 별 내용은 없지만 그래도 귀 기울여 들을 정도는 되었다.

애비는 느닷없이 "있잖아."라고 하더니 남은 오렌지 주스를 따르다가 씨를 골라낸 다음 입고 있던 원피스에 손가락을 대충 문질렀다. "노친네 하지는 어때?"

"똑같지 뭐." 캐롤이 대답했다. 캐롤은 냉장고 안을 들여다보며 뭔가 찾았다. 테레즈는 애비가 그다음 뭐라고 했는지 제대로 듣지 못했다. 이번에도 캐롤만 애비의 짤막한 대답을 이해할 수 있었다. 그런데 그 말을 들은 순간, 캐롤은 허리를 펴고 웃기 시작했다. 박장대소하자 캐롤의 얼굴이 완전히 변했다. 테레즈는 갑자기 부러운 마음이 들었다. 난 저렇게 못하는데 애비는 캐롤을 저렇게 활짝 웃게 해주네.

"하지한테 얘기해줘야겠어. 못 말려." 캐롤이 말했다.

하지한테 보이 스카우트 휴대용 도구를 사준다는 내용인 것 같았다.

"그게 어디서 났는지도 꼭 전해." 애비는 이렇게 대답하더니 테레즈를 보며 활짝 웃었다. 지금 말한 농담을 같이 즐기자는 의도 같았다. 세 사람은 부엌과 나란한 작은 식당 방으로 들어가 앉았다. 애비가 테레즈에게 물었다. "어디 사람이에요?"

"뉴욕." 캐롤이 테레즈 대신 대답했다. 테레즈는 애비가 별나고 실없는 질문을 던질 거라 예상했지만, 애비는 기대에 찬 미소를 지으며 테레즈를 묵묵히 바라보기만 했다. 다음 지시를 내려달라고 기다리는 것 같았다.

부산을 떨며 아침을 차렸지만 먹을 거라고는 오렌지 주스 한 잔과 커피, 아무도 먹고 싶지 않을 버터를 바르지 않은 토스트뿐이었다. 애비는 음식을 건드리지 않고 담배에 불을 붙였다.

"담배 피울 나이는 됐나요?" 애비가 테레즈에게 물으면서 '크레이븐 A'라고 적힌 빨간 담뱃갑을 내밀었다.

캐롤은 숟가락을 내려놓았다. "애비, 뭐야?" 캐롤은 당황한 기색으로 물었다. 테레즈는 캐롤의 이런 모습이 처음이었다.

"고맙습니다. 하나 필게요." 테레즈는 담배를 집으며 말했다.

애비는 식탁에 양쪽 팔꿈치를 세웠다. "음, 뭐가 뭔데?" 애비가 캐롤에게 물었다.

"좀 심하잖아." 캐롤이 말했다.

"몇 시간씩 차 뚜껑 열고 운전해봤어? 뉴로셸(뉴욕 시 북동부 롱아일랜드 해협에 접해 있다──옮긴이)에서 2시에 출발해서 집에 갔다가 네 메시지를 보고 이리로 달려왔다고."

애비는 아주 시간이 넘쳐나는 사람인가 보다. 하루 종일 하고 싶은 것만 하고 사나봐, 테레즈는 생각했다.

"잘 됐어?" 애비가 말했다.

"음, 1심에서 졌어." 캐롤이 말했다.

애비는 담배를 피웠다. 놀란 기색은 전혀 없었다. "그래서 얼마나?"

"앞으로 3개월."

"그럼 시작일이 언제야?"

"지금부터. 정확히 말하면 어젯밤부터." 캐롤은 테레즈를 쳐다본 후 커피 잔을 내려다보았다. 테레즈가 이 자리에 있는 한 캐롤이 더는 입을 열지 않을 것 같았다.

"확정된 건 아니지?" 애비가 물었다.

"안타깝게도 확정이야." 캐롤은 대수롭지 않은 척 덤덤히 말하고 어깨만 으쓱했다. "구두지만 효력이 발생될 거야. 오늘 밤엔 뭐해? 늦게 말이야."

"낮에는 별일 없고, 오늘 2시부터 저녁 먹기로 했어."

"그럼 아무 때나 전화해."

"그럴게."

캐롤은 눈을 내리깔고 손에 든 오렌지 주스 잔을 바라보았다. 테레즈는 캐롤이 슬퍼서 입꼬리를 아래로 내리는 모습을 지켜보았다. 현명한 결정을 내려 슬픈 게 아니라 패해서 슬퍼 보였다.

"나라면 여행을 가겠어." 애비가 말했다. "어디든 짧게." 애비는 테레즈를 쳐다보며 뜬금없이 친한 척 밝은 눈빛을 또다시 보냈다. 테레즈가 절대로 관여할 수 없는 일에 끌어들이려는 것 같았다. 어찌 됐든 캐롤이 테레즈를 두고 잠시 여행을 간다고 생각하니 테레즈는 온몸이 뻣뻣해졌다.

"별로 그럴 기분이 아니야." 캐롤이 대답했다. 그럼에도 테레즈는 캐롤의 대답에서 일말의 여지를 감지했다.

애비는 우물쭈물 주위를 둘러보았다. "여긴 아침이 탄광처럼 음침하네."

테레즈는 피식 웃음이 새어나왔다. 탄광이라니. 해가 창턱을 노랗게 물들이고 그 뒤로 파란 나무가 보이는데 탄광이라니.

캐롤은 애비를 다정하게 쳐다보더니 애비의 담뱃갑에서

개비를 하나 꺼내 불을 붙였다. 서로가 서로를 잘 아는 사이 같았다. 너무 잘 알아서 무슨 말, 무슨 짓을 해도 서로 놀라 거나 오해할 일이 전혀 없어 보였다.

"파티는 좋았어?" 캐롤이 물었다.

"음." 애비가 무심히 대답했다. "혹시 밥 헤이버샴이라는 남자 알아?"

"아니."

"어제 거기 왔더라. 전에 뉴욕에서 봤던 사람이야. 그런 데 웃긴 건 그 남자가 래트너 앤 에어드 증권 브로커지 부서 에서 일하게 됐다지 뭐야."

"정말?"

"그래서 사장 둘 중 한 명을 안다는 소리는 안 했어."

"지금 몇 시지?" 캐롤이 잠시 후 물었다. 애비는 손목시 계를 봤다. 피라미드 모양의 골드 패널이 달린 작은 시계였 다. "대략 7시 반. 시간은 왜?"

"좀 더 잘래, 테레즈?"

"아뇨, 괜찮아요?"

"갈 때 되면 내가 데려다줄게." 캐롤이 말했다.

결국 테레즈를 데려다준 건 애비였다. 약 10시경, 애비 는 달리 할 일이 없다며 데려다주겠다고 했다.

애비도 역시 찬바람을 좋아하는구나. 차가 고속도로에 서 속도를 내는 순간, 테레즈는 이렇게 생각했다. 대체 누가

12월에 차 뚜껑을 열고 달린단 말인가?

"캐롤을 어디서 만났어요?" 애비가 소리치며 물었다.

테레즈는 전부는 아니지만 그래도 대부분 애비에게 얘기했다고 생각했다. "백화점에서요." 테레즈는 고함치며 대답했다.

"그래요?" 애비는 불안하게 운전했다. 커브 길에서 갑자기 큰 차체를 틀었고 느닷없이 속도를 올리기도 했다. "캐롤 좋아해요?"

"물론이죠!" 질문이 뭐 그래! 차라리 신을 믿느냐고 묻지!

근처로 접어들자 테레즈는 손으로 집을 가리켰다. "부탁 하나만 들어주실래요? 1분만 기다려 주시겠어요? 캐롤에게 전해 줄 물건이 있어서요."

"그러죠."

테레즈는 계단을 올라가 직접 만든 카드를 챙겨와 캐롤에게 줄 선물 리본 아래에 끼웠다. 테레즈는 선물을 애비에게 건넸다. "오늘 밤에 캐롤 만나실 거죠?"

애비는 천천히 고개를 끄덕였다. 애비의 호기심 어린 검은 눈동자에 도전심이 보일 듯 말 듯 어른거렸다. 애비는 캐롤을 만나지만, 테레즈는 만나지 못한다. 그럼 테레즈가 뭘할 수 있을까.

"데려다주셔서 고맙습니다."

애비가 웃었다. "가고 싶은 데는 없는 거 맞죠?"

"없어요. 고맙습니다." 테레즈는 웃으며 말했다. 애비는 브루클린 하이츠에라도 기꺼이 데려다줄 사람이었다.

테레즈는 정문 계단을 올라 우편함을 열었다. 우편물이 두세 통 정도 들어 있었다. 프랜켄버그 백화점에서 보낸 카드도 하나 보였다. 다시 거리를 돌아보았다. 대형 크림색 자동차는 가고 없었다. 그녀가 상상했던 것처럼, 꿈에서 봤던 새처럼 사라지고 없었다.

"이제 소원을 빌어야지." 리처드가 말했다. 테레즈는 소원을 빌었다. 캐롤을 위해 기도했다.

리처드는 두 손으로 테레즈의 팔을 붙들었다. 두 사람은 천장에 매달려 방울방울 이어진 반달인지 잘린 불가사리인지 모를 모형 아래에 섰다. 예쁘진 않았지만 셈코 가족이 미신처럼 섬기는 물건이라서 특별한 날이면 천장에 저렇게 걸어두었다. 리처드의 조부가 러시아에서 사 온 것이었다.

"뭐 빌었어?" 리처드는 테레즈를 품을 듯한 눈빛으로 웃으며 내려다보았다. 자기 집에서 지금 막 테레즈에게 키스를 한 리처드. 창은 열려 있고 거실에는 사람들이 그득했다.

"그걸 말하면 안 되지." 테레즈가 대답했다.

"러시아에선 말해도 돼."

"여긴 러시아가 아니잖아."

라디오가 갑자기 시끄러워지더니 캐럴을 부르는 목소리가 들렸다. 테레즈는 분홍색 에그노그(달걀, 우유, 설탕을 섞어서 브랜디나 럼을 첨가한 음료—옮긴이)를 마저 마셨다.

"네 방으로 올라가고 싶어." 테레즈가 말했다.

리처드는 테레즈의 손을 잡고 같이 계단을 오르기 시작했다.

"리…… 처드?"

궐련 물부리 파이프를 문 숙모가 거실 문에 서서 리처드의 이름을 불렀다.

리처드가 뭐라고 대답했지만 테레즈는 무슨 말인지 알아듣지 못했다. 리처드는 숙모에게 손을 흔들었다. 2층에 올라와 있어도 아래에서 벌어지는 광란의 댄스로 집이 흔들렸다. 춤과 음악이 따로 놀았다. 술잔이 바닥에 또 떨어지는 소리가 들렸다. 테레즈는 에그노그가 분홍색 거품을 부글거리며 바닥에 범벅된 모습을 상상했다. 이 정도면 러시아에서 보내는 진짜 크리스마스에 비하면 얌전한 편이라고, 원래 러시아에서는 1월 첫째 주까지 크리스마스 파티를 즐긴다고 리처드가 그랬다. 리처드는 웃으며 방문을 닫았다.

"네가 사준 스웨터 선물 마음에 들어."

"나도 좋아." 테레즈는 치마를 쓸어내린 다음 리처드의 침대 모서리에 걸터앉았다. 테레즈가 선물한 두툼한 노르웨이 스웨터가 상자 위에 펼쳐진 채 등 뒤 침대 위에 놓여 있었다. 리처드는 동인도 가게에서 산 스커트를 선물했다. 녹색에 금색 밴드가 둘러지고 자수가 놓인 롱 스커트였다. 귀엽

긴 하나 차마 입고 다닐 수 있을지는 모르겠다.

"제대로 한잔 할래? 아래에 있는 술은 별로라서." 리처드는 옷장 밑에 넣어둔 위스키 병을 꺼냈다.

테레즈는 고개를 저었다. "아니 됐어."

"한잔 하면 좋을 텐데."

테레즈는 다시 고개를 저었다. 주변을 돌아보았다. 천장이 높은 정방형 방에는 흐릿한 분홍 장미 패턴 벽지가 발려 있었다. 평화로워 보이는 두 개의 창문에는 약간 누레진 흰 모슬린 커튼이 걸렸다. 녹색 카펫 위에는 허옇게 닳은 길이 방문에서부터 두 갈래로 갈라졌다. 하나는 침실용 옷장으로, 또 하나는 구석에 놓인 책상으로 이어졌다. 책상 옆 바닥에는 붓 통과 포트폴리오가 놓여 있었다. 그것만이 리처드가 화가 지망생임을 보여주었다. 그림 생각은 리처드의 머릿속 한쪽 귀퉁이에만 있나봐, 테레즈는 그런 느낌을 받았다. 그가 그림을 그리겠다고 얼마나 더 버티다가 결국 접고 다른 일을 할지 궁금했다. 예전부터 궁금하던 게 있었다. 그가 테레즈를 좋아하는 이유가 뭘까. 오늘 우연히 만난 그 누구보다 테레즈가 그의 꿈을 더 많이 공감할뿐더러 그녀의 쓴소리가 도움이 된다고 생각해서일까. 테레즈는 불안하게 일어나 창가로 갔다. 그녀는 이 방이 좋았다. 그 모습 그대로 늘 같은 자리에 있기 때문이다. 그런데 오늘은 이곳을 벗어나고픈 충동이 일었다. 3주 전 이곳에 섰던 테레즈와 지금의 테레즈는 달랐다. 오늘 아침, 테레즈는 캐롤의 집에서 눈을 떴다. 캐롤은 비밀처럼 테레즈의 몸속에 스며들어 이 집 안으로 퍼져나갔다. 남들 눈에는 보이지 않으나 오로지 테레즈에게만 보이는 빛과 같았다.

"오늘 좀 달라 보이네." 리처드가 말했다. 그가 불쑥 말을 꺼내는 바람에 테레즈의 온몸에 소름이 돋았다.

"드레스 때문이겠지."

그녀는 아주 오래된 파란 태피터 드레스를 입었다. 뉴욕에 처음 왔을 때 입고 그동안 입지 않던 옷이었다. 테레즈는 도로 침대에 걸터앉았다. 작은 스트레이트 위스키 잔을 들고 방 한가운데 선 리처드를 바라보았다. 그의 청명한 파란 눈동자가 그녀의 얼굴에서부터 새로 사 신은 검은 하이힐까지 훑고 내려갔다가 다시 위로 올라왔다.

"테레즈." 리처드는 테레즈의 양손을 잡고 침대에 붙였다. 부드럽고 얇은 입술이 그녀의 입술 위로 포개졌다. 단단히 밀착된 입술. 그의 혀가 테레즈의 입술 사이로 불쑥 들어왔다. 향긋하고 신선한 위스키 냄새가 풍겼다. "테레즈, 당신은 천사야." 리처드의 그윽한 목소리가 들렸다. 테레즈는 캐롤이 이렇게 말하면 어떨지 상상했다.

테레즈는 리처드가 바닥에 놓아둔 술잔을 챙겨 옷장 안에 술병과 같이 집어넣는 모습을 지켜보았다. 갑자기 리처드에게 우월감을 느꼈다. 아래층에 있는 사람들보다 잘난 기분이 들었다. 그 누구보다 행복했다. 행복은 날아가는 기분일 거야, 마치 연처럼. 테레즈는 상상했다. 누가 연실을 얼마나 푸느냐에 달려 있었다.

"예쁘지?" 리처드가 물었다.

테레즈가 일어섰다. "근사해!"

"어젯밤에 완성했어. 오늘 날씨 좋으면 공원에서 날리려고." 리처드는 아이처럼 웃으며 자기 작품을 자랑스러워했다. "뒤도 봐."

러시아 스타일의 연이었다. 정사각형 모양에 방패처럼 휘어지고 얇은 연살 끝에 홈이 패여 사방에 줄이 매달렸다. 리처드는 정면에 붉은 하늘을 배경으로 소용돌이치는 돔형 지붕의 성당을 그려 넣었다.

"지금 가자, 연 날리러." 테레즈가 말했다.

두 사람이 연을 들고 계단을 내려가자 삼촌, 고모, 사촌들은 거실로 내려오는 두 사람을 지켜보았다. 거실이 워낙 떠들썩하자 리처드는 연을 머리 위로 들고 망가지지 않도록 했다. 테레즈는 소음 때문에 짜증이 났지만 리처드는 북적거리는 게 좋았다.

"가지 말고 샴페인이나 마시지, 리처드!" 숙모가 소리쳤다. 새틴 드레스를 입어서 윗배가 꽉 낀 모습이 마치 젖가슴이 하나 더 생긴 것 같았다.

"안 돼요." 리처드는 이렇게 말하고 나서 러시아 말로 덧붙였다. 테레즈는 리처드가 가족과 함께 있는 모습을 볼 때면 뭔가 착오가 있었던 건 아닌지 종종 그런 생각이 들었다. 원래 리처드가 고아로 힘들게 자랐는데 누군가 현관 앞에 두고 가는 바람에 이 집 아들로 큰 게 아닐까. 그렇다고 하기엔 리처드의 파란 눈을 쏙 빼닮은 동생 스테픈이 있었다. 복도에 서 있는 스테픈은 리처드보다 키가 더 크고 더 말랐다.

"무슨 옥상?" 리처드의 어머니가 높은 어조로 물었다. "이 집 옥상?"

누군가 두 사람이 연을 이 집 옥상에서 날리느냐고 물었다. 사실 이 집에는 디디고 설 만한 옥상이 없었기에 그의 어머니는 폭소를 터뜨렸다. 그러자 개가 짖기 시작했다.

"내가 원피스 만들어줄게!" 리처드의 어머니가 나무라듯 손가락을 흔들며 테레즈를 불렀다. "네 치수 좀 알자!"

거실에서 다들 노래하고 선물을 열어보는 가운데 줄자로 테레즈의 치수를 쟀다. 남자 둘이 치수 재는 것을 거들었다. 셈코 부인이 테레즈의 허리에 팔을 두르는 순간, 테레즈는 부인을 품에 안고 뺨에 진하게 입을 맞췄다. 테레즈의 입술이 연하게 화장한 부인의 뺨 속에 파묻혔다. 입을 맞추고 쥐가 날 정도로 팔에 힘을 꽉 주었다가 푸는 짧은 사이, 테레즈는 부인에게 진심을 담아 애정을 표시했다. 사실 테레즈는 이렇게 하면 정말 사랑하지 않아도 그 사실을 감출 수 있다는 것을 알았다.

마침내 테레즈와 리처드가 자유로이 풀려났다. 두 사람은 인도를 걸어 내려갔다. 우리 둘이 결혼한다 해도 달라질 건 없어. 크리스마스에는 리처드의 가족을 방문해야겠지. 테레즈는 생각했다. 리처드는 나이가 들어도 연을 날릴 것이다. 리처드의 할아버지는 돌아가시던 그 해까지 프로스펙트 공원에서 연을 날렸다고 그가 말해주었다.

지하철을 타고 공원에 가서 나무가 없는 언덕으로 올라갔다. 둘이서 십수 번도 더 찾은 곳이다. 테레즈는 주위를 둘러보았다. 숲 안쪽 모퉁이 평평한 필드에서 아이들 몇 명이 축구공을 차고 있었다. 그것만 빼고는 공원은 고요하기 짝이 없었다. 바람도 거의 불지 않았다. 리처드는 이 정도로는 연 날리기에 부족하다고 했다. 눈을 퍼다 놓은 듯 하늘은 빼곡히 하앴다.

리처드는 연 날리기에 또다시 실패하자 투덜대며 연을 들고 이리저리 뛰었다.

테레즈는 무릎을 두 팔로 감싼 채 바닥에 앉아서 그가 허공에서 뭔가를 잃어버린 듯 고개를 들고 사방을 살피는 모습을 지켜보았다. "바람이 분다!" 테레즈는 일어나 방향을 가리켰다.

"불긴 부는데 불다 마네."

아무튼 리처드는 연을 들고 달렸다. 연은 긴 연줄에 매달린 채 바닥으로 고꾸라지다가 뭔가에 튕긴 듯 위로 휙 솟아올랐다. 그러고는 커다란 아치를 그리며 다른 쪽 하늘로 날아오르기 시작했다.

"연이 알아서 바람을 찾아가네!" 테레즈가 말했다.

"응, 그런데 바람이 약해."

"속상하다. 내가 잡아봐도 돼?"

"좀 더 높이 올라가면 그때 줄게."

리처드는 양팔을 휘휘 돌리면서 연을 띄웠지만, 연은 차갑고 맥 빠진 바람에 더 높이 올라가지 못했다. 성당의 금빛 돔 지붕이 좌우로 흔들리자 연 전체가 고개를 내저으며 안 된다고 말하는 것 같았다. 축 처진 긴 꼬리는 바보처럼 연을 졸졸 쫓아다니며 안 된다는 말만 되풀이했다.

"이게 최선이야. 연줄을 더 풀 수가 없어."

테레즈는 연에서 시선을 떼지 않았다. 연은 자리에 가만히 있더니 그대로 얼어붙었다. 흰 구름이 빼곡히 낀 하늘에 성당 그림을 풀로 붙여 놓은 것 같았다. 캐롤은 연을 좋아하지 않을 거야. 연으로는 캐롤을 기쁘게 해줄 수 없어. 한번 쳐다보고는 저게 뭐야, 그럴 것 같아. 테레즈는 상상했다.

"잡아볼래?"

리처드가 얼레를 그녀의 손에 찔러 주자 테레즈는 자리에서 일어났다. 내가 어젯밤에 캐롤과 같이 있는 동안 리처드가 이 연을 만들었어. 그러느라 리처드가 전화를 못해서 어제 내가 집을 비운 걸 모르나봐. 그랬으면 전화했었다고 분명 말을 했을 텐데, 그럼 난 일단 거짓말부터 해야 했겠지, 테레즈는 생각했다.

하늘에 가만히 걸려 있던 연이 갑자기 달아나려 용썼다. 테레즈는 손에 든 얼레를 잽싸게 돌렸다. 리처드가 보고 있기에 과감히 그럴 수 있었다. 아직 연은 그리 높지 않았다. 다시 힘이 빠졌는지 연은 그 자리에 그대로 멈추었다.

"당겨! 연을 더 띄워야지." 리처드가 말했다.

테레즈는 줄을 당겼다. 긴 고무줄을 가지고 노는 기분이었다. 그런데 연줄이 너무 길게 처지는 바람에 연줄을 휘휘 돌려야 했다. 연줄을 당기고 또 당겼다. 리처드가 와서 얼레를 받아 드는 순간, 테레즈는 두 팔을 축 늘어뜨렸다. 숨이 찼다. 그나마 있는 팔 근육이 벌벌 떨렸다. 바닥에 주저앉았다. 연을 이기지 못했다. 이기고 싶었는데 그러지 못했다.

"연줄이 너무 무거워." 테레즈가 투덜거렸다. 새로 산 연줄이라서 부들부들 뽀얗긴 하나 지렁이처럼 두툼했다.

"연줄이 뭐가 무거워. 자, 봐. 이제 올라간다!"

연이 순식간에 치고 올라갔다. 갑자기 정신을 차리더니 도망가고픈 욕구가 인 것 같았다.

"줄을 더 풀어!" 테레즈가 외쳤다.

테레즈가 자리에서 일어났다. 연 밑으로 새 한 마리가 날아갔다. 정사각형 연이 점점 작아지더니 사라지는 것 같았다. 돛을 일렁이며 멀어져 가는 배처럼 보였다. 저 연이 무언가를 의미하는 것 같았다. 바로 이 순간, 저 특별한 연.

"리처드?"

"왜?"

테레즈는 리처드를 곁눈질했다. 그가 손을 앞으로 내밀고 몸을 웅크리고 있었다. 서핑 보드를 타는 자세와 비슷했다. "사랑을 몇 번이나 해 봤어?"

리처드가 짧고 거칠게 웃음을 터뜨렸다. "너 만나기 전까진 한 번도 못 해봤어."

"해 봤잖아. 두 번 해봤다고 그랬으면서."

"그런 것까지 치면 열두 번도 더 해봤지." 리처드는 다른 데 정신이 팔려 퉁명스럽게 대답을 뱉었다.

연이 아치를 그리며 내려오기 시작했다.

테레즈는 목소리를 바꾸지 않고 다시 물었다. "남자랑 사랑해본 적 있어?"

"남자?" 리처드가 놀라서 되물었다.

"응."

5초 후, 그가 입을 열었다. "아니." 단호하게 대답했다.

아마 대답하기 곤란했겠지, 테레즈는 생각했다. 만약 그랬다 한들 어찌 그렇다고 대답할 수 있겠어, 테레즈는 이렇게 묻고 싶은 충동이 일었지만 이 질문은 목적에 전혀 부합하지 않았다. 테레즈는 시선을 연에 고정시켰다. 테레즈와 리처드는 같은 연을 바라보지만 각자 전혀 다른 생각에 잠겨 있었다. "그런 얘기는 들어 봤지?" 테레즈가 물었다.

"무슨 얘기? 남자 좋아하는 남자 얘기? 당연하지." 리처드는 이제 허리를 세우고 연줄을 감았다. 손가락 여덟 개로 얼레에 연줄을 감았다.

그가 귀를 열고 있음을 알고 테레즈는 조심스레 말을 꺼냈다. "아니, 남자 좋아하는 남자 얘기가 아니라. 두 사람이 갑자기 사랑에 빠진 거지, 이를테면 남자 남자, 여자 여자끼리."

리처드의 표정은 둘이서 정치 얘기를 할 때와 다르지 않았다. "나더러 그런 사람 아니냐고 묻는 거야? 몰라."

테레즈는 그가 다시 연을 더 높이 날릴 때까지 기다렸다가 말을 이었다. "그건 누구한테나 일어날 수 있는 일이겠지, 안 그래?"

그는 계속 연줄을 풀었다. "그건 괜히 일어나는 게 아니야. 배경을 살펴보면 다 그럴 만한 이유가 있더라."

"맞아." 그녀는 맞장구를 쳤다. 테레즈는 배경을 되짚어 보았다. 테레즈가 기억하는 가장 최근의 사랑은 몽클레어 시내에서 몇 번 마주친 소년에게 인 감정이었다. 스쿨버스를 타고 시내로 나갔을 때였다. 구불구불한 검은 머리칼에 잘 생기고 진중한 얼굴을 한 소년을 보았다. 한 열두 살 정도 되어 보였는데, 당시 테레즈보다 위였던 것 같다. 짧은 기간이었지만 테레즈는 매일 그 소년을 떠올렸다. 그런데 그때 그 감정은 테레즈가 캐롤에게 느끼는 감정에 비하면 아무것도 아니었다. 캐롤에 대한 감정은 사랑일까, 아닐까? 그것이 뭔지조차 모른다니 얼마나 어리석은가. 테레즈는 사랑에 빠진 여자들 얘기를 들어봤다. 그리고 그런 여자들이 어떤 부류인지, 어떻게 생겼는지도 알았다. 테레즈나 캐롤은 그런 외모는 아니었다. 그럼에도 캐롤에 대한 테레즈의 감정은 사랑을 확인하는 시험을 모조리 통과했으며 사랑을 정의하는 내용과도 다 맞아떨어졌다. "당신이 보기에 내가 그럴 수 있을 것 같아?" 테레즈가 감히 물을지 말지 갈등도 하기 전에 불쑥 질문이 튀어나왔다.

"뭐!" 리처드가 웃었다. "여자랑 사랑에 빠진다고? 말도 안 되는 소리! 젠장, 그런 적 없었잖아?"

"없었지." 테레즈는 묘하게 대답을 얼버무렸다. 리처드는 테레즈의 묘한 톤을 눈치채지 못했다.

"다시 올라간다. 봐, 테레즈!"

연이 비틀거리며 하늘로 솟아올랐다. 더 빨리 위로 올랐다. 얼레가 리처드의 손 안에서 돌아갔다. 아무튼 난 예전보다 지금이 더 행복해. 왜 모든 걸 꼭 정의 내리려고 고민하는 건데? 테레즈는 생각했다.

"젠장!" 리처드는 땅 바닥에서 튕기며 미친 듯이 굴러가는 얼레를 잡으려고 달려갔다. 얼레도 이 땅을 뜨려는 걸까. "잡아볼래?" 리처드는 도로 얼레를 주워 들고 말했다. "몸이 정말로 붕 뜬다니까."

테레즈는 얼레를 받아들었다. 연줄이 얼마 남지 않았다. 연은 이제 거의 보이지 않을 지경이었다. 테레즈가 두 팔을 위로 뻗자 연이 그녀를 끌고 올라가는 것 같았다. 몸이 붕 뜨는 달콤한 느낌이 들었다. 연이 온 힘을 긁어모아 진짜로 들어 올리는 것 같았다.

"풀어!" 리처드가 팔을 휘저으며 소리쳤다. 입이 쩍 벌어지고 양쪽 뺨이 벌겋게 달아올랐다. "줄을 풀라고!"

"이게 다 푼 거야!"

"잘라야겠다!"

테레즈는 방금 전 무슨 소린지 믿기지 않아 그를 물끄러미 쳐다보았다. 리처드가 코트를 부석거리며 칼을 찾고 있었다. "자르지 마!" 테레즈가 만류했다.

리처드가 웃으며 달려왔다.

"자르지 말라니까!" 테레즈가 화를 냈다. "미쳤어?" 테레즈는 손이 아팠지만 얼레를 더 꽉 붙들었다.

"자르자! 이러면 훨씬 재밌어." 리처드가 고개를 쳐들고 있어서 테레즈와 막무가내로 부딪혔다.

테레즈는 얼레를 옆으로 홱 틀어서 리처드의 손을 피했다. 화가 나고 놀라서 말문이 막혔다. 순간 공포스러웠다. 리처드가 진짜로 미쳤을지도 모른다는 생각이 들자, 테레즈는 비틀비틀 뒷걸음질 쳤다. 줄이 끊기고 손에 든 얼레에는 아무엇도 남지 않았다. "당신 미쳤어! 정신 나갔어!" 테레즈가 고함을 쳤다.

"그냥 연이잖아." 리처드가 웃으며 허망하게 날아가는 연을 올려다보았다.

테레즈는 덜렁거리는 연줄이라도 쥐려 했지만 허사였다. "왜 그랬어?" 눈물이 그렁그렁 고인 말투로 쏘아붙였다. "얼마나 예뻤는데!"

"그냥 연인데 뭐!" 리처드가 다시 말했다. "하나 더 만들어줄게."

테레즈는 옷을 입으려다가 마음을 바꾸었다. 여태 가운을 입은 채 필이 아침에 갖다 준 「스몰 레인」 대본을 읽는 중이었다. 대본이 소파 여기저기에 너부러져 있었다. 캐롤이 지금 48번가와 매디슨 가 코너에 있다며 10분이면 이리로 온다고 전화를 했다. 테레즈는 방 안을 둘러보고 얼굴을 거울에 비춰보았다. 그리고 그냥 되는 대로 하기로 했다.

재떨이를 싱크대로 가져가 헹구고 작업대 위에 연극 대본을 깔끔히 정리해두었다. 캐롤이 선물 받은 핸드백을 들고 올지 궁금했다. 어젯밤 캐롤은 애비와 같이 있다며 뉴저지에서 전화했다. 핸드백이 예쁘긴 한데 선물로 받기엔 너무 부담스럽다며 도로 가져가라고 했다. 테레즈는 어제 한 말을 떠올리며 씩 웃었다. 그래도 캐롤이 선물을 마음에 들어 하는 것 같았다.

초인종이 짧게 세 번 울렸다.

테레즈는 계단을 내려다보았다. 캐롤이 뭔가 들고 들어

오자 테레즈는 뛰어 내려갔다.

"안에는 비었어, 선물이야." 캐롤이 웃으며 말했다.

포장지에 싸인 여행 가방이었다. 캐롤은 손잡이에서 손을 떼어 테레즈에게 들렸다. 테레즈는 여행 가방을 소파 위에 올려놓고 갈색 포장지를 조심스레 뜯었다. 두툼한 연갈색 가죽으로 만든 여행 가방이었다. 지극히 평범했다.

"근사해요!" 테레즈가 외쳤다.

"마음에 들어? 여행 가방이 필요할지 몰라서."

"그럼요, 정말 좋아요." 테레즈에게 꼭 필요한 것이었다. 다른 누구도 아닌 오로지 테레즈만을 위한 여행 가방이었다. 그녀의 이니셜이 금색으로 작게 박혀 있었다. TMB. 캐롤은 크리스마스이브에 테레즈의 미들네임을 물었었다.

"비밀번호 자물쇠로 잠그는 거야. 안에도 괜찮은지 열어 봐."

테레즈는 안을 들여다보았다. "냄새도 좋아요."

"바쁜가? 그럼 난 가고."

"아니, 앉으세요. 그냥 있었어요. 연극 대본 읽으면서요."

"무슨 연극?"

"제가 세트를 제작해야 하는 연극이요." 테레즈는 캐롤에게 무대 디자인에 대해서는 한마디도 한 적이 없다는 사실이 떠올랐다.

"무슨 세트?"

"아, 저 무대 디자이너예요." 테레즈가 캐롤의 코트를 받아 들었다.

캐롤은 놀랍다는 듯 미소를 지었다. "왜 말 안 했어?" 조용히 물었다. "대체 모자에서 토끼를 몇 마리나 더 꺼낼 셈이야?"

"처음으로 얻은 진짜 일자리예요. 브로드웨이 연극까진 아니지만 그리니치빌리지에서 상연될 거예요. 코미디예요. 아직 극장 조합에도 가입하지 못했는걸요. 브로드웨이에서 일자리를 얻을 때까지 미뤄야 해요."

캐롤은 극장 조합에 대해 물었다. 테레즈는 극장 조합 준회원 가입비는 1천5백 달러, 정회원은 2천 달러라고 했다. 캐롤은 혹시 그 돈을 다 모았는지 물었다.

"아뇨, 아직 몇 백 달러밖에 못 모았어요. 그래도 일자리가 있으면 분할해서 낼 수 있어요."

캐롤은 리처드가 종종 앉던 의자에 앉아서 테레즈를 쳐다보았다. 테레즈는 캐롤의 표정을 읽을 수 있었다. 캐롤이 자신을 갑자기 달리 보는 것 같았다. 테레즈는 이미 일자리를 구해 놓고도 무대 디자이너라는 말을 캐롤에게 미리 말하지 않은 이유를 도통 이해할 수 없었다. 캐롤이 입을 열었다. "있잖아. 이번 일로 브로드웨이에서 일하게 되면 모자라는 가입비는 내가 빌려줄게. 사업 자금 대출이라고 해두자."

"고마워요. 그런데……."

"내가 해주고 싶어서 그래. 네 나이에 2천 달러 내겠다고 속 끓이지 말고."

"고맙습니다만, 그러려면 아직 2년은 더 있어야 할 거예요."

캐롤은 고개를 들고 담배 연기를 실처럼 가느다랗게 내뿜었다. "그쪽에서 사실 견습생은 챙기지도 않지?"

테레즈가 웃었다. "당연하죠. 한잔 하실래요? 호밀 위스키 있어요."

"그거 좋다. 한잔 하자, 테레즈." 테레즈가 두 잔을 준비하는 동안 캐롤은 일어나 작은 부엌 찬장을 들여다보았다. "요리는 잘해?"

"네, 남 시키느니 차라리 내가 하는 게 나아요. 오믈렛도 잘 만들어요. 오믈렛 좋아해요?"

"아니." 캐롤이 덤덤히 말하자 테레즈는 웃었다. "작품 좀 보여줄래?"

테레즈는 옷장 아래에 넣어둔 포트폴리오를 꺼냈다. 캐롤은 소파에 앉아서 하나하나 꼼꼼히 감상했다. 캐롤의 발언과 질문을 조합해보면, 캐롤은 실제 무대에 올리기엔 테레즈가 구상한 세트가 어색하다며 탐탁지 않게 여기는 듯했다. 캐롤은 벽에 걸린 〈페트루슈카〉 무대가 마음에 든다고 했다.

"다 같은 거예요. 그 스케치하고 같은 건데 그걸 모형으로 만들었을 뿐이죠."

"아, 이 스케치인가 보다. 이것도 꽤 괜찮네. 이걸 저렇게 만든 거네, 마음에 들어." 캐롤은 바닥에 내려놓은 술잔을 집어 들고 소파에 몸을 파묻었다. "내가 실수한 건 아니지?"

"무슨 실수요?"

"너한테."

테레즈는 진의를 정확히 파악하지 못했다. 캐롤이 담배 연기 사이로 테레즈를 바라보며 미소 지었다. 그 모습을 보니 테레즈의 마음이 일렁였다. "실수했다고 생각해요?"

"아니." 캐롤이 말했다. "여기 아파트 렌트비는 얼마지?"

"월 50달러요."

캐롤은 혀를 찼다. "버는 돈에서 얼마 남지도 않겠네."

테레즈는 몸을 숙여 포트폴리오를 정리했다. "맞아요. 이제 더 많이 벌어야죠. 여기서 영영 살 순 없으니까."

"당연하지. 넌 여행을 다니게 될 거야, 네가 상상하던 모습 그대로. 이탈리아에 가서 네가 좋아할 만한 집을 보게 될 거야. 프랑스도 마음에 들어 할 거고. 캘리포니아나 애리조나도 좋지."

테레즈는 미소를 지었다. 설령 그런다 해도 여행에 쓸 돈은 없을 것이다. "사람들은 늘 갖지 못하는 것과 사랑에 빠지나 보죠?"

"늘 그렇지." 캐롤은 웃으며 말했다. 그리고 손으로 머리칼을 쓸었다. "짧게 여행을 다녀오려고."

"얼마나요?"

"한 달 정도."

테레즈는 옷장 속에 포트폴리오를 집어넣었다. "언제 출발할 건데요?"

"당장. 이것저것 알아본 후 곧장 가려고. 별로 알아볼 것도 없지만."

테레즈는 몸을 돌렸다. 캐롤이 담배 끝을 재떨이에 둥글리고 있었다. 한 달이나 못 보게 생겼는데 캐롤은 아무렇지도 않은가. "그럼 애비와 같이 가지 그래요?"

캐롤은 고개를 들어 테레즈를 응시하다가 천장으로 시선을 들어 올렸다. "일단 애비가 시간이 없어."

테레즈는 캐롤을 쳐다보며 일부러 애비 얘기를 꺼내 떠보았다. 그런데 캐롤의 얼굴을 도통 읽을 수 없었다.

"얼굴 자주 보여줘서 정말 고마워. 알다시피 내가 지금은 그동안 만나던 사람들을 보고 싶지 않아. 정말 못 보겠더라. 뭐든 부부 동반으로 하니."

테레즈는 갑자기 캐롤이 나약해 보였다. 처음 점심을 먹던 때와는 사뭇 달랐다. 그때 캐롤이 일어났다. 테레즈의 생각을 읽은 듯 고개를 들고 웃으며 얼굴에 자신감을 내보였다. 캐롤이 테레즈의 옆을 지나는 순간, 두 사람의 살갗이 스쳤다.

"오늘 밤 우리 뭐라도 해요. 오늘 밤에 여기 있어도 돼요. 난 대본을 마저 읽을게요. 우리 오늘 저녁에 같이 있어요."

캐롤은 아무 말이 없었다. 책장에 놓인 화분 박스를 보고 있었다. "이거 무슨 식물이야?"

"몰라요."

"모른다고?"

다 다른 화분이었다. 통통한 선인장도 있었다. 산 지 1년이나 지났지만 거의 자라지 않았다. 미니 야자수 나무도 있었다. 입이 축 늘어지고 붉은 기가 도는 녹색 화분에는 지지대가 꽂혀 있었다. "그냥 화초죠, 뭐."

캐롤은 고개를 돌려 미소를 지었다. "그냥 화초라." 캐롤이 말투를 따라했다.

"오늘 저녁 어때요?"

"괜찮아, 그런데 어디 좀 갔다 올게. 지금 3시밖에 안 됐으니까 내가 6시쯤 전화할게." 캐롤은 핸드백에 라이터를 집어넣었다. "오후에 가구 구경 좀 하려고."

"가구요? 가구점에서요?"

"응, 파크 버넷이라는 가구점에 가보려고. 가구 구경을 하면 기분이 좋아지거든." 캐롤은 암체어 위에 있는 코트로 손을 뻗었다. 테레즈는 캐롤의 기다란 실루엣에 눈길을 빼앗겼다. 라인이 어깨에서 넓은 가죽 벨트로 이어지고 다시 다리까지 뻗쳐나갔다. 아름다웠다. 화음처럼, 발레처럼. 캐롤은 우아했다. 이렇게 아름다운 캐롤이 요즘 왜 이리 헛헛한 삶을 살아야 할까. 등 뒤로 펼쳐진 청명한 하늘과 푸르른 해안가를 따라 조성된 아름다운 도시의 예쁜 집에서 사랑 받으며 살아야 할 캐롤인데, 테레즈는 의아했다.

"갔다 올게." 캐롤은 인사와 동시에 코트를 입으면서 테레즈의 허리에 한쪽 팔을 둘렀다. 순식간에 벌어진 일이었다. 캐롤이 갑자기 휘어 감는 바람에 테레즈는 당황했지만 이내 마음이 놓였다. 정신이 하나도 없었다. 바로 그때 초인종이 황동 벽체를 뚫을 기세로 시끄럽게 울렸다. 캐롤이 웃었다. "누구지?"

캐롤이 팔을 풀며 엄지로 테레즈의 허리를 찔렀다. "리처드일 거예요." 분명 리처드일 것이다. 그는 원래 초인종을 길게 누른다.

"좋네, 나도 보고 싶어."

테레즈는 문 열림 단추를 눌렀다. 쿵쿵 경쾌하게 계단을 오르는 소리가 들리더니 문이 열렸다.

"안녕, 있잖아……." 리처드가 말했다.

"리처드, 이쪽은 에어드 부인이서. 리처드 셈코예요."

"안녕하세요." 캐롤이 말했다.

리처드는 절을 하듯 고개를 숙였다. "처음 뵙겠습니다."

그의 푸른 눈이 휘둥그레졌다.

리처드와 캐롤이 서로 마주보았다. 그는 손에 네모난 상자를 들고 있었다. 테레즈에게 주려는 선물 같았다. 캐롤은 가려는 것도, 있으려는 것도 아니게 어정쩡히 서 있었다. 리처드가 상자를 탁자 위에 내려놓았다.

"근처에 왔다가 생각나서 왔어." 그가 변명하듯 말했다. 테레즈는 리처드가 무의식적으로 권리를 주장하는 것 같았다. 리처드의 캐묻는 듯한 시선과 캐롤을 못 미더워 하는 시선이 동시에 느껴졌다. "어머니 친구분께 갖다 드릴 상자야. 레프쿠헨(크리스마스 시즌에 먹는 독일식 쿠키—옮긴이)." 그는 박스를 고갯짓으로 가리키며 화를 누르고 미소를 지었다. "좀 드실래요?"

캐롤과 테레즈 모두 거절했다. 캐롤은 리처드가 상자를 포켓나이프로 여는 모습을 지켜보았다. 테레즈는 이런 생각이 들었다. 캐롤이 리처드의 미소를 좋아하나. 리처드가 마음에 드나. 훤칠하고 헝클어진 금발의 청년, 넓고 슬림한 어깨, 모카신을 신은 커다란 발.

"앉으세요." 테레즈가 캐롤에게 말했다.

"아니, 가야지."

"테레즈, 여기에 반 덜어 놓을게. 나도 가야겠다." 리처드가 말했다.

테레즈는 캐롤을 쳐다보았다. 캐롤은 안절부절못하는

테레즈를 보며 웃더니 소파 한쪽 끝에 앉았다.

"저 때문에 서둘러 가지는 마세요." 리처드가 쿠키를 종이에 덜어서 찬장으로 가져갔다.

"네. 혹시 화가이신가요, 맞죠, 리처드?"

"네." 그는 바닥에 떨어진 아이싱 조각을 입속에 쑤셔 넣으며 캐롤을 쳐다보았다. 리처드는 태연하지 않을 수 없기에 태연했다. 그의 눈빛은 솔직했다. 감출 게 하나도 없기 때문이다. "혹시 화가세요?"

"아뇨, 전 아무 일도 안 해요." 캐롤은 다시 웃으며 말했다.

"화가 되기가 세상에서 가장 어려운 것 같아요."

"그런가요? 잘 그리시나요?"

"그래야죠. 그러려고요." 리처드는 차분히 말했다. "혹시 맥주 있어, 테레즈? 갈증이 심하게 나네."

테레즈는 냉장고로 가서 맥주 두 병을 꺼내 왔다. 리처드가 맥주를 권했지만 캐롤은 거절했다. 그는 소파를 지나가다 여행 가방과 포장지를 발견했다. 테레즈는 그가 한마디 하리라 생각했지만 아무 말이 없었다.

"오늘 밤에 영화 보러 갈래? 빅토리아에서 영화 보고 싶어, 어때?"

"안 돼, 오늘 밤은. 나 에어드 부인하고 데이트 있어."

"아." 리처드는 캐롤을 쳐다보았다.

캐롤은 담배를 끄고 자리에서 일어섰다. "가야겠다." 캐롤이 테레즈를 보고 웃었다. "6시 즈음에 다시 전화할게. 마음 바꿔도 되니 신경 쓰지 마. 그럼 안녕히, 리처드."

"안녕히 가세요." 리처드가 말했다.

캐롤은 계단을 내려가다가 테레즈에게 윙크했다. "착하게 굴어." 캐롤이 말했다.

"이 여행 가방 뭐야?" 테레즈가 도로 들어오자 리처드가 물었다.

"선물이야."

"왜 그래, 테레즈?"

"뭐가?"

"내가 뭐 중요한 일 방해한 거야? 저 여자 누구야?"

테레즈는 캐롤이 비운 잔을 치웠다. 테두리에 립스틱 자국이 살짝 찍혀 있었다. "백화점 손님이야."

"그런데 저 여행 가방을 줬다고?"

"응."

"선물 치고 비싼 건데, 저 여자 그렇게 부자야?"

테레즈는 리처드를 쳐다보았다. 부자, 부르주아를 혐오하는 리처드가 자동으로 반응했다. "부자라니? 밍크코트 때문에 그래? 그거야 모르지. 내가 저 여잘 도와줬어. 백화점에서 잃어버린 물건을 찾아줬거든."

"그래, 그게 뭔데? 그런 얘기 안 했잖아?"

테레즈는 캐롤의 잔을 헹궈서 행주로 닦은 다음 찬장에 도로 집어넣었다. "지갑을 카운터에 놓고 갔는데 그걸 내가 돌려줬어. 그게 다야."

"젠장. 통 크게 보상하네." 리처드가 인상을 썼다. "테레즈, 왜 그래? 그깟 시시한 연 때문에 아직도 화난 거야?"

"아니, 그럴 리가." 그녀는 짜증스레 말했다. 리처드가 갔으면. 테레즈는 가운 주머니에 손을 찌른 채 방을 가로질러 캐롤이 서 있던 자리로 가 화초 상자를 보았다. "필이 오늘 아침 연극 대본을 주고 갔어. 이제 막 읽기 시작했고."

"그래서 그것 때문에 걱정인 거야?"

"내가 왜 걱정한다고 생각해?" 테레즈가 몸을 돌렸다.

"정신이 또 딴 데 팔려 있는데 뭐."

"난 걱정도 안 하고 정신도 딴 데 팔지 않았어." 테레즈는 크게 숨을 들이켰다. "정말 웃겨. 그렇게까지 분위기 살피는 사람이 왜 남들은 살피지 않는지 모르겠어."

리처드가 테레즈를 쳐다보았다. "알았어, 테레즈." 그는 한 수 접겠다는 듯이 어깨를 으쓱하며 말했다. 그는 의자에 앉아서 남은 맥주를 마저 잔에 따랐다. "오늘 저 여자랑 무슨 데이트 하는데?"

테레즈는 립스틱을 입꼬리까지 바르려고 입술을 가로로 넓히며 미소를 지었다. 옷장 문 안쪽에 달린 작은 선반 속눈썹용 핀셋을 잠시 노려보다가 립스틱을 그리로 집어넣었다.

"칵테일파티인가 봐. 크리스마스 자선 파티 같은 거. 어디 레
스토랑이라던데."

"음, 가고 싶어?"

"간다고 했어."

리처드는 맥주를 마신 후 잔을 들여다보며 인상을 살짝
찌푸렸다. "그다음에는 뭐할 거야? 네가 파티에 가 있는 동
안 난 여기서 대본 읽고 있을게. 그다음 간단히 먹고 우리 영
화 보러 가자."

"파티 갔다 온 다음엔 대본을 마저 읽을 생각이야. 토요
일부터 일을 시작하니 미리 구상을 해놓아야지."

리처드가 일어났다. "그렇구나." 한숨을 내쉬며 대답을
내뱉었다.

리처드가 소파 근처에 멍하니 서서 대본을 내려다보는
모습이 보였다. 그는 허리를 숙여 제목을 들여다보고 캐스팅
페이지를 넘겼다. 손목시계를 들여다본 후 테레즈를 쳐다보
았다.

"지금 이 대본 봐도 돼?"

"어서 가." 테레즈는 퉁명스레 대답했지만, 리처드는 못
들었는지 무시하는 건지 소파에 등을 기대고 앉아 대본을
읽기 시작했다. 테레즈는 선반에서 성냥갑을 꺼냈다. 제길,
테레즈가 정신을 딴 데 팔고 있다는 걸 눈치챈 사람은 리처
드가 유일했다. 테레즈에게 거리감을 느꼈으리라. 갑자기 테

레즈는 리처드와 같이 잠자리했던 때가 기억났다. 당연히 친밀함이 느껴져야 했는데 오히려 거리감이 들었다. 잠자리를 나누면 가까워진다고 다들 그랬다. 두 사람이 한 침대에 누워 있다는 신체적 친밀감으로 인해 당시 리처드는 그런 거리감을 대수롭지 않게 여겼다. 리처드가 정신없이 대본 읽다가 통통하고 뻣뻣한 손가락으로 헝클어진 앞머리를 붙들어 코로 쭉 내리는 모습이 보였다. 테레즈가 수천 번도 더 보았던 모습이었다. 순간 이런 생각이 마음을 스쳤다. 자신이 테레즈의 인생에서 난공불락의 자리를 차지하고 있으며 그녀가 자신과 영영 묶인 몸이라고 생각하기에 리처드가 저런 태도를 보이는 것 같았다. 자신이 테레즈의 첫 남자라서. 테레즈가 성냥갑을 선반에 던지자 병이 쓰러졌다.

리처드가 놀라며 일어나 슬쩍 웃었다. "왜 그래, 테레즈?"

"리처드, 나 혼자 있고 싶어. 오후 내내 말이야. 괜찮지?"

그가 일어났다. 놀란 얼굴은 그대로였다. "그럼, 그럼." 그는 대본을 다시 소파에 내려놓았다. "괜찮아, 테레즈. 그러는 편이 낫겠다. 지금이라도 읽어야지. 혼자서." 그는 말꼬리 잡듯 말하며 자신을 설득하려 했다. 그러고는 다시 시계를 보았다. "지금 가서 샘과 조앤이나 만나야겠다."

테레즈는 그 자리에 서서 얼어붙은 채 아무 생각도 하지 않았다. 오로지 몇 초 있어야 리처드가 나갈 건지만 생각했다. 그가 손으로 다시 머리를 쓸어내렸다. 머릿속에 땀이 찼는지 잘 미끄러지지 않았다. 리처드가 고개를 숙이고 입을 맞추는 순간, 테레즈는 며칠 전 산 드가의 책이 떠올랐다. 리처드가 사고 싶어 했지만 어디에서도 구할 수 없던 재판이었다. 책상 맨 아래 서랍에서 책을 꺼냈다. "이거 찾았어. 드가 책."

"세상에나. 고마워라." 그는 두 손으로 책을 받들었다. 포장된 상태 그대로였다. "어디서 구했어?"

"프랜켄버그 백화점에서. 여기저기 다 찾아 다녔지."

"프랜켄버그라. 6달러 맞지?" 리처드가 웃었다.

"됐어."

리처드가 지갑을 꺼냈다. "내가 사다 달라고 부탁한 거잖아."

"됐다니까. 진짜."

리처드는 돈을 주겠다고 우겼지만 테레즈는 끝내 받지 않았다. 잠시 후 리처드가 집을 떠나며 내일 5시에 전화하겠다고 했다. 내일 밤에 만나서 할 것이 있다고 했다.

6시 10분, 캐롤이 전화했다. 정말 차이나타운에 가고 싶은지 물었다. 테레즈는 그렇다고 했다.

"지금 세인트 레지스에서 친구하고 칵테일을 마시는 중인데, 데리러 올래? 큰 홀이 아니라 작은 룸에 있어. 그리고 있잖아, 네가 나한테 부탁했던 극장 일 그거 우리가 하는 거야, 무슨 말인지 알지?"

"크리스마스 자선 칵테일파티 말이죠?"

캐롤이 웃었다. "빨리 와."

테레즈는 날아갔다.

캐롤의 친구는 남자였다. 이름은 스탠리 맥베이. 키가 크고 콧수염이 있는 굉장히 매력적인 사내로 마흔쯤 되어 보였다. 목줄을 한 복서개도 한 마리 있었다. 테레즈가 도착하자 캐롤은 나갈 채비를 했다. 스탠리가 배웅 나와 택시를 잡았고 기사에게 창문으로 돈을 쥐어 주었다.

"누구예요?" 테레즈가 물었다.

"내 오랜 친구. 하지와 내가 이혼하게 돼서 요즘 더 자주 만나."

테레즈는 캐롤을 보았다. 오늘 밤 캐롤의 두 눈에는 근사한 미소가 살짝 어려 있었다. "저 남자 좋아해요?"

"그냥 지냥." 캐롤이 말했다. "기사님, 차이나타운으로 가주시겠어요?"

두 사람이 저녁을 먹는 동안 비가 내리기 시작했다. 캐롤은 차이나타운에 오기만 하면 비가 온다고 했다. 올 때마다 그런다고 했다. 그래도 별 상관없었다. 두 사람은 여기저기 상점마다 들러서 구경도 하고 물건도 샀다. 테레즈는 플랫폼 힐 샌들이 눈에 들어왔다. 예뻤다. 중국풍이라기보다 페르시아풍에 가까웠다. 테레즈는 캐롤에게 샌들을 사주고 싶었지만 캐롤은 린디가 허락하지 않을 거라 했다. 린디는 보수적이라서 엄마가 여름에 맨다리로 다니는 걸 싫어한다고 했다. 그래서 캐롤은 린디가 하라는 대로 한다고 했다. 같은 가게에서 반짝거리는 중국풍 검은 정장이 보였다. 평범한 바지에 깃이 높은 재킷이었다. 캐롤이 린디에게 주려고 한 벌을 사는 동안 테레즈는 아까 그 샌들을 사서 캐롤에게 건넸다. 테레즈는 눈대중으로도 정확한 샌들 사이즈를 맞추었다. 우여곡절 끝에 테레즈가 샌들을 사주자 캐롤은 좋아했다. 두 사람은 중국식 극장에서 기이한 시간을 보냈다. 그 시끄러운 극장 안에서 사람들이 죄다 졸고 있었다. 결국 업타운으로 와서 하프 곡조가 흐르는 레스토랑에서 늦은 저녁을 먹었다. 찬란한 밤이었다. 눈이 부실 만큼 근사한 밤이었다.

화요일, 근무를 시작한 지 닷새째였다. 테레즈는 블랙캣 극단 뒤편에 있는 작은 방에 앉아 있었다. 민 벽에 천장도 없는 방이었다. 코르테스 대신 새로 부임한 도노휴 감독이 이곳에서 테레즈가 다시 만든 무대 모형을 확인하기로 했다. 어제 아침, 도노휴 감독은 테레즈가 처음 만든 모형을 집어 던졌고, 둘째 형 역을 맡은 필 맥엘로이를 내쫓았다. 필은 어제 씩씩거리며 극단을 나갔다. 모형이 던져질 때 같이 내동댕이쳐지지 않은 것을 다행으로 여기며 테레즈는 도노휴 감독의 지시한 바를 하나도 빠짐없이 따랐다. 새로 만든 모형은 처음 것과는 달리 이동할 수 있는 부분이 하나도 없었다. 원안대로라면 마지막 장에서 거실이 테라스로 변신해야 했다. 도노휴는 특이한 것도, 그렇다고 단순한 것도 못 견디는 스타일 같았다. 연극이 모두 거실에서만 이뤄지자 마지막 장 대사가 상당 부분 바뀌고 쓸 만한 대사도 삭제됐다. 새로 만든 모형에는 벽난로, 테라스와 이어지는 넓은 프렌치 창, 문

두 개, 소파, 암체어 둘, 책장이 놓였다. 다 끝내놓고 보니 재 떨이 하나까지도 실제로 옮겨 놓은 슬로안스 가구점의 쇼룸 처럼 보였다.

테레즈는 일어나 허리를 펴고 벽면 못에 걸린 코듀로이 재킷을 집어 들었다. 이 방은 차고처럼 너무 추웠다. 도노휴 감독은 아마 오전에는 오지 않을 것 같았다. 테레즈가 귀띔 하지 않는 한 오늘은 아예 나타나지 않을지 모른다. 사실 세 트는 그리 급하지 않았다. 연극 전체 프로덕션 과정에서 가 장 덜 중요한 부분일지도 모른다. 그래도 테레즈는 어젯밤 늦 게까지 잠도 안 자고 열심히 이 모형을 만들었다.

테레즈는 밖으로 나가 다시 대기했다. 배우들이 모두 대 본을 들고 무대에 올라가 있었다. 도노휴 감독은 연극을 처 음부터 끝까지 훑으며 배우들에게 흐름을 타라고 주문했다. 그런데 감독이 밀어붙일수록 다들 졸려하는 것 같았다. 모 두 축 늘어져 있었다. 금발의 남자 주인공인 톰 하딩만 과하 게 에너지가 넘칠 뿐이었다. 조지어 할로랜은 부비동 두통에 시달려 한 시간에 한 번씩 연습을 멈추고 코에 약을 넣고 몇 분간 누워 있어야 했다. 여자 주인공의 아버지 역을 맡은 중 년배우 제프리 앤드루스는 도노휴가 마음에 들지 않는다며 대사 중간중간 쉬지 않고 투덜거렸다.

"아니, 아니, 아니, 아니." 도노휴 감독은 그날 아침에만 열 번도 더 이렇게 외치며 중간에 연습을 끊었다. 그 바람에 다들 대본을 내리고 그를 쳐다보았다. 당황스럽고 짜증스러워도 다들 고분고분 지시를 따랐다. "21쪽부터 다시."

도노휴는 팔을 휘저으며 떠드는 사람을 가리키며 조용히 하라며 손가락을 들었다. 그리고 오케스트라 지휘자처럼 고개를 숙이고 대본을 읽었다. 톰 하딩이 테레즈에게 윙크하며 손으로 코를 잡아당겼다. 좀 있다가 테레즈는 파티션 뒤쪽 방으로 되돌아갔다. 테레즈의 작업실. 이곳에 있으면 쓸모없는 인간이 된 것 같았다. 테레즈는 연극 대사를 거의 다 외웠다. 셰리든(아일랜드의 극작가─옮긴이) 스타일에 셰익스피어의 『실수연발』과 비슷한 플롯이었다. 형제 둘이서 주인과 몸종으로 위장하여 상속녀에 환심을 사려다가 그만 한 명이 상속녀와 사랑에 빠지는 내용이었다. 대사는 위트 있고 그럭저럭 쓸 만했다. 도노휴는 칙칙하고 사실적인 무대 세트를 주문했다. 테레즈는 색을 좀 가미했으면 하는 마음이 들었다.

도노휴 감독은 2시가 넘어 모습을 드러냈다. 그는 테레즈가 만든 무대 모형을 들여다보았다. 높이 들어서 보고 아래로 내려서 본 다음 양쪽 측면도 살폈다. 표정은 여전히 신경질적이고 고민하는 듯했다. "그래, 이거 좋네. 꽤 마음에 들어. 벽면에 아무것도 없던 것보다 이번에 만든 게 훨씬 낫지, 안 그래?"

테레즈는 안도의 한숨을 길게 내쉬었다. "네."

"세트는 배우들의 요구에 발을 맞춰야 해. 당신이 만드는 건 발레 세트가 아니야, 벨리벳 양."

그녀는 모형을 들여다보며 고개를 끄덕였다. 그리고 이번 것이 어떤 면에서 훨씬 낫고 기능적인지 애써 살폈다.

"목수가 오늘 오후 4시쯤 온다고 했어. 다 같이 만나서 무대 얘기를 좀 해보지." 도노휴가 나갔다.

테레즈는 마분지 무대 모형을 노려보았다. 이제 이 무대가 올라가는 걸 보게 되다니. 테레즈와 목수가 이 모형을 실제로 만들 것이다. 그녀는 창가로 가서 반짝이는 회색 겨울 하늘을 바라보았다. 뒤에 보이는 5층 건물의 화재용 탈출 계단이 장식되어 있었다. 앞쪽에는 작은 공터가 보였다. 이파리가 하나도 없이 자라다 만 나무 한 그루가 덜렁 서 있었다. 정신 나간 표지판처럼 완전히 뒤틀려 있었다. 캐롤에게 전화해 점심을 같이 먹자고 청하고 싶었지만, 캐롤은 여기에서 차로 한 시간 반 거리에 있었다.

"혹시 벨리버 양이신가요?"

테레즈는 복도에 선 여자를 향해 몸을 틀었다. "벨리벳입니다. 전화 왔나요?"

"조명기 옆에 있는 전화기요."

"고맙습니다." 테레즈는 캐롤에게서 온 전화이기를 바라며 달려갔다. 그럼에도 리처드의 전화일 가능성이 컸다. 캐롤은 아직 이쪽으로 전화하지 않았다.

"여보세요, 나 애비예요."

"애비? 제가 여기서 일하는 거 어떻게 아셨어요?"

"전에 말했잖아요, 기억 안 나요? 만나고 싶어요. 지금 이 근처인데, 아직 점심 전이죠?"

두 사람은 팔레르모에서 만나기로 했다. 블랙캣 극단에서 한두 블록 떨어진 레스토랑이었다.

테레즈는 휘파람을 불며 그곳까지 걸어갔다. 캐롤을 만나러 가는 것처럼 기분이 좋았다. 레스토랑 바닥에는 톱밥이 보였다. 검은 고양이 두 마리가 발받침 레일 밑을 어슬렁거렸다. 애비가 뒤쪽 테이블에 앉아 있었다.

"안녕하세요." 테레즈가 다가가자 애비가 인사했다. "오늘따라 기분 좋아 보이네요. 누군지 못 알아볼 뻔했어요. 한 잔 할래요?"

테레즈는 고개를 저었다. "아뇨, 사양하겠습니다."

"그럼 술도 안 마셨는데 이렇게 기분이 좋은 건가요?" 애비는 이렇게 말하며 낄낄거렸다. 테레즈는 애비가 큭큭거리며 놀라는 모습이 그리 거슬리지 않았다.

테레즈는 애비가 건넨 담배를 받아 들었다. 애비는 아는구나, 애비도 캐롤을 사랑하나봐. 이런 생각이 들자 테레즈는 캐롤을 지켜야겠다는 생각이 들었다. 무언의 라이벌 관계가 형성되었다. 애비를 보니 호기심 어린 유쾌함은 물론 어떤 우월감까지 느껴졌다. 전에 알지 못했던 감정이 일었다.

감히 꿈도 꾸지 못한 감정으로 인해 그들 마음속에 폭풍이 일었다. 이 레스토랑에서 둘이 같이 점심을 먹는 건 캐롤과 만나는 것만큼 중요했다.

"캐롤은 잘 있어요?" 테레즈가 물었다. 캐롤을 본 건 사흘 전이었다.

"네, 아주 잘 지내요." 애비가 테레즈를 쳐다보며 말했다.

웨이터가 왔다. 애비는 홍합과 스칼로피네(송아지 고기 요리—옮긴이)가 괜찮은지 물었다.

"아주 맛있습니다." 웨이터는 애비가 VIP라도 되는 양 활짝 웃었다.

반짝이는 얼굴, 이것이 애비의 방식이었다. 오늘, 아니 매일이 애비에겐 특별한 휴일처럼 보였다. 테레즈는 그게 마음에 들었다. 애비가 입은 정장을 감탄스레 바라보았다. 빨강과 파랑이 섞여 짜인 천으로 커프스 단추에는 알파벳 G 자가 소용돌이치듯 은으로 세공되어 있었다. 애비는 테레즈에게 블랙캣에서 무슨 일을 하는지 물었다. 테레즈는 이런 질문이 따분했지만, 애비에겐 인상적인 것 같았다. 애비가 아무 일도 하지 않아서 테레즈가 하는 일이 인상적으로 비춰진 것 같았다.

"극단에서 제작일을 하는 사람들을 좀 알아요. 내가 그쪽 사람들한테 테레즈 얘기 해둘게요."

"고맙습니다." 테레즈는 앞에 놓인 치즈볼 뚜껑을 가지고 장난을 쳤다. "혹시 안드로니치라는 사람 아세요? 필라델피아에서 왔다고 하던데요."

"아뇨." 애비가 말했다.

도노휴 감독은 테레즈에게 다음 주 뉴욕에서 안드로니치를 만나 보라고 했다. 내년 봄 필라델피아에 이어 브로드웨이에서 상연될 연극을 제작하는 사람이라고 했다.

"홍합 먹어봐요." 애비가 맛있게 요리를 먹었다. "캐롤도 이거 좋아해요."

"캐롤하고 알고 지낸 지 오래 되셨어요?"

"네." 애비는 눈을 반짝이며 테레즈를 쳐다보며 대답했지만, 눈빛만 봐서는 그 어떤 것도 읽히지 않았다.

"그럼 남편분도 아시겠네요?"

애비는 아무 말 없이 고개를 다시 끄덕였다.

테레즈는 살짝 웃었다. 아, 애비는 여기에 질문하러 나왔구나, 자기나 캐롤 얘기는 하나도 하지 않고.

"와인 마실래요? 키안티(이탈리아 산 레드 와인—옮긴이) 좋아해요?" 애비는 손짓으로 웨이터를 불렀다. "키안티도 한 병 주세요. 와인이 좋대요, 혈액 순환을 돕거든요." 애비가 테레즈에게 덧붙여 말했다.

이윽고 메인 요리가 나왔다. 웨이터 둘이서 테이블 주변에서 부산을 떨었다. 키안티 코르크 마개를 따고, 물을 더 채우고, 버터를 새로 내왔다. 구석에 있는 라디오에서 탱고가 흘러 나왔다. 작은 치즈 상자처럼 생긴 라디오 앞면은 망가졌지만, 애비가 청해 현악 오케스트라가 뒤에서 직접 연주하듯 음질이 좋았다. 이러니 캐롤이 좋아하지. 애비가 캐롤의 진중함을 상쇄해주고 캐롤을 웃게 하는 것 같았다.

"혼자 산 지 오래 됐어요?" 애비가 물었다.

"네, 학교 졸업하고 쭉이요." 테레즈는 와인을 음미했다. "혼자 사세요? 아니면 가족과 함께?"

"가족이랑 살아요. 대신 우리 집 절반은 제 명의예요."

"그럼 일은 하시나요?" 테레즈가 도발했다.

"일이 여러 개예요. 두세 개 정도. 우리 둘이서 가구점 했다는 얘기, 캐롤이 안 하던가요? 고속도로 타고 나가 엘리자베스 외곽에서 숍을 했었어요. 앤티크도 사고 평범한 중고 가구도 사들여 수리해서 팔았죠. 그렇게 열심히 일했던 적은 내 평생 없었어요." 애비는 이 모든 내용이 사실이 아닌 듯 실실 웃으며 말했다. "다른 일도 해요. 곤충학자예요. 아주 뛰어나진 않아도 이탈리아에서 들여오는 레몬 상자나 온갖 상자에 있는 벌레를 제거할 실력 정도는 돼요. 바하마 백합에도 벌레가 많죠."

"아, 들었어요." 테레즈가 미소를 지었다.

"내 말을 안 믿는 것 같군요."

"믿어요. 아직도 그 일 하세요?"

"난 예비 인력이에요. 비상시에만 출근하죠. 추수감사절 같은 날에 일해요."

테레즈는 애비가 나이프로 스칼로피네를 잘게 잘라 입으로 가져가는 모습을 바라보았다. "캐롤하고 여행도 많이 다니시나요?"

"많이요? 아니요. 그건 왜요?"

"캐롤하고 같이 다니면 좋을 것 같아서요. 캐롤이 워낙 진중하니까요." 테레즈는 본론으로 대화를 끌고 가고 싶었지만, 진짜 본론이 뭔지 자신도 알지 못했다. 와인이 천천히 그리고 따스히 혈관을 타고 들어가 손끝까지 전해졌다.

"늘 그런 건 아니에요." 애비는 웃음을 삼키며 대답했다. 테레즈는 오늘 처음으로 애비의 목소리를 듣는 듯한 느낌이 들었다.

뇌로 술기운이 퍼지면 늘 그렇듯 음악과 시, 그리고 진실이 떠오른다. 그런데 테레즈는 그 경계에 붙들렸다. 뭘 물어야 할지 하나도 떠오르지 않았다. 그녀가 묻고 싶은 질문은 모두 어마어마했기 때문이다.

"캐롤을 어떻게 만났어요?"

"캐롤이 얘기 안하던가요?"

"당신이 프랜켄버그 백화점에서 일할 때 만났다고만 하던데요."

"네, 그렇게 만났어요." 테레즈는 감당할 수 없을 만큼 애비에 대한 반감이 일었다.

"그럼 당신이 먼저 말을 건 거예요?" 애비는 웃으며 물으며 담뱃불을 붙였다.

"제가 응대해드렸어요." 테레즈는 거기까지만 말하고 입을 다물었다.

애비는 그날 어떻게 만났는지 정황을 더 듣고 싶어서 계속 대답을 기다렸다. 그러나 테레즈는 애비에게든, 그 누구에게든 말하지 않을 작정이다. 그것은 전적으로 그녀의 것이기에. 캐롤도 애비에게 얘기하지 않았을 것이다. 크리스마스 카드 같은 실없는 얘기를 전하지 않았을 것이다. 캐롤이 그 일을 중요하게 여기지 않았다면 애비에게 말했을 테고.

"누가 먼저 말을 걸었는지 얘기해주면 안 돼요?"

테레즈는 느닷없이 웃음을 터뜨렸다. 담배를 집어 들고 불을 붙이면서도 미소를 잃지 않았다. 안 했군, 캐롤이 애비한테 크리스마스 카드 얘긴 하지 않았어. 애비의 질문을 듣는 순간 테레즈는 미치도록 웃음이 새어 나왔다. "제가 먼저 말을 걸었어요."

"캐롤 많이 좋아하죠?" 애비가 물었다.

테레즈는 그 말에 뼈가 느껴졌다. 적대심이 아닌 질투심에 가까웠다. "네."

"왜요?"

"왜라뇨? 그럼 당신은 왜죠?"

애비의 눈은 여전히 웃고 있었다. "우린 캐롤이 네 살 때부터 알고 지낸 사이예요."

테레즈는 입을 다물었다.

"아직 나이도 새파랗게 어리고. 스물하나 맞죠?"

"아뇨, 아직 안 됐어요."

"요즘 캐롤이 마음고생이 심한 것도 알죠?"

"네."

"이제 캐롤이 외로운 신세가 됐어요." 애비는 시선을 고정한 채 말을 이어갔다.

"그래서 캐롤이 저를 만난다는 말씀을 하시려는 건가요?" 테레즈가 차분히 물었다. "저더러 캐롤을 만나지 말라는 얘긴가요?"

애비는 눈을 깜빡이지 않다가 두 번 깜빡였다. "아뇨, 그런 말이 아니에요. 당신이 상처 받지 않았으면 좋겠어요. 캐롤에게도 상처 주지 말고요."

"전 캐롤에게 상처 준 적 없어요. 제가 왜 그럴 거라 생각하시죠?"

애비는 여전히 테레즈를 경계하며 시선을 거두지 않았다. "아뇨, 그럴 것 같진 않아요." 애비는 이제야 알겠다는 듯이 대답했다. 그리고 특히 더 마음에 든다는 듯 미소로 얼굴을 이완시켰다.

그런데 테레즈는 그 미소가 마음에 들지 않았다. 얼굴

표정을 숨기지 못한다는 사실이 떠오르는 순간, 테레즈는 고개를 숙이고 테이블을 쳐다보았다. 테이블 위에는 따뜻한 자발리오네(이탈리아식 디저트—옮긴이)가 접시받침에 받쳐 컵에 담겨 있었다.

"오늘 저녁에 칵테일파티 갈래요? 6시에 시내에서 열려요. 거기에 무대 디자이너들도 오는지는 잘 모르겠지만, 그 파티를 여는 여자들 중 하나가 배우예요."

테레즈는 담배를 껐다. "캐롤도 가나요?"

"아뇨, 안 가요. 알고 지내기에 그리 까다로운 사람들은 아니에요. 소규모 파티고."

"고맙습니다만, 못 갈 것 같아요. 오늘 늦게까지 야근해야 해서요."

"그럼 주소를 드릴 테니 혹시……"

"아뇨."

애비는 레스토랑에서 나오더니 이 블록을 한 바퀴 돌고 싶다고 했다. 테레즈는 그러자고 하긴 했지만 애비가 지겨웠다. 지나칠 정도로 자만심이 과도하고 배려도 없이 불쑥 질문을 묻는 바람에 애비에 이용당한 기분이 들었다. 게다가 애비는 점심 값도 내지 못하게 말렸다.

"캐롤이 당신 생각 많이 해요. 재주가 많은 친구라고 하더라고요."

"그랬어요?" 테레즈는 반신반의하면서 물었다. "한 번도 그런 말 안 하던데요." 좀 더 빨리 걷고 싶었지만, 애비가 자꾸 뒤로 처졌다.

"캐롤이 당신 생각 많이 한다는 거 꼭 기억해요. 캐롤이 같이 여행 가자고 할지도 몰라요."

테레즈는 고개를 돌렸다. 애비가 테레즈를 보며 악의 없이 웃고 있었다. "제겐 그 말도 안 하던데요." 테레즈는 차분히 말했지만 심장이 미칠 듯이 쿵쾅거렸다.

"캐롤이 분명 물을 거예요. 같이 갈 거죠?"

테레즈보다 애비가 왜 먼저 이 사실을 아는 거지? 테레즈는 화가 치밀어 얼굴이 화끈거렸다. 대체 이게 뭐지? 애비가 나를 싫어하나? 그렇다면 왜 이렇게 일관성이 없지? 다음 순간, 치밀어 올랐던 화가 가라앉더니 나약하고, 쉽게 상처 받고, 무방비한 테레즈만 덩그러니 남았다. 테레즈는 이렇게 상상했다. 애비가 테레즈를 벽으로 밀어붙이고 이렇게 말할 것만 같았다. '말해! 캐롤한테 뭘 원하지? 내게서 캐롤을 얼마나 빼앗아갈 셈이야?' 그럼 테레즈는 이렇게 말할 것이다. '캐롤과 같이 있고 싶어요. 같이 있는 게 좋다고요. 이게 당신과 무슨 상관인데요?'

"그건 캐롤이 말해야 하는 거 아닌가요? 당신이 왜 이런 부탁을 하는 건데요?" 테레즈는 애써 무관심한 듯 말했다. 앞이 캄캄했다.

애비가 걸음을 멈추었다. "미안해요." 애비는 사과한 후 고개를 돌렸다. "이제야 확실히 알 것 같아요."

"뭘 알아요?"

"그냥…… 당신이 이겼어요."

"뭘 이겨요?"

"그게 뭐든요." 애비가 고개를 들어 코너에 있는 건물을 훑어보곤 하늘을 바라보았다. 테레즈는 갑자기 참을 수 없는 분노를 느꼈다.

테레즈는 애비를 보내고 캐롤에게 전화하고 싶었다. 캐롤의 목소리 말고는 아무것도 중요하지 않았다. 캐롤 말고는 그 무엇도 상관없었다. 왜 잠시도 캐롤을 지우지 못하는 걸까?

"캐롤이 당신 생각 많이 하는 게 이상할 것도 없어요." 애비가 말했다. 언뜻 들으면 친절한 발언인 것 같지만, 테레즈에겐 그리 들리지 않았다. "그럼 잘 가요. 테레즈, 우린 또 만나게 될 거예요." 애비가 손을 내밀었다.

테레즈는 악수를 했다. "안녕히 가세요." 테레즈는 애비가 워싱턴 스퀘어 쪽으로 걸어가는 모습을 지켜보았다. 아까보다 잰걸음으로 걷느라 구불구불한 머리칼이 찰랑거렸다.

테레즈는 다음 코너에 있는 약국에 들어가 캐롤에게 전화했다. 가정부가 받아서 캐롤을 바꿔주었다.

"무슨 일이야? 목소리가 가라앉았네."

"아무 일도 아니에요. 일이 지겨워서요."

"오늘 밤에 바빠? 오늘 나올 수 있어?"

테레즈는 웃으며 약국을 나섰다. 캐롤이 5시 반에 데리러 온단다. 기차를 타면 힘드니 군이 데리러 오겠다고 했다.

길 건너편에 앞쪽에서 대니 맥엘로이가 걸어가는 모습이 보였다. 그는 코트도 입지 않은 채 손에 우유를 들고 걷고 있었다.

"대니!" 테레즈가 외쳤다.

대니는 몸을 돌려 테레즈 쪽으로 걸어왔다. "잠깐 시간 낼 수 있죠?"

테레즈는 안 된다고 하려고 했지만, 그가 다가오자 그의 팔을 붙들었다. "딱 1분만요. 점심을 너무 오래 먹어서요."

대니는 테레즈를 내려 보며 웃었다. "지금 몇 시죠? 눈이 침침할 때까지 공부하느라."

"2시가 넘었어요." 테레즈는 대니의 팔이 추위에 움츠러들어 단단해진 것을 느꼈다. 검은 터럭이 난 팔뚝에 소름이 돋았다. "코트도 안 입고 돌아다니면 다들 미쳤다고 해요."

"이러면 머리가 맑아지거든요." 그는 철문을 열고 연이어 방문도 열어주었다. "필은 나가고 없어요."

방에서는 파이프 담배 냄새가 났다. 핫초코를 끓이는 냄새 같았다. 아파트는 반지하라서 대체로 어두웠다. 어지러운 책상 위에 놓인 램프는 포근한 불빛 웅덩이를 만들었다. 테레즈는 책상 위에 펼쳐진 책을 들여다보았다. 페이지마다 알아볼 수 없는 기호로 가득했다. 그래도 그걸 구경하는 게 재미있었다. 기호가 의미하는 건 전부 다 사실로 증명된 것들이다. 기호는 말보다 더 강하고 정확했다. 테레즈는 대니가 머릿속에서 그녀를 타듯 하나의 기호에서 다른 기호 사이를 오가는 모습을 상상했다. 마치 밧줄을 타듯 손을 바꿔가며 우주를 헤쳐 갔을 것이다. 대니가 부엌 식탁에 서서 샌드위치를 만들고 있었다. 흰 셔츠를 걸친 어깨는 딱 벌어지고 근육이 탄탄히 붙어 있었다. 살라미와 치즈 슬라이스를 커다란 호밀 빵에 넣는 동안 어깨가 움찔거렸다.

"자주 놀러 와요, 테레즈. 수요일 점심때만 내가 집에 없어요. 여기 와서 점심 먹어도 필한테 방해가 되지 않아요. 필이 자고 있어도 상관없고요."

"그럴게요." 테레즈는 반쯤 돌려진 그의 책상 의자에 앉았다. 그녀는 점심 때 한 번, 퇴근 후에 한 번 이곳에 들른 적이 있었다. 테레즈도 대니를 찾아오는 게 좋았다. 그와는 수다를 떨 필요가 없기 때문이다.

방 한쪽 구석에 정리 되지 않은 필의 소파 베드가 보였다. 이불과 시트가 뒤엉켜 있었다. 전에 두 번 왔었는데 한 번은 침대가 엉망이었고, 또 한 번은 필이 자고 있었다. 긴 책장을 소파와 직각으로 끌어다 놓아 한쪽 구석에 필만의 공간이 생겼다. 그곳은 늘 엉망진창이었다. 정신없고 짜증 날 정도로 어지러운 것이 대니가 일하느라 어지른 책상과는 완전히 딴판이었다.

대니가 맥주를 따자 캔이 쉬 소리를 냈다. 그는 맥주와 샌드위치를 들고 벽에 몸을 기댔다. 테레즈가 여기에 있는 게 좋은지 씩 웃었다. "전에 당신이 물리학은 사람들에게 적용되지 않는다고 말했던 거 기억납니까?"

"네, 대충."

"그건 틀린 말인 것 같아요." 그는 한 입 베어 물고 말했다. "우정을 예로 들어볼게요. 공통점이 전혀 없는데 서로 친구인 경우가 주변에 흔하잖아요. 그건 우정에도 저마다 확실한 이유가 있기 때문이에요. 특정 원자끼리는 결합하지만 어떤 원자는 서로 결합하지 못하는 이유가 있는 것과 비슷하죠. 한쪽에 결여된 요소가 다른 쪽에 있는 거죠. 우정이란 것도 양쪽이 서로 완벽하게 감추거나, 때론 영영 숨기는 특정 욕구에 의한 결과물인 것 같아요."

"그럴지도 모르죠. 저도 그런 케이스 몇 명 알아요." 리처드와 테레즈가 그랬다. 리처드는 사람들과 잘 지낸다. 테레즈와는 달리 그는 이 세상을 잘 헤쳐 나간다. 테레즈는 리처드처럼 자신감 있는 사람들에게 늘 끌렸다. "그럼 당신의 약점은 뭐예요? 대니?"

"나요? 왜, 나하고 친구하려고요?"

"네, 당신은 내가 아는 가장 강한 사람이거든요."

"그래요? 그렇다면 내 단점을 죽 늘어놓아야겠군요."

테레즈는 그를 보며 웃었다. 스물다섯 살의 젊은 청년. 대니는 열네 살 때부터 인생의 향방을 설계하고 모든 에너지를 단 한 곳에 퍼붓고 있다. 리처드와는 완전히 달랐다.

"사실 마음 깊은 곳에서는 요리사가 있었으면 해요. 댄스 강사도 있었으면 좋겠고, 세탁소나 미용실에 같은 소소한 일거리를 알려줄 사람도 필요해요."

"맞다, 나도 세탁소 가야 하는데 깜빡했네요."

"이런." 대니가 안타깝다는 듯 말했다. "그럼 그건 제외. 사실 난 희망을 갖고 있어요. 운명도 믿고요. 친밀함이라는 건 친구 사이는 물론 거리를 스쳐지나가는 누군가에게도 적용이 되거든요. 어디든 그럴 만한 명확한 이유가 있는 법이죠. 시인들도 내 말에 동의할 겁니다."

테레즈는 미소를 지었다. "시인들도요?" 테레즈는 캐롤이 떠올랐다. 애비도 떠올랐다. 그리고 둘이 점심을 먹으며 나눈 대화도 떠올랐다. 두 사람의 만남은 스쳐지나가는 경우 이상이었지만 그보다 훨씬 못한 일이었다. 점심을 같이 한 후 불거진 여러 감정으로 인해 테레즈는 속이 시끄러웠고 그 때문에 우울했다. "그렇다면 남들이 괴팍하게 굴어도 아량을 베풀어야 한다는 건데, 그건 좀 말이 안 돼요."

"괴팍함이요? 그건 변명일 뿐입니다. 시인들이나 쓰는 단어죠."

"전 심리학자들이 쓰는 용어라고 생각했어요."

"그러니까, 아량을 베푼다…… 그건 무의미한 용어입니다. 인생은 그 자체로 정밀과학이며, 의미를 찾아 그것을 정의하는 문제일 뿐이에요. 말이 안 되는 상황이란 게 대체 뭡니까?"

"아무것도 아니에요. 별것도 아닌 일을 생각하고 있었어요." 아까 점심을 먹은 후 길을 걷던 때처럼 테레즈는 다시 화가 치밀었다.

"그게 뭔데요?" 대니가 집요하게 물었다.

"좀 전에 점심 먹은 일이요."

"누구랑 먹었는데요?"

"그건 중요하지 않아요. 중요했다면 고민했겠죠. 그냥 낭비란 생각이 들어요. 뭘 잃어버린 것처럼요. 어쩌면 아예 실체가 없는 것일 수도 있어요." 그녀도 캐롤처럼 애비를 좋아하고 싶었다.

"그런데 당신 마음속에는 존재하잖아요? 그렇다면 여태 낭비하는 겁니다."

"네…… 사람에게서든, 사람이 하는 일에서든 결국 아무것도 건지지 못하는 경우가 있는데, 그건 마음이 전혀 통하지 않아서 그런 것 같아요." 사실 테레즈는 이게 아닌 다른 얘기를 하고 싶었다. 애비도 캐롤도 아닌 더욱 근원적인 얘기를 하고 싶었다. 마음이 완벽히 통해서 완전히 말이 되는 상황. 테레즈는 캐롤을 사랑한다. 손으로 이마를 짚었다.

대니는 테레즈를 잠시 응시하다가 벽에서 몸을 떼었다. 스토브 쪽으로 돌아선 채 셔츠 주머니에서 성냥을 꺼냈다. 테레즈는 대화가 엉켜버린 것 같았다. 계속 엉켜서 무슨 말을 한들 절대로 끝나지 않을 것 같았다. 애비와 나눈 대화를 한 글자도 빠짐없이 고스란히 대니에게 옮긴다면, 대니라면 이런 변명을 한마디로 정리해줄 것만 같았다. 대기 중에 화학 약품을 뿌리면 김이 순식간에 말라버리는 것처럼 그러면 가능해 보였다. 그게 아니라면, 논리가 닿을 수 없는 영역이 늘 존재하는 것일까? 애비와의 대화 속에 담긴 질투와 의심, 적대감 이면에 뭔가 비논리적인 것이 존재했는데, 그것이 애비 혼자만의 것이었을까?

"세상사는 온갖 화학 결합처럼 간단하지 않아요." 테레즈가 덧붙였다.

"결합 반응을 보이지 않는 것들도 있지만 모든 건 살아 있어요." 그는 활짝 웃으며 뒤돌아섰다. 마치 또 다른 생각의 고리가 머릿속에 떠오른 것 같았다. 그는 아직도 타고 있는 성냥을 들고 있었다. "이 성냥하고 비슷해요. 지금 물리학 얘기를 하는 게 아니라, 파괴할 수 없는 연기의 형질에 대해 말하는 겁니다. 이렇게 말하니 오늘 시상이 넘치는군요."

"성냥에 대한 시상인가요?"

"연기는 사라지는 게 아니라 자라는 것 같아요. 식물처럼요. 이 세상 모든 것들이 식물과 같은 질감을 가진 것처럼 느껴지면 때때로 시인이 된 듯한 기분이 들어요. 이 테이블조차 내 살갗처럼 느껴지네요." 그는 손바닥으로 테이블 모서리를 쓸었다. "이걸 만지니 예전에 말을 타고 언덕을 오르던 느낌이 되살아나네요. 펜실베이니아에서였죠. 사실 그때는 말을 잘 탈 줄 몰랐어요. 그때 기억나는 일이 있어요. 말이 고개를 돌려 언덕을 바라보더니 스스로 언덕을 오르겠다고 마음먹고 뒷다리를 박차고 튀어나갔어요. 말과 난 바람을 칼로 가르듯 질주했지만 하나도 무섭지 않았어요. 그 순간, 말과 땅과의 나와의 완벽한 합일을 느꼈죠. 우리가 나무한 그루가 되어 바람에 나뭇가지만 흔들려도 전체가 흔들리는 것 같은 느낌을 받았어요. 그때 아무 일도 일어나지 않으리라는 확신이 들었어요. 다른 때라면 결국 두려움에 떨었겠지만요. 그리고 나니 행복해지더군요. 두려운 마음에 물건을 쌓아두고 몸까지 사리는 이 세상 사람들이 죄다 떠올랐습니다. 내가 언덕을 오를 때 느낀 그 기분을 세상 사람들도 깨닫는다면 제대로 아끼고 사는 법을 터득하지 않을까요? 물건을 쓰고 쓰다 끝까지 쓰는 법이요. 내가 무슨 말 하는지 이해하겠어요?" 대니는 주먹을 쥐고 있었다. 그러나 초롱초롱한 두 눈은 그냥 웃어넘기려는 듯했다. "유달리 좋아해서 입고 또 입다가 결국 낡아서 버린 스웨터 있어요?"

테레즈는 얼리사 수녀에게 선물로 받은 녹색 모직 장갑을 떠올렸다. 한 번도 끼지 않은 장갑. 낡아서 버린 건 아니었다. "있어요."

"내 말이 바로 그겁니다. 사람들이 스웨터를 만들겠다고
양털을 깎으면 양들은 자기 털이 얼마나 깎여 나가는지 몰
라요. 그런데 그렇게 하면 털이 더 많이 자라요. 아주 간단한
이치죠." 대니는 커피포트로 몸을 돌렸다. 다시 데우는 중이
었는데 벌써 끓기 시작했다.

"그렇군요." 테레즈는 깨달았다. 연을 하나 더 만들면 된
다던 리처드와 그 연도 비슷한 이치였다. 점심 식사는 까맣
게 잊은 듯 갑자기 멍한 표정을 짓던 애비가 떠올랐다. 찰나
의 순간, 테레즈는 생각이 차고 넘쳐 멍한 상태로 우주를 유
영하는 듯한 기분이 들었다. 자리에서 일어났다.

대니가 다가와 어깨에 두 손을 올렸다. 그가 말 대신 행
동으로 보여주는 거라는 생각이 드는 순간 정신이 들었다.
테레즈는 그의 손길이 불편했다. 불편함이 구체적으로 체감
됐다. "가야겠어요. 너무 늦었어요."

그가 양손으로 팔을 훑어내려 테레즈의 팔꿈치를 쥐더
니 옆에 붙이고 입을 맞췄다. 대니의 입술이 테레즈의 입술
을 세게 눌렀다. 윗입술에서 그의 포근한 숨결이 느껴지는
순간, 그가 붙들었던 손을 풀었다.

"당신은……." 대니가 테레즈를 보며 말했다.

"왜 그랬어요?" 테레즈는 말을 하다 말았다. 그의 키스
는 부드럽고도 거칠었다. 이걸 어찌 받아들어야 할지 난감했

다.

"왜라뇨, 테레즈?" 그는 시선을 피하며 웃었다. "싫었어
요?"

"아니요."

"리처드는 싫어하겠죠?"

"아마도요." 테레즈는 코트 단추를 채웠다. "가야겠어
요." 테레즈는 문으로 걸어갔다.

대니는 문을 활짝 열었다. 아무 일도 없었다는 듯 편안
히 미소를 지어 보였다. "내일도 올래요? 점심 먹으러 와요."

테레즈가 고개를 저었다. "안 될 거예요. 이번 주 내내
바빠서요."

"그럼…… 다음 주 월요일은 어때요?"

"좋아요." 테레즈도 웃어 보였다. 그리고 자기도 모르게
손을 내밀었다. 대니는 테레즈의 손을 딱 한 번 정중히 잡았
다.

테레즈는 블랙캣 극단까지 두 블록을 뛰어갔다. 망아지
같다는 생각이 들었다. 그래도 그걸로는 충분하지 않았다.
완벽하기엔 충분하지 않았다. 대니가 말한 완벽함과는 거리
가 멀었다.

"한량들이 기분 전환을 했으니." 캐롤은 그네 의자에 앉아서 두 다리를 앞으로 쭉 뻗었다. "이제 애비가 다시 일을 할 때도 됐지."

테레즈는 아무 말도 하지 않았다. 애비와 점심을 먹으며 무슨 얘길 했는지 다 말하지 못했지만 애비 얘기는 더 이상 하고 싶지 않았다.

"좀 더 편안한 의자에 앉을래?"

"아뇨," 테레즈가 말했다. 테레즈는 그네 의자 옆에 있는 가죽 스툴에 앉았다. 두 사람은 방금 전 저녁 식사를 끝낸 후 이 방으로 올라왔다. 테레즈가 처음 본 방이다. 녹색 방 건너편에 유리 현관이 달린 방이다.

"애비가 또 뭐라고 거슬리는 소리를 했는데?" 캐롤은 여전히 테레즈를 응시하며 물었다. 감색 바지를 입은 긴 다리가 아래로 내려갔다.

캐롤은 피곤해 보였다. 걱정거리가 많아 보여, 이것보다 훨씬 중요한 일 때문에 그렇겠지. "없어요. 나 때문에 귀찮죠?"

"귀찮다니?"

"오늘 밤 좀 달라 보여서요."

캐롤이 테레즈를 바라보았다. "상상의 나래를 펴는구나." 유쾌한 떨림을 전하던 캐롤의 목소리가 다시 침묵 속에 잠겼다.

어젯밤 적은 편지는 캐롤하고 아무 상관없어, 부치지 않을 테니, 테레즈는 생각했다. '당신과 사랑에 빠졌어요. 마치 봄날 같아요. 내 머릿속에 비추는 태양이 화음처럼 설레게 하네요. 태양은 베토벤 같고, 바람은 드뷔시 같고, 새소리는 스트라빈스키 같아요. 템포는 제각각이지만.'

"애비는 내가 싫은가 봐요. 내가 당신을 만나는 것도 싫고."

"그럴 리가. 또 상상하네."

"애비가 대놓고 그렇게 말하진 않았어요," 테레즈는 캐롤처럼 차분하게 말하려 했다. "되게 친절하시더라고요. 칵테일파티에 초대해주시던데요."

"무슨 파티?"

"나도 몰라요. 시내에서 열린대요. 당신이 안 간다 하니 나도 딱히 갈 마음이 없어서요."

"시내 어디래?"

"말 안하던데요. 파티를 여는 여자들 중 한 명이 배우라고만 했어요."

캐롤은 라이터를 탁 내려놓았다. 캐롤의 불편한 심경이 느껴졌다. "그랬다 이거지." 캐롤이 반쯤 혼잣말하듯 웅얼거렸다. "이리로 와서 앉아, 테레즈."

테레즈는 일어나 그네 의자 발치에 앉았다.

"애비가 널 싫어한다고 오해하지 마. 내가 애비를 잘 아는데 그럴 사람이 아니야."

"알았어요." 테레즈가 말했다.

"솔직히 말하면, 애비가 굉장히 서툴게 말할 때가 있어."

테레즈는 모든 걸 잊고 싶었다. 캐롤은 말할 때나 테레즈를 쳐다볼 때도 여전히 정신이 다른 데 팔려 있었다. 녹색 방을 통해 들어온 한 줄기 빛이 캐롤의 머리 위로 쏟아졌다. 이제 캐롤의 얼굴이 잘 보이지 않았다.

캐롤이 발가락으로 테레즈를 찔렀다. "발딱 일어나."

테레즈는 굼뜨게 움직였다. 캐롤이 그네 의자를 타다가 두 발을 테레즈의 머리 위로 쭉 뻗으면서 일어섰다. 그때 옆 방에서 가정부의 발자국 소리가 들렸다. 아일랜드계로 보이는 뚱뚱한 가정부가 회색과 흰색이 섞인 작업복을 입고 커피 쟁반을 들고 들어왔다. 종종걸음으로 들어오자 현관 바닥이 흔들렸다. 집주인에게 잘 보이고픈 발소리처럼 들렸다.

"크림은 여기에 있습니다. 부인." 가정부는 드미타스(식후에 내는 커피용 작은 잔—옮긴이) 세트와는 어울리지 않은 주전자를 가리켰다. 플로렌스가 테레즈를 쳐다보았다. 미소는 다정했고 동그란 눈은 맹했다. 나이는 쉰 정도 되어 보였다. 풀 먹인 하얀 두건을 머리에 쓰고 목 뒤로 머리칼을 묶어서 둥글게 말아 올렸다. 테레즈는 플로렌스가 어떤 사람인지 제대로 파악하지 못했고, 캐롤에게 정말로 잘하는지도 몰랐다. 플로렌스가 두어 번 테레즈에게 캐롤의 남편 얘기를 한 적이 있었다. 자신이 그에게 상당히 헌신적이라는 듯이 말했다. 직업 정신 때문인지, 아니면 진심인지 테레즈로서는 알 수 없었다.

"또 시키실 일 있나요, 부인?" 플로렌스가 물었다. "불을 끌까요?"

"아니, 그냥 두세요. 이제 필요한 거 없어요. 혹시 리오든 부인한테 전화 왔었나요?"

"아직이요, 부인."

"그럼 혹시 전화 오면 나 외출하고 없다고 해주세요."

"네, 그러죠." 플로렌스가 머뭇거렸다. "혹시 새로 산 책 다 읽으셨는지요? 알프스에 관한 책이요."

"내 방에 있는데 필요하면 가져가요, 플로렌스. 난 다 못 끝낼 것 같으니."

"고맙습니다. 안녕히 주무세요, 부인. 안녕히 주무세요, 아가씨."

"잘 자요." 캐롤이 말했다.

캐롤이 커피를 따르는 동안 테레즈가 물었다. "언제 출발할지 정했어요?"

"한 일주일 후에." 캐롤이 커피에 크림을 넣어 건넸다. "그건 왜?"

"그냥 보고 싶을 것 같아서요. 당연한 얘기지만."

캐롤이 잠시 멈칫했다. 그리고 마지막 남은 담배를 마저 빼어 들고 담뱃갑을 구겼다. "사실 고민해봤는데, 나랑 같이 가지 않을래. 한 3주 정도, 어때?"

올 것이 왔다. 테레즈는 같이 산책 가자는 정도의 제안을 받은 듯 무심히 물었다. "애비한테 이 얘기했죠?"

"응, 왜?"

왜라니? 테레즈는 캐롤이 애비한테 이 말을 하는 바람에 상처 받은 이유를 도무지 말로 설명할 수 없었다. "나한테 한마디 귀띔도 없이 먼저 애비한테 말한 게 이상해서요."

"애비한테 말한 적 없어. 너에게 같이 가자고 청할지도 모른다고만 했지." 캐롤이 다가와서 두 손을 테레즈의 어깨에 얹었다. "이렇게 애비한테 적대심 갖지 마. 혹시 둘이서 점심 먹다가 애비가 다른 말도 했는데 그걸 네가 전하지 않았다면 모를까."

"그런 거 없어요." 대놓고 말하지 않았을 뿐 사실 더 심했다. 캐롤이 어깨에서 손을 내렸다.

"애비는 나와 아주 오랜 친구야. 우린 무슨 얘기든 나누지."

"그렇군요."

"그래서 같이 갈 생각은 있어?"

캐롤이 고개를 돌렸다. 테레즈가 가든 말든 상관없다는 듯한 목소리였다. 갑자기 모든 것이 무의미하게 느껴졌다. "고맙습니다만, 사실 지금 갈 형편이 안 돼요."

"돈은 얼마 안 들 거야. 차로 갈 거니. 대신 지금 맡은 일 때문이라면 얘기가 다르지만."

캐롤은 테레즈가 같이 여행 가려고 무대 디자인 일자리를 거절할 리 없다고 확신하고 묻는 듯했다. 가보지 못한 미국 구석구석을 같이 다니고, 강을 건너고 산을 넘어 밤이 되면 어딘지도 모를 곳으로 가게 될 여행이었다. 캐롤이 이런 식으로 물으면 테레즈는 거절할 수밖에 없다. 그런데 캐롤은 이 사실을 너무나 잘 알고 있었다. 테레즈는 캐롤에게 조롱당한 기분이 들었다. 배신당해 씁쓸한 분노가 치밀었다. 그리고 분노는 다시는 캐롤을 만나지 않겠다는 다짐으로 이어졌다. 캐롤을 쳐다보았다. 캐롤은 테레즈의 대답을 기다리고 있었다. 무심한 표정으로 본심을 반쯤 숨겼으나 무시하는 모습이 은연중에 비추었다. 테레즈가 거절해도 캐롤은 표정 하나 바꾸지 않으리라. 테레즈는 자리에서 일어나 협탁 위에 있는 담배 박스에서 담배를 꺼내려 했다. 그런데 박스 안에는 담배는 없고 대신 축음기 바늘과 사진 한 장만 들어 있었다.

"뭐야?" 캐롤이 테레즈를 보며 물었다.

테레즈는 캐롤이 자신의 모든 생각을 꿰뚫고 있음을 알 았다. "린디 사진이네요."

"린디? 어디 좀 봐."

테레즈는 캐롤의 표정을 살폈다. 사진 속에는 백금발 머 리에 퉁명스러운 표정으로 무릎에 하얀 붕대를 감은 소녀가 보였다. 하지는 노 젓는 보트 안에 앉아 있고 린디는 부두에 서 아빠 품에 안기려고 발을 떼는 중이었다.

"아주 잘 나온 사진은 아니네." 캐롤은 한결 부드러워진 표정으로 말했다. "세 살 때 찍은 사진이야. 담배 피우려고? 저쪽에 있을 거야. 린디는 앞으로 석 달간 하지와 지낼 거야."

테레즈는 그날 아침 애비와 부엌에서 나누던 대화로 미 루어 짐작했다. "뉴저지에서 지내는 건가요?"

"응, 시댁이 뉴저지야. 집이 아주 크지." 캐롤은 뜸을 들 였다. "한 달 후면 이혼이 확정될 것 같아. 3월 지나서부터 내 년 말까지는 내가 린디를 데리고 있을 거야."

"그럼 그전까진 린디를 못 보는 건가요?"

"몇 번은 보겠지만 자주는 못 볼걸."

캐롤은 옆에 있는 그녀 의자에 앉아 무심히 사진을 들고 있었다. 테레즈가 물었다. "엄마 보고 싶어 하겠네요?"

"응, 그런데 린디는 아빠도 참 좋아해."

"엄마보다 더요?"

"아니, 그건 아니지. 애 아빠가 같이 놀라고 린디에게 염소도 사줬는걸. 출근길에 학교에 데려다주고 4시면 데리고 오고. 그이가 린디 때문에 일을 뒷전으로 미뤘어. 애 아빠가 그 정도까지 하는데 뭘 더 바라겠어?"

"크리스마스 때도 린디를 못 봤잖아요."

"응, 변호사 사무실에서 일이 있었어. 그날 오후, 하지 측 변호사가 우리 둘 다 보자고 하더라고. 남편이 린디를 데려왔더라. 린디가 크리스마스는 친가에서 보내고 싶다고 했어. 올해는 내가 그 집에 가지 않는다는 것을 린디는 몰랐어. 그 집 잔디밭에 커다란 나무가 있는데 거기에다 늘 크리스마스 장식을 하거든. 린디가 거기에 정신이 팔린 거지. 아무튼, 아이가 크리스마스를 아빠 집에서 보내고 싶다고 하니까 변호사가 보기에 꽤 인상적이었나 봐. 그러니 나도 엄마는 그 집에 못 간다는 말을 애한테 못 하겠더라고. 린디가 실망할 거 아니야. 아무튼 변호사 앞에서 그 말을 못했어. 하지가 다분히 모의한 거라고 봐."

테레즈는 자리에 서서 불을 붙이지 않은 담배를 손으로 구겼다. 캐롤의 목소리는 애비와 말할 때처럼 차분했다. 캐롤이 이렇게까지 테레즈에게 털어놓은 적이 없었다. "변호사가 이해해주던가요?"

캐롤이 어깨를 으쓱했다. "남편 쪽 변호사지 내 변호사가 아니잖아. 그래서 3개월 약속을 하게 됐지. 아이가 이리저리 끌려다니는 꼴도 보기 싫고. 남편하고 3개월, 나하고 9개월을 보내야 한다면 지금 시작하는 게 낫고."

"그럼 린디를 보러 가지도 못하겠군요?"

캐롤은 대답하기까지 한참 뜸을 들였다. 테레즈는 캐롤이 가지 못할 거라 생각했다. "자주는 못 가겠지. 시댁 식구들이 상당히 차갑거든. 린디하고 전화는 매일 해. 가끔은 린디가 먼저 전화하기도 하고."

"그쪽 사람들은 왜 그렇게 차가운데요?"

"한 번도 날 좋아하지 않으셨어. 하지와 내가 사교 파티에서 처음 만났을 때부터 꼬투리를 잡았지. 트집 잡는데 도사들이거든. 대체 누가 저들 마음에 들까 싶기도 해."

"뭐라고 트집을 잡았는데요?"

"예를 들어 가구점을 하는 게 싫다는 거지. 가구점을 1년도 안 돼 접으니까, 그다음에는 브리지(일종의 카드 게임—옮긴이)를 안 하는 게 싫대. 말도 안 되는 걸로 트집을 잡았지, 가장 천박한 것들로 핑계를 대면서."

"끔찍한 사람들이네요."

"끔찍한 분들은 아니야. 그냥 고분고분한 사람을 좋아하는 거지. 시댁 사람들이 뭘 좋아하는지 난 알아. 자기들이 채워 넣을 수 있는 허점이 있는 사람을 좋아하는 거야. 이미 꽉 차 있는 사람을 끔찍이 불편해 한 거였어. 우리 음악이나 들을까? 라디오 듣는 거 안 좋아해?"

"가끔 들어요."

캐롤이 창턱에 몸을 기댔다. "이제 린디는 매일 텔레비전을 보겠지. '호팔롱 캐서디'(카우보이 TV 시리즈―옮긴이) 같은 프로그램도 보고. 서부극을 되게 좋아하거든. 내가 저번에 샀던 인형이 아마 마지막 인형이 될 거 같아. 린디가 인형 갖고 싶대서 그걸 산 건데, 이젠 인형 따위엔 흥미를 잃었을 거야."

캐롤 뒤편으로 비행기 서치라이트가 밤하늘을 흐릿하게 훑고 가더니 사라졌다. 캐롤의 목소리는 어둠 속에서도 사라지지 않았다. 그 누구보다 린디를 향한 마음에 목소리가 더욱 풍성하고 행복하게 울려 퍼지는 것 같았다. 테레즈는 그걸 느낄 수 있었다. "하지가 호락호락 린디를 보여주지 않겠군요."

"아는구나." 캐롤이 말했다.

"남편이 당신을 그런 식으로 사랑할 수 있다는 게 이해가 잘 되지 않아요."

"그건 사랑이 아니야. 강요지. 그이는 나를 조종하고 싶어 해. 날 더 풀어주면서도 무조건 자기 말을 따르라고 우기는 것 같아. 무슨 말인지 다 알아 듣겠어?"

"네."

"남들 앞에 그 사람 부끄러울 행동을 한 적은 단연코 없어. 그이가 신경 쓰는 건 오로지 그거뿐이거든. 그이랑 결혼했으면 좋았겠다 싶은 어떤 여자를 클럽에서 본 적이 있어. 독특한 소규모 디너파티를 드나들다가 최고급 바에서 질질 끌려 나오는 게 일상인 여자였지. 그런데 그 여자 덕분에 자기 남편이 하는 광고 회사가 대박이 났어. 그러니 그 여자 남편은 아내가 자잘한 실수를 해도 그냥 허허 웃고 넘기더라. 하지라면 어림도 없는데. 그 사람은 이유를 하나하나 들면서 트집을 잡았어. 자기 집 거실에 깔 러그를 고르듯 날 골랐던 것 같아. 그게 그 사람의 크나큰 실수지. 난 그 사람이 누군가를 진심으로 사랑할 능력이 없다고 봐. 그이에겐 일종의 소유욕일 뿐, 야망과 크게 다르지 않아. 그것도 병으로 봐야지." 캐롤이 테레즈를 쳐다보았다. "이제 그런 시대가 됐어. 원하기만 하면 산아 제한 정책으로 민족 자멸도 일으키는 시대니. 파괴적인 성격을 있는 대로 다 부리면서 살려는 남자라면 그럴 수 있지."

테레즈는 아무 말 하지 않았다. 이 얘기를 들으니 리처드와 수천 번 나누던 대화가 떠올랐다. 리처드는 전쟁, 대기업, 정치적 마녀 사냥, 그가 아는 특정인들을 한 데 묶어 가공할 적으로 여기고 그들에게 증오라는 딱지를 붙였다. 지금 캐롤이 그랬다. 이런 모습을 보니 테레즈의 마음 가장 깊은 곳이 흔들렸다. 어떤 단어도 존재하지 않는 마음속 저 깊은

곳. 그곳에는 죽음, 임종, 살인 같은 버거운 단어는 아예 존재하지 않았다. 이런 말들은 머나 먼 미래의 것이며, 지금은 지금일 뿐. 입 밖으로 꺼내지 못할 불안감, 알려는 욕심, 뭐든 확실히 짚고 넘어가고픈 욕구가 테레즈의 목구멍을 틀어막는 바람에 잠시 숨이 쉬어지지 않았다. '당신은 어떻게 생각하나요? 어떻게 생각하냐고요?'라고 시작하는 질문을 던지고 싶었다. 우리 둘 다 먼 훗날 처참히 죽어서 느닷없이 삶을 마감할 수도 있다고 생각하나요? 이 질문으론 성이 차지 않아서 결국 이 말까지 내뱉고 말 것이다. '난 당신을 알지도 못한 채 이대로 죽고 싶지 않아요. 캐롤, 당신도 같은 생각이죠?' 테레즈는 마지막 질문은 물을 수 있을 것 같기도 했지만 그 앞선 질문들은 차마 꺼낼 수 없었다.

"넌 신세대잖아. 뭐라고 말해주겠어?" 캐롤이 그네 의자로 와서 앉았다.

"무엇보다 두려워하면 안 돼요." 테레즈는 몸을 돌려 캐롤의 미소를 바라보았다. "내가 두려워하는 것 같아서 지금 웃는 건가요?"

"넌 이 성냥만큼 연약해." 캐롤은 담배에 불을 붙이고도 성냥을 끄지 않았다. "그런데 상황만 제대로 맞아 떨어지면 성냥개비 하나가 이 집을 홀랑 태울 수도 있어."

"도시도 가능해요."

"그런데 넌 나랑 여행가는 것조차 두려워하잖아. 돈이

모자라서."

"그건 아니에요."

"넌 굉장히 독특한 가치관을 지녔어, 테레즈. 내가 같이 가자고 한 건 같이 너와 가면 좋을 것 같아서였어. 네게도 좋고, 네 일에도 좋고. 그런데 돈에 대한 알량한 자존심을 내세우는 바람에 그걸 망쳤어. 네가 선물해준 핸드백을 생각해 봐. 그건 네 분수에 어긋나는 거였어. 그렇다면 돈이 필요하니 그걸 도로 가져가면 되잖아? 나 그 핸드백 없어도 돼. 그래도 넌 내게 그걸 선물해서 좋았잖아. 같은 얘기야. 난 되고, 넌 안 되는 것뿐이라고." 캐롤은 테레즈 옆으로 다가가 고개를 다시 돌렸다. 한쪽 발을 내밀고 고개는 위로 든 채 태연한 표정을 지었다. 짧은 금발 머리가 조각상의 머리칼처럼 움직이지 않았다. "넌 이런 상황이 재밌니?"

테레즈는 웃고 있었다. "돈 때문이 아니에요." 나지막이 말했다.

"그게 무슨 소리야?"

"말 그대로예요." 테레즈가 말했다. "여행 갈 돈은 있어요. 갈게요."

캐롤이 테레즈를 응시했다. 캐롤의 얼굴에서 뾰로통한 기운이 사라지더니 웃기 시작했다. 놀라면서도 못 믿겠다는 미소였다.

"그럼 됐어, 정말 좋다." 캐롤이 말했다.

"나도 좋아요."

"왜 가겠다고 마음을 바꾼 거야?"

정말 모르나, 테레즈는 생각했다. "내가 가든 말든 당신이 신경 안 쓰는 줄 알았어요." 테레즈는 짤막하게 말했다.

"당연히 신경 쓰니까 내가 물어본 거잖아?" 캐롤은 여전히 웃으며 말했다. 그러고는 발걸음을 돌려 테레즈에게 등을 보이며 녹색 방으로 걸어갔다.

테레즈는 캐롤이 주머니에 손을 넣고 모카신을 바닥에 천천히 끌며 걸어가는 모습을 바라보았다. 텅 빈 복도를 쳐다보았다. 테레즈가 안 가겠다고 거절했어도 캐롤은 저렇게 저기로 걸어 나갔을 거란 생각이 들었다. 테레즈는 반쯤 남은 커피 잔을 들었다 도로 내려놓았다.

테레즈는 방을 나가 복도를 가로질러 캐롤의 방문 앞에 섰다. "뭐 해요?"

캐롤은 화장대에 몸을 숙이고 뭔가를 적고 있었다. "뭐 하냐고?" 캐롤이 몸을 세우고 종이를 주머니 속에 집어넣었다. 웃고 있었다. 애비와 부엌에 있었을 때처럼 눈도 웃고 있었다. "뭐 좀 했어. 이제 음악 듣자."

"좋아요." 테레즈의 얼굴에 미소가 퍼졌다.

"일단 잘 준비부터 해야겠어. 지금 얼마나 늦었는지 알아?"

"당신하고 같이 있으면 늘 늦네요."

"칭찬인 거지?"

"오늘은 자고 싶지 않아요."

캐롤이 복도를 가로질러 녹색 방으로 갔다. "잘 준비 해. 눈 밑에 다크서클이 생겼어."

테레즈는 트윈 침대가 놓인 방에서 서둘러 옷을 벗었다. 저쪽 방에 있는 전축에서 〈Embraceable You〉가 흘러나왔다. 그러고는 전화벨이 울렸다. 테레즈는 책상 맨 위 칸 서랍을 열었다. 남자 손수건 두 장과 낡은 옷솔, 열쇠만 들어 있었다. 구석에 서류 몇 장이 보였다. 테레즈는 코팅된 카드를 집어 들었다. 하지의 오래된 운전 면허증이었다. 하지 포스터 에어드. 나이 37세. 신장 174센티미터. 체중 76킬로그램. 머리 금발. 눈 파랑. 테레즈는 모든 것을 알았다. 1950년식 올즈모빌, 색상 진파랑. 테레즈는 그것을 도로 집어넣고 서랍을 닫았다. 그리고 방문 앞에서 귀를 기울였다.

"미안해, 테시, 내가 이도 저도 못하게 되어서 말이야." 캐롤이 아쉬운 듯 말했지만 목소리엔 행복이 깃들어 있었다. "파티는 재밌어? …… 아니, 나 옷도 다 갈아입었고 피곤해."

테레즈는 침탁으로 가서 그 위에 놓인 상자에서 담배를 꺼냈다. 필립 모리스. 가정부가 아니라 캐롤이 담배를 거기에 넣어 두었음을 테레즈는 눈치챘다. 테레즈가 필립 모리스를 즐겨 피운다는 사실을 캐롤이 기억한 것이다. 테레즈는 이제 알몸으로 서서 음악을 들었다. 모르는 노래가 흘러 나왔다.

캐롤이 또 전화를 하나?

"음, 별로." 캐롤이 말소리가 들렸다. 반쯤 화난 듯, 반쯤은 농담인 듯 싶었다. "젠장."

사는 건 쉽지 사랑에 빠지면……

"그쪽이 어떤 사람들인지 내가 어떻게 알아? 오호! 정말?"

애비였다. 테레즈는 숨을 내뿜어 달달하게 한 줄기로 피어오르는 담배 연기를 킁킁거렸다. 난생처음 담배를 입에 물었을 때가 기억났다. 고향에 있는 기숙사 옥상에서 네 명이 담배 한 대를 돌려가며 필립 모리스를 피웠었다.

"응, 우리 가기로 했어." 캐롤이 신나서 얘기했다. "응, 그래. 나 그런 것 같지?"

…… 당신 때문에 난 바보가 되었지만 즐겁네 남들이 그러는데 당신이 손을 흔들기만 해도 날 사로잡는다고 그대여 사랑은 위대하네 남들은 모르리……

노래가 좋았다. 테레즈는 눈을 감고 반쯤 열린 문에 몸

을 기댄 채 귀를 기울였다. 가수의 음성 아래로 느릿한 피아
노 선율이 건반을 훑으며 잔잔히 깔렸다. 늘어지는 트럼펫
소리.

캐롤이 말했다. "남들이 무슨 상관이야. 내 일인데? 말
도 안 돼!" 테레즈는 쏘아붙이는 캐롤의 목소리에 미소를 지
었다.

테레즈는 문을 닫았다. 전축 위로 음반이 또 하나 걸렸
다.

"와서 애비 전화 좀 받아봐." 캐롤이 말했다.

테레즈는 알몸이라 욕실 문 뒤로 몸을 숨겼다. "왜요?"

"따라와." 캐롤이 말했다. 테레즈는 가운을 입고 따라나
섰다.

"여보세요, 여행 간다면서요." 애비가 말했다.

"처음 듣는 얘기도 아니잖아요."

애비는 밤새 얘기하고 싶은지 실없는 소리를 지껄였다.
테레즈에게 여행 잘 다녀오라고 하면서 콘벨트 지역의 도로
상황이 겨울에 다니기에 얼마나 나쁜지 말해주었다.

"오늘 내가 무례했다면 용서해요." 애비는 이 말을 벌써
두 번이나 했다. "난 당신이 마음에 들어요, 테레즈."

"끊어! 끊으라고!" 캐롤이 외쳤다.

"애비가 도로 바꿔달라는데요." 테레즈가 말했다.

"나 목욕한다고 해."

테레즈는 애비에게 캐롤의 말을 전하고 전화를 끊었다.

캐롤은 술병과 작은 잔 두 개를 방으로 가져왔다.

"애비한테 무슨 일 있어요?" 테레즈가 물었다.

"애비가 오늘 왜 그러냐는 말이지?" 캐롤이 갈색 술을 두 잔에 나눠 따르며 되물었다. "오늘 밤 파트너가 생겼나봐."

"알아요. 애비가 왜 나랑 점심을 먹자고 했을까요?"

"음...... 여러 이유가 있었겠지. 이거 좀 마실래?"

"좀 애매해서요." 테레즈가 말했다.

"뭐가?"

"점심 먹은 거 전부가요."

캐롤이 잔을 건넸다. "어떤 일들은 늘 애매한 법이야, 자기."

처음으로 캐롤이 테레즈를 자기라고 불렀다. "어떤 일들이 그렇죠?" 테레즈가 캐물었다. 대답, 확실한 답을 원했다.

캐롤이 한숨을 내쉬었다. "많은 일들이 그래. 가장 중요한 일들이. 마셔봐."

테레즈는 입을 다셨다. 달콤하고 커피처럼 짙은 갈색 액체가 톡 쏘는 알코올의 풍미를 지녔다. "맛있어요."

"좋아할 줄 알았어."

"안 좋아하면 술을 왜 마시겠어요?"

"다르니까 마시지. 우리 여행 갈 때 가져갈 거니 당연히 달라야지." 캐롤은 인상을 쓰며 남은 잔을 마저 비웠다.

램프 불빛이 비추자 캐롤의 얼굴 한쪽에 퍼진 주근깨가 적나라하게 보였다. 하얘 보이는 눈썹이 봉긋한 이마를 감싸며 날개처럼 휘어져 있었다. 테레즈는 갑자기 황홀경을 느낄 정도로 행복했다. "아까 틀었던 곡 뭐예요? 보컬과 피아노만 나오던 노래요?"

"좀 불러봐."

테레즈가 휘파람으로 몇 마디를 불자, 캐롤이 웃었다.

"〈Easy Living〉이야. 오래된 곡이지."

"또 듣고 싶어요."

"이제 침대에 누워. 내가 다시 틀어줄게."

캐롤이 녹색 방으로 가서 노래를 트느라 잠시 그곳에 있었다. 테레즈는 방문에 서서 웃으며 음악을 들었다.

…… 후회하지 않으리 내가 바친 세월을 사랑에 빠지면 주는 건 쉽지 당신을 위해서라면 기꺼이 뭐든 하리……

테레즈의 노래였다. 캐롤을 향한 테레즈의 감정이 모조리 담긴 곡이었다. 테레즈는 노래가 끝나기 전에 욕실로 들어가 수전을 틀어 욕조에 물을 받은 다음 그 안에 들어갔다. 푸르른 물이 발목께에서 출렁이는 것 같았다.

"어이!" 캐롤이 외쳤다. "와이오밍 가봤어?"

"아뇨."

"이번에 미국 구경하겠네."

테레즈는 물이 뚝뚝 떨어지는 수건을 들어서 무릎에 대고 꾹꾹 눌렀다. 이제 물이 가득 찼다. 젖가슴이 수면 위에 뜬 납작한 물체처럼 보였다. 젖가슴을 살폈다. 원래의 모양 말고 어떤 모습처럼 보이는지 요리조리 살펴보았다.

"욕조에서 자면 안 돼." 캐롤이 어딘가에 홀린 듯한 목소리로 말했다. 캐롤은 침대에 걸터앉은 채 지도를 보며 기다리고 있었다.

"안 자요."

"자는 사람도 있더라."

"하지 얘기 좀 더 해줘요." 테레즈는 몸을 닦으며 말했다. "무슨 일 하시나요?"

"하는 건 많지."

"직업이 뭐냐고요?"

"부동산 투자."

"어떻게 생겼어요? 극장 가는 거 좋아해요? 사람들도 좋아하고요?"

"그 사람은 같이 골프 치는 몇 명만 좋아해." 캐롤이 마침내 입을 열었다. 그러고는 목소리를 더 높였다. "또 뭐가 있더라? 매사에 굉장히 꼼꼼한 사람이야. 그런데 제일 아끼던 면도기를 두고 갔어. 욕실장에 있는데, 보고 싶으면 봐도 돼. 아마 보고 싶을걸. 그이한테 편지로 일러줘야겠어."

테레즈는 욕실장을 열었다. 면도기가 보였다. 욕실장에는 남성 용품이 가득했다. 에프터세이브 로션과 거품용 브러시도 있었다. "하지가 이 방을 썼어요?" 테레즈가 욕실에서 나오며 물었다. "어느 쪽 침대에서 잤나요?"

캐롤이 미소를 지었다. "네가 잘 침대는 아니야."

"더 마셔도 돼요?" 테레즈는 술병을 보며 물었다.

"그럼."

"굿 나이트 키스해도 돼요?"

캐롤은 지도를 접다가 휘파람을 불 듯 입술을 쭉 내밀고 기다렸다. "아니."

"왜 안 되는데요?" 오늘 밤은 뭐든 가능해 보였다.

"대신 이거 받아." 캐롤이 주머니에서 손을 뺐다.

수표였다. 2백 달러짜리 수표가 테레즈 앞에 보였다. "이걸 왜요?"

"여비하라고. 조합 회원 가입비 하려고 모은 돈은 건드리지 말고." 캐롤이 담배를 집었다. "그거 다 쓸 일은 없을 테지만, 그래도 일단 받아둬."

"이거 필요 없는데요. 아무튼 고마워요. 조합 가입비를 헐어도 상관없어요."

"말대꾸하지 말고." 캐롤이 말을 잘랐다. "네가 이걸 받아야 내가 좋아. 기억나지?"

"그래도 안 받을래요." 테레즈는 퉁명스레 말하면서도

살짝 웃으며 술병 옆 탁자 위에 수표를 내려놓을 생각이었다. 그런데 쾅하는 소리를 내며 수표를 내려놓고 말았다. 캐롤에게 이 상황을 설명하고 싶었다. 이깟 돈은 하나도 중요하지 않았다. 그런데 테레즈가 이 돈을 받아야 캐롤이 기쁘다면 이걸 받지 않는 상황도 싫었다. "돈 주겠다는 생각은 별로예요. 다른 걸 줄 생각을 해봐요." 테레즈는 캐롤을 쳐다보았다. 캐롤도 시선을 마주했다. 테레즈와 말다툼할 생각이 없어보였다. 테레즈는 그 모습을 보니 마음이 흐뭇했다.

"주면 나도 좋을 걸로 달란 말이지?" 캐롤이 물었다.

테레즈가 활짝 웃었다. "맞아요." 테레즈는 이렇게 말하고 작은 잔을 들었다.

"알았어," 캐롤이 말했다. "생각해볼게. 잘 자." 캐롤이 문가에 섰다.

이렇게 좋은 날, 이렇게 중대한 날에 그냥 잘 자라는 인사뿐이라니. 테레즈는 어처구니가 없었다. "잘 자요."

테레즈는 침탁으로 시선을 돌려 수표를 쳐다보았다. 수표는 캐롤이 찢어야 한다. 테레즈는 감색 리넨 테이블보 한쪽 구석 밑으로 수표를 밀어 넣어 보이지 않게 치웠다.

2부

1월.

이것은 만물의 시작이며, 안이 들여다보이지 않는 문을 열고 들어가는 출발점이다. 1월의 추위는 회색 캡슐 안에 도시를 가두었다. 1월은 순간인 동시에 한 해이다. 1월은 순간 순간을 비로 씻어 내려 그녀의 기억 속에 동결시켰다. 컴컴한 복도에서 성냥불을 켜고 명단을 초초히 들여다보는 여자. 메모를 끼적여서 헤어지기 직전에 친구에게 주고 돌아서는 남자. 한 블록을 뛰어와 버스를 잡아타는 남자. 모든 인간의 행동은 마법을 빚어내는 것 같았다. 1월은 두 가지 얼굴을 지닌 달이다. 어릿광대의 벨처럼 시끄럽고, 얼어붙은 눈처럼 바스락거리고, 여느 시작처럼 순수하며, 노인네처럼 칙칙하고, 신기할 정도로 익숙하면서도 알 수 없으며, 누구나 할 수는 있지만 제대로 정의 내릴 수 없는 단어와 같았다.

레드 멀론이라는 젊은 남자와 대머리 목수가 「스몰 레인」 세트 작업을 테레즈와 같이 하게 되었다. 도노휴 감독은 이 사실에 흡족해 했다. 그는 발틴 씨에게 테레즈가 작업한 것을 와서 봐 달라고 부탁했다고 했다. 발틴 씨는 러시아 아카데미의 대학원생으로 뉴욕에서 상연된 몇몇 연극 무대를 디자인한 사람이라고 했다. 테레즈는 처음 들어보는 이름이었다. 그녀는 도노휴 감독이 미론 블랜차드나 아이버 하커비와 만나도록 주선하려 했지만, 그는 아무것도 약속해주지 않았다. 테레즈가 보아하니 그는 약속을 잡을 수가 없었다.

발틴 씨가 오후에 찾아왔다. 키가 크고 구부정한 남자는 검은 모자에 허름한 코트를 입고 왔다. 그는 테레즈가 내민 무대 모형을 열심히 살폈다. 테레즈는 가장 잘 만든 것 서너 개만 극단으로 가지고 왔다. 발틴 씨는 6주 후 제작에 들어가는 연극이 있다며 거기에 테레즈를 보조로 추천해주겠다고 했다. 테레즈는 그렇게 되면 정말 좋겠다고 했다. 왜냐하면 6주 후면 여행을 갔다 돌아올 무렵이기 때문이다. 안드로니치 씨도 2월 중순에 필라델피아에서 2주간 일할 자리를 약속해주었다. 그때면 테레즈가 캐롤과의 여행에서 막 돌아왔을 시기다. 테레즈는 발틴 씨가 안다는 그 남자의 이름과 주소를 받아 적었다.

"지금 그쪽에서 사람을 새로 구하고 있어요. 그러니 다음 주 초에 전화하세요." 발틴 씨가 말했다. "보조 일이긴 해도 전에 그 사람 밑에서 일하던 보조가 내 제자였는데 지금은 하커비 씨와 일합니다."

"아, 네. 그럼 혹시 선생님이나 그분께서 제게 하커비 씨와 일할 기회를 마련해주실 수 있을까요?"

"그거야 아주 쉽죠. 일단 하커비 씨 스튜디오에 전화를 해서 찰스와 통화하세요. 찰스 위넌트. 그 사람한테 내 얘길 하면 될 겁니다. 어디 보자…… 금요일에 전화하세요. 금요일 오후 3시."

"알겠습니다. 고맙습니다." 금요일은 하루 종일 쉬는 날이었다. 하커비와는 직접 연락할 수 없다는 소리를 들었다. 그는 절대로 약속을 잡지 않는다는 소문이 있다. 혹시라도 약속을 해도 그걸 지키는 경우가 드물다고 했다. 너무 바쁘기 때문이다. 아마 발틴 씨도 그걸 알 것이다.

"그리고 잊지 말고 케터링에게 꼭 전화하세요." 발틴 씨가 떠나면서 말했다.

테레즈는 그가 알려준 이름을 다시 쳐다보았다. 아돌프 케터링, 씨어트리컬 인베스트먼트. 그리고 개인 주소가 적혀 있었다. "이분께는 월요일 아침에 전화하겠습니다. 고맙습니다."

토요일이었다. 테레즈는 퇴근 후 팔레르모에서 리처드와 만나기로 했다. 캐롤과 같이 여행을 떠나기까지 열하루가 남았다. 필과 리처드가 바에 함께 있었다.

"늙은 여우는 잘 있어요?" 필은 테레즈에게 스툴을 당겨주며 물었다. "토요일에도 일해요?"

"배우들은 안 하고 저희 팀만 일해요."

"언제 개막이에요?"

"21일이요."

"이것 봐." 리처드가 말하며 테레즈의 셔츠에 묻은 청록색 페인트를 가리켰다.

"나도 알아, 며칠 전에 묻었어."

"뭐 마실래요?" 필이 물었다.

"글쎄요, 맥주가 좋겠네요." 리처드가 옆에 서 있는 필에게 등을 돌렸다. 두 사람 사이에 불편한 기운이 흘렀다. "오늘은 뭐 그렸어?" 테레즈가 리처드에게 물었다.

리처드의 입꼬리가 쳐져 있었다. "기사가 아파서 대신 운전했어. 그런데 롱아일랜드 한복판에서 기름이 떨어졌지 뭐야."

"세상에나. 힘들었겠다. 내일은 어디 가지 말고 그림 그려야겠네." 두 사람은 내일 호보켄으로 넘어가 여기저기 돌아다닌 후에 클램 하우스에서 식사할 계획을 짜 놓았다. 그런데 캐롤이 내일 뉴욕에 와서 전화한다고 했다.

"네가 모델 서주면 그림을 그리지." 리처드가 말했다.

테레즈는 불편한 듯 망설였다. "요즘 나 모델해줄 기분이 아닌데."

"좋아, 중요한 일 아니니까 뭐. 그런데 네가 모델을 안 서주는데 내가 어떻게 그림을 그리겠어."

"그냥 상상해서 그리면 되잖아?"

필은 손을 뻗어 테레즈 앞에 놓인 잔 밑 쪽을 잡았다. "이거 말고 다른 거 마셔요. 이건 내가 마실 테니."

"알았어요. 그럼 호밀 위스키하고 물로 할게요."

이제 필은 테레즈 옆으로 와서 섰다. 기분은 좋아 보였지만 눈가가 약간 시커맸다. 그는 지난주 내내 울적한 기분으로 연극 대본을 썼다. 신년 파티에서 몇 장면을 큰 소리로 읽어주면서 이 작품이 카프카의 『변신』의 연장선에 있다고 했다. 테레즈는 신년 아침에 무대 스케치를 대강 그린 다음 필을 만났을 때 그걸 보여준 적이 있었다. 바로 이것 때문에 리처드가 뾰루퉁한 거라는 생각이 불현듯 스쳤다.

"테레즈, 당신이 그린 스케치대로 무대 모형을 만들어서 사진을 찍어두면 좋겠어요. 대본과 잘 맞는 무대를 갖고 싶거든요." 필이 호밀 위스키와 물을 테레즈 쪽으로 끌어 주며 옆에 있는 바에 몸을 기댔다.

"그러죠 뭐. 그 대본 진짜로 무대에 올릴 거예요?"

"뭐가 어때서요?" 입으로는 웃고 있지만 필의 검은 눈동자가 그녀를 노려보았다. 그는 손가락을 퉁겨 바텐더를 불렀다. "계산서 주세요."

"내가 낼게." 리처드가 말했다.

"아니, 됐어, 내가 계산할게." 필은 손에 낡은 검은색 지갑을 들었다.

테레즈는 생각했다. 필의 연극은 무대에 오르지 못할 거야. 대본을 완성하지 못할 테니. 왜냐하면 필은 변덕이 심하거든.

"나 가요, 조만간 들려요, 테레즈. 리처드, 또 보자."

테레즈는 필이 떠나는 모습을 지켜보았다. 작은 정면 계단을 오르는 모습이 더욱 초라해 보였다. 예전에 샌들을 신고 낡은 폴로 코트를 입었을 때보다 더 초췌했다. 그럼에도 초췌함 속에 왠지 모를 무심한 매력이 흘렀다. 가장 아끼는 낡은 목욕 가운을 입고 집 안을 돌아다니는 사내 같은 인상을 받았다. 테레즈는 정면 유리창을 통해 그에게 다시 손을 흔들었다.

"새해 첫날부터 필한테 샌드위치하고 맥주 갖다 줬다며."

"응. 필이 전화해서 술이 덜 깼다고 해서."

"그런데 왜 말 안했어?"

"깜빡했어, 별일 아니잖아."

"별일은 아니지. 만약……." 리처드는 뻣뻣한 손을 느릿느릿 맥없이 움직였다. "정초부터 샌드위치랑 맥주 싸들고 남자 집에 가서 반나절이나 있었으면서. 나한텐 샌드위치 갖다줄 생각이 안 들디?"

"당신이 취하면 옆에서 챙겨줄 사람들이 얼마나 많아. 우리가 그동안 필의 집에 가서 얼마나 먹고 마셨는지 기억 안

나?"

리처드는 긴 얼굴을 끄덕였다. 고개를 숙이고 웃었지만 언짢은 미소였다. "그래서 필하고 단 둘이 있었다는 거네. 단 둘이."

"아니, 리처드……." 테레즈는 기억했다. 정말 별일이 아니었다. 대니는 지도교수 집에서 새해 첫날을 보내는 바람에 그날 코네티컷에서 돌아오지 못했다. 테레즈는 그날 오후에라도 대니가 필의 집으로 돌아오기를 고대했다. 리처드는 테레즈가 필보다 대니를 훨씬 더 좋아한다고는 꿈에도 생각하지 못할 것이다.

"만일 다른 여자가 그랬다면, 뭔가 냄새가 난다고 의심했을 거야. 내 말이 맞을걸." 리처드가 말을 이었다.

"당신 바보 같아."

"네가 순진한 거야." 리처드는 화가 나 차가운 눈으로 테레즈를 쏘아보았다. 테레즈는 리처드가 화낼 일이 분명 이것뿐이 아니라는 생각이 들었다. 테레즈는 그가 원하는 모습의 여자도 아니고 그런 여자도 될 수 없다. 그 때문에 리처드가 화가 난 것이다. 그를 열렬히 사랑해서 같이 유럽 여행을 가는 여자. 테레즈의 얼굴과 야망을 지니고 거기에다 그를 열렬히 아끼는 여자. "넌 필이 좋아하는 타입이 아니야, 알지?" 리처드가 말했다.

"누가 그렇대? 필이 그래?"

"저 등신 같은 게, 생기다 만 예술 애호가인 척 하는 녀석이." 리처드가 씩씩거렸다. "오늘 뻔뻔하게 허세를 떨면서 당신은 내가 안중에 없다지 뭐야."

"필이 무슨 자격으로 그런 소릴 하지? 나 당신하고 필 얘기하기 싫어."

"그래, 대답 한 번 잘했네. 그러니까 그 말은, 네가 나한테 관심조차 없다는 걸 필이 안다는 말이네." 리처드가 나지막이 말했지만 목소리는 분노로 떨렸다.

"갑자기 왜 필이 당신한테 시비를 걸지?"

"그게 요점이 아니잖아."

"그럼 뭐가 요점인데?" 테레즈가 참지 못하고 물었다.

"아, 테레즈, 그만하자."

"요점도 모르면서." 테레즈가 대답했다. 리처드는 몸을 돌리더니 양쪽 팔꿈치를 테이블 위에 세우고 테레즈의 말에 고통스러워하며 온몸을 떨었다. 테레즈는 갑자기 그에게 연민을 느꼈다. 리처드가 화난 건 지금 일도, 지난주 일 때문도 아니다. 테레즈와 같이 한 지난 세월과 앞으로 보낼 무의미한 미래에 대한 예감 때문이었다.

리처드는 담배를 재떨이에 비벼 껐다. "오늘 밤엔 뭐할래?"

테레즈는 캐롤하고 여행 간다는 얘기를 해야 한다. 벌써 두 번이나 말하려 했지만 뒤로 미뤘다. "뭐 하고 싶은 거 있어?" 테레즈는 힘주어 물었다.

"물론이지." 리처드가 우울하게 대답했다. "오늘 저녁 먹은 다음 샘하고 조앤한테 전화해서 그 집에 가서 같이 놀자."

"좋아." 테레즈는 싫었다. 테레즈가 만난 사람들 중에 가장 지루한 커플이었다. 한 사람은 구둣방 점원이고, 또 한 사람은 비서였다. 두 사람은 결혼해서 웨스트 21번가에서 행복하게 산다. 리처드는 이상적인 부부의 모습을 테레즈에게 보여주고 싶어 했다. 그들도 언젠가 저들처럼 살 수 있을 거라고 상기시켜 주려는 것이다. 테레즈는 그게 싫었다. 다른 날 같으면 화를 냈을 테지만, 리처드에 대한 연민이 아직 남아 있는데다가 알 수 없는 죄책감으로 속죄해야겠다는 마음에 질질 끌려다녔다. 작년 여름 둘이서 피크닉을 갔던 때가 문득 생각났다. 테리타운 인근 비포장 길이었다. 리처드가 잔디에 몸을 기댄 채 느릿느릿 포켓나이프로 와인 코르크를 따던 모습이 또렷이 기억났다. 그때 무슨 얘기를 나누었더라. 테레즈는 그 순간의 충만함을 기억했다. 그날 두 사람은 놀라울 정도로 진실 되고 흔치 않은 무언가를 공유했다는 확신이 들었다. 테레즈는 그때 그 감정이 지금 어디로 갔는지 궁금했다. 그리고 어디에서 그런 감정이 생겨났는지도 궁금했다. 지금 옆에 서 있는 그의 모습은 테레즈를 짓누르는 것 같았다. 테레즈는 화를 억지로 삭였지만 속에서 점점 불어나 실존적 존재가 된 것 같았다. 덩치 좋은 이탈리아 웨이터 둘이 바에 서서 일하고 있었다. 그리고 아까부터 바 한쪽 끝에 앉아 있던 두 여자가 시야에 걸렸다. 여자들은 막 나가려던 참이었다. 바지 차림의 두 여자, 한 명은 남자처럼 짧은 머리를 했다. 여자들을 훔쳐보는 모습을 들키지 않으려고 테레즈는 시선을 돌렸다.

"여기서 뭐 먹을래? 배가 벌써 고프니?" 리처드가 물었다.

"아니, 다른 데로 갈래."

두 사람은 나와서 북쪽으로 걸었다. 샘과 조앤이 사는 방향이었다.

테레즈는 무슨 말을 꺼내야 할지 연습을 거듭하다 보니 감각이 닳아 없어진 것 같았다. "에어드 부인 기억나지? 우리 집에서 봤던 여자."

"응."

"나더러 같이 여행 가재. 차로 한 2주 동안 서부로 가자기에 좋다고 했어."

"서부? 캘리포니아?" 리처드가 놀라서 물었다. "왜?"

"왜라니?"

"있잖아…… 너 그 여자랑 그렇게 친해?"

"몇 번 봤어."

"그럼 그때 왜 얘기 안 했어?" 리처드가 팔을 딜렁거리며 걸었다. 테레즈는 그 모습을 바라보았다. "둘이서?"

"응."

"언제 갈 건데?"

"한 18일쯤."

"이번 달? 그럼 네 무대가 오르는 것도 못 보겠네."

테레즈가 고개를 저었다. "별로 아쉬울 것도 없어."

"확정된 거야?"

"응."

리처드는 잠시 침묵을 지켰다. "대체 어떤 여자야? 술이나 뭐 그런 거 하는 건 아니지?"

"안 해." 테레즈가 웃었다. "술 마실 사람으로 보여?"

"아니. 사실 인상이 굉장히 좋긴 하더라. 그런데 정말 깜짝 놀랐어. 그게 전부야."

"왜 놀랐는데?"

"네가 원래 결정이 빠른 사람이 아니잖아. 마음이 다시 바뀌겠지."

"아닐걸."

"언제 다 같이 만나자. 약속 좀 잡아 봐."

"내일 뉴욕에 온다고 했어. 몇 시에 오는지는 확실하지 않아. 부인이 전화를 할지 안 할지도 정확히 모르고."

리처드는 입을 다물었고 테레즈는 더는 말하지 않았다. 두 사람은 그날 저녁 내내 다시는 캐롤 얘기를 입에 올리지 않았다.

리처드는 일요일 오전 내내 그림을 그리다가 한두 시경 테레즈의 아파트로 왔다. 리처드가 온 지 얼마 지나지 않아 캐롤이 전화를 했다. 테레즈는 캐롤에게 리처드와 같이 있다고 전했다. 캐롤이 말했다. "그럼 리처드도 데려와." 캐롤은 플라자 근처라며 팜 룸에서 보자고 했다.

30분 후, 캐롤은 팜 룸 한가운데에 있는 테이블에 앉아 있다가 고개를 들어 둘을 바라보았다. 테레즈는 캐롤을 보는 순간 가슴이 철렁 내려앉았다. 난생처음으로 큰 충격을 받은 것 같았다. 캐롤은 검은색 정장을 입고 점심을 먹을 때 했던 녹금색 스카프를 두르고 있었다. 그런데 캐롤은 지금 테레즈보다 리처드에게 더욱 관심을 보였다.

세 사람은 아무 말이 없었다. 테레즈는 캐롤의 차분한 회색 눈동자를 바라보았다. 자신만을 바라보던 저 두 눈이 여느 때와 다름없는 표정의 리처드를 살피는 중이었다. 그 모습을 보니 테레즈는 살짝 실망감이 들었다. 리처드가 캐롤을 만나러 오긴 했지만, 사실 궁금해서 아니라 달리 할 일이 없어서 따라온 것이다. 테레즈는 리처드가 캐롤의 손을 살피는 모습을 바라보았다. 빨간색 매니큐어가 발린 손톱, 청명한 녹색 사파이어 반지, 반대편 손에 낀 결혼반지. 리처드는 저런 손은 손톱만 길게 길렀을 뿐 쓸모없는 손이며, 게으른 손이라고 말하지 못했다. 캐롤의 손은 다부지고 손놀림은 야무졌다. 캐롤의 목소리는 주변에 들리는 여느 밋밋한 목소리를 뚫고 들렸다. 캐롤은 리처드와는 아무 말도 하지 않고 딱 한 번 웃기만 했다.

캐롤이 테레즈를 바라보았다. "리처드한테 우리 여행 간다는 얘기했어?"

"네, 어젯밤에요."

"서부로 가신다면서요." 리처드가 물었다.

"북서부로 갈 생각이에요. 도로 상황만 괜찮다면요."

순간 테레즈는 참을 수 없었다. 왜 여기서 다 같이 앉아 회의를 하는 건데? 이제 세 사람은 날씨 얘기를 하다가 워싱턴 주 얘기로 넘어갔다.

"사실 워싱턴이 고향이에요." 캐롤이 말했다.

몇 분 후, 캐롤이 공원에 산책 나가자고 했다. 리처드가 맥주와 커피 값을 계산했다. 구깃구깃 뒤엉킨 지폐 여러 장에서 한 장을 꺼낸 후 잔돈을 받아 주머니에 찔러 넣었다. 리처드는 캐롤에게 어쩜 저리 무심할까, 테레즈는 생각했다. 리처드의 눈에는 캐롤이 보이지도 않았다. 리처드는 가끔 바위에 쓰어 있는 숫자도 못 보고 테레즈가 손가락으로 가리키는 구름도 보지 못했다. 그런 그가 이제 고개를 숙이고 테이블만 응시했다. 가늘게 대충 그린 듯한 입술 한쪽 꼬리만 올린 채 웃고 있었다. 리처드는 일어나면서 재빨리 손으로 머리칼을 쓸어 내렸다.

세 사람은 59번가에 있는 공원 입구로 들어가 동물원으로 향했다. 느릿느릿 걸어서 동물원에 다다랐다. 산책길 위로 드리운 첫 번째 다리 밑을 지나갔다. 이곳에서 길이 굽어지면서 본격적으로 공원이 시작되었다. 공기는 차갑고 바람은 불지 않았다. 날은 약간 흐렸다. 모든 게 멈춘 것 같았다. 아주 천천히 걷는 세 사람에게도 생기 없는 고요함이 느껴졌다.

"어디 가서 땅콩이라도 구해올까요?" 리처드가 물었다.

캐롤은 길가에서 몸을 숙이고 다람쥐에게 손가락을 내보였다. "저한테 뭐가 좀 있어요." 캐롤이 다정히 말했다. 다람쥐는 캐롤의 목소리에 움찔했지만 이내 다시 와 경계한 채 캐롤의 손을 붙들고 이빨로 뭔가를 물더니 잽싸게 도망갔다. 캐롤은 웃으며 허리를 폈다. "오늘 아침에 먹고 남은 걸 주머니에 넣어두었어요."

"집 주변 다람쥐한테도 먹이를 주시나요?" 리처드가 물었다.

"다람쥐랑 얼룩다람쥐한테 줘요."

대체 이게 무슨 한심한 대화람, 테레즈는 생각했다

세 사람은 벤치에 앉아 담배에 불을 붙였다. 테레즈는 더부룩한 검정 가발을 쓴 나무 위로 태양이 저물며 노란 햇살을 쏟아내는 모습을 바라보았다. 그러면서도 어둠이 내려 캐롤과 단 둘이 있으면 좋겠다고 생각했다. 그들은 왔던 길을 도로 걸어갔다. 만일 지금 캐롤이 집으로 그냥 가버린다면 테레즈는 뭔가 험한 일을 벌일 것 같았다. 59번가 다리에서 뛰어 내린다든가, 아니면 지난주 리처드한테서 받은 각성제 세 알을 몽땅 털어 넣을지도 모른다.

"어디 가서 차라도 마실래요?" 다시 동물원에 도착할 무렵 캐롤이 물었다. "카네기 홀 근처에 러시아 식당이 있는데, 어때요?"

"'럼플메이어스'가 이 근처에 있어요. 거기 괜찮으시죠?" 리처드가 물었다.

테레즈는 한숨을 쉬었다. 캐롤은 머뭇거렸다. 그럼에도 세 사람은 그곳으로 갔다. 테레즈가 예전에 안젤로와 한 번 왔던 곳이었다. 테레즈는 이곳이 마음에 들지 않았다. 조명이 환해서 감정이 적나라하게 드러나는 것 같았다. 게다가 진짜 사람을 쳐다보는 건지, 거울 속을 들여다보는 건지 분간이 안 돼 짜증스러웠다.

"아니, 됐습니다." 점원이 커다란 쟁반에 온갖 빵을 들고 오자 캐롤은 고개를 저었다.

그런데 리처드는 빵을 두 개나 골랐다. 테레즈도 안 먹겠다고 했다.

"그건 뭐 하러 샀어? 혹시 내가 먹는다고 할까봐 산 거야?" 테레즈가 묻자 리처드는 윙크를 했다. 그의 손톱 밑이 또 더러웠다.

리처드는 캐롤에게 어떤 차를 타는지 묻더니 두 사람은

여러 자동차 회사의 장점을 토론하기 시작했다. 테레즈는 앞쪽 테이블을 힐끔거리는 캐롤의 시선이 느껴졌다. 캐롤도 여기가 별로인가 보군. 테레즈는 거울 속에 비친 남자를 쳐다보았다. 캐롤 뒤편에 비스듬히 서 있는 거울이었다. 남자의 등판이 테레즈의 시야에 들어왔다. 그는 몸을 앞으로 숙이고 왼손을 쫙 피면서 여자에게 뭐라고 열심히 말하는 중이었다. 테레즈는 남자 앞은 앉은 호리호리한 중년 여성을 쳐다보다가 다시 남자에게로 시선을 옮겼다. 그가 낯설지 않았다. 이게 진짜인지 아니면 거울 속 환상인지 궁금하던 찰나, 거품처럼 흐릿한 기억이 수면으로 불쑥 올라오더니 방울방울 터지기 시작했다. 하지였다.

테레즈는 캐롤을 쳐다보았다. 캐롤도 하지를 알아봤을까? 캐롤의 등 뒤에 있는 거울을 통해서만 보였기에 캐롤은 그를 보지 못했을 것이다. 잠시 후, 테레즈는 어깨 너머로 시선을 돌려 그를 실제로 바라보았다. 캐롤의 집에서 봤던 기억 속의 모습과 상당히 흡사했다. 짧고 오뚝한 콧날, 듬직한 하관, 남들보다 뒤로 벗겨진 금발 머리. 캐롤도 분명 봤을 거야, 왼쪽으로 세 테이블밖에 떨어지지 않았으니.

캐롤이 리처드에서 테레즈에게로 시선을 옮겼다. "맞아." 캐롤이 테레즈에게 살짝 웃으며 말하고는 다시 리처드에게 시선을 주며 대화를 이어갔다. 캐롤의 태도는 흔들림이 없었다. 표정 하나 변하지 않았다. 테레즈는 하지와 같이 앉은 여자를 쳐다보았다. 여자는 어리지도, 매력적이지도 않았다. 하지의 친척이 아닐까.

이윽고 캐롤이 장초를 비벼 껐다. 리처드도 대화를 멈추었다. 세 사람은 나갈 채비를 했다. 하지가 캐롤을 보는 순간, 테레즈는 하지를 쳐다보았다. 캐롤을 알아본 순간, 하지는 진짜 캐롤인지 못 믿겠다는 듯 눈을 가늘게 떴다. 그러더니 앞에 앉은 여자에게 몇 마디 하고 일어나 캐롤에게 다가왔다.

"캐롤." 하지가 말했다.

"잘 있었어, 하지." 캐롤은 테레즈와 리처드 쪽으로 몸을 틀었다. "잠시 실례할게요."

테레즈는 리처드와 같이 출입구에 서서 모든 것을 지켜보려 했다. 초조하게 앞으로 몸을 숙인 하지의 모습에서 자만심과 공격성이 뿜어져 나왔다. 테레즈는 그 이상의 것까지 보려고 애를 썼다. 하지는 모자를 쓴 캐롤보다 키가 별로 크지 않았다. 하지가 말하자 캐롤이 고개를 끄덕였다. 테레즈는 두 사람이 지금 나누는 얘기가 아니라 5년 전, 3년 전, 보트에서 사진을 찍던 그날 무슨 얘기를 했는지 추측했다. 캐롤이 한때 그를 사랑했다니 상상이 가지 않았다.

"이제 우리 저 여자한테서 벗어난 거지?"

캐롤은 하지의 테이블에 앉은 여자에게 목례한 후 하지에게 등을 돌렸다. 하지는 캐롤을 스쳐 리처드와 테레즈에

게 시선을 돌리더니 테레즈를 제대로 알아보지 못한 채 테이
블로 돌아갔다.

"미안합니다." 캐롤이 돌아와서 말했다.

테레즈는 길을 걷다가 리처드를 끌어당기며 말했다. "오
늘은 여기서 헤어지자, 리처드. 캐롤이 오늘 밤 같이 친구 집
에 들르재."

"젠장." 리처드가 인상을 썼다. "오늘 밤에 콘서트 가기
로 했잖아. 알면서."

테레즈는 갑자기 기억났다. "알렉스 공연이었지, 까먹었
다. 미안."

리처드가 김빠진 목소리로 말했다. "중요한 건 아니니까
뭐."

중요한 건 아니었다. 리처드의 친구 알렉스가 바이올린
협연에서 반주를 한다며 리처드에게 티켓을 주었다. 테레즈
는 몇 주 전 그 얘길 들었던 기억이 났다.

"나보다 저 여자랑 있는 게 좋은가봐." 리처드가 물었다.

캐롤이 택시를 잡고 있었다. 금방이라도 두 사람을 떠날
기세였다. "오늘 아침에 한 번 더 말해주지 그랬어, 리처드."
테레즈가 말했다.

"아까 저 여자 남편이었어?" 리처드는 인상을 쓰며 눈을
가늘게 떴다. "이게 무슨 일이야, 테레즈?"

"뭐가 무슨 일인데? 나 남편이 누군지 몰라."

리처드는 잠시 가만히 있다가 왼쪽 눈썹을 찌푸렸다. 자신이 이성적이지 못했다는 것을 무마하려는 듯 미소를 지었다. "미안, 오늘 널 보는 걸 당연히 여겨서." 그는 캐롤에게 걸어갔다. "안녕히 가세요."

그는 혼자 떠날 눈치였다. 그때 캐롤이 말했다. "시내로 가시나요? 그럼 중간에 내려드리죠."

"아뇨, 걸어가겠습니다."

"둘이서 데이트 하는 줄 알았는데." 캐롤이 테레즈에게 말했다.

리처드가 질척거리자 테레즈는 캐롤에게 다가가 그에게 들리지 않게 속삭였다. "별일 아니에요. 같이 있고 싶어요."

택시가 캐롤 옆에 미끄러지며 섰다. 캐롤이 택시 문고리를 잡았다. "우리 데이트도 별일 아니니 리처드와 같이 있지 그래."

테레즈는 리처드를 쳐다보았다. 리처드도 캐롤의 말을 들었다.

"안녕, 테레즈." 캐롤이 말했다.

"안녕히 가세요." 리처드가 말했다.

"잘 가요." 테레즈가 인사하자 캐롤은 택시에 올라 문을 닫았다.

"그럼." 리처드가 말했다.

테레즈가 리처드 쪽으로 몸을 돌렸다. 콘서트엔 가고 싶지 않았다. 그리고 험한 일도 하지 않을 것이다. 그저 빨리 집으로 걸어가 하커비에게 보여줄 무대 모형 제작을 화요일까지 끝내고 싶은 마음뿐이었다. 남은 저녁 내내 어떤 기분일지 뻔했다. 울적함과 반발심이 반반씩 번갈아가며 치밀어 오르는 시간을 맞이하게 될 것이다. 그때 리처드가 테레즈에게 다가왔다. "그래도 콘서트엔 안 갈 거야."

놀랍게도 리처드가 뒷걸음질 치더니 화난 목소리로 고함 쳤다. "알았어, 가지 마!" 그러고는 몸을 홱 돌렸다.

리처드가 59번가 서쪽으로 걸어갔다. 한쪽 어깨를 더 내린 채 허술하게 걸었다. 양쪽 옆에서 팔이 엇박자로 흔들거렸다. 테레즈는 리처드의 걸음걸이만 보아도 그가 화났음을 알았다. 그가 순식간에 사라졌다. 지난주 월요일 케터링에게 퇴짜 받은 일이 테레즈의 마음을 할퀴고 지나갔다. 테레즈는 리처드가 사라진 어둠을 응시했다. 오늘 밤엔 죄책감이 하나도 들지 않았다. 뭔가 기분이 색달랐다. 리처드가 부러웠다. 그에겐 돌아갈 공간이, 집이, 일이, 누군가가 늘 곁에 있다는 믿음이 부러웠다. 그의 저런 마음가짐이 부러웠다. 테레즈는 그가 가진 것에 분노가 일 지경이었다.

리처드가 말을 꺼냈다.

"그 여자를 왜 그렇게 좋아하는데?"

그날 저녁 테레즈는 리처드와의 데이트 약속을 깼다. 캐
롤이 혹시나 들를지도 모른다는 일말의 가능성 때문이었다.
캐롤은 오지 않았고, 대신 리처드가 찾아 왔다. 11시 5분, 렉
싱턴 가의 분홍색 벽지로 꾸며진 넓은 카페테리아에서 테레
즈가 먼저 애기를 꺼내려던 참에 리처드가 선수를 쳤다.

"같이 있으면 좋아. 애기하는 것도 좋고. 난 누구든 대화
가 통하는 사람이 좋더라." 테레즈는 캐롤에게 쓰고도 부치
지 않은 편지가 떠올랐다. 리처드가 묻는 질문에 대답이 될
것 같았다. '두 손을 쫙 펼치고 사막에 서 있으면 당신이 비처
럼 내게 내리네요.'

"그 여자한테 푹 빠졌군," 리처드는 되짚어주듯 화난 목
소리로 소리쳤다.

테레즈는 한숨을 크게 들이쉬었다. 그저 맞다고 말할

까, 아니면 애써 설명해야 하나? 수백만 번 설명한들 그가 과연 이해할 수 있을까?

"그 여자도 알아? 당연히 알겠지." 리처드는 인상을 쓰며 담배를 잡아 뺐다. "정말 바보 같지 않니? 여학생 때나 그러는 거야."

"당신은 이해 못해." 테레즈는 말했다. 테레즈는 자신에 대한 분명한 확신이 있었다. '음악처럼 당신의 머리칼을 빗기고 싶어요, 숲 속 나무 꼭대기에 걸린 음악처럼……'

"뭘 이해해야 하는데? 그 여자도 알 거야. 널 가지고 놀면 안 된다는 걸. 이런 식으로 너에게 장난하면 안 되지. 너한테 이러면 안 된다고."

"나한테 이러면 안 된다니?"

"그 여잔 지금 널 가지고 놀잖아. 그러다 어느 날 싫증나면 차버릴 거라고."

차버린다니? 안으로, 아니면 밖으로 차버린다는 소린가? 어떻게 사람의 감정을 차버릴 수 있지? 테레즈는 화가 났지만 말싸움하고 싶지 않았다. 아무 말도 하지 않았다.

"제정신이 아니야!"

"난 완전히 말짱해. 이보다 더 말짱할 수 없어." 테레즈는 나이프를 집어 들고 칼날에 엄지를 대고 이리저리 긁었다. "제발 나 좀 혼자 내버려 둬."

그가 인상을 썼다. "혼자 내버려 두라고?"

"응."

"그럼 유럽에도 안 가겠다는 뜻이야?"

"맞아."

"이봐, 테레즈……." 리처드는 의자에 앉은 채 안달복달하더니 몸을 앞으로 숙였다. 망설이다가 담배를 또 한 대 물고 불을 붙이더니 불쾌한 듯 성냥을 바닥에 내동댕이쳤다. "넌 지금 홀렸어! 그게 더 나빠."

"당신하고 말싸움하고 싶지 않아!"

"사랑해서 열병을 앓는 것보다 그게 더 나빠. 제정신이 아니야. 무슨 말인지도 모르지?"

테레즈는 한마디도 이해할 수 없었다.

"그래도 일주일만 버티면 이겨낼 수 있어. 그랬으면 좋겠어. 제발!" 리처드는 다시 몸부림쳤다. "넌 지금 바보 같이 여자한테 홀려서 나한테 헤어지자고 말하고 싶은 거잖아!"

"난 그런 말 한 적 없어. 그 말을 꺼낸 건 당신이지." 테레즈는 그의 굳은 얼굴을 쏘아보았다. 그의 뺨 한가운데가 벌겋게 달아오르기 시작했다. "입만 열면 이 얘긴데 내가 당신하고 같이 있고 싶겠어?"

그가 뒤로 물러앉았다. "수요일, 아니 다음 주 토요일만 되어도 마음이 완전히 달라질 거야. 너 저 여자 안 지 3주도 안 됐어."

테레즈는 김이 오르는 테이블 쪽으로 시선을 돌렸다. 사람들이 테이블 주변을 걸으면서 이것저것 고르다가 둥근 카운터 코너에서 흩어졌다. "우리 헤어지는 게 낫겠어. 우리 둘다 지금처럼 조금도 달라지지 않을 테니."

"테레즈, 너 미친 사람 같아. 네가 봐도 완전히 미쳤을 걸!"

"제발, 닥쳐!"

리처드는 주근깨가 번진 하얀 손으로 주먹을 꽉 쥔 채 테이블 위에 미동도 없이 올려놓았다. 그런데 손을 보니 소리 없이 어딘가를 주먹으로 내리친 것 같았다. "하나만 얘기할게. 그 여자는 자기가 무슨 짓을 하는지 알고 있어. 너한테 죄를 짓고 있다는 걸 그 여잔 알아. 어디다가 확 신고하고 싶은 마음도 있어. 그런데 문제는 네가 아이가 아니라는 거야. 넌 지금 애처럼 굴고 있다고."

"왜 이렇게 일을 크게 만들어? 진짜로 정신 나간 건 당신이야."

"너야 말로 정신이 나가서 나한테 헤어지자고 하잖아! 그 여자에 대해 뭘 알아?"

"그럼 당신은 뭘 아는데?"

"그 여자가 너한테 꼬리 치디?"

"세상에!" 테레즈는 말했다. 테레즈는 이 말을 십수 번도 더 내뱉은 기분이 들었다. 이 말에 모든 것이 응축되어 있었다. 지금, 이곳이 아직도 테레즈를 구속하고 있었다. "당신은 이해 못해." 사실, 리처드가 이해했기에 이토록 화내는 것이다. 그런데 캐롤이 손끝 하나 건드리지 않았다 해도 테레즈가 같은 마음일 거라는 걸 그가 이해할 수 있을까? 백화점에서 인형 가방을 사려고 잠깐 얘기한 후 캐롤이 말을 걸지 않았더라도 테레즈는 지금과 같은 감정일 것이다. 캐롤과 말 한마디 섞지 않았더라도 심정은 똑같았을 것이다. 캐롤이 매장 한가운데에 서서 바라보는 시선을 테레즈가 느낀 순간, 이 모든 일이 벌어졌다. 그날 만남 이후 있었던 수많은 일들로 인해 테레즈는 굉장한 행운아가 된 것 같았다. 남녀가 자기 짝을 알아보기란 너무 쉽다. 테레즈는 캐롤을 알아본 것이다. "당신이 날 아는 것보다 내가 당신을 더 잘 알아. 당신은 다시는 날 보고 싶지 않은 거야. 내가 달라졌다고 당신이 그랬지? 우리가 계속 만나면 당신은 점점 그렇게 미쳐버릴 거야."

"좀 전에 사랑해달라고 한 거, 그 말은 잊어줘. 내가 사랑한다고 했던 말도 잊고. 그건 당신이 사람으로서 좋다는 말이야. 난 네가 좋아. 난 말이야……."

"당신이 왜 날 좋아하는지, 아니 좋아했는지 가끔은 궁금했어. 내가 누군지도 모르면서."

"너도 네가 누군지도 모르잖아."

"아니, 알아. 당신이 어떤 사람인지도 알아. 당신은 언젠가 붓을 놓을 사람이야. 그리고 나도 같이 놓아버릴 거야. 그동안 손댔다가 도중에 죄다 그만둔 것처럼. 내가 아는 당신은 그랬어. 드라이클리닝도, 중고차도……."

"그렇지 않아." 리처드가 시무룩하게 대답했다.

"날 왜 좋아해? 나도 그림을 좀 그리니 우리 둘이 대화가 통해서? 당신한텐 그림 그리는 게 쓸데없는 짓이듯 나도 여자 친구로서 쓸모없어." 테레즈는 잠시 숨을 골랐다가 마저 내뱉었다. "당신은 예술이 뭔지 잘 알아. 그래서 스스로 좋은 화가가 절대로 될 수 없다는 것도 잘 알고 있어. 뭘 해야 하는 지 다 알면서 꾀를 부릴 대로 부리는 아이 같아. 결국 아버지 밑으로 들어가 일할 거면서."

리처드의 푸른 눈동자가 갑자기 서늘해졌다. 입술을 단호히 오므리자 윗입술이 살짝 말려 올라갔다. "지금 그게 요점이 아니잖아."

"음…… 맞아. 당신은 희망이 없는 줄 알면서 질척거려. 결국에는 다 놓아 버릴 거면서."

"난 안 그래!"

"리처드, 있잖아……."

"네 마음은 바뀔 거야."

테레즈는 다 알고 있었다. 그의 말이 계속해서 칭얼대는 타령처럼 들렸다.

일주일 후, 리처드가 불쾌한 표정으로 테레즈의 방에 서서 화난 목소리로 말했다. 그는 오후 3시에 뜬금없이 전화해서 잠깐 봐야겠다고 고집을 피웠다. 테레즈는 주말에 캐롤의 집에서 지낼 짐을 싸는 중이었다. 만일 테레즈가 짐을 싸지 않았더라면 리처드는 기분이 지금과는 달랐을 것이다. 지난주에 리처드를 세 번 만났는데, 그때 그의 기분은 더할 나위 없이 좋았고 테레즈에게 더없이 다정했다.

"나한테 네 인생에서 빠지라는 일방적인 통보는 있을 수 없어." 그는 팔을 축 늘어뜨리고 말했다. 목소리는 외로움에 젖었다. 이미 그녀에게서 멀어지는 길로 접어든 것 같았다. "진짜로 가슴 아픈 건 나 따위 아무런 가치 없는 듯 대하는 네 모습 때문이야. 날 완전히 쓸모없는 놈 취급하잖아. 이건 불공평해. 난 경쟁조차 할 수 없어."

맞다, 리처드는 경쟁조차 되지 않는 존재였다. "더는 말싸움하고 싶지 않아. 캐롤 애기를 꺼내서 싸움을 건 건 당신이야. 캐롤은 당신한테 아무것도 빼앗지 않았어. 왜냐고? 당신은 처음부터 아무것도 갖지 않았으니까. 이제 나를 못 만나겠다면……." 테레즈는 말을 끊었다. 아마 리처드는 테레즈를 계속 보겠다고 우길 테니까.

"무슨 논리가 그래?" 리처드는 두툼한 손바닥으로 눈을 비볐다.

테레즈는 리처드를 바라보다가 갑자기 어떤 생각이 떠오르면서 진실을 깨달았다. 며칠 전 극장에 갔던 밤, 그땐 왜

이 생각을 못했을까? 이번 주 내내 그가 보여준 수백 가지의 동작과 말, 시선을 제대로 봤더라면 알아챌 수 있었을 것이다. 극장에 갔던 날이 특히 기억에 남았다. 리처드는 테레즈가 정말 보고 싶어 하던 연극표를 내밀어 그녀를 놀라게 했다. 그날 리처드가 어떻게 손을 잡았는지 생생했다. 수화기 너머로 들리던 목소리는 어디에서 보자고 통보하는 대신, 혹시 만날 수 있는지 굉장히 다정히 물었다. 테레즈는 예전에 통보하던 방식이 못마땅했었다. 다정히 묻는 게 사랑의 증표라곤 할 수 없지만 그래도 테레즈의 환심을 사기엔 충분했다. 리처드는 그런 식으로 길을 닦아서 그날 밤 기습적으로 이렇게 물었다. "그 여자가 좋다는 게 무슨 의미야? 같이 자고 싶다는 말인가?" 테레즈는 다음과 같이 대답했다. "설마 그렇다 해도 내가 대답할 것 같아?" 여러 감정이 정신없이 훅훅 스쳐 지나갔다. 모욕감, 분노, 혐오, 이 모든 감정이 휘몰아치자 테레즈는 입을 다물었다. 더 이상 그의 곁을 걸을 수 없었다. 테레즈는 리처드를 쳐다보았다. 그때는 리처드의 미소가 푸근하고도 편안해 보였지만, 지금 돌이켜 보니 잔인하고 더러웠다. 리처드가 '테레즈, 넌 더러워'라는 느낌을 노골적으로 심어줄 심산이 아니었다면 그의 미소가 추악하게 느껴지지 않았어야 했다.

테레즈는 돌아 서서 가방에 칫솔과 빗을 던져 넣다가 캐롤 집에 칫솔을 두고 온 것을 기억했다.

"그 여자한테서 대체 뭘 원하는 거야, 테레즈. 대체 어디까지 가려고 그래?"

"왜 그렇게 관심이 많아?"

리처드는 테레즈를 노려보았다. 테레즈는 분노 밑에 깔린 호기심이 보였다. 전에도 그는 열쇠 구멍으로 구경거리를 염탐하듯 호기심을 드러낸 적이 있었다. 그러나 지금은 그렇게까지 초연하지 않았다. 오히려 지금처럼 집착을 보인 적이 없었다. 테레즈를 포기하지 않겠다며 이렇게까지 단호했던 적이 없었다. 테레즈는 그게 무서웠다. 그런 단호함이 증오로, 그리고 폭력으로 변질될지 모른다는 생각이 들었다.

리처드는 한숨을 쉬더니 손에 들고 있는 신문지를 비틀었다. "난 오로지 너한테만 관심이 있어. 다른 사람 찾으란 말 하지 마. 널 남 대하듯 대한 적도 없고, 널 남이라고 생각해본 적도 없어."

테레즈는 입을 다물었다.

"젠장!" 리처드는 신문을 책장으로 집어던지고 테레즈에게서 등을 돌렸다.

신문이 성모상을 때렸다. 성모상이 벽에 맞고 뒤집어지더니 놀란 듯 쓰러지면서 데굴데굴 굴러 선반에서 떨어졌다. 리처드는 온몸을 날려 두 손으로 성모상을 받아들었다. 테레즈를 쳐다보며 자기도 모르게 씩 웃었다.

"고마워." 테레즈는 성모상을 리처드에게서 건네받았다.

성모상을 다시 제자리에 올려놓았다가 도로 양손으로 쥐고
바닥으로 냅다 집어던졌다.

"테레즈!"

성모상이 서너 조각으로 박살났다.

"신경 쓰지 마." 테레즈가 말했다. 심장이 화가 난 듯 싸
울 때처럼 쿵쾅거렸다.

"그래도……."

"될 대로 되라지!" 테레즈는 구둣발로 성모상 조각을 한
쪽으로 밀어버렸다.

잠시 후 리처드가 문을 쾅 닫고 나갔다.

대체 뭐지, 안드로니치 때문일까, 리처드 때문일까. 안드
로니치의 비서가 한 시간 전 전화했다. 안드로니치 씨가 테레
즈 말고 필라델피아 출신을 조수로 고용하기로 했다고 전했
다. 이제 캐롤과 여행에서 돌아와도 일할 자리가 없다. 테레
즈는 조각난 성모상을 내려다보았다. 나무 속살이 꽤 고왔
다. 나뭇결을 따라 깔끔히 쪼개졌다.

캐롤은 그날 저녁 테레즈와 리처드에게 있었던 일을 소
상히 물었다. 리처드가 혹시 상처를 받았는지 걱정하는 캐
롤의 모습을 보니 테레즈는 마음이 심란했다.

"넌 남들 감정을 살피는 데 미숙해." 캐롤이 까칠하게 말
했다.

둘은 부엌에서 늦은 저녁을 차리고 있었다. 캐롤이 그날 저녁에 가정부를 내보냈기 때문이다.

"리처드가 널 사랑하지 않는다고 생각하는 진짜 이유가 뭔데?"

"리처드가 왜 그러는지 도무지 이해할 수 없어요. 그게 사랑으로 느껴지지 않아요."

한참 저녁을 먹으며 여행 얘기를 신나게 하던 중 캐롤이 불쑥 말을 꺼냈다. "리처드에게 아무 말도 하지 말걸 그랬어."

테레즈가 캐롤에게 이런 얘기를 한 건 처음이었다. 카페테리아에서 리처드와 한 얘기를 꺼낸 것도 처음이었다. "말 못할 게 뭐죠? 리처드한테 거짓말이라도 할 걸 그랬나요?"

캐롤은 식사를 하다 말고 의자를 뒤로 빼더니 일어섰다. "넌 너무 어려서 네 마음조차 제대로 몰라. 지금 무슨 얘기를 하는지도 모르고. 맞아, 그런 경우엔 거짓말을 했어야 해."

테레즈는 포크를 내려놓았다. 캐롤이 담배를 물고 불을 붙이는 모습이 보였다. "리처드에게 헤어지자고 해야 할 것 같아서 말했어요. 다시는 만나지 않을 거예요."

캐롤은 책장 맨 아래칸 문을 열고 술병을 꺼냈다. 빈 잔에 술을 따르고 도로 문을 쾅 닫았다. "그 말을 왜 지금 한 거지? 두 달 전에 하거나, 아니면 두 달 있다가 하지 그랬어? 그리고 그 얘길 왜 나한테 하는 건데?"

"그게…… 리처드한테 여지를 준다고 생각했어요."

"그랬겠지."

"리처드를 다시 만나지 않으면……." 테레즈는 말을 잇지 못했다. 리처드가 따라다니거나 몰래 감시할지도 모른다고는 차마 말하지 못했다. 캐롤에게 그런 얘기까지 하고 싶지 않았다. 게다가 리처드의 눈망울이 떠올랐다. "리처드가 정리할 거예요. 자기가 경쟁조차 할 수 없다고 그랬거든요."

캐롤은 손으로 이마를 짚었다. "경쟁조차 할 수 없다." 캐롤이 따라했다. 캐롤은 식탁으로 가 물 잔의 물을 위스키에 섞었다. "얼마나 솔직한 말이니. 저녁이나 마저 먹어. 난 만들다 질렸는지 별 생각이 없네."

테레즈는 음식을 먹지 않았다. 테레즈가 잘못한 것이다. 아무리 할 일을 했다고 해도 나 때문에 캐롤의 마음이 불편해졌어. 캐롤은 이렇게 날 행복하게 해주는데, 테레즈는 이 생각을 백 번도 더 했다. 캐롤은 테레즈가 붙들고 지켜낸 순간에만 이따금씩 행복해 했다. 크리스마스 장식을 치우던 그날 저녁, 캐롤은 행복해 했다. 캐롤은 종이를 접어서 오려 만든 천사 장식을 다시 고이 접어 책갈피에 끼우며 말했다. "이거 간직할 거야. 스물 두명의 천사가 날 지켜주니 잃어버리면 안 되지." 지금 이 순간, 테레즈는 캐롤을 바라보았다. 캐롤도 테레즈를 바라보았다. 테레즈가 종종 색안경을 끼고 캐롤을 바라보았기에 두 사람 사이는 한없이 멀어져 있었다.

캐롤이 입을 열었다. "'난 경쟁조차 할 수 없어.' 이런 말 말이야. 사람들이 고전이라고 말하는데, 이런 대사가 바로 고전이지. 백 명이 똑같은 대사를 읊는 게 바로 고전이야. 엄마가 하는 대사와 딸이 하는 대사가 같고, 남편이 하는 대사와 정부가 하는 대사가 같지. 이를테면 '차라리 내 발 밑에서 네가 죽는 꼴을 보는 게 나아.'(래드클리프 홀이 쓴 영미 최초의 레즈비언 소설 『고독의 우물』에 나오는 대사. 주인공 스테픈 고든의 어머니가 딸이 유부녀와 사귀는 것을 알고 내뱉은 대사다─옮긴이)라는 대사라든가. 같은 작품이 다른 배우들에 의해 계속 무대에 오르는 게 바로 고전이지. 그럼 하나의 연극이 고전으로 등극하기 위해 사람들이 꼽는 조건이 뭘까, 테레즈?"

"고전이란……." 테레즈의 목소리는 긴장해서 숨이 막힐 듯 했다. "인간의 보편적 상황을 다루는 거죠."

테레즈가 눈을 뜨자 방에는 태양이 가득했다. 그녀는 잠시 누워서 연두색 천장에 물결치는 물기 어린 햇살을 구경했다. 집 안에서 무슨 소리가 들리는지 귀를 기울였다. 블라우스가 책상 모서리에 널려 있는 게 보였다. 캐롤의 집에 오면 왜 이렇게 너저분해지는 걸까? 캐롤이 싫어할 텐데. 창고 너머 어딘가에 있는 개가 성의 없이 띄엄띄엄 짖었다. 어제 저녁에 기분이 좋았던 순간이 있었다. 린디에게 전화가 왔을 때였다. 린디가 생일 파티에서 돌아와 9시 반에 전화했다. 4월 린디의 생일 날 파티를 열어줄 수 있냐고 캐롤에게 물었다. 캐롤은 당연히 해주겠다고 했다. 캐롤은 그 후부터 조금 달라졌다. 유럽 얘기도 하고 라팔로(이탈리아 제네바 현에 있는 도시—옮긴이)에서 여름을 보낸 얘기도 했다.

테레즈는 일어나 창가로 가서 창문을 올리고 창틀에 몸을 기댔다. 한기에 몸이 굳었다. 이 창을 통해 바라보는 아침은 다른 곳에서 구경할 수 없는 장관이었다. 진입로 너머로 보이는 둥근 잔디밭이 햇살을 받아 뾰족뾰족 빛났다. 금색 바늘을 뿌려 놓은 것 같았다. 촉촉한 울타리 나뭇잎이 햇빛에 반짝였다. 하늘은 쾌청한 파란색이었다. 테레즈는 애비가 그날 아침 서 있던 진입로 그 자리를 쳐다보았다. 잔디밭이 끝나는 곳을 표시한 관목 너머 하얀 펜스를 바라보았다. 겨울이라서 잔디밭이 갈색으로 바랬지만 땅은 숨을 쉬고 생기 넘쳐 보였다. 몽클레어에 있던 학교 주위에도 나무와 관목이 있었다. 잔디는 늘 빨간 벽돌 벽이나 회색 돌로 지은 양호실, 장작 창고, 공구실 같은 학교 건물에 가로막혔다. 해마다 봄이 찾아와도 잔디는 이미 낡아 있었다. 선배들이 쓸 만큼 쓰다 후배들에게 물려준 잔디 같았다. 교과서나 교복 같은 학교 비품을 물려주는 것과 비슷했다.

테레즈는 집에서 가져온 체크무늬 바지를 입고 저번에 두고 간 셔츠 중 하나를 골라 입었다. 셔츠는 세탁되어 있었다. 8시 20분. 캐롤은 8시 반 정도에 일어나기를 좋아했고 누군가 커피를 들고 깨워주는 걸 즐겼다. 캐롤이 플로렌스에게는 절대로 시키지 않는 일이다.

테레즈가 내려가자 플로렌스가 부엌에 있었다. 테레즈는 커피부터 준비하기 시작했다.

"좋은 아침! 아침 차려도 돼죠?" 테레즈가 물었다. 플로렌스는 전에 두 번이나 테레즈가 아침을 차리는 것을 보고도 고까워하지 않았다.

"그러세요, 아가씨. 전 제가 먹을 계란 프라이를 하겠습니다. 부인 아침을 직접 챙겨주고 싶으신 거죠?" 플로렌스는 성명서를 읽듯 말했다.

테레즈는 냉장고에서 계란 두 개를 꺼냈다. "네." 웃으며 대답했다. 테레즈는 이제 막 불을 켠 물속에 계란을 하나 집어넣었다. 테레즈의 대답은 다소 싱거웠지만 덧붙일 말이 필요 없었다. 아침 식사를 차릴 쟁반을 꺼내고 돌아서는 순간, 플로렌스가 남은 계란을 마저 물속에 집어넣었다. 테레즈는 손가락으로 그걸 건져냈다. "부인은 계란 하나만 드세요. 이건 제가 오믈렛 해 먹을 계란이에요."

"그러세요? 원래 두 개 드셨는데요."

"음…… 지금은 하나만 드세요." 테레즈가 대답했다.

"계란 삶을 때 시간을 재야죠?" 플로렌스는 프로답게 유쾌한 미소를 지어 보였다. "스토브 위에 달걀 타이머가 있어요."

테레즈는 고개를 저었다. "대충 감으로 하는 게 더 나아요." 테레즈는 캐롤이 먹을 계란을 삶을 때 지금까지 망친 적이 한 번도 없었다. 캐롤은 타이머로 삶은 것보다 감으로 삶은 것을 더 좋아했다. 테레즈는 플로렌스를 쳐다보았다. 플로렌스는 달걀 두 개를 팬에 프라이하고 있었다. 커피가 거의 다 내려졌다. 테레즈는 아무 말 없이 캐롤에게 가져갈 컵을 준비했다.

그날 오전 느지막이 테레즈는 캐롤을 거들어 뒤뜰 정원에 있던 하얀 철제 의자와 그네 의자를 안으로 들였다. 플로렌스가 있었더라면 수월했을 텐데 캐롤은 시장 보라며 플로렌스를 내보냈다. 그러더니 갑자기 무슨 변덕이 일었는지 가구를 안으로 옮기자고 했다. 겨우내 밖에 두는 게 좋겠다고 한 건 하지의 생각이었는데, 캐롤의 눈엔 너무 을씨년스러워 보인다고 했다. 결국 둥근 연못가에 의자 하나만 남겨 놓았다. 깔끔하고 작은 하얀 철제 의자는 엉덩이 쪽이 불룩하고 네 다리에 레이스 문양이 새겨져 있었다. 테레즈는 의자를 보면서 그동안 누가 저기에 앉았을지 궁금했다.

"실외 연극이 훨씬 많았으면 좋겠어요." 테레즈가 말했다.

"무대 만들 때 제일 먼저 뭐부터 떠올려?" 캐롤이 물었다. "어디에서부터 시작하지?"

"연극의 분위기부터 살피죠. 그게 무슨 뜻이죠?"

"연극이 무슨 장르인지 생각해? 네가 뭘 보여주고 싶은지도?"

도노휴 씨가 했던 말 하나가 언뜻 불쾌함을 남기며 테레즈의 마음을 할퀴고 지나갔다. 캐롤은 오늘 아침 까칠하게 굴었다. "날 아마추어 취급하는군요."

"내가 보기에 넌 주관적이야. 그게 바로 아마추어 같은 거고."

"늘 그런 건 아니에요." 테레즈는 캐롤이 무슨 말을 하는지 알았다.

"지극히 주관적이려면 대단히 많이 알아야 해. 네가 작업한 걸 보니 지나치게 주관적이더라. 충분히 알지도 못하면서."

테레즈는 주머니 속에서 주먹을 꽉 쥐었다. 캐롤이 자신의 작품을 무작정 좋아해주었으면. 테레즈가 세트 몇 개를 보여주었지만 캐롤은 그다지 좋아하지 않았다. 테레즈는 그게 너무 씁쓸했다. 캐롤은 이론적으로 하나도 몰라도 말 한마디로 무대를 깨부술 사람이었다.

"서부로 여행 가서 구경하면 꽤 도움이 될 거야. 언제까지 돌아와야 한다고 했더라? 2월 중순?"

"그게…… 모르겠어요. 어제 통보 받았어요."

"그게 무슨 소리야, 일이 어그러졌어? 필라델피아 일이?"

"전화가 왔더라고요. 필라델피아에서 다른 사람 구했대요."

"세상에, 속상해라."

"뭐, 비즈니스니까요." 테레즈는 말했다. 캐롤이 뒷덜미에 손을 대고 강아지를 쓰다듬듯 귀 뒤를 엄지로 쓸었다.

"말 안 하려고 했구나."

"하려고 했어요."

"언제?"

"여행 가서 아무 때나요."

"많이 실망했지?"

"아니요." 테레즈는 긍정적으로 대답했다.

두 사람은 남은 커피를 데워서 정원에 있는 흰 의자로 가서 나눠 마셨다.

"우리 점심은 나가서 먹을까? 클럽에 가자. 그다음엔 뉴와크에 가서 쇼핑하자. 재킷 어때? 트위드 재킷 한번 입어보지 그래?"

테레즈는 연못 가장자리에 앉아 있었다. 추워서 한쪽 귀를 손으로 가렸다. "그게 딱히 필요하지 않아요."

"네가 입은 걸 내가 특별히 보고 싶어서 그래."

테레즈가 2층에서 옷을 갈아입고 있을 때였다. 전화벨이 울렸다. 플로렌스의 목소리가 들렸다. "아, 안녕하세요. 에어드 씨. 그럼요. 당장 바꿔드리겠습니다." 테레즈는 방을 가로질러 문을 닫고 정신없이 정리하기 시작했다. 옷장에 옷을 걸고 이미 정리된 침대도 다시금 손으로 쓸었다. 곧 이어 캐롤이 노크한 후 고개를 내밀었다. "하지가 금방 온대. 오래 있을 것 같진 않아."

테레즈는 그를 만나고 싶지 않았다. "산책 나갔다 올까요?"

캐롤이 웃었다. "아니, 방에서 책이나 읽어."

테레즈는 어제 가져온 책을 집어 들었다. 『옥스퍼드 영시집』을 읽으려 했지만, 글자가 겉돌고 무슨 말인지 이해가 가지 않았다. 숨어 있다는 느낌이 불편해서 방문을 열었다.

때마침 캐롤이 방에서 나오고 있었다. 순간, 예전에 봤던 망설임이 캐롤의 얼굴에 스쳐 지나갔다. 테레즈가 이 집에 처음 발을 들이던 순간 뇌리에 남은 바로 그 표정이었다. 그때 캐롤이 말했다. "내려가자."

두 사람이 거실로 내려가자 하지의 차가 도착했다. 캐롤이 마중을 나갔다. 두 사람이 인사하는 소리가 들렸다. 캐롤은 형식적으로 인사를 건넸지만 하지는 굉장히 신나 있었다. 캐롤이 기다란 꽃 상자를 한 아름 안고 들어왔다.

"하지, 이쪽은 벨리벳 양. 전에 한 번 본 적 있지."

하지의 눈이 가늘어졌다가 도로 커졌다. "아, 네, 안녕하셨어요?"

"안녕하세요."

플로렌스가 거실로 나오자 캐롤이 꽃 상자를 넘겼다.

"이거 좀 꽂아줘요." 캐롤이 부탁했다.

"여기 그 파이프가 있는 것 같아." 하지는 벽난로 선반 위에 놓인 아이비 뒤로 손을 뻗어 파이프를 끄집어냈다.

"집안엔 두루두루 별일 없지?" 캐롤은 소파 끝에 앉아서 물었다.

"그럼, 다들 잘 지내셔." 하지는 긴장했는지 웃어도 이가 보이지 않았다. 고개를 두리번거렸다. 그의 얼굴에서 온화함과 뿌듯함이 뿜어져 나왔다. 플로렌스가 꽃병을 들고 들어오자 꽃을 선물한 장본인인 그는 흡족하게 바라보았다. 꽃병에 꽂힌 빨간 장미가 소파 앞 커피 테이블에 올려졌다.

테레즈는 캐롤에게 꽃을 선물해줄걸 그랬다는 후회가 밀려왔다. 그동안 만난 회수의 절반만이라도 꽃을 선물할 것을. 예전에 대니가 극장에 들르면서 테레즈에게 아무 이유 없이 꽃을 선물한 적이 있었다. 테레즈가 하지를 바라보자, 그는 테레즈의 시선을 피했다. 그는 안 그래도 올라간 눈썹을 더 추켜세우고 눈동자를 이리저리 굴렸다. 어디 바뀐 데라도 있는지 찾는 듯했다. 그런데 테레즈는 이게 다 위선이며 좋은 사람인 척하는 느낌을 받았다. 그가 일부러 위선을 떠는 거라 해도 어떻게 보면 캐롤을 배려해서 그러는 것 같았다.

"린디한테 한 송이 갖다 줘도 될까?"

"물론이지." 캐롤이 일어나 꽃을 꺾으려 했다. 그때 하지가 앞으로 나와 작은 칼을 줄기에 대자 꽃이 잘리며 뚝 떨어졌다. "정말 예쁘다. 고마워, 하지."

하지는 꽃을 코에 가져갔다. 반은 캐롤에게 반은 테레즈에게, 라고 말했다. "날씨 한번 정말 좋다. 드라이브 갈 건가?"

"응, 그러려고." 캐롤이 말했다. "있잖아, 다음 주 중 오후에 한 번 들를게. 화요일 즈음에."

하지가 잠시 생각에 잠겼다. "좋아, 내가 린디에게 말할게."

"린디한테는 내가 전화로 말할게. 어른들께 말해달라는 얘기였어."

하지는 알았다며 고개를 한 번 끄덕였다. 그리고 테레즈를 쳐다봤다. "네, 기억나요. 물론이죠. 3주 전에 여기 계셨었죠. 크리스마스 직전에요."

"네, 직전 일요일이었어요." 테레즈는 자리에서 일어났다. 둘이서 있게 해주고 싶었다. "2층으로 올라갈게요." 캐롤에게 말했다. "그럼 있다 가세요, 에어드 씨."

하지는 고개를 살짝 숙였다. "그럼 안녕히."

테레즈가 위층으로 올라가는 동안 하지의 목소리가 들렸다. "또 행복한 날이 찾아왔네. 캐롤. 이 말을 해주고 싶은데, 괜찮지?"

캐롤의 생일이구나. 물론, 캐롤은 테레즈에게 말하지 않았을 것이다.

테레즈는 문을 닫고 방을 둘러보았다. 혹시 어젯밤을 여기서 보낸 흔적이 남았는지 찾았다. 그런 흔적은 보이지 않았다. 테레즈는 거울 앞에 서서 인상을 쓴 채 잠시 거울을 들여다보았다. 하지를 처음 만났던 3주 전처럼 얼굴이 창백하지 않았다. 그때처럼 초라하고 겁먹은 존재로 보이지 않았다. 첫 번째 서랍에 넣어둔 핸드백을 열고 그 안에서 립스틱을 꺼냈다. 하지가 방문을 노크하는 소리가 들렸다. 테레즈는 서랍을 닫았다.

"들어오세요."

"실례합니다. 뭐 가져갈 게 있어서요." 그는 바삐 방을 가로질러 욕실로 가더니 면도기를 들고 나오며 미소를 지었다. "지난 일요일에 레스토랑에서 테레즈와 같이 계셨던 거 맞죠?"

"네, 맞아요." 테레즈가 말했다.

"무대 디자이너라고 캐롤에게 들었습니다."

"네."

그는 테레즈의 얼굴과 손을 보고 발끝까지 훑어 내려갔다가 다시 시선을 끌어올렸다. "캐롤이 외출을 충분히 했으면 좋겠어요. 어리고 활달해 보이시는 분이니 저 사람 데리고 산책 많이 다녀 주세요."

그러고는 그가 급히 나갔다. 그의 은은한 면도 비누 냄새가 남았다. 테레즈는 립스틱을 침대 위로 내던지고 치마 옆 자락에 손바닥을 문질러 닦았다. 테레즈가 캐롤과 자주 만나는 걸 당연히 안다고 그가 굳이 티내는 이유는 뭘까?

"테레즈!" 캐롤이 갑자기 불렀다. "내려와!"

캐롤이 소파에 앉아 있었다. 하지는 가고 없었다. 캐롤이 살짝 웃으며 테레즈를 쳐다보았다. 플로렌스가 들어오자 캐롤이 말했다. "플로렌스, 이거 다른 데로 치워요. 식당에 갖다놓든지."

"알겠습니다. 부인."

캐롤이 테레즈에게 윙크했다.

식당은 아무도 쓰지 않았다. 캐롤은 다른 데서 식사하는 걸 더 좋아했다. "왜 생일이라는 말 안 했어요?" 테레즈가 물었다.

"어머나." 캐롤이 웃음을 터뜨렸다. "생일이 아니라 결혼 기념일이야. 코트 가져와, 우리 나가자."

진입로에서 후진하는 동안 캐롤이 말했다. "내가 못 참는 게 있는데, 위선이야."

"하지가 뭐라고 했어요?"

"별말 없었어." 캐롤은 여전히 웃고 있었다.

"그런데 하지가 위선자라는 거잖아요."

"탁월한 위선자지."

"아주 착한 사람인 척 해서요?"

"아…… 그건 극히 일부분이고."

"나더러 뭐라고 하던가요?"

"멋진 여자 같아 보인대. 이게 얘깃거린가?" 캐롤은 좁은 도로를 냅다 달려 마을로 향했다. "예상보다 이혼이 6주 정도 더 길어질 거래. 몇 가지 행정 절차상의 문제 때문이래. 이런 게 얘깃거리지. 그 남잔 아직도 내 마음이 바뀔 거라 생각하더라. 바로 그게 위선이야. 자신을 속이는 걸 좋아하나 봐."

인생, 인간관계는 늘 이런 것일까? 테레즈는 궁금했다. 발이 디디고 선 땅은 절대로 단단하지 않다. 자갈밭처럼 늘 소리 나고 시끄러워서 온 세상에 다 들리는 것 같다. 귀를 기울이고 있으면 침입자가 내딛는 버석대고 거친 발소리가 언제나 들린다.

"캐롤, 나 그 수표 진짜로 안 받았어요." 테레즈가 불쑥 말했다. "침탁 테이블보 아래 넣어두었어요."

"갑자기 그게 왜 생각났을까?"

"모르겠어요. 그거 찢어버릴까요? 그날 밤부터 머리에서 떠나지 않아요."

"정 그렇다면 그렇게 해." 캐롤이 말했다.

테레즈는 커다란 종이 상자를 내려다보았다. "이건 안
가져갈래요." 양손이 가득했다. "오스본 부인한테 여기 든 음
식만 꺼내 가라고 하고 나머지는 두고 가면 돼요."

"가져가." 캐롤이 문을 나서며 말했다. 캐롤은 잡다한 물
건과 막판에 테레즈가 가져가기로 한 재킷을 들고 내려갔다.

테레즈는 상자를 가지러 다시 2층으로 올라갔다. 한 시
간 전 집배원이 왔다 갔다. 기름종이에 싸인 넉넉한 샌드위
치, 블랙베리 와인 한 병, 케이크, 셈코 여사가 만들어 주기
로 한 하얀 원피스가 든 상자가 배달되었다. 테레즈는 리처
드가 이 상자와 무관하다는 것을 알았다. 만약 그랬더라면
이 안에 책이나 메모가 별도로 들어 있었을 것이다.

반갑지 않은 원피스가 스튜디오 소파 위에 펼쳐져 있었
다. 러그 한쪽 모서리가 말려 올라갔지만 테레즈는 그저 빨
리 떠나고픈 마음뿐이었다. 문을 쾅 닫고 상자를 들고 급히
계단을 내려갔다. 둘 다 출근하고 없는 켈리네 문 앞을 지나

고, 오스본 여사의 문 앞도 지나쳤다. 테레즈는 한 시간 전에 다음 달 월세를 미리 내면서 여사에게 작별 인사를 해두었다.

테레즈가 자동차 문을 막 닫으려는 순간, 오스본 여사가 정문 계단에서 테레즈를 불렀다.

"전화 왔어!" 오스본 여사가 외쳤다. 테레즈는 내키지 않았지만 전화를 받으러 갔다. 분명 리처드일 거야.

필 맥엘로이의 전화였다. 어제 하커비와의 인터뷰가 어땠는지 물었다. 테레즈는 어젯밤 대니와 같이 저녁을 먹으면서 이 얘기를 했었다. 하커비는 그녀에게 일자리를 주겠다고 확언하진 않았지만 연락은 하겠다고 했다. 테레즈는 하커비가 진심이라고 생각했다. 그는 자신이 맡은 「윈터 타운」의 세트장 백스테이지를 구경시켜 주었다. 테레즈가 가져간 무대 모형 중 세 개를 골라서 꼼꼼히 살폈다. 하나는 평범하다며 탈락시켰고, 두 번째 것은 뭔가 실용성이 떨어진다고 지적했다. 그리고 마지막, 복도식으로 구상한 세트가 가장 좋다고 했다. 테레즈가 캐롤의 집에 처음 갔다 온 날 저녁부터 만들기 시작한 세트였다. 기존 틀에서 벗어난 테레즈의 세트를 진지하게 고려해준 사람은 하커비가 처음이었다. 테레즈는 당장 캐롤에게 전화를 걸어 면접 얘기를 했다. 필에게도 하커비와 면접 본 얘기는 했지만, 안드로니치에게 거절당한 얘기는 하지 않았다. 리처드의 귀에까지 들어가는 걸 원치 않았다. 테레즈는 하커비가 차기작으로 무슨 연극의 세트를 맡게 되는지 알려달라고 필에게 부탁했다. 하커비는 둘 중 뭘 고를지 아직 마음을 정하지 못했다고 했다. 만약 어제 말한 영국 작품을 고른다면 테레즈를 보조로 낙점할 가능성이 조금 더 올라갈 것이다.

"알려줄 주소가 아직 마땅찮아요." 테레즈는 말했다. "시카고로 가는 것만 확실해서요."

필은 유치 우편(주소가 일정치 않은 수취인의 우편을 우체국이 일정 기간 맡아주는 서비스—옮긴이)을 통해 그쪽으로 편지를 보내겠다고 했다.

"리처드?" 테레즈가 돌아오자 캐롤이 물었다.

"아뇨, 필 맥엘로이요."

"리처드가 연락이 없네."

"며칠 조용하더니 오늘 아침에 전보를 보냈더라고요." 테레즈는 머뭇거리다가 주머니에서 전보를 꺼내 읽었다. "난 바뀐 게 없어. 너도 바뀌지 않았어. 편지해줘. 사랑해. 리처드."

"전화해줘야겠다. 우리 집에 가서 전화해."

두 사람은 캐롤의 집에서 하룻밤을 보내고 다음 날 아침 일찍 떠날 참이었다.

"오늘 밤 그 원피스 입고 있을래?" 캐롤이 물었다.

"한번 입어 볼게요. 웨딩드레스 같지만."

테레즈는 저녁 먹기 직전에 원피스를 입었다. 치맛단이 종아리까지 내려오고 같은 천으로 된 긴 허리끈을 뒤에서 묶는 디자인이었다. 허리끈에는 바늘땀이 보이고 자수가 길게 수놓아져 있었다. 테레즈는 캐롤에게 보여주려고 원피스를 입고 내려갔다. 캐롤이 거실에서 편지를 쓰고 있었다.

"어때요?" 테레즈가 웃으며 말했다.

캐롤은 한참 테레즈를 응시하다가 가까이 와서 허리춤에 놓인 자수를 살폈다. "작품이네, 정말 예쁘다. 오늘 저녁에 계속 입고 있어라."

"공이 많이 들어간 옷이에요." 테레즈는 리처드가 떠올라 이 옷을 입고 싶지 않았다.

"젠장! 대체 무슨 풍인거니, 러시아 스타일?"

테레즈는 웃어넘겼다. 캐롤의 거친 말투가 좋았다. 남들이 없으면 캐롤은 저렇게 말을 툭 던지곤 했다.

"맞냐고?" 캐롤이 다시 물었다.

테레즈는 위층으로 올라가는 중이었다. "뭐라고요?"

"대답 안 하는 버릇은 대체 어디에서 배운 거야?" 캐롤이 갑자기 분노가 들끓는 목소리로 쏘아붙였다.

눈에는 화가 가득했다. 전에 테레즈가 피아노를 안 치겠다고 했을 때도 저렇게 눈에서 하얀 광채가 뿜어져 나왔다. 캐롤은 아주 사소한 일로 화내고 있었다. "미안해요, 캐롤. 잘 안 들려서요."

"올라가. 가서 그 옷이나 벗어!" 캐롤이 고개를 돌리며 말했다.

아직도 하지 때문에 저러나. 테레즈는 잠시 주춤하다가 다시 2층으로 올라갔다. 허리끈을 푸르고 소매에서 팔을 빼다가 거울을 들여다보았다. 그러고는 도로 입었다. 캐롤이 원피스를 입고 있으라고 했으니 그럴 것이다.

두 사람은 같이 저녁을 차렸다. 플로렌스는 일찌감치 3주짜리 휴가를 떠났다. 저녁 먹기 전에 두 사람은 캐롤이 그동안 아껴 둔 귀한 술병을 따서 칵테일 셰이커 안에 넣고 스팅거(칵테일의 일종—옮긴이)를 만들었다. 캐롤은 여전히 기분이 안 좋아 보였다. 테레즈가 스팅거를 한 잔 더 따르자 캐롤이 짧게 말했다. "거기까지만 마셔."

그 말에 테레즈는 웃으며 잔을 밀었다. 그래도 우울한 기분은 여전했다. 테레즈가 무슨 말을 하고 어떤 행동을 한들 캐롤의 기분이 바뀌지 않을 것 같았다. 테레즈는 마음이 편치 않은 원피스를 입은 탓에 할 말이 제대로 생각나지 않았다. 두 사람은 저녁을 먹고 브랜디에 담근 밤과 커피를 들고 테라스로 나갔다. 어둑어둑 석양이 지자 말수가 더 줄어들었다. 테레즈는 그저 노곤하고 울적했다.

다음 날 아침, 테레즈는 현관 계단 뒤쪽에서 봉지를 하나 발견했다. 그 안에는 회색과 흰색이 섞인 장난감 원숭이가 들어 있었다. 캐롤에게 인형을 보여주었다.

"세상에나." 캐롤이 웃으며 말했다. "재코포네." 캐롤은 원숭이를 들고 살짝 손때가 탄 뺨을 검지로 살살 문질렀다. "애비하고 내가 차 뒤에 매달고 다니던 인형이야."

"그럼 애비가 갖다 놓은 거예요? 어젯밤에?"

"아마도." 캐롤은 원숭이와 가방을 들고 차로 갔다.

테레즈는 어젯밤 그네 의자에 앉아서 졸았다. 눈을 떠보니 주위는 쥐 죽은 듯 고요했다. 캐롤이 어둠 속에 미동도 없이 앉아 테레즈를 정면에서 응시하고 있었다. 캐롤은 어젯밤 애비의 차 소리를 들었으리라. 테레즈는 캐롤이 차 뒤에 가방과 무릎 담요를 싣는 것을 거들었다.

"애비가 왜 안 들어왔을까요?" 테레즈가 물었다.

"아, 원래 애비가 그래." 캐롤이 웃으며 말했다. 순간 수줍음이 얼굴에 스쳐 지나갔다. 그런 모습을 볼 때마다 테레즈는 심장이 쿵 떨어졌다. "리처드한테 전화하고 가지 그래?"

테레즈는 한숨을 내쉬었다. "아무튼 지금은 못해요. 이 시간이면 벌써 집을 나섰을 거예요." 8시 40분, 학교는 9시에 시작이다.

"그럼 부모님한테라도 전화해. 상자 보내주신 거 감사 인사는 해야 할 거 아냐?"

"그냥 편지로 하면 돼요."

"지금 전화하면 편지 안 써도 되잖아. 전화하는 편이 아무튼 훨씬 낫고."

셈코 부인이 전화를 받았다. 테레즈는 원피스와 부인의 바느질 솜씨를 극찬한 다음 음식과 와인을 보내주셔서 감사하다고 전했다.

"리처드 방금 나갔는데, 벌써부터 외로워서 몸부림치더라. 기운이 쪽 빠졌어." 셈코 부인이 웃으며 말했다. 부엌에서서 높은 톤으로 기운차게 웃는 부인의 목소리가 부엌을 가득 채우고 2층 텅 빈 리처드의 방에까지 울려 퍼졌을 거라고 테레즈는 짐작했다. "리처드하고 사이는 괜찮은 거지?" 셈코 부인이 혹시나 하며 물었다. 여전히 웃는 목소리였다.

테레즈는 그렇다면서 편지하겠다고 했다. 끊고 나니 전화하는 편이 나은 것 같았다.

캐롤이 2층 창문은 닫았냐고 물었다. 테레즈는 기억나지 않아 도로 2층으로 올라갔다. 창문도 열려 있고 침대도 엉망이었다. 그런데 지금은 시간이 없다. 플로렌스가 월요일에 집을 잠그러 왔을 때 정리해주겠지.

테레즈가 2층에서 내려오자 캐롤이 통화 중이었다. 캐롤이 웃으며 테레즈에게 수화기를 내밀었다. 테레즈는 음성을 듣는 순간 린디임을 직감했다.

"아…… 어…… 바이런 아저씨 집이에요. 농장인데요. 여기 와봤어요, 엄마?"

"거기가 어디라고, 우리 공주님?" 캐롤이 물었다.

"바이런 아저씨네요. 말도 있는데 엄마가 싫어할 거예요."

"응? 왜?"

"너무 뚱뚱해요."

테레즈는 짜릿한 기분을 느끼며 린디의 목소리를 들으려 했다. 캐롤의 목소리를 닮은 듯한 평범한 아이의 목소리였다. 테레즈의 귀에는 잘 들리지 않았다.

"여보세요. 엄마?"

"응, 엄마 듣고 있어."

"이제 끊어야 해요. 아빠가 가신대요." 그리고 린디가 기침을 했다.

"감기 걸렸어?"

"아뇨."

"그럼 전화에 대고 기침하면 안 돼."

"엄마, 나도 데려가주세요."

"그건 안 돼. 너 학교 가야지. 대신 올 여름에 같이 가자."

"전화하실 거죠?"

"여행가서? 당연하지. 매일 할게." 캐롤은 전화기를 들고 뒤로 몸을 기댔다. 그 자세로 잠시 테레즈를 응시했다.

"정말 같이 가고 싶은가 봐요." 테레즈가 말했다.

"어제 너무 좋았다고 그 애길 했어. 애 아빠가 학교를 빼

졌나 봐."

캐롤은 그저께 린디를 만나고 왔다. 테레즈에게 걸려온 캐롤의 전화 목소리로 미루어 짐작하건데 굉장히 즐거웠던 것 같았다. 캐롤은 자세히 말하지 않았고, 테레즈는 아무것도 묻지 않았다.

떠나기 직전, 캐롤이 마지막으로 애비에게 전화했다. 테레즈는 도로 부엌으로 들어갔다. 계속 차 안에 있기엔 날이 너무 추웠다.

"일리노이 주에 아는 도시가 없어." 캐롤이 말했다. "뭐, 거기가 일리노이야? 알았어. 록포드, 기억해둘게. 로크포르 치즈를 연상하면 되겠네. 물론이지, 내가 다 알아서 할게. 너도 같이 가면 좋을 텐데, 바보. 음…… 그건 네가 착각하는 거야. 그것도 대단히."

테레즈는 싱크대 위에 캐롤이 반쯤 남긴 커피를 살짝 맛본 후, 립스틱 자국이 묻은 쪽으로 입을 대고 마저 마셨다.

"한마디도 안 했어." 캐롤이 말을 질질 끌며 말했다. "아는 사람 아무한테도 말 안 했어. 플로렌스한테도……. 그럼 네가 해, 자기. 그럼 끊을게."

5분 후, 두 사람은 캐롤의 동네를 빠져나와 지도에 빨간 줄로 그어둔 고속도로를 타고 달렸다. 이 도로를 계속 타고 시카고까지 갈 것이다. 하늘은 흐렸다. 테레즈는 주위 풍경을 살폈다. 이제는 익숙해진 풍광. 뉴욕을 지나는 고속도로

왼편 너머로 숲이 보였다. 저 멀리에는 캐롤이 다니는 클럽을 알리는 큰 깃발이 휘날렸다.

테레즈는 창문을 살짝 열었다. 꽤 쌀쌀했지만 발목에 와 닿는 히터 바람이 기분 좋았다. 대시보드 위 시계가 9시 50분을 알렸다. 순간, 프랜켄버그 백화점 직원들이 떠올랐다. 오전 9시 50분에 백화점에 갇힌 그들. 오늘 아침, 내일 아침, 그다음 날 아침에도. 시곗바늘이 그들의 일거수일투족을 통제하는 그곳. 그러나 지금 대시보드에 달린 시곗바늘은 테레즈와 캐롤에게 무의미했다. 지금 이 시각 3층에서 스웨터를 팔고 있을 로비체크 부인이 떠올랐다. 부인은 또다시 새해를 맞으며 백화점에서의 다섯 번째 해를 시작했을 것이다.

"왜 아무 말이 없어? 무슨 일 있어?"

"아무것도 아니에요." 테레즈는 말하고 싶지 않았다. 수천 가지 말이 목구멍을 꽉 막고 있는 것 같았다. 그 말들을 한 줄로 펼쳐 놓으면 수천, 아니 수만 킬로미터는 될 것이다. 그 말들이 제멋대로 쏟아져 나오려다 테레즈의 목구멍을 틀어막았다.

필라델피아의 어느 지역을 지나는 동안 하늘에 구멍이 뚫려 흐릿한 햇살이 새어나왔다. 정오 즈음에는 비가 오기 시작했다. 캐롤은 투덜거렸지만 빗소리는 상쾌했다. 빗방울은 차 지붕을 제 마음대로 때렸다.

"이런, 깜빡했네. 우비를 놓고 왔어. 어디 가서 하나 사야겠다." 캐롤이 말했다.

그 순간, 테레즈도 깜빡 잊고 가져오지 못한 책이 생각났다. 그 안에 캐롤에게 쓴 편지를 끼워 놓아서 편지가 책 위 아래로 삐져나와 있었다. 젠장. 다른 책들과 같이 두지 않고 침탁 위에 따로 빼두었는데. 플로렌스가 보지 말았으면. 테레즈는 편지 속에 캐롤의 이름을 썼는지 떠올려보았지만 잘 기억나지 않았다. 아, 맞다, 수표. 테레즈는 깜빡하고 수표를 찢지 않았다.

"캐롤, 그 수표 도로 챙겼어요?"

"내가 준 수표 말이지? 네가 찢어버린다며."

"안 찢었어요. 테이블보 밑에 그대로 두었어요."

"그럼 됐어."

차가 주유소에 정차했다. 테레즈는 캐롤이 가끔 즐기던 흑맥주를 사려 했지만, 주유소 옆에 있는 가게에는 그냥 맥주밖에 없었다. 테레즈는 캐롤이 일반 맥주는 마시지 않아서 한 병만 샀다. 차가 고속도로에서 벗어나 좁은 도로로 접어들자 두 사람은 차를 세우고 리처드의 어머니가 보낸 샌드위치 상자를 열었다. 딜 피클, 모차렐라 치즈, 삶은 계란 두 개가 들어 있었다. 테레즈는 깜빡하고 병따개를 가져오지 않아서 맥주 대신 보온병에 든 커피를 마시기로 했다. 맥주병을 뒷좌석 바닥에 내려놓았다.

"캐비아네. 정말 맛있겠다." 캐롤이 샌드위치 속을 보며 말했다. "캐비아 좋아해?"

"아뇨, 좋아했으면 좋겠어요."

"왜?"

테레즈는 캐롤이 위쪽 식빵을 들어내고 한 입 베어 무는 모습을 바라보았다. 캐롤은 캐비아가 잔뜩 뭉친 쪽부터 먹었다. "캐비아 좋아하는 사람은 진짜 좋아하더라고요."

캐롤이 미소를 지으며 천천히 우물거렸다. "일단 맛을 들여야 해. 맛을 들이고 나면 먹을수록 맛있어서 환장들 하지."

테레즈는 같이 나눠 마시는 잔에 커피를 더 따랐다. 블랙커피가 무슨 맛인지 알아가는 중이었다. "처음 이 컵을 쥐었던 날, 얼마나 떨렸는지 알아요? 그날 커피, 기억나요?"

"기억하지."

"그날 크림은 왜 넣었어요?"

"네가 좋아할 것 같아서. 그날 넌 왜 떨렸는데?"

테레즈는 캐롤을 바라보았다. "당신 때문에 너무 설레어서요." 테레즈는 잔을 들고 캐롤을 다시 바라보았다. 순간 캐롤의 얼굴이 갑자기 굳었다. 테레즈는 가슴이 털컹 내려앉았다. 테레즈가 감정을 밝히거나 그녀를 극찬할 때면 캐롤은 두어 번 이런 표정을 지었다. 좋아서 그런 걸까, 아니면 불쾌해서일까. 테레즈는 도무지 알 길이 없었다. 캐롤이 기름종이를 곱게 접어 남은 샌드위치를 싸고 있었다.

케이크도 들어 있었지만 캐롤은 입에 대지 않았다. 테레
즈가 리처드 집에서 종종 먹던 향이 짙은 갈색 케이크였다.
두 사람은 음식을 도로 싸서 가방 안에 집어넣었다. 그 안에
는 담배 한 보루와 위스키 한 병이 수고스러울 정도로 깔끔
이 정리되어 있었다. 캐롤이 아니라 다른 사람이 그랬다면
테레즈는 짜증이 났을지도 모른다.

"고향이 워싱턴 주라고 그랬죠?"

"워싱턴 주에서 태어났고 친가 식구들이 아직도 거기에
사셔. 아버지한텐 어쩌면 들를지도 모른다고 편지 드렸어.
혹시 거기까지 가게 되면."

"아버지 닮았어요?"

"내가 아버지를 닮았나. 그러네, 어머니보단 아버지를
더 많이 닮았지."

"당신에게도 가족이 있다고 상상하니 좀 어색해요."

"그게 왜?"

"나한테 당신은 그냥 당신이거든요. 누구와도 얽히지 않
은 독자적인 존재."

캐롤이 미소를 지었다. 고개를 들더니 차를 몰기 시작했
다. "자, 출발."

"형제자매는요?"

"언니 하나. 이제 우리 언니에 대해 속속들이 알고 싶겠
구나. 이름은 일레인이고 아이가 셋이야. 버지니아에서 살

아. 네가 좋아할 것 같지는 않아. 언니를 보면 따분해 할지도 모르겠다."

테레즈는 캐롤의 언니를 상상했다. 캐롤의 실루엣을 그렸다. 거기에 캐롤이 지닌 모든 특징을 약하고 흐리게 희석시켜 그려 넣었다.

그날 늦은 오후, 길가 레스토랑에 차를 세웠다. 가게 정면 유리 안쪽에 네덜란드 모형 마을이 조성되어 있었다. 테레즈는 옆에 있는 난간에 몸을 기대고 모형 마을을 구경했다. 한쪽 끝에 있는 수도에서 흘러나온 물이 타원형 시내를 채우고 풍차도 돌렸다. 네덜란드 의상을 입은 작은 인형이 마을 여기저기, 잔디 위에도 서 있었다. 프랑켄버그 장난감 코너의 장난감 기차가 떠올랐다. 여기에 있는 타원형 시내만 한 레일을 맴돌며 분노의 질주를 하던 그 기차.

"프랑켄버그 백화점에 있던 기차 얘기, 내가 한 적 없죠?" 테레즈가 캐롤에게 말했다. "그 기차가요……."

"전기 기차 말이지?" 캐롤이 말을 잘랐다.

테레즈는 웃고 있었지만 가슴이 콱 막혔다. 깊이 파고들기엔 너무 복잡한 얘기였기에 대화는 거기에서 끊겼다.

캐롤이 수프 두 접시를 주문했다. 차 안에 있는 동안 추워서 몸이 굳었다.

"네가 진심으로 이번 여행을 즐길 수 있으려나 모르겠어. 넌 유리창 안을 들여다보는 걸 더 좋아하는 것 같아. 이 세상의 온갖 사물에 대해 제 마음대로 생각하고. 저 풍차만 해도 말이야, 네덜란드에 직접 가는 거나 여기서 저걸 구경하는 거나 너한텐 하나도 다르지 않을 걸. 네가 진짜 산을 구경하고 진짜 사람들을 만날 수나 있을지 정말 궁금하구나."

테레즈는 가슴이 무너져 내렸다. 거짓말했다고 캐롤에게 추궁 당하는 기분이 들었다. 캐롤이 무슨 뜻으로 하는 말인지 이해했다. 테레즈가 캐롤을 마음대로 짐작해서 그 때문에 캐롤이 화가 났다는 의미인 것 같았다. '진짜 사람들을 만날 수나 있을지'라니? 갑자기 로비체크 부인이 생각났다. 테레즈는 로비체크 부인이 흉측스레 생겨서 도망쳐 나왔다.

"이렇게 간접 경험만 해서 무슨 창작을 하겠다는 거지?" 캐롤이 물었다. 그녀의 목소리는 다정하고 차분했지만 매정했다.

캐롤 때문에 테레즈는 아무것도 해놓은 게 없는 사람처럼 느껴졌다. 한 줄기 연기처럼 보잘것없는 존재라는 기분이 들었다. 캐롤은 인간답게 살아서 결혼도 하고 아이도 낳았다.

카운터 뒤에 있던 노인이 앞으로 나왔다. 그는 다리를 절면서 테이블 옆으로 오더니 팔짱을 꼈다. "네덜란드 가보셨습니까?" 그가 유쾌히 물었다.

캐롤이 말했다. "아뇨, 못 가봤어요. 어르신은 가보셨군요. 창가에 있는 저 모형 마을을 직접 만드셨나요?"

그가 고개를 끄덕였다. "완성까지 5년이나 걸렸습니다."

테레즈는 남자의 앙상한 손가락을 쳐다보았다. 앙상한 팔을 뒤덮은 얄팍한 살갗 밑에서 보랏빛 혈관이 툭 튀어 나왔다. 저 작은 마을을 짓는데 얼마나 많은 노력이 들어갔을지는 캐롤보다 테레즈가 더 잘 알았다. 그럼에도 테레즈는 한마디도 하지 않았다.

노인이 캐롤에게 말했다. "옆집에서 괜찮은 소시지와 햄을 파는데 그것 좀 사가세요. 정통 펜실베이니아식입니다. 여기에서 돼지를 직접 기르고 도축해서 만든 겁니다."

두 사람은 레스토랑 옆에 있는 상점으로 들어갔다. 상점 바깥 벽면에는 회반죽이 발려 있었다. 나무 훈연 냄새와 향료 냄새가 뒤섞인 실내로 들어가니 맛있는 훈제 향이 솔솔 나는 햄이 있었다.

"몇 개 사가지고 가면 따로 요리할 필요가 없을 거야." 캐롤은 냉장 카운터 안을 바라보며 말했다. "이걸로 주세요." 캐롤은 귀마개를 한 젊은 청년에게 말했다.

테레즈는 로비체크 부인과 제조 식품 판매점에 들어갔던 기억이 떠올랐다. 부인은 얇게 썰린 살라미와 간 소시지를 샀다. 벽에 걸린 문구를 보니 미국 전역으로 배송이 가능하다고 했다. 테레즈는 넓은 보자기에 싸인 소시지를 로비체크 부인에게 보내는 상상을 했다. 로비체크 부인이 떨리는 손으로 소포를 열다가 소시지를 보는 순간 좋아서 얼굴이 활짝 펴질 것 같았다. 그런데 테레즈의 마음속에 있는 동정심이나 죄책감, 아니면 괴팍함에서 시작되었을 이 행동을 꼭 해야 하나? 테레즈는 인상을 찌푸렸다. 정처 없이 바다를 떠다니고 중력을 잃어서 허우적거리는 기분이 들었다. 테레즈는 마음속에서 이는 감정조차 믿지 못하게 되었음을 깨달았다.

"테레즈······."

테레즈가 몸을 돌렸다. 캐롤의 아름다운 모습이 '사모트라케의 날개'(그리스 헬레니즘 시대의 조각상. 하늘에서 내려와 서 있는 승리의 여신 니케의 모습을 표현한 작품——옮긴이)와 언뜻 닮아 보였다. 캐롤은 테레즈에게 커다란 덩어리를 통째로 살지 물었다.

청년은 카운터 건너편에서 덩어리를 모조리 썰었다. 캐롤이 20달러를 내밀었다. 테레즈는 로비체크 부인이 그날 저녁 카운터 너머로 1달러짜리 지폐 한 장과 25센트짜리 동전 하나를 바들바들 떨며 내밀던 모습이 떠올랐다.

"뭐 더 살 거 있어?"

"누구한테 뭐 좀 보낼까 생각 중이었어요. 같이 백화점에 일하던 분이요. 넉넉하지 않은 분인데 저녁 같이 먹자고 해주셨거든요."

캐롤은 잔돈을 받아들었다. "누군데?"

"그렇다고 진짜로 보내겠다는 건 아니에요." 테레즈는

갑자기 이곳을 나가고 싶었다.

캐롤이 담배 연기 사이로 인상을 쓰며 테레즈를 쳐다보았다. "보내 드려."

"싫어요. 어서 가요, 캐롤." 테레즈는 로비체크 부인에게 벗어나지 못했던 그때처럼 다시 악몽에 사로잡힌 기분이 들었다.

"보내라니까." 캐롤이 말했다. "문 닫고 들어와서 뭐라도 보내."

테레즈는 문을 닫고 6달러짜리 소시지를 골라 기프트 카드에 다음과 같이 적었다.

펜실베이니아에서 보냅니다. 주말 아침에 몇 번은 드실 수 있을 거예요.

사랑을 담아,
테레즈 벨리벳

시간이 흐른 뒤, 캐롤은 차에서 로비체크 부인에 관해 물었다. 테레즈는 늘 그렇듯 짧게 답했다. 내키지 않는데 솔직히 대답하고 나면 늘 마음이 울적해졌다. 로비체크 부인과 테레즈가 사는 세상은 캐롤이 사는 세상과는 완전히 달랐다. 동물로 치면 완전히 종이 다르다고나 할까. 아주 추하게 생긴 동물이 외계 행성에서 사는 거나 마찬가지였다. 캐롤은 운전하면서 사연을 듣기만 했다. 그리고 별다른 말없이 그저 묻고 또 물었다. 캐롤은 이러쿵저러쿵 토를 달지 않고 그저 묻기만 했다. 물을 거리가 바닥났다. 이제 다른 얘기로 화제가 넘어갔는데도 캐롤은 아까 얘기를 듣는 동안 수심에 잠겨 굳은 표정 그대로였다. 테레즈는 양쪽 엄지를 주먹 안으로 말아 쥐었다. 캐롤은 왜 테레즈에게 로비체크 부인을 계속 떠올리게 했을까? 이제 로비체크 얘기를 캐롤까지 알게 되었으니 도로 주워 담을 수도 없었다.

"로비체크 부인 얘기는 다시는 꺼내지 말아요. 캐롤. 약속해줘요."

캐롤은 맨발로 총총걸음을 걸어 구석에 있는 샤워실로
들어가더니 춥다며 끙끙댔다. 발톱엔 빨간 페디큐어가 발려
있었고, 파란색 파자마는 너무 헐렁했다.

"창문을 그렇게 많이 열어 놓으면 어떡해요." 테레즈가
말했다.

캐롤이 샤워 커튼을 쳤다. 물줄기가 갑자기 쏟아지는 소
리가 들렸다. "젠장, 되게 뜨겁네! 그래도 어젯밤보단 낫다."
캐롤이 말했다.

이곳은 호화스러운 여행자용 산장이었다. 바닥에는 두
꺼운 카펫이 깔리고 벽은 원목이었다. 비닐 포장된 구두 닦
는 천에서부터 텔레비전까지 없는 게 없었다.

테레즈는 가운을 입고 침대에 걸터앉아 지도를 들여다
보며 손을 쫙 펼쳤다. 한 뼘 반, 오늘은 차로 이만큼 가야 한
다. 이론적으로 따지면 그렇지만 아마 그렇게까지 가지 못할
것이다. "오늘 오하이오를 통과할 수 있을지도 몰라요." 테레

즈가 말했다.

"오하이오. 강과 고무나무, 철도로 유명한 곳이지. 왼쪽으로는 그 유명한 칠리코시(오하이오 주의 도시—옮긴이) 도개교(들어 올리는 다리—옮긴이)가 있어. 거기에서 휴론족 28명이 100명을 학살했지. 바보들을 말이야."

테레즈는 웃었다.

"그리고 루이스 클라크 탐험대(미국 대통령 제퍼슨의 명령으로 메리웨더 루이스와 윌리엄 클라크가 미 대륙을 횡단하여 태평양에 다다름—옮긴이)가 캠프를 차렸던 곳도 있지." 캐롤이 덧붙였다. "오늘은 바지를 입어야겠다. 가방 안에 있나 봐줄래? 없으면 차에 가서 가져와야 하니. 얇은 거 말고 남색 개버딘 천으로 된 거야."

테레즈는 침대 발치에 놓아둔 캐롤의 커다란 여행 가방으로 갔다. 그 안에는 스웨터와 속옷과 구두만 잔뜩 들었을 뿐 바지는 없었다. 그때 겹겹이 접힌 스웨터 사이로 니켈 도금된 금속관이 보였다. 테레즈는 그 스웨터를 들어 올렸다. 묵직했다. 스웨터를 펴다가 깜짝 놀라서 그만 떨어뜨릴 뻔했다. 하얀 손잡이가 달린 총이었다.

"없어?" 캐롤이 물었다.

"없어요." 테레즈는 도로 총을 싸서 원래대로 두었다.

"자기야, 나 타월 좀. 의자 위에 있을 거야."

테레즈는 타월을 집어서 캐롤에게 갖다 주었다. 테레즈

는 긴장한 채 캐롤이 밖으로 쭉 내민 손에 타월을 건넸다. 테레즈의 시선이 캐롤의 얼굴에서 젖가슴으로, 그리고 더 아래로 내려갔다. 캐롤의 깜짝 놀라는 시선을 느끼는 순간, 테레즈는 고개를 돌렸다. 눈을 질끈 감고 천천히 침대로 걸어갔지만 눈을 감아도 캐롤의 알몸이 눈앞에서 아른거렸다.

테레즈도 샤워를 했다. 욕실에서 나오자 캐롤이 거울 앞에 서서 옷을 거의 다 입고 있었다.

"무슨 일이야?" 캐롤이 물었다.

"아무것도 아니에요."

캐롤은 테레즈 쪽으로 몸을 돌리고 머리를 빗었다. 물에 젖어서 그런지 더욱 색이 짙어졌다. 산뜻한 립스틱을 바른 입술이 화사했다. 그 입술로 담배를 물고 있었다. "너 때문에 하루에도 몇 번씩 무슨 일이냐고 묻는 거 알아? 좀 너무한 거 아닌가?"

아침을 먹으며 테레즈가 말했다. "총은 왜 가져 왔어요, 캐롤?"

"아, 그래서 그랬어? 하지 총이야. 그이가 까먹고 안 가져갔더라고." 캐롤은 무심히 대답했다. "총을 놔두고 오느니 가져오는 편이 나을 것 같아서."

"총알도 들어 있어요?"

"응, 장전되어 있어. 하지한테 허가증이 있어. 예전에 집에 강도가 들었거든."

"총 쏠 줄 알아요?"

캐롤이 테레즈를 보고 웃었다. "내가 무슨 애미 오클리 (미국의 여자 명사수—옮긴이) 같은 명사수겠어? 쏠 줄은 알아. 그래서 그렇게 마음이 무거웠던 거구나. 총 쏠 일은 없을 거야."

테레즈는 더는 말하지 않았다. 그런데 생각할 때마다 괴로웠다. 다음 날 밤까지도 총 생각이 머리에서 떠나지 않았다. 벨 보이가 여행 가방을 바닥에 쾅 하고 내려놓았다. 테레즈는 그 충격으로 총이 발사되는 건 아닌지 궁금했다.

두 사람은 오하이오에서 사진을 몇 장 찍었다. 내일 아침 일찍 현상을 맡길 것이다. 두 사람은 그날 저녁부터 밤까지 디파이언스라고 불리는 마을에서 시간을 보냈다. 저녁 내내 거리를 걸으며 윈도우 쇼핑을 즐기고 조용한 주택가를 걸었다. 정면 거실에 불을 밝혀서 그런지 집들은 새장처럼 아늑하고 안락해 보였다. 테레즈는 이렇게 정처 없이 걸으며 산책하는 것을 캐롤이 따분해할까봐 걱정했지만, 오히려 캐롤은 한 블록 더 가서 언덕에 올라 저 너머에 뭐가 보이는지 보자고 했다. 캐롤은 자신과 하지 얘기를 털어놓았다. 테레즈는 캐롤과 하지가 이혼하게 된 원인을 한 단어로 정리하려 했다. 지겨움, 분노, 무관심, 이런 단어를 꺼내는 순간, 캐롤은 모두 아니라며 고개를 저었다. 캐롤은 하지가 린디를 데리고 낚시 여행을 가서 며칠 말을 하지 않은 적이 있었다고 했다.

캐롤이 하지의 가족 별장이 있는 매사추세츠에서 같이 휴가를 보내지 않겠다고 하자 그것에 대한 보복으로 그가 그런 행동을 했다고 했다. 그건 서로 잘못한 일이었지만, 그런 일들로 이혼하게 된 건 아니라고 했다.

캐롤은 지갑 속에 사진 두 장을 집어넣었다. 하나는 승마 바지와 모자를 쓴 린디의 사진이었다. 이것은 필름 초반에 찍힌 사진이었다. 또 한 장은 테레즈의 사진이었다. 담배를 입에 문 채 바람에 머리칼이 뒤로 날린 모습이었다. 캐롤이 코트를 입고 어깨를 구부정하게 숙인 모습이 적나라하게 찍힌 사진도 있었다. 캐롤은 너무 못 나왔으니 이걸 애비에게 보내겠다고 했다.

차는 그날 오후 늦게 시카고에 도착했다. 육류 배송 회사의 대형 트럭 뒤꽁무니를 쫓아 흉측하게 팔 벌린 무질서한 회색 도시 품으로 기어들어 갔다. 테레즈는 몸을 앞 유리창에 바싹 붙였다. 아버지와 여행 왔던 때의 시카고는 하나도 기억나지 않았다. 캐롤은 맨해튼만큼이나 시카고도 잘 알았다. 캐롤은 그 유명하다는 시카고 도심을 구경시켜주었다. 두 사람은 잠깐 차를 세우고 전철과 오후 5시 반의 퇴근 길 러시를 구경했다. 뉴욕의 5시 반 광란과는 비교조차 되지 않았다.

테레즈는 중앙 우체국에 들러 대니에게서 온 엽서를 받아왔다. 필에게서는 아무것도 오지 않았고 리처드가 보낸 편지가 있었다. 테레즈는 편지를 읽었다. 애정 어린 인사로 편지가 마무리 되었다. 리처드가 필에게서 유치 우편 주소를 얻어 이렇게 다정한 편지를 쓴 것 같았다. 편지를 주머니에 넣고 캐롤에게 돌아갔다.

"뭐가 왔어?" 캐롤이 물었다.

"엽서 한 장요. 대니가 보낸 거요. 이제 시험이 다 끝났대요."

캐롤은 드레이크 호텔로 차를 몰았다. 바닥은 흑백 체크무늬였고 로비에는 연못이 있었다. 굉장히 근사했다. 캐롤은 코트를 벗더니 방 안에 놓인 트윈 베드 두 개 중 하나에 몸을 내던졌다.

"여기에 아는 사람이 좀 있어요." 테레즈는 졸린 목소리로 말했다. "우리 만나러 갈래요?"

캐롤은 둘이서 뭘 할지 정하기도 전에 곯아떨어졌다.

테레즈는 창가에 서서 은은히 밝혀진 미시간 호를 내다보았다. 회색 하늘을 뒤로 하고 낯선 고층 빌딩이 삐죽삐죽 솟아 있었다. 테레즈는 그 모습을 바라보았다. 정신이 없고 단조로운 것이 피사로(프랑스의 인상주의 화가─옮긴이)의 그림을 닮았다. 캐롤은 이해하지 못할 비유일 것이다. 테레즈는 창틀에 기대어 서서 시카고를 조망했다. 저 멀리 비추는 자동차 불빛이 나무 뒤로 지나가면서 점과 선으로 쪼개졌다. 행복했다.

"칵테일 갖다 달라고 전화 좀 해줘." 캐롤의 목소리가 뒤에서 들렸다.

"뭐 마실래요?"

"넌 뭘로 할 거야?"

"마티니(드라이진에 올리브로 장식한 칵테일―옮긴이)요."

캐롤이 휘파람을 불었다. "기브슨(드라이진에 양파로 장식한 칵테일―옮긴이) 두 잔." 테레즈가 전화하는 동안 캐롤이 끼어들었다. "카나페도 한 접시 시켜줘. 아예 마티니 네 잔을 시키는 게 낫겠다."

캐롤이 샤워하는 동안 테레즈는 리처드의 편지를 읽었다. 편지에는 온통 애정이 흘러넘쳤다.

> 넌 여느 여자와는 달라. 그동안 기다렸던 것처럼 앞으로도 계속 기다릴 거야. 언젠간 우리가 미래를 함께 보내리라 난 확신해. 매일 내게 편지해줬으면 좋겠다. 그게 힘들면 엽서라도 보내줘. 내가 작년 여름에 뉴욕 킹스턴에 가 있을 때 네가 보낸 편지 세 장을 밤마다 읽고 또 읽어.

감수성이 뚝뚝 묻어나는 편지라 도무지 리처드가 쓴 것처럼 보이지 않았다. 테레즈는 맨 처음 이런 생각이 들었다. 후일 테레즈의 뒤통수를 치려고 리처드가 연기하는 것 같았다. 두 번째로 든 생각은 혐오감이었다. 테레즈는 원래 결심했던 대로 돌아왔다. 다시는 그에게 편지 쓰지 않으리. 더 이상 아무 말도 하지 않으리. 그것이 가장 빨리 끝내는 길이라는 생각이 들었다.

칵테일이 도착했다. 테레즈는 서명 대신 현찰로 지불했다. 캐롤이 보고 있으면 절대로 돈을 낼 수 없기 때문이다.

"검은색 정장 입어줄래요?" 캐롤이 욕실에서 나오자 테레즈가 부탁했다.

캐롤이 쳐다보았다. "여행 가방 맨 밑바닥까지 뒤적거리라고?" 그리고 여행 가방 쪽으로 갔다. "저 밑에서 옷을 꺼내서 먼지 털고 스팀을 쐬고, 이 짓을 30분이나 하라고?"

"여기에서 우리 30분은 칵테일 마시고 있을 텐데요, 뭐."

"너의 그 설득력은 진짜 못 말리겠어." 캐롤은 정장을 꺼내 욕실에 걸고 온수를 틀었다.

"뉴욕에서 출발한 후 처음 마시는 술인 거 알아? 넌 처음이 아니겠지만. 내가 왜 술을 마시게? 행복해서." 캐롤이 말했다.

"아름다워요." 테레즈가 말했다.

그 말을 듣자 캐롤은 핀잔하는 듯한 미소를 지어 보였다. 테레즈가 사랑하는 미소였다. 캐롤은 화장대로 걸어가 노란 실크 스카프를 목에 둘러 느슨하게 묶은 다음 머리를 빗기 시작했다. 램프 불빛을 받자 캐롤이 그림처럼 보였다. 테레즈는 이 모든 장면을 예전에 본 것 같은 기분이 들었다.

갑자기 생각났다. 창문 안에서 긴 머리칼을 빗고 있던 여인. 벽돌벽도 고스란히 생각났다. 부슬비 내리던 그날 아침의 질감까지 되살아났다.

"향수도 뿌릴까?" 캐롤이 향수병을 들고 테레즈에게 다가오며 물었다. 그리고 손으로 테레즈의 이마를 짚었다. 캐롤이 입을 맞추었던 헤어라인 바로 그 자리였다.

"당신 덕분에 예전에 봤던 여인이 떠올랐어요. 렉싱턴 가에서 좀 떨어진 곳이었죠. 그 여인이 당신은 아니었지만 그날 밝기도 이 정도였던 것 같아요. 여인은 긴 머리칼을 빗고 있었어요." 테레즈는 입을 닫았다. 캐롤은 테레즈가 계속 말해주길 기다렸다. 캐롤은 늘 말해주길 기다리고 있었다. 그러나 테레즈는 하고 싶은 바로 그 말을 결코 입 밖에 낼 수 없었다. "어느 이른 아침 출근길이었어요. 비가 막 내리기 시작했죠." 테레즈는 더듬더듬 말을 이어갔다. "그때 그 여인이 창문으로 보였어요." 테레즈는 지나칠 수 없었다. 3, 4분가량 그 자리에 가만히 서 있었다. 온몸에 짜릿한 전율이 일면서 기운이 쭉 빠지더니 저 여인을 알고 싶은 욕망이 일었다. 펠리컨 프레스로 출근하는 대신, 저 안으로 들어가서 문을 두드렸으면.

"딱한 고아 아가씨였구나." 캐롤이 말했다.

테레즈는 미소를 지었다. 캐롤의 말투는 전혀 우울하지도, 까칠하지도 않았다.

"어머니는 어떻게 생기셨어?"

"머리는 검었고요." 테레즈는 곧바로 대답했다. "나랑 하나도 안 닮았었죠." 테레즈는 어머니 얘기를 할 때마다 과거형으로 대답했다. 어머니가 지금 이 시각 코네티컷 어딘가에 살아 있음에도.

"어머니가 다시는 널 볼 마음이 없다고 생각하는 건 아니지?" 캐롤이 거울을 바라보며 물었다.

"없으실 거예요."

"그럼 친가 쪽 가족은? 삼촌이 계시다고 했었지?"

"한 번도 뵌 적은 없어요. 지질학자라서 정유회사에서 근무하셨어요. 지금은 어디 사시는지 몰라요." 한 번도 보지 못한 삼촌 얘기를 하는 게 훨씬 마음이 편했다.

"그럼 이제 어머니 성함이 어떻게 되시지?"

"이름은 에스더였는데, 이젠 니컬러스 스트룰리 부인이 되셨죠." 전화번호부를 뒤적이다 보이는 이름처럼 이 이름은 테레즈에게 아무 의미 없었다. 테레즈는 캐롤을 바라보다가 어머니의 이름을 밝힌 사실이 갑자기 속상했다. 캐롤도 언젠가는 격한 감정이 밀려올 것이다. 그것이 상실의 충격이든, 아니면 무력함의 충격이든. 테레즈는 캐롤에 대해 아는 게 거의 없었다.

캐롤이 테레즈를 바라보았다. "다시는 그 얘기 꺼내지 않을게. 다시는 안 그럴게. 한 잔 더 마셨다가 우울해질 것 같으면 마시지 마. 오늘 밤 네가 우울해지는 건 싫어."

두 사람이 식사하는 레스토랑에서 미시간 호 전경이 보였다. 거하게 저녁을 먹은 후 이어서 샴페인과 브랜디를 즐겼다. 테레즈는 난생처음 술에 살짝 취했다. 솔직히 말하면 캐롤에게 보여주려던 모습보다 훨씬 많이 취했다. 레이크쇼어 드라이브는 넓은 도로에 워싱턴의 백악관을 닮은 저택들이 여기저기 박혀 있는 듯한 모습이었다. 기억을 떠올리니 캐롤의 목소리가 들렸다. 캐롤이 전에 와본 저택 여기저기를 설명해주고 있었다. 바로 그때, 불안한 자각이 들었다. 라팔로나 파리, 테레즈가 알지 못하는 다른 도시들처럼 그동안 여기가 캐롤의 세상이었고, 그동안의 캐롤의 모든 행동을 규정하는 틀이 되었던 것이다.

그날 밤, 캐롤은 침대 모서리에 걸터앉아서 담배를 피우다가 전등을 켰다. 테레즈는 침대에 누워서 졸린 눈으로 캐롤을 바라보며 그 눈에 서린 초초하고 당황한 눈빛이 무슨 의미인지 읽어내려 했다. 캐롤은 방 안에서 무언가를 한참 노려보다가 시선을 돌렸다. 상념에 빠진 걸까, 아니면 하지 생각, 린디 생각? 캐롤이 아침 7시에 모닝콜을 부탁했다. 린디가 학교 가기 전에 전화하기 위해서였다. 테레즈는 디파이언스에서 들은 모녀의 대화를 기억했다. 린디가 학교에서 다른 여학생과 싸웠다고 하자 캐롤은 15분 정도 듣고 있다가 린디를 설득하려 했다. 먼저 가서 사과하라고. 테레즈는 아직도 술기운이 남아 있었다. 샴페인을 마셔서 알딸딸하게 취기가 오르자 미치도록 캐롤 옆으로 가고 싶었다. 만약 테레즈가 청하면 캐롤은 오늘 밤 한 침대에서 재워주는지도 모른다. 테레즈는 그 이상을 원했다. 캐롤과 키스하고 몸을 밀착시켜 서로의 살갗을 느끼고 싶었다. 테레즈는 팔레르모 바에서 봤던 여자 둘을 떠올렸다. 그들은 했을 거야, 그 이상의 것도. 만일 테레즈가 두 팔로 안으면 캐롤이 역겹다며 밀쳐 낼까? 그럼 그나마 갖고 있던 애정도 순식간에 사라지겠지? 캐롤이 차갑게 퇴짜 놓는 모습을 떠올리는 순간 테레즈의 용기는 다 사라지고 고작 이 질문으로 쪼그라들었다. 같은 침대에서 그냥 잠만 자게 해달라고 할까?

"캐롤, 혹시……."

"내일은 축사에 가자." 캐롤과 동시에 말이 나오는 순간, 테레즈는 품 하고 웃음이 터졌다. "뭐가 그리 재밌어?" 캐롤이 담배를 끄며 물었다. 그럼에도 얼굴은 계속 웃고 있었다.

"그냥요. 너무 재미있어요." 테레즈도 여전히 웃으며 말했다. 이렇게 웃다 보니 그날 밤 품었던 갈망도 의도도 모두 흩어졌다.

"샴페인 마시더니 실없긴." 캐롤은 전등을 끄며 말했다.

다음 날 오후, 두 사람은 시카고를 떠나서 록포드 방향으로 운전했다. 캐롤은 록포드에 가면 애비가 보낸 편지가

와 있을 수도 있지만 아마 없을 거라고 했다. 애비가 편지를 쓰는 사람이 아니라는 것이다. 테레즈는 구두 수선점에 가서 뜯어진 모카신을 꿰맸다. 테레즈가 돌아오니, 캐롤이 차에서 애비의 편지를 읽고 있었다.

"우리 몇 번 타는 거지?" 캐롤의 얼굴이 한층 환했다.

"20번 서쪽이요."

캐롤은 라디오를 켜고 다이얼을 돌려서 음악이 흘러나오는 주파수를 찾았다. "미니애폴리스까지 가는 도중에 오늘은 어디에서 묵을까?"

"더뷰크(아이오와 주에 있는 도시—옮긴이)도 있고." 테레즈가 지도를 보며 말했다. "아니면 워털루(아이오와 주에 있는 도시—옮긴이)도 있어요. 꽤 커 보이는데요. 대신 320킬로미터나 더 가야 해요."

"못 갈 것도 없지."

두 사람은 20번 고속도로를 타고 프리포트(일리노이 주에 있는 도시—옮긴이)와 걸리너(일리노이 주에 있는 도시—옮긴이)로 향했다. 지도에는 걸리너가 율리시스 S. 그랜트 대통령의 고향이라고 적혀 있었다.

"애비가 뭐래요?"

"별말 없었어. 그냥 안부 편지지 뭐."

캐롤은 차에서 거의 입을 열지 않았다. 얼마 후 커피를 마시러 잠시 들른 카페에서도 거의 말이 없었다. 캐롤은 주크박스 앞으로 가서 동전을 천천히 밀어 넣었다.

"애비도 같이 왔으면 좋았겠다고 생각하는군요." 테레즈가 말했다.

"아니." 캐롤이 말했다.

"애비 편지를 받고 나더니 좀 이상해졌어요."

캐롤은 테이블 건너편에 앉은 테레즈를 바라보았다. "자기, 별 내용 없는 편지였어. 보고 싶으면 봐도 돼." 캐롤은 핸드백을 뒤적였지만 편지를 꺼내지 않았다.

그날 저녁, 테레즈는 차에서 졸다가 얼굴 위로 쏟아지는 도시 조명에 눈을 떴다. 캐롤은 지친 양손을 핸들에 올려놓고 쉬고 있었다. 차가 신호등에 걸려 있었다.

"오늘 밤은 여기서 묵자." 캐롤이 말했다.

테레즈는 호텔 로비를 걸으면서도 잠이 깨지 않았다. 엘리베이터 안에서 캐롤이 옆에 있는 게 분명히 느껴졌다. 꿈속에서 유일하게 캐롤만 등장하는 것 같았다. 호텔 방에 들어가자 테레즈는 바닥에 있던 여행 가방을 의자 위로 올리고 그대로 열어둔 채 책상 옆에 서서 캐롤을 바라보았다. 테레즈의 감정이 몇 시간, 아니 며칠간 콱 막혀 있다가 캐롤을 바라보는 지금 이 순간 갑자기 터져버린 것 같았다. 호텔에 들어오면 늘 그렇듯 캐롤은 제일 먼저 여행 가방을 열고 옷을 정리했다. 화장품과 욕실 물품이 든 가죽 파우치를 꺼내 침대 위로 던졌다. 테레즈는 캐롤의 손을 바라보았다. 머리에 두른 스카프 위로 흘러내린 머리칼을 바라보았다. 며칠 전 모카신 앞부리가 긁혀 가로로 생긴 자국을 바라보았다.

"거기 서서 뭐해?" 캐롤이 물었다. "어서 잠이나 자, 이 잠보야."

"캐롤, 사랑해요."

캐롤이 고개를 들었다. 테레즈는 졸리지만 강렬한 눈빛으로 캐롤을 바라보았다. 캐롤은 여행 가방에서 잠옷을 마저 꺼낸 다음 뚜껑을 닫았다. 그리고 테레즈에게 다가와 두 손을 어깨 위에 올리더니 어깨를 꽉 쥐었다. 약속을 받아내려는 것 같았다. 방금 한 말이 진심인지 살피는 것 같았다. 그러더니 테레즈에게 입을 맞추었다. 천 번도 더 입을 맞춘 사이처럼.

"내가 사랑하는지 몰랐어?" 캐롤이 말했다.

캐롤은 잠옷을 들고 욕실로 들어가 잠시 세면대를 내려다보았다.

"나, 나갔다 올게. 금방 올 거야." 캐롤이 말했다.

테레즈는 캐롤이 밖에 나간 동안 책상 옆에 서서 기다렸다. 그동안 무한한 시간이 흐른 것 같았다. 아니, 하나도 흐른 것 같지 않았다. 이윽고 문이 열리고 캐롤이 다시 들어오더니 책상 위에 종이봉투를 올렸다. 우유를 사러 나갔다 온 것이다. 둘 중 한 명이 밤마다 나가 우유를 사오곤 했다.

"같이 자도 돼요?" 테레즈가 물었다.

"침대 봤지?"

더블베드 한 개 뿐이었다. 두 사람은 잠옷을 입고 앉아 우유를 마시고 오렌지를 나눠 먹었다. 캐롤은 너무 졸린지 다 먹지 못했다. 테레즈는 우유를 바닥에 내려놓고 벌써 곯아떨어진 캐롤을 바라보았다. 캐롤은 늘 한쪽 팔을 올리고 엎드려 잤다. 테레즈가 불을 껐다. 순간, 캐롤이 팔을 테레즈의 목 밑으로 쓱 밀어 넣었다. 그렇게 두 개의 몸이 길게 맞닿았다. 미리 맞춰 놓은 것처럼 밀착되었다. 푸른 덩굴이 뻗어 나가듯 행복이 테레즈를 휘감았다. 가느다란 덩굴손이 온몸을 뒤덮더니 꽃을 피웠다. 창백한 흰 꽃송이가 하나가 보였다. 어둠 속에서나 물속에서도 보일 정도로 반짝거렸다. 이래서 다들 천국 얘기를 했던 건가, 테레즈는 궁금했다.

"잠이나 자." 캐롤이 말했다.

테레즈는 잠들기 싫었다. 팔베개를 하고 있으니 캐롤이 이미 잠들었음이 팔을 타고 테레즈에게 전달됐다.

어느새 새벽이 되었다. 캐롤이 손으로 테레즈의 머리칼을 움켜쥐고 입술에 키스했다. 그 순간, 쾌감이 다시 테레즈의 온몸을 점령했다. 어젯밤 캐롤이 목 밑으로 팔을 밀어 넣던 그 순간에서부터 쾌감이 다시 이어지는 느낌이었다. 테레즈는 사랑한다는 말을 또 하고 싶었다. 그런데 이 말이 간질간질하면서도 두려운 쾌감으로 지워져버렸다. 입술에서 시작된 쾌감이 파도치듯 온몸으로 퍼져 나갔다. 캐롤의 입술이 테레즈의 목과 어깨를 더듬다가 갑자기 아래로 향했다. 테레즈는 두 팔로 캐롤을 감싸 안았다. 캐롤만 느껴질 뿐 다른 것은 느껴지지 않았다. 캐롤의 손이 테레즈의 옆선을 훑으며 내려갔다. 캐롤의 머리칼이 테레즈의 젖가슴을 스쳤다. 테레즈는 점점 크게 퍼져 나가는 동심원 속으로 온몸이 빨려 드는 것 같았다. 이성은 도저히 쫓아갈 수 없는 곳으로 사라지는 듯한 느낌이었다. 천 개의 기억과 순간과 목소리가 떠올랐다. 맨 먼저, 자기라는 소리를 들은 순간이 떠올랐다. 이어서 캐롤을 백화점에서 만난 순간도 떠올랐다. 캐롤의 얼굴과 목소리, 웃고 화내던 천 번의 순간과 기억들이 혜성 꼬리처럼 반짝이며 테레즈의 머릿속을 가로질렀다. 그러더니 이제 아득하고 파리한 공간으로 변했다. 테레즈는 점점 팽창하는 공간을 기다란 화살처럼 빠르게 갈랐다. 화살은 호를 그리며 어마어마하게 넓은 심해를 가뿐히 건너 그대로 우주까지 유영했다. 테레즈는 아직도 캐롤을 품고 있었다. 순간, 온몸이 격렬히 떨렸다. 화살은 다름 아닌 테레즈였다. 캐롤의 금발 머리가 두 눈을 쓸었다. 캐롤의 얼굴이 코앞에 와 있었다. 이게 옳은 거냐고 물을 필요가 없었다. 그리고 아무도 대답해줄 필요가 없었다. 이건 더 이상 옳을 수도, 완벽할 수도 없는 일이었기에. 테레즈는 캐롤을 더욱 바싹 끌어안았다. 웃고 있는 입술 위로 캐롤의 입술이 포개졌다. 테레즈는 가만히 누워 캐롤을 바라보았다. 캐롤의 얼굴이 눈앞에 보였다. 진정된 회색 눈동자. 눈동자가 이래 보인 건 처음이었다. 캐롤의 두 눈에 테레즈가 지금 막 빠져나온 우주의 모습이 살짝 어려 있었다. 이것이 캐롤의 얼굴이라니, 낯설었다. 주근깨에 둥근 금발 눈썹, 눈동자처럼 가지런해진 입매. 테레즈가 그동안 보아온 얼굴임에도 새삼 달리 보였다.

"나의 천사." 캐롤이 말했다. "별에서 온."

테레즈는 방 한쪽 구석을 올려다보았다. 날이 한결 밝아졌다. 앞으로 돌출된 방패 모양의 서랍이 열려 있는 책상, 모서리가 비스듬히 깎인 프레임 없는 사각 거울, 수직으로 떨어지는 녹색 무늬 커튼, 창틀 바로 위에 걸린 회색 빌딩 끝자락 두 개. 테레즈는 이 방을 구석구석 영원히 기억하리라.

"여기가 어디랬죠?" 테레즈가 물었다.

캐롤이 웃었다. "워털루." 캐롤은 손을 뻗어 담배를 찾았다. "끔찍하지?"

테레즈는 웃으며 한쪽 팔꿈치를 세웠다. 캐롤이 입술 사이로 담배를 끼워주었다. "어디를 가나 워털루라는 마을이 한두 개씩은 꼭 있네요." 테레즈가 말했다.

캐롤이 화장하는 동안 테레즈는 신문을 사러 밖으로 나 갔다. 엘리베이터 정중앙에 서서 한 바퀴 돌아보았다. 기분 이 좀 묘했다. 모든 게 변하고 거리감도 사뭇 달라진 것 같았 다. 균형감도 예전과 같지 않았다. 테레즈는 로비를 가로질 러 구석에 있는 신문 가판대로 갔다.

"쿠리어와 트리뷴으로 하나씩 주세요." 테레즈는 남자 에게 말한 뒤 신문을 쥐었다. 이런 말을 내뱉는 것조차 테레 즈가 사서 든 신문 이름만큼이나 낯설었다.

"8센트요." 남자가 말했다. 테레즈는 그가 건네준 잔돈 을 보았다. 1쿼터를 내밀고 8센트를 잔돈으로 받아들었다. 동전들도 아까처럼 여전히 낯설었다.

테레즈는 로비를 가로질러 이발관 유리창을 들여다보았 다. 남자 둘이 면도를 받고 있었다. 흑인 남자가 반짝이 구두 를 신고 있었다. 웨스턴 부츠를 신고 챙이 넓은 모자를 쓴 키 가 큰 남자가 담배를 물고 테레즈 옆을 스쳐 지나갔다. 테레즈는 이 로비를 영원히 기억할 것이다. 여기 사람들도, 호텔 체크인 데스크 아래쪽의 촌스러운 목공 장식도. 짙은 색 코트를 입은 남자가 검정과 크림색의 대리석 기둥 옆에 앉아 있었다. 신문 위로 눈만 내밀고 테레즈를 쳐다보다가 고개를 숙이더니 계속 신문을 읽었다.

테레즈가 호텔 방문을 열자 캐롤의 모습이 창이 되어 테레즈의 가슴을 관통했다. 테레즈는 문고리를 붙들고 잠시 그대로 얼어붙었다.

캐롤이 머리를 빗면서 욕실에서 나오다가 테레즈를 쳐다보았다. 캐롤이 테레즈를 머리부터 발끝까지 훑었다. "남들 앞에서 그러지 마."

테레즈는 신문을 침대 위에 내던지고 캐롤에게 다가갔다. 캐롤이 와락 테레즈를 감싸 안았다. 두 여자는 서로를 부둥켜안았다. 절대로 헤어지지 않으리라는 듯이. 테레즈는 온몸이 부르르 떨렸다. 눈에는 눈물이 고였다. 무슨 말을 해야 할까. 캐롤의 품에 안겨 있으니 키스보다 더한 밀착감이 느껴졌다.

"왜 이렇게 오래 참았어요?" 테레즈가 물었다.

"사실…… 두 번은 없을 거라 생각했어. 그리고 내가 그걸 원하지 않을 줄 알았어. 그런데 그게 아니더라."

테레즈는 애비가 생각났다. 애비는 두 사람 사이에 씁쓸한 심지처럼 박혀 있었다. 캐롤이 팔을 풀었다.

"다른 이유도 있었어. 널 옆에 두니 이런 생각이 들더라. 널 알아가고 그것도 알아가는 게 차라리 마음 편할 것 같았어. 미안해, 그동안 못되게 굴어서."

테레즈는 이를 악 물었다. 캐롤이 천천히 호텔 방을 가로질러 가는 모습이 보였다. 캐롤이 점점 멀어졌다. 백화점에서 처음 캐롤을 보던 날, 그녀가 천천히 멀어지던 때가 기억났다. 테레즈는 그 순간 영원을 떠올렸다. 캐롤은 애비를 사랑했었다. 그리고 그 때문에 자책했다. 캐롤이 테레즈를 사랑하는 것도 언젠가 그리 되지 않을까, 테레즈는 궁금했다. 12월과 1월 내내 캐롤은 화내고 망설였다. 그리고 테레즈를 꾸짖었다가 너그러이 받아주는 모습을 오갔다. 테레즈는 이제 캐롤이 무슨 말을 해도 그 속에서 걸림돌이나 망설임이 느껴지지 않았다. 오늘 아침 이후, 애비는 없다. 캐롤과 애비, 둘 사이에 무슨 일이 있었다 하더라도.

"내가 그랬지?"

"처음 만났을 때부터 당신이 있어서 늘 행복했어요."

"네가 무슨 판단을 하겠니."

"오늘 아침엔 나도 판단할 수 있어요."

캐롤은 대답하지 않았다. 삐거덕거리는 문고리가 캐롤의 답을 대신했다. 캐롤이 방문을 잠갔기에 두 사람뿐이다. 테레즈는 곧장 캐롤에게 다가가 품에 안겼다.

"사랑해요." 테레즈가 말했다. 그리고 이 말을 들으려고 다시 말했다. "사랑해요, 사랑해."

　그런데 캐롤은 그날 하루 종일 일부러 테레즈에게 무관
심했다. 담배를 삐딱하게 물고 오히려 더 거만하게 굴었다.
보도 연석에서 차를 뒤로 빼면서 캐롤은 농담이 아니라 진
짜로 욕을 내뱉었다. "저 앞이 다 허허벌판인데 주차 미터기
에 동전을 넣으라니, 제길." 캐롤이 말했다. 테레즈는 캐롤이
자신을 쳐다보는 것을 눈치챘다. 캐롤의 눈은 웃고 있었다.
캐롤은 테레즈를 놀리느라 담배 자판기 앞에서 서서 테레즈
의 어깨에 머리를 기댔다. 테이블 밑에서도 테레즈의 발을
툭툭 건드렸다. 그럴 때마다 테레즈는 맥이 풀리면서도 온몸
에 힘이 들어갔다. 테레즈는 극장 안에서 서로 손을 맞잡고
있던 사람들이 떠올랐다. 테레즈와 캐롤이라고 못할 게 있
을까? 테레즈가 상점에서 캔디 상자를 고르다가 캐롤의 팔
을 무심코 붙들자 캐롤이 주의를 주었다. "하지 마."

　테레즈는 미니애폴리스(미네소타 주에 있는 도시─옮긴이)
에 있는 캔디 가게에서 로비체크 부인과 켈리 부부에게 한
상자씩 보냈다. 그리고 크고 화려한 상자를 리처드의 어머니
에게 보냈다. 두 단짜리 나무 상자였는데 나중에 부인이 나
중에 바느질통으로 활용할 수 있을 것이다.

　"애비하고도 했어요?" 그날 저녁 차 안에서 테레즈가 갑
자기 물었다.

　캐롤은 무슨 말인지 알아들었다는 듯 갑자기 눈을 깜빡

였다. "무슨 질문이 그래? 당연하지."

당연했다. 테레즈는 알고 있었다. "지금은요?"

"테레즈……."

테레즈는 쭈뼛거리며 물었다. "나랑 할 때와 비슷했어요?"

캐롤이 웃었다. "아니, 자기야."

"남자랑 자는 것보다 이쪽이 훨씬 좋다고 생각하잖아요?"

캐롤은 놀랍다는 듯이 웃었다. "꼭 그런 건 아니야. 상황에 따라 달라. 리처드 말고 사귄 사람 있어?"

"없어요."

"음, 그렇다면 다른 사람하고도 좀 해봐야 하지 않겠어?"

테레즈는 잠시 말을 잃었다. 그러면서도 아무렇지 않는 척, 무릎 위에 올려놓은 책을 손가락으로 두드렸다.

"나중에 말이야, 자기야. 앞으로 살날이 얼마나 많은데."

테레즈는 아무 말도 하지 않았다. 캐롤을 떠난다는 건 상상조차 할 수 없었다. 처음부터 테레즈의 마음속에서 고개를 든 끔찍한 질문이 하나 더 있었다. 이제 테레즈의 머릿속을 두드리며 꼭 대답을 듣겠다며 몸부림치고 고집을 피웠다. 캐롤, 당신은 날 떠나고 싶은 건가요?

"그러니까, 누구와 잔다는 건 상당 부분 습관에서 비롯

되는 것 같아." 캐롤은 계속 설명했다. "넌 아직 어려서 중요한 결정을 할 수 없어. 이를테면 습관도 마찬가지야."

"그렇다면 당신은 습관적으로 이러는 건가요?" 테레즈는 웃으며 물었지만 목소리에는 분노가 가득 찼다. "그냥 습관 때문에 이러는 거냐고요?"

"테레즈…… 그동안 너무 우울했었나 보다."

"난 우울하지 않아요." 테레즈가 항변했지만 다시 살얼음판을 걷는 것처럼 불확실한 느낌에 사로잡혔다. 테레즈는 얼마를 가졌든 늘 더 많이 갖기를 원하는 걸까? 테레즈는 충동적으로 말을 내뱉었다. "애비가 아직도 당신을 사랑하죠?"

캐롤이 약간 움찔했다. "사실 애비는 평생 날 사랑하고 있어. 너만큼 날 사랑할걸."

테레즈는 캐롤을 뚫어져라 보았다.

"나중에 말해줄게. 무슨 일이 있었던 그건 다 과거야. 몇 달 전 얘기라고." 캐롤이 워낙 작게 속삭여서 테레즈는 거의 들리지 않았다.

"고작 몇 달 전이라고요?"

"응."

"그럼 지금 얘기해줘요."

"지금은 적당한 때도 장소도 아니야."

"적당한 때라는 건 절대로 없어요. 그런 건 없다고 당신이 그랬잖아요?"

"내가 그랬다고? 언제?"

둘 다 잠시 아무 말이 없었다. 후드와 차창에 총알 백만 개가 퍼붓듯 바람이 연타로 비를 휘몰아 때렸다. 잠시 다른 소리는 들리지 않았다. 천둥은 치지 않았다. 하늘 위 어디선가 천둥의 신이 비의 신과의 싸움을 삼가는 것 같았다. 길가 언덕 근처에 차를 세우고 기다렸지만 비를 피하기에 적당한 위치는 아니었다.

"중간부터 얘기해줄게." 캐롤이 말했다. "사실 어이없고 말도 안 되는 얘기라서 그래. 작년 겨울, 우리 둘이 가구점을 할 때였어. 아무래도 처음부터 얘기를 해야 할 것 같다. 어릴 때 얘기부터 할게. 애비네 가족하고 우리 가족은 뉴저지 같은 동네에 살았어. 그래서 우린 방학 내내 붙어 있었지. 애비는 늘 날 좋아했던 것 같아. 우리가 6살, 8살 그럴 때부터. 애비가 14살 때 학교 때문에 멀리 가게 되자 나에게 편지를 두어 번 보내기도 했어. 그 무렵 나는 여자를 더 좋아하는 여자가 있다는 걸 알게 되었어. 그런데 책을 보니, 나이를 먹으면 그런 경향이 사라진다는 거야." 캐롤은 잠시 숨을 골랐다. 마치 중간에 문장 몇 개를 건너뛰는 것 같았다.

"그럼 학교를 같이 다닌 거예요?"

"아니. 아버지는 날 다른 도시에 있는 학교로 보내셨어. 그리고 애비는 16살 때 유럽으로 갔지. 애비가 귀국해서 보니 난 집에 없었고. 그러다가 애비를 어느 파티에서 다시 만

나게 되었어. 그때가 내가 결혼할 무렵이었지. 애비가 예전
과는 완전히 달라졌더라. 말괄량이 같은 모습이 싹 사라졌
지. 나와 하지가 다른 도시에 사니까 애비를 다시 볼 수 없
어. 한 몇 년은 못 만났을 거야. 린디를 낳고도 한참을 못 봤
으니. 그러다가 우리 부부가 다니던 경주마 마구간에서 애
비를 가끔 보게 되었어. 그래서 몇 번 같이 말도 탔지. 애비
하고 토요일 오후에 같이 테니스를 치게 되었어. 그이가 늘
골프를 쳤거든. 애비와 같이 있으면 언제나 즐거웠어. 예전
에 애비가 날 좋아했다는 생각은 하나도 나지 않더라. 우리
둘 다 나이도 먹었고, 그동안 수많은 일을 겪었으니까. 그래
서 같이 가게를 하는 게 어떻겠냐고 내가 먼저 아이디어를
냈어. 난 하지와 좀 떨어져 있고 싶었거든. 우리 부부가 서로
에게 질리고 있을 때여서 내가 가게를 내면 도움이 될 줄 알
았어. 그래서 애비에게 같이 할 생각이 있냐고 제안했고 그
렇게 가구점을 시작하게 된 거야. 그런데 몇 주가 지나니 내
가 애비에게 끌리고 있지 뭐야." 캐롤은 변함없이 덤덤한 목
소리로 말했다. "도무지 이해가 안 되더라. 두렵기도 했고. 예
전의 애비의 모습이 떠올랐어. 애비도 어쩌면 같은 마음일지
모른다는 생각이 들었어. 우리 둘 다 서로를 좋아할지 모른
다고 생각했지. 그래서 난 애비에게 내 마음을 들키지 않으
려고 노력했지. 그리고 내가 잘하고 있는 줄 알았어. 그런데
끝내…… 여기서부터가 진짜 말도 안 되는 상황이 벌어졌어.

작년 겨울에 애비네에서 하룻밤 잔 적이 있었어. 그날 밤, 도로에 눈이 너무 많이 쌓여서 애비의 어머니가 애비의 방에서 자고 가라고 하셨어. 내가 전에 와서 자던 방 침대에 침대보를 씌우지 않았다는 게 이유였어. 게다가 너무 늦기도 했고. 애비는 그럼 자기가 침대보를 씌우겠다고 나섰고, 난 내가 하겠다고 그랬지. 그랬는데도 어머니는 굳이 한 방에서 자라고 하시더라고." 캐롤은 살짝 웃으며 테레즈를 바라보았다. 그러나 캐롤은 테레즈를 보는 게 아니었다. "그래서 애비하고 같이 자게 되었지. 그날 밤만 아니었다면 아무 일도 없었을 거야. 분명 그랬을 거야. 애비네 어머니만 아니었더라면. 그런 이상한 상황만 아니었다면. 사실 그분은 그런 일에 대해서 전혀 모르셨거든. 그런데 일이 벌어진 거지. 나도 너만큼 상당히 느꼈고, 너처럼 행복했던 것 같아." 캐롤은 끝까지 무덤덤하게 말했다. 목소리는 끝까지 차분하고 감정이 메말라 있었다.

테레즈는 캐롤을 바라보았다. 질투심, 충격, 분노인지 모를 감정이 갑자기 뒤범벅이 되었다. "그래서요?"

"그래서, 애비와 난 사랑에 빠졌지. 그걸 사랑이라고 부르지 못할 이유가 없었어. 사랑이라고 말할 수 있는 특징은 죄다 갖추었거든. 그런데 딱 두 달 가더라. 열병처럼 왔다 갔어." 캐롤은 무심하게 말했다. "자기야, 이 일은 자기와 아무 상관없어. 이제 다 끝난 얘기야. 네가 알고 싶어 했던 거 나도 알아. 그런데 미리 말해줄 이유가 없었어. 이게 그렇게까지 중요한 일은 아니니까."

"그런데 애비한테도 같은 감정을 느꼈다면……."

"한두 달? 그랬지. 그런데 남편과 아이가 있으면 좀 달라."

캐롤의 뜻은 애비의 경우 달랐다는 말이었다. 왜냐하면 책임감이 전혀 없었기 때문이다. "달라요? 그럼 시작은 당신이 해 놓고 그만둔 거네요?"

"가능성이 전혀 없었으니까." 캐롤이 말했다.

빗줄기가 가늘어졌다. 은색 셀로판지처럼 퍼붓던 비가 이제야 비가 내리는 것처럼 보였다. "말도 안 돼."

"넌 지금 뭐라고 말할 상태가 아니야."

"왜 이렇게 비꼬는 거죠?"

"비꼰다고? 내가?"

테레즈는 뭐라고 대답해야 할지 확신이 들지 않았다. 누군가를 사랑한다는 게 과연 무엇일까? 사랑이라는 건 정확히 무엇일까? 어떤 사랑은 끝나고, 또 끝나지 않는 것일까? 이런 것들이야말로 진정한 질문이다. 그런데 과연 누가 대답할 수 있으랴.

"비가 멎어가네." 캐롤이 말했다. "계속 가다가 어디 괜찮은 브랜디 있나 볼까? 아니면 일요일에는 주류 판매가 금지된 미네소타에서 찾아볼까?"

두 사람은 차를 몰아 다음 도시로 가서 가장 큰 호텔에 있는 썰렁한 바를 찾았다. 브랜디가 꽤 괜찮아서 두 잔을 더 시켰다.

"프랑스산 브랜디네." 캐롤이 말했다. "나중에 우리 프랑스에도 갈 거야."

테레즈는 손가락 사이에 잔을 끼고 돌렸다. 시계가 바 한쪽 끝에서 째깍거렸다. 기차 경적이 저 멀리에서 들렸다. 캐롤이 목을 가다듬었다. 일상의 소리, 그러나 이 순간만큼은 평범하게 들리지 않았다. 워털루에서의 그날 새벽 이후 그 어떤 순간도 평범하지 않았다. 테레즈는 브랜디 잔에 담긴 갈색 술을 들여다보았다. 순간 테레즈는 둘이서 언젠가 프랑스에 갈 거라는 사실에 추호도 의심이 들지 않았다. 술잔에 갈색 태양빛이 비추자 하지의 얼굴이 겹쳐 보였다. 눈, 코, 입이 생생했다.

"하지가 애비랑 있었던 일을 알고 있죠?" 테레즈가 물었다.

"응, 몇 달 전에 애비에 대해 이것저것 묻기에 처음부터 끝까지 다 말했어."

"그랬군요." 테레즈는 리처드를 떠올렸다. 리처드라면 어떤 반응을 보일까? "그래서 이혼하는 건가요?"

"아니, 애비 일은 이혼과는 아무 상관없어. 그것도 참 이상해. 사실 애비와 다 끝난 다음에 하지한테 털어놓았어. 우리 부부 사이엔 아무것도 남지 않는 마당에 괜히 쓸데없이 정직한 척하느라 고생한 거지. 우린 그전부터 이혼 얘기를 했거든. 제발 내 실수를 들추지 말아줘!" 캐롤이 인상을 찌푸렸다.

"하지가 분명히 질투했겠는데요."

"맞아, 어떻게 설명한들 내가 특정 기간 동안은 하지보다 애비를 더 사랑했다는 얘기가 되거든. 한때는 린디가 있어도 모두 다 버리고 애비와 같이 떠나려 했어. 왜 못 그랬는지 모르겠어."

"그럼 린디를 데려갔더라면요?"

"모르겠어. 린디라는 존재 때문에 내가 그때 하지를 떠나지 못한 건 사실이야."

"후회해요?"

캐롤은 고개를 천천히 저었다. "아니, 오래 가지 못했을 거야. 실제로도 오래 가지 못했고. 그럴 줄 알았나봐. 결혼이 실패로 끝나가니 내가 너무 두렵고 나약해졌던 거지⋯⋯." 캐롤이 말을 멈추었다.

"지금도 두려워요?"

캐롤이 아무 말도 하지 않았다.

"캐롤⋯⋯."

"두렵지 않아." 캐롤은 단호히 말하며 고개를 들었다.

테레즈는 어둑어둑한 조명 속에서 캐롤의 얼굴을 정면으로 바라보았다. 이제 린디는 어쩔 거냐고 묻고 싶었다. 앞으로 무슨 일이 벌어질지 묻고 싶었다. 그런데 조금만 더 물었다간 캐롤은 버럭 짜증을 내면서 성의 없이 대답하고 아예 입을 닫아버릴 것이다. 테레즈는 생각했다. 다음에 물어봐야지, 지금은 아니야. 모든 걸 망칠지도 모른다. 테레즈 바로 옆에 있는 캐롤의 단단한 몸까지 망가뜨릴 수 있다. 검은 스웨터를 입은 굴곡진 캐롤의 몸이 이 세상에서 유일하게 견고한 존재 같았다. 테레즈는 엄지로 캐롤의 겨드랑이에서 허리까지 쓸어내렸다.

"내가 애비하고 코네티컷에 갔는데 그때 하지가 유달리 짜증을 냈어. 가구점 일 때문에 둘이 출장을 갔거든. 고작 이틀을 갔다 왔는데 그이가 이러더라. '나 모르게 그랬다간 도망 다녀야 할 거야.'" 캐롤은 씁쓸히 털어놓았다. 하지의 목소리를 흉내 낸다기보다 자신에 대한 회한이 담겨 있었다.

"하지가 아직도 그 얘기를 해요?"

"아니. 이게 얘기할 거리나 돼? 떠벌리고 다닐 일이냐고?"

"그럼 부끄러워할 일인가요?"

"맞아, 너도 알잖아." 캐롤은 또렷하게 말했다. "이 세상의 눈으로 보면 그건 혐오스러운 일이야."

캐롤의 말에 테레즈는 차마 웃을 수도 없었다. "당신은 그걸 믿지 않는군요."

"사람들은 하지네 가족하고 비슷해."

"그들이 이 세상 전부는 아니잖아요."

"그들만으로도 차고 넘쳐. 너도 이 세상에서 살아야 하잖아. 그러니까 내 말은, 너더러 지금 당장 누굴 사랑할지 결정하라는 소리가 아니야." 캐롤은 테레즈를 쳐다보았다. 이제 캐롤의 눈동자에서 미소가 천천히 차오르며 얼굴에도 미소가 번졌다. "내 말은 이 세상에서 남들과 어울려 살아야 하는 책임감이란 게 말이지, 그게 네 것이 아닐 수도 있어. 지금은 안 그래도 돼. 네가 뉴욕에서 알아야 할 나쁜 사람이 바로 나거든. 왜냐, 내가 널 마음껏 즐기고 자라지 못하게 막을 테니까."

"그럼 안 그러면 되잖아요?"

"노력할게. 문제는, 난 널 마음껏 즐기는 게 좋아."

"그렇다면 내가 알아야 할 사람이 바로 당신이군요."

"그런가?"

거리에서 테레즈가 말했다. "우리가 이렇게 여행 온 걸 하지가 알면 좋아하지 않겠군요."

"그이가 알 리가 없어."

"아직도 워싱턴 주까지 갈 생각이에요?"

"당연하지. 네가 시간만 된다면. 2월을 통째로 비울 수 있어?"

테레즈는 고개를 끄덕였다. "솔트레이크시티에서 별다른 소식을 못 들으면요. 필에게 그쪽으로 편지를 보내달라고 했어요. 일말의 가능성이 있어서요." 아마 필은 편지하지 않을 것이다. 만약 뉴욕에서 일자리를 얻을 가능성이 조금이라도 보이면 돌아가야 한다. "나 없이도 워싱턴까지 갈 거예요?"

캐롤은 테레즈를 쳐다보았다. "사실, 그러고 싶지 않아." 살짝 웃으며 말했다.

그날 밤 돌아와 보니 호텔 방이 너무 후끈해서 창문을 한참 열어두어야 했다. 캐롤은 창가에 기대어 서서 덥다고 욕을 했다. 테레즈는 그 모습에 깜짝 놀랐다. 캐롤은 테레즈가 더위를 꾹 참는 걸 보고 '샐러맨더'(불 속에서 산다는 전설의 동물—옮긴이)라고 불렀다. 그러더니 불쑥 물었다. "어제 리처드가 뭐라고 했어?"

테레즈는 리처드가 저번에 보낸 편지를 캐롤이 아는 줄 몰랐다. 리처드는 시카고로 보낸 편지에서 미니애폴리스와 시애틀로도 편지하겠다고 했다. "별 내용 없었어요. 그냥 한 장짜리 편지였어요. 여전히 답장 써달라고 하던데, 난 그럴 마음이 없어요." 테레즈는 편지를 버렸지만 그 내용은 기억이 났다.

네게서 답장이 없구나. 난 네가 얼마나 큰 모순 덩어리인지 점차 깨닫기 시작했다. 넌 예민하면서도 둔하고, 창의력이 넘치지만 상상력이 부족해……. 네가 그 변덕스러운 친구에게 붙들린 거라면 나한테 말해. 내가 쫓아갈게. 그런 감정은 오래가지 않아, 테레즈. 나도 그쪽에 대해 조금은 알아. 대니를 만났어. 대니가 묻더라, 네가 뭐라고 편지했는지, 뭐하고 지내는지 궁금하대. 내가 대니한테 그 얘기를 하면 어떨 것 같아? 난 널 위해 아무 말도 안 했어. 왜냐하면 언젠간 네 얼굴이 화끈거릴 테니. 아직도 널 사랑해. 사실 그래. 너에게 가서 진짜 미국이 어떻게 생겼는지 구경시켜주고 싶어. 네가 날 사랑한다면 편지해서 제발 그렇다고 말해줘…….

캐롤을 모욕하는 내용이라 테레즈는 편지를 찢어 버렸다. 테레즈는 무릎을 감싸 앉은 채 침대에 앉아 소매 속으로 양쪽 손을 집어넣고 손목을 잡았다. 캐롤이 환기를 너무 많이 시키는 바람에 방이 썰렁했다. 미니애폴리스 바람은 이 방의 온기를 다 가져가면서 캐롤의 담배 연기까지 쓸고 가 산산이 흐트러뜨렸다. 캐롤이 세면기 앞에서 조용히 양치질을 하고 있었다.

"리처드에게 편지하지 않겠다는 말 진심이야? 네가 결정한 거야?" 캐롤이 물었다.

"네."

캐롤은 칫솔에 남은 물기를 털어냈다. 세면대에서 몸을 돌려 얼굴을 타월로 두드렸다. 테레즈에겐 캐롤이 타월로 얼굴을 닦는 것이 리처드보다 중요했다.

"이제 그만 얘기하자." 캐롤이 말했다.

테레즈는 캐롤이 아무 말 하지 않으리라는 것을 알았다. 바로 좀 전까지 캐롤은 리처드에게 보내려고 테레즈를 계속 밀어냈다. 테레즈는 그 사실을 알았다. 지금 이 순간을 위해 그 모든 일을 겪은 것 같았다. 캐롤이 몸을 돌려 테레즈에게로 다가왔다. 테레즈의 심장이 거인이 발걸음을 내딛듯 쿵쿵 뛰었다.

두 사람은 슬리피아이, 트레이시, 파이프스톤(미네소타의 도시―옮긴이)을 거쳐 계속 서쪽으로 달렸다. 때론 괜히 돌아가는 고속도로도 탔다. 서쪽이 마술 양탄자처럼 펼쳐졌다. 농장, 축사, 곡식 저장 창고가 깔끔하고 촘촘하게 점처럼 뿌려진 채 30분 동안 눈앞에 보이다가 어깨 너머로 사라졌다. 두 사람은 농가에 딱 한 번 들러서 다음 주유소까지 갈 기름을 넉넉히 살 수 있냐고 물었다. 농가에서는 신선하고 차가운 치즈 냄새가 가득했다. 단단한 갈색 나무 바닥을 디디자 발걸음 소리가 둔탁하고 썰렁하게 울려 퍼졌다. 테레즈의 가슴 속에 애국심이 불타오르며 미국이라는 존재가 떠올랐다. 벽에 걸린 수탉 그림은 검정 바탕 위에 여러 색상의 천을 꿰매서 만든 것으로 박물관에 걸어 놓아도 손색이 없을 정도였다. 농부는 서부로 곧장 가는 도로가 빙판길이니 조심하라고 했다. 그래서 둘은 남쪽으로 가는 고속도로를 탔다.

그날 밤 수폴스(사우스다코타 주의 도시―옮긴이)라는 마을에 도착한 두 사람은 철도길 옆에 천막을 친 서커스단을 발견했다. 단원들의 실력은 그리 화려하지 않았다. 테레즈와 캐롤은 맨 앞줄에 놓인 오렌지 상자에 앉았다. 공연이 끝나자 곡예사가 두 사람을 출연진 텐트로 초대하더니 캐롤에게 서커스 포스터를 굳이 떠안겼다. 캐롤이 그들의 공연을 보며 감탄했기 때문이다. 캐롤은 포스터 몇 장을 애비와 린디에게 보냈다. 린디에게는 종이 상자 안에 녹색 카멜레온을 담아 같이 보냈다. 테레즈에게 절대로 잊지 못할 밤이었다. 다른 날 밤과는 달리 그날 밤은 영원히 잊을 수 없게 아로새겨져 살아 숨 쉬었다. 둘이서 나눠 먹은 팝콘, 같이 구경한 서커스, 출연진 텐트 안 부스 뒤에서 나눈 키스. 캐롤이 뿜어내는 특별한 매력. 사실 캐롤은 둘만의 달콤한 시간을 너무나 당연히 여겼다. 이 세상이 전부 두 사람을 위해 돌아가는 것 같았다. 모든 것이 완벽하게 흘러갔다. 실망할 일도 걸림돌도 없이 두 사람이 바라는 대로 이 세상이 굴러갔다.

테레즈는 고개를 숙이고 서커스 장에서 걸어 나오며 생각에 잠겼다. "내가 다시 창작하는 일을 하고 싶어나 할지 잘 모르겠어요."

"왜 그렇게 생각하는데?"

"이거 말고 굳이 기를 쓰고 하려고 했던 일이 뭐였나 싶어요. 지금 이렇게 행복한데."

캐롤은 테레즈의 팔을 꽉 쥐고 엄지로 꾹 찔렀다. 테레즈가 비명을 질렀다. 캐롤은 고개를 들어 표지판을 보더니 이렇게 말했다. "5번가와 네브래스카 가가 만나는 곳이네. 이쪽으로 가자."

"우리 뉴욕으로 돌아가면 어떻게 될까요? 지금 같을 순 없겠죠?"

"같을 거야. 네가 나한테 싫증내기 전까진."

테레즈는 웃었다. 캐롤의 스카프 끝자락이 바람에 살짝 펄럭이는 소리가 들렸다.

"같이 살지는 못하겠지만, 그래도 같을 거야."

린디를 데리고 둘이 함께 살 수 없을 거라는 사실을 테레즈는 알고 있었다. 꿈꿔도 소용없는 일이다. 그래도 같을 거라는 캐롤의 말만으로도 넘치도록 충분했다.

네브래스카와 와이오밍 주가 맞닿은 인근에 차를 세웠다. 두 사람은 상록수 숲 속에 산장처럼 생긴 널찍한 레스토랑에서 저녁을 먹기로 했다. 이 넓은 식당에 단 둘이 있는 느낌이 들었다. 벽난로 옆 테이블에 자리를 잡았다. 지도를 쫙 펴고 솔트레이크시티로 곧장 가기로 했다. 캐롤은 거기에서 며칠 머물 수도 있다고 했다. 솔트레이크시티가 재미있는 곳이기도 하고, 캐롤이 운전에 질렸기 때문이기도 했다.

"러스크(와이오밍 주에 있는 도시—옮긴이)." 테레즈가 지도를 들여다보며 말했다. "이름 참 매력적이네요."

캐롤이 고개를 뒤로 젖히고 크게 웃었다. "거기가 어딘데?"

"가는 길에 있어요."

캐롤이 와인 잔을 들고 말했다. "네브래스카에서 사토 네프뒤파프(적포도주의 일종—옮긴이)를 마시네. 뭘 위해 건배할까?"

"우리를 위하여, 건배!"

워털루에서의 새벽과 비슷했다. 타이밍이 너무나 완벽하고 흠 잡을 데 없어서 진짜임에도 진짜 같지 않았다. 벽난로 선반 위에 놓인 브랜디 잔, 그 위에 한 줄로 걸린 사슴뿔 장식, 캐롤의 담배 라이터, 벽난로에서 타들어가는 불꽃까지 이 모든 게 연극에서 쓰이는 소품처럼 보였다. 순간 테레즈는 배우가 된 것 같았다. 문득문득 자신의 정체성을 떠올리며 놀라워했다. 지난 며칠 동안 남의 모습을 연기한 것 같았다. 근사하고 기막히게 운이 좋은 사람이 된 것 같았다. 테레즈는 서까래에 걸린 전나무 가지를 올려다보았다. 벽에 붙인 테이블에 앉아 조용히 속삭이는 남녀를 보았다. 혼자 테이블에 앉아 천천히 담배 연기를 내뿜는 남자를 바라보았다. 테레즈는 워털루에서 묵은 호텔에서 신문을 읽던 남자가 떠올랐다. 그 남자도 저 남자처럼 무채색 눈동자에 양쪽 입가에 팔자 주름이 있었는데? 아니면, 지금 이 순간 깨달은 자각이 그때 느꼈던 자각과 상당히 흡사해서 그런 걸까?

두 사람은 145킬로미터 떨어진 러스크에서 하룻밤을 보냈다.

"H. F. 에어드 부인이신가요?" 캐롤이 숙박부에 사인하자 데스크 직원이 캐롤을 쳐다보았다. "캐롤 에어드 부인 맞으시죠?"

　"네."

　"전갈이 왔습니다." 그는 몸을 돌려 우편함에서 뭘 꺼냈다. "전보 여기있습니다."

　"고맙습니다." 캐롤은 전보를 열면서 갈색 눈썹을 살짝 들어 올리더니 테레즈를 쳐다봤다. 인상을 쓰며 전보를 읽더니 직원에게 고개를 돌렸다. "벨베데레 호텔에 어디죠?"

　직원이 길을 알려주었다.

　"전보를 하나 더 가지러 가야 해." 캐롤이 테레즈에게 말했다. "내가 가지러 가는 동안 여기에 있을래?"

　"누가 보낸 건데요?"

　"애비."

　"아, 나쁜 소식인가요?"

아직도 캐롤은 인상을 찌푸렸다. "다음 걸 봐야 알겠어. 애비가 벨베레데 호텔에 가면 전보가 와 있을 거래."

"짐을 실어 놓을까요?"

"아니, 기다려. 차는 놓고 갈 거야."

"그럼 같이 가요."

"좋아, 원한다면. 걸어서 가자. 여기에서 두 블록 떨어져 있대."

캐롤은 빠른 걸음으로 걸었다. 날씨는 매서웠다. 테레즈는 평평하고 깔끔하게 정돈된 마을을 둘러보았다. 솔트레이크시티가 미국에서 가장 청결한 도시라고 한 캐롤의 말이 떠올랐다. 벨베레데 호텔이 시야에 들어오자 캐롤은 갑자기 테레즈를 보며 말했다. "어쩌면 애비가 무슨 생각이 있어서 비행기 타고 와서 합류할지 몰라."

벨베레데 호텔에서 테레즈는 신문을 샀고, 캐롤은 데스크로 갔다. 테레즈가 캐롤 쪽으로 몸을 돌렸다. 캐롤은 전보를 읽더니 곧장 팔을 아래로 내렸다. 놀란 표정이었다. 그리고 천천히 테레즈에게 다가왔다. 순간 테레즈는 애비의 부고일지도 모른다는 생각이 스쳤다. 두 번째 전보는 애비의 부모가 보낸 것일지도 모른다.

"무슨 일이에요?"

"아무것도 아니야. 나도 아직은 몰라." 캐롤이 주위를 살피며 손에 대고 전보를 탁탁 쳤다. "전화를 해야겠어. 좀 걸릴 거야." 캐롤은 시계를 들여다보았다.

오후 1시 45분이었다. 호텔 직원은 뉴저지와 연결하려면 20분 정도 걸린다고 했다. 그동안 캐롤은 술을 한 잔 마시고 싶어 했다. 두 사람은 호텔 바를 찾았다.

"무슨 일이에요? 애비가 아파요?"

캐롤이 미소를 지었다. "아니, 나중에 얘기해줄게."

"린디 문제예요?"

"아니라니까!" 캐롤은 브랜디를 비웠다.

테레즈는 로비를 왔다 갔다 했고, 그동안 캐롤은 전화 부스에 들어가 있었다. 캐롤이 천천히 고개를 몇 번 끄덕이며 더듬더듬 담배에 불을 붙이는 모습이 보였다. 테레즈가 라이터를 들고 가자 캐롤은 불을 붙이던 손으로 테레즈를 쫓았다. 캐롤은 3, 4분 정도 더 얘기한 후 부스에서 나와 요금을 지불했다.

"왜 그래요, 캐롤?"

캐롤은 잠시 호텔 출입구를 서서 바라보았다. "이제 템플스퀘어 호텔로 가자."

템플스퀘어에서 전보를 또 하나 받았다. 캐롤은 전보를 열어서 읽더니 출입구로 걸어가며 갈기갈기 찢었다.

"오늘은 여기에서 묵으면 안 될 것 같아. 다시 차로 가자."

두 사람은 첫 번째 전보를 받은 호텔로 돌아갔다. 테레즈는 캐롤에게 아무 말도 하지 않았지만, 무슨 일이 벌어진 것을 직감했다. 그렇다면 캐롤이 급히 동부로 돌아가야 한다는 것을 의미했다. 캐롤은 직원에게 예약을 취소해 달라고 했다.

"혹시 전보가 또 오면 주소를 남길 테니 이쪽으로 전송해주세요. 덴버에 있는 브라운 팰리스 호텔입니다."

"알겠습니다."

"고맙습니다. 최소한 다음 주는 되어야 그쪽으로 갈 겁니다."

차 안에서 캐롤이 말했다. "다음번 서쪽 도시는 어디지?"

"서쪽이요?" 테레즈는 지도를 들여다보았다. "웬도버요. 이 길을 타고 205킬로미터를 가야 해요."

"젠장!" 캐롤이 갑자기 소리쳤다. 차를 완전히 세우고 지도를 들여다보았다.

"덴버는 어때요?"

"덴버는 피하고 싶어." 캐롤이 지도를 접고 차에 시동을 걸었다. "아무튼 갈 수 있을 거야. 담배에 불 좀 붙여줘. 자기야. 그리고 먹을 만한 데가 있는지도 잘 살펴보고."

아직 점심 식사 전이었다. 벌써 3시가 넘었다. 어젯밤 이쪽 방향으로 쭉 가자고 했다. 솔트레이크시티에서 서쪽으로 쭉 뻗은 도로를 타고 그레이스 솔트레이크 사막을 관통할 계획이었다. 차에 기름은 충분했다. 이쪽이 완전한 사막 지대는 아니었지만, 캐롤은 지쳐 있었다. 그날 오전 6시부터 줄곧 운전했다. 캐롤은 차를 급히 몰았다. 때론 액셀러레이터를 바닥까지 꾹 밟은 채 그대로 한참 달리다가 발을 떼기도 했다. 테레즈는 캐롤을 근심스러운 눈으로 바라보았다. 무언가로부터 도망치는 듯한 기분이 들었다.

"누가 뒤에서 쫓아 와?" 캐롤이 물었다.

"아뇨." 두 사람 사이에 놓인 캐롤의 핸드백 속에서 전보가 삐죽 올라와 있었다. '명심해. 재코포.'까지만 보였다. 테레즈는 재코포가 차 뒤에 넣어둔 원숭이 인형의 이름이라는 것을 떠올렸다.

두 사람은 주유소 카페로 갔다. 카페는 평원 위에 찍힌 흠처럼 서 있었다. 그들이 이곳에 며칠 만에 처음 들른 손님처럼 보였다. 캐롤은 하얀 유포에 덮인 테이블 너머로 테레즈를 바라보다가 몸을 의자 뒤로 기댔다. 앞치마를 두른 노인이 뒤쪽 주방에서 나왔다. 캐롤이 물어보기도 전에 그는 햄과 달걀밖에 없다고 했다. 그래서 두 사람은 햄과 달걀과 커피를 시켰다. 캐롤은 담배에 불을 붙이고 몸을 앞으로 숙인 채 테이블을 내려다보았다.

"무슨 일인지 알아? 하지가 시카고에서부터 탐정을 붙였어."

"탐정이요? 왜요?"

"무슨 얘긴지 모르겠어?" 캐롤은 속삭이듯 말했다.

테레즈는 혀를 살짝 깨물었다. 알겠다, 무슨 일인지. 하지만 두 사람이 여행을 같이 떠난 사실을 안 것이다. "애비가 말해줬어요?"

"애비가 알아냈어." 담배가 타들어 가는 바람에 캐롤이 손가락을 데었다. 입에서 담배를 떼자 입술에서 피가 나기 시작했다.

테레즈는 주위를 둘러보았다. 카페는 텅 비었다. "우리를 따라온다고요? 우리랑 같이 있다는 거예요?"

"지금 탐정이 솔트레이크시티에서 호텔마다 뒤지고 다닐 거야. 이 일이 되게 더러워, 자기야. 미안해. 정말 정말 미안해." 캐롤은 의자에 몸을 기댄 채 불안히 앉아 있었다. "차라리 널 기차에 태워서 먼저 집으로 보내는 게 나을 것 같아."

"좋아요. 만약 그게 최선이라면요."

"이 일에 너까지 휘말릴 필요 없어. 저 사람들이 알래스카까지 쫓아오게 해야지. 거기까지 따라올지 모르겠지만. 별로 그럴 것 같진 않아."

테레즈는 의자에 살짝 걸터앉아 뻣뻣한 자세로 있었다. "탐정은 지금 뭐할까요? 우리에 대해 기록하나요?"

노인이 도로 나와 물병을 들고 왔다.

캐롤이 고개를 끄덕였다. "딕터폰(구술을 녹음하고 재생

하는 속기용 기계—옮긴이) 작업이라는 게 있어." 노인이 가자 캐롤이 말했다. "그렇게까지 하진 않겠지. 하지가 거기까지 할 것 같진 않아." 한쪽 입꼬리가 떨렸다. 캐롤은 낡은 하얀 유포에 묻은 얼룩을 바라보았다. "시카고에서 딕터폰 작업까지 할 시간은 없었을 거야. 우리가 열 시간 넘게 머문 데는 시카고뿐이거든. 차라리 그랬더라면. 너무 아이러니해. 시카고 기억나지?"

"당연하죠." 테레즈는 일부러 침착하게 말했지만 벌써부터 떨고 있었다. 마치 사랑하는 대상이 눈앞에서 죽음을 맞이하는 모습을 보고도 감정을 억누르는 척하는 것 같았다. 두 여인이 여기에서 헤어져야 할지 모른다. "워털루 아니었을까요?" 테레즈는 갑자기 로비에 있던 남자가 떠올랐다.

"우리가 늦게 도착해서 거기서 그러긴 쉽지 않았을 거야."

"캐롤, 나 누구를 봤어요. 잘은 모르겠지만 어떤 남자를 두 번이나 봤어요."

"어디에서?"

"맨 처음 워털루 호텔에서 봤어요. 아침이었어요. 그리고 그 남자를 벽난로가 달린 레스토랑에서도 본 것 같아요." 바로 어젯밤이었다. 벽난로가 달린 식당이라면.

캐롤은 테레즈에게 남자를 본 시간과 그자가 어떻게 생겼는지 꼬치꼬치 캐물었다. 그 남자의 모습을 설명하기가 까다로웠다. 그러나 지금 테레즈는 머리를 쥐어짜며 마지막 디테일까지 최대한 정확히 설명하려 했다. 그날 그가 신은 구두 색까지 떠올렸다. 의아하면서도 뭔가 무서웠다. 어쩌면 공상의 산물을 끄집어내 현실과 애써 엮으려는 것 같았다. 캐롤의 눈빛이 점점 짙어지는 걸 보니 테레즈는 캐롤에게 거짓말한 기분이 들었다.

"어떻게 생각해요?"

캐롤이 한숨을 쉬었다. "무슨 생각을 할 수 있겠니? 그 남자와 세 번 마주치게 될지도 모르니 조심해."

테레즈는 접시를 내려다보았다. 먹을 수가 없었다. "린디 때문이죠?"

"맞아." 캐롤은 입에 음식을 대지도 않고 포크를 그대로 내려놓더니 담배를 찾았다. "하지가 린디를 원해. 오롯이. 상황이 이러니 하지는 자기가 이길 수 있다고 생각하나 봐."

"우리가 같이 여행을 다닌다는 이유만으로요?"

"응."

"그럼 내가 떠나야겠군요."

"몹쓸 사람." 캐롤은 조용히 말하면서 카페 한쪽 구석으로 멀리 시선을 보냈다.

테레즈는 기다렸다. 그런데 기다릴 게 뭐가 있을까? "여기에서 아무데나 가는 버스를 잡아타고 그다음에 기차를 탈게요."

"가고 싶어?" 캐롤이 물었다.

"물론, 가고 싶지 않아요. 그래도 이게 최선이라면 가야죠."

"두렵니?"

"두렵냐고요? 아뇨." 테레즈는 대답했다. 캐롤은 강렬한 눈동자로 테레즈를 가늠하고 있었다. 테레즈가 캐롤에게 사랑한다고 고백했던 워털루에서의 그 순간만큼 강렬했다.

"네가 가면 난 망가질 것 같아. 같이 있으면 좋겠어."

"진심이에요?"

"응, 달걀 먹어. 그만 바보 같이 굴고." 캐롤은 심지어 살짝 웃어 보이기까지 했다. "계획대로 우리 리노로 갈까?"

"어디든요."

"찬찬히 생각해보자."

몇 분 후, 차에 올라 테레즈가 다시 말했다. "두 번째 그 남자가 같은 사람인지 아직도 잘 모르겠어요."

"네 짐작이 맞을 거야." 캐롤이 말했다. 그리고 갑자기 길게 뻗은 도로 위에서 캐롤이 차를 세웠다. 캐롤은 잠시 아무 말 없이 앉은 채 도로를 바라보았다. 그러고는 테레즈에게 시선을 돌렸다. "리노로는 안 갈래. 그건 너무 바보 같아. 덴버 남쪽에 근사한 곳이 생각났어."

"덴버요?"

"덴버로 가자." 캐롤은 단호히 말한 후 차를 돌렸다.

햇살이 한참 전부터 방 안을 비추는데도 두 사람은 서로 팔베개를 한 채 누워 있었다. 태양이 호텔 창문으로 들어와 따스했다. 이름 모를 작은 마을에 있는 호텔이었다. 창밖에는 눈이 쌓였다.

"에스티스 파크(콜로라도 북부의 피서지—옮긴이)에도 눈이 내리겠네." 캐롤이 테레즈에게 말했다.

"에스티스 파크가 어디예요?"

"너도 좋아할 거야. 옐로스톤과는 다르게 1년 내내 개방하는 곳이지."

"캐롤, 걱정하는 거 아니죠?"

캐롤이 테레즈를 가까이 끌어당겼다. "내가 걱정하는 것처럼 보여?"

테레즈는 걱정하지 않았다. 처음 들었던 공포심은 사라졌다. 테레즈는 지켜보는 중이다. 어제 오후 솔트레이크시티를 부랴부랴 떠나온 때와는 달랐다. 캐롤이 테레즈와 같이 있기를 원했다. 무슨 일이 벌어지든 도망가지 않고 맞서리라. 두려워하면서 사랑하는 게 가능할까? 테레즈는 생각했다. 두려움과 사랑, 이 두 가지는 양립할 수 없다. 두 사람의 사랑이 날이 가면 갈수록 커지는데 어찌 두려울 수 있을까? 매일 밤 사랑은 점점 강렬해졌다. 매일 밤이 다르고, 매일 아침이 달랐다. 둘이서 함께 기적을 품었다.

에스티스 파크로 가는 길은 내리막이었다. 바람에 흩날려 쌓인 눈이 양쪽 길가에 산을 이루었다. 조명이 보이기 시작했다. 전나무를 따라 걸린 조명이 도로 위를 아치 모양으로 뒤덮었다. 갈색 통나무집과 상점과 호텔이 가득한 마을이었다. 사람들은 음악이 흐르는 거리에서 고개를 뒤로 꺾고 황홀경에 빠진 듯 돌아다녔다.

"여기 정말 마음에 들어요." 테레즈가 말했다.

"그렇다고 우리를 미행하는 키 작은 남자를 찾지 않아도 된다는 말은 아니야."

두 사람은 방으로 포터블 오디오를 들고 올라가 방금 산 음반과 뉴저지에서 가져온 음반을 들었다. 테레즈는 〈Easy Living〉을 두어 번 틀었다. 캐롤은 방 건너편에 있는 의자 팔걸이에 걸터앉아 팔짱을 끼고 테레즈를 지켜보았다.

"나 때문에 네가 고생이다."

"아니, 캐롤……." 테레즈는 웃으려 했다. 캐롤이 잠시 우울한 기분에 빠지자 테레즈도 기운이 빠졌다.

캐롤은 창가에 서서 주변을 살폈다. "왜 우린 유럽부터 가지 않았을까? 아니면 비행기 타고 다닐걸."

"그랬으면 별로였을 거예요." 테레즈는 캐롤이 사준 노란색 스웨이드 셔츠를 쳐다보았다. 셔츠는 의자 뒤에 걸려 있었다. 캐롤은 녹색 셔츠를 사서 린디에게 보냈다. 캐롤은 은 귀걸이, 책 두 권, 트리플 섹(세 번 증류하여 제조한 술—옮긴이) 한 병을 샀다. 30분 전만 해도 두 사람은 기분 좋게 거리를 걸으며 행복해 했다. "이게 아래서 가져온 마지막 호밀주예요. 이걸 마시니까 우울해지죠." 테레즈가 말했다.

"그런가?"

"브랜디보다 나빠요."

"선밸리(아이다호 중남부의 피한지—옮긴이) 쪽에 있는 최고로 멋진 곳으로 데려갈게."

"선밸리에는 왜요?" 테레즈는 캐롤이 스키를 좋아하는 것을 알고 있었다.

"선밸리에 가겠다는 게 아니라." 캐롤은 신비감을 자아내며 말했다. "콜로라도스프링스(콜로라도 주의 중서부에 있는 도시—옮긴이)에서 가까운 곳이야."

덴버에서 캐롤은 보석상에 들러 다이아몬드 약혼반지를 팔았다. 테레즈는 마음이 뒤숭숭했다. 캐롤은 이제 약혼반지는 아무 의미도 없으며 아무튼 다이아몬드가 싫다고 했다. 은행에 송금 요청을 하는 것보다 빨랐다. 캐롤은 전에 묵었던 콜로라도스프링스 인근 호텔에서 묵을 생각이었다. 그런데 그 근처까지 갔다가 마음을 바꾸었다. 그곳이 너무 리조트 느낌이 난다며 마을 뒤편에서 산 조망이 되는 호텔이 좋겠다고 했다.

호텔 방은 문에서부터 세로로 길었다. 널찍한 창문으로 정원이 내다보이고 그 뒤로 붉고 하얀 산이 펼쳐졌다. 정원에도 곳곳에서 흰색이 보였다. 작고 특이하게 생긴 돌 피라미드와 하얀 벤치가 보였다. 그곳을 두른 주변의 멋진 풍광에 비하면 정원은 초라했다. 길게 펼쳐진 오르막길이 겹겹이 솟은 산 속으로 이어졌다. 산들이 지구의 절반을 차지한 듯 지평선을 가득 채웠다. 호텔 방에는 캐롤의 금발과 비슷한 금빛 가구가 갖춰져 있었다. 테레즈가 갖고 싶어 하던 매끈한 책장도 있었다. 별 볼 일 없는 책들 사이에 괜찮은 책들이 몇 권 꽂혀 있었다. 테레즈는 여기에서 묵는 동안 책을 건드리지도 않을 것이다. 큼지막한 검은 모자를 쓰고 붉은 스카프를 두른 여인의 초상화가 책장 위에 걸려 있었다. 출입문 쪽 벽면에는 갈색 털가죽이 펼쳐져 있었다. 진짜 털가죽은 아니고 갈색 스웨이드와 비슷한 종류였다. 문 위쪽에서는 양철로 만든 양초 랜턴이 매달려 있었다. 캐롤은 바로 옆방도 빌렸다. 방과 방 사이에는 연결 문이 있었지만 저쪽 방은 여행 가방을 넣어두는 용도로도 사용하지 않았다. 한 일주일 정도 이곳에서 머무를 예정이다. 마음에 들면 연장할 것이다.

둘째 날 아침, 테레즈는 구경 삼아 호텔을 한 바퀴 돌고 방으로 올라왔다. 캐롤이 침탁 옆에 서 있었다. 캐롤은 테레즈를 쳐다보더니 화장대로 가서 그 아래쪽을 살피고 벽면 뒤편에 있는 기다란 붙박이 장롱을 살폈다.

"그게 그렇단 말이지. 이제 다 잊자." 캐롤이 말했다.

테레즈는 캐롤이 뭘 찾는지 알았다. "그건 생각도 못했는데." 테레즈가 말했다. "우리가 남자를 따돌린 것 같아요."

"그자가 지금 덴버로 왔다면 얘기가 달라지지." 캐롤은 차분히 말했다. 웃고 있지만 입이 살짝 일그러졌다. "어쩌면 호텔 로비에서 우연히 마주칠 수도 있고."

물론 정말 그랬다. 두 사람이 솔트레이크시티를 도로 지나가는 동안 탐정에게 목격되었을 가능성은 대단히 희박했다. 만약 그가 솔트레이크시티에서 두 사람을 찾지 못했다면 주변 호텔에 묻고 다녔을 것이다. 사실 덴버로 올 마음이 전혀 없었기에 캐롤은 덴버 주소를 남겼다. 테레즈는 암체어에 몸을 파묻고 캐롤을 바라보았다. 캐롤이 딕터폰을 애타게 찾고 있었다. 그런데 캐롤의 태도는 오만하기 짝이 없었다. 캐롤이 군이 덴버로 오는 바람에 문제를 일으킨 것이다. 이렇게 모순되는 일을 벌인 이유도 모르겠고 해결책도 전혀 없었다. 그 속내는 오로지 캐롤만 알았다. 캐롤은 완전히 손을 놓은 채 그저 천천히 불안한 걸음을 떼면서 방문까지 갔다가 뒤돌아서서 태연한 척 고개를 들었다. 신경질이 잔뜩 고인 눈썹으로 잠시 불안해하더니 도로 평정을 되찾았다. 테레즈는 넓은 호텔 방을 바라보았다. 고개를 들어 천장도 보고 넓고 평범한 침대도 쳐다보았다. 이 방은 상당히 모던하게 꾸며져 있는데도 어딘지 모르게 촌스럽게 덕지덕지 꾸민 티가 났다. 이 방을 보니 미 서부가 떠올랐다. 아래층 경마용 마구간에서 본 큼직한 웨스턴 안장과 비슷한 느낌을 받았다. 그러면서도 깔끔했다. 캐롤은 파자마 위에 가운을 걸치고 뒷걸음질 치며 아직도 딕터폰을 찾고 있었다. 테레즈는 캐롤에게 다가가 두 팔로 으스러지게 안은 다음 침대로 끌어당기고 싶었다. 그러나 지금 그렇게 하지 않으니 오히려 긴장되고 조심스러워졌다. 테레즈는 무모한 떨림을 억누르자 가슴이 터질 것 같았다.

캐롤은 담배 연기를 허공에 내뿜었다. "젠장, 차라리 신문사에서 미리 알아채서 하지가 뭘 잘못했는지 창피나 톡톡히 당했으면 좋겠어. 한 5만 달러쯤 날렸으면. 오늘 오후에 그 자식 망하게 할 여행이나 갈까? 프랑스 할머니한텐 여쭤봤어?"

두 사람은 어젯밤 호텔 게임 룸에서 프랑스 할머니를 만났다. 할머니는 차가 없었다. 캐롤이 오늘 같이 드라이브 가겠냐고 물었다.

"네, 점심 먹고 시간이 되신대요."

"그럼 스웨이드 셔츠 입어." 캐롤이 양손으로 테레즈의 얼굴을 감싸서 볼을 누르더니 입을 맞추었다. "지금."

유트 패스(콜로라도에 있는 고개—옮긴이) 넘어 산을 내려가 크리플 크리크(콜로라도 중부에 있는 도시. 금의 산지로 유명하다—옮긴이) 금광까지 가는데 예닐곱 시간이나 걸렸다. 프랑스 할머니는 가는 길 내내 입을 다물지 않았다. 연세는 한일흔 정도였고 메릴랜드 악센트를 사용했으며 보청기를 착용했다. 언제든 차에서 내려 어디든 올라갈 준비가 되어 있었지만, 사실 한 발자국 디딜 때마다 누군가의 부축을 받아야 했다. 테레즈는 할머니가 걱정되었지만 할머니는 손을 대는 것조차 싫어했다. 할머니가 넘어지기라도 하면 백만 조각으로 바스라질 것 같았다. 캐롤과 프랑스 할머니는 워싱턴주에 관해 얘기를 나누었다. 할머니는 그곳에 사는 아들네에서 몇 년 지낸 적이 있어서 잘 안다고 했다. 캐롤은 몇 가지 질문을 했고 프랑스 할머니는 남편을 잃은 후 10년간 여행다닌 얘기를 들려주었다. 아들이 둘이 있는데 하나는 워싱턴에 살고 또 하나는 하와이에서 파인애플 농장에 다닌다고 했다. 프랑스 할머니는 캐롤을 꽤 아꼈다. 두 사람은 프랑스 할머니를 더 자주 만나기로 했다. 호텔로 돌아오자 11시가 가까웠다. 캐롤이 프랑스 할머니에게 바에서 같이 저녁을 먹자고 했지만, 할머니는 너무 피곤해서 방에 있는 남은 빵하고 우유를 데워 먹겠다고 했다.

"너무 좋아요." 할머니가 가자 테레즈는 말했다. "이제야 단 둘이 있네요."

"진심이야, 벨리벳 양? 그게 무슨 뜻일까?" 캐롤은 바 출입문을 열면서 말했다. "앉아서 자세히 얘기해봐."

그러나 5분 후, 단 둘이 있던 바에 다른 이들이 들어왔다. 두 남자가 와서 합석하자고 했다. 한 사람은 데이브였고, 또 한 사람은 이름도 모르고 알고 싶지도 않은 남자였다. 어젯밤 게임 룸에서 만난 남자들이었다. 그들은 캐롤과 테레즈에게 진러미(카드 게임의 일종—옮긴이)를 하자고 했다. 캐롤은 어젯밤엔 거절했다. 그런데 지금 이렇게 말했다. "좋아요, 어서 앉으세요." 캐롤과 데이브는 굉장히 재미있는 것 같은 대화를 나누었다. 테레즈는 옆에 앉아서도 대화에 잘 끼지 못했다. 테레즈 옆에 앉은 남자가 뭐라고 말을 걸긴 했다. 좀 전에 말을 타고 스팀보트 스프링스(콜로라도 북서부에 있는 도시—옮긴이)를 한 바퀴 돌았다고 했다. 저녁을 먹은 후 테레즈는 캐롤이 나가자는 눈치를 주기를 기다렸건만 캐롤은 대화에 푹 빠져 있었다. 테레즈는 자기가 사랑하는 사람이 남들 눈에도 매력적으로 보이면 거기에서 특별히 쾌감이 느껴진다고 한 글을 본 적이 있었다. 테레즈는 그렇지 않았다. 캐롤이 가끔 테레즈를 쳐다보다가 윙크를 날렸기에 테레즈는 거기에서 한 시간 반이나 얌전히 앉아 있을 수 있었다. 그것이 캐롤이 바라는 바였기에.

식당이나 바에서 합석하는 이들 중에서 프랑스 할머니가 가장 신경 쓰였다. 할머니는 거의 매일 두 사람과 같이 차를 타고 드라이브를 나갔다. 테레즈는 제3자로 인해 캐롤과 단 둘이 있지 못하게 되자 분통이 터질 것 같았다. 테레즈는 이런 일로 화를 낸다는 사실이 솔직히 부끄러웠다.

"자기는 언젠가 일흔하나가 된다고 상상해본 적 있어?"

"없어요."

요 며칠 두 사람은 단 둘이 산악 지역으로 드라이브를 나가서 내키는 대로 아무 길이나 탔다. 그러다 작은 마을에 도착했는데 그곳이 마음이 들어 하룻밤을 묵었다. 잠옷도 칫솔도 없었다. 과거도 미래도 없었다. 그날 밤은 시간 속에 고립된 섬이 되어 가슴과 추억 속 어딘가에 그 모습 그대로 절대적 존재로 박제됐다. 테레즈는 이게 바로 행복이라고 생각했다. 지극히 완벽해서 귀하디귀한 존재. 대단히 귀해서 이런 행복이 있는지 아는 이가 거의 없었다. 그저 행복하기만 했지만 그 행복이 일정 수준을 넘어서자 다른 존재, 지나치게 부담스러운 존재로 변모했다. 손에 든 커피 잔, 저 아래 정원을 빠르게 가르는 고양이, 구름 두 개가 소리 없이 맞부딪히는 모습까지도 테레즈가 참을 수 있는 한계를 넘어섰다. 한 달 전만 하더라도 갑자기 찾아드는 행복이 뭔지 몰랐던 테레즈. 그 여파로 지금 자신의 상태까지 이해하지 못했다. 유쾌하다기보다 오히려 이따금씩 고통스러웠다. 자신에게만

심각한 흠이 있는 건 아닌지 두려웠다. 골절된 척추로 걷는 것만큼 겁이 났다. 캐롤에게 털어놓고 싶은 충동이 일어도 테레즈가 입을 열기도 전에 그 말들은 모두 녹아내렸다. 테레즈는 자신의 반응조차 두렵고 믿을 수 없었다. 남들은 이런 반응을 보이지 않을까봐 걱정스러웠다. 캐롤도 이런 반응을 이해하지 못할 것 같았다.

아침이면 두 사람은 산악 지대 어디로든 드라이브를 나가서 차를 세워 놓고 언덕을 올랐다. 구불구불한 도로를 정처 없이 돌아다니기도 했다. 도로는 하얀 분필로 산꼭대기를 하나씩 이어서 그린 선 같았다. 멀리서 보면 높이 솟은 산 정상에 구름이 걸려 있어서 산 정상이 허공에 둥둥 떠 있는 것처럼 보였다. 오히려 땅보다 천국에 더 가까워 보였다. 테레즈가 가장 좋아하는 지점은 크리플 크리크 위로 지나는 고속도로였다. 그 도로는 어마어마한 분지 주변을 두른 듯 보였다. 수백 미터 아래로 폐광촌이 어지러이 펼쳐져 있었다. 그곳에 서면 눈과 뇌가 서로 장난을 쳐서 저 아래쪽을 정확한 비율로 보기가 불가능했다. 앞으로 손을 쭉 뻗으면 손이 난쟁이처럼 작아 보이거나, 아니면 희한하게 커 보였다. 우리 마음속에 남은 어떤 경험이나 흔한 이벤트처럼 폐광촌은 광활한 분지의 한쪽 귀퉁이를 차지했다. 허공을 헤메던 눈이 점처럼 찍힌 폐광촌으로 되돌아 왔다. 차에 깔린 성냥갑처럼 인간은 저 작은 폐광촌이라는 혼돈을 빚어냈다.

테레즈는 팔자 주름이 팬 남자가 있는지 늘 두리번거리고 다녔지만, 캐롤은 한 번도 그러지 않았다. 캐롤은 콜로라도스프링스에 온 둘째 날부터 탐정 애기는 입에 올리지도 않았다. 그리고 열흘이 지났다. 이 호텔 레스토랑은 워낙 유명해서 새로운 사람들이 이 넓은 식당으로 매일 저녁 밀려들어왔다. 테레즈는 늘 주위를 살피면서도 진짜로 탐정을 보게 되리라곤 예상하지 않았다. 그냥 경계하는 게 버릇이 되었다. 캐롤은 웨이터 월터 말고는 그 누구에게도 관심을 쏟지 않았다. 웨이터는 무슨 칵테일을 원하는지 언제나 와서 물어보았다. 캐롤은 시선을 한 몸에 받았다. 그곳에서 가장 매력적인 여성이기 때문이다. 테레즈는 캐롤과 같이 있는 게 너무 기쁘고 자랑스러웠다. 테레즈는 캐롤만 바라보았다. 테레즈가 메뉴판을 들여다보는 사이 캐롤은 테이블 밑에서 테레즈의 발을 지그시 밟았다. 그런 모습에 테레즈는 미소를 지었다.

"올 여름에 아이슬란드 가는 거 어때?" 캐롤이 물었다. 두 사람은 처음 앉아서 별로 할 말이 없으면 늘 여행 애기부터 꺼냈다.

"왜 하필 그렇게 추운 데를 골랐어요? 그럼 난 언제 일해요?"

"우울한 소리 마. 프랑스 할머니도 같이 가자고 할까? 우리가 청하면 거절하실까?"

어느 날 아침, 편지 세 장이 도착했다. 린디와 애비, 그리고 대니가 보낸 편지였다. 애비가 캐롤에게 보낸 두 번째 편지였다. 그전까진 별다른 소식을 전하지 않던 애비였다. 캐롤은 린디의 편지부터 뜯었다. 대니는 입사 면접을 두 군데 봤고 그 결과를 기다리고 있다고 했다. 그리고 하커비가 3월에 「더 페인트 하트」라는 영국 연극의 무대를 맡을 거라는 필의 말을 전했다.

"자, 들어봐." 캐롤이 편지를 읽었다. "'콜로라도에서 아르마딜로(포유류의 일종―옮긴이) 봤어요? 그럼 나 한 마리만 보내주세요. 카멜레온이 없어졌어요. 아빠랑 집 안을 샅샅이 뒤졌어요. 엄마가 아르마딜로를 보내주시면 그건 커서 잃어버리지 않을 것 같아요. 줄 바꿔서, 스펠링 시험은 90점, 산수 시험은 70점 받았어요. 정말 싫어요. 선생님도 싫어요. 이제 그만 쓸게요. 사랑을 담아 엄마와 애비 아줌마에게 보내요. 린디 올림. 쪽쪽. 추신. 가죽 셔츠 고맙습니다. 아빠가 성인용 두 발 자전거를 사주셨어요. 아빠가 그러시는데요, 크리스마스가 되어도 제가 타기엔 너무 클 거래요. 나 그렇게 안 작은데. 정말 예쁜 자전거예요.' 끝. 아니 그걸 뭐에다 쓰려고? 아무튼 하지는 나보다 늘 급해." 캐롤은 편지를 내려놓고 애비의 편지를 집어 들었다.

"왜 린디가 '사랑을 담아 엄마와 애비 아줌마에게' 보낸다고 하죠?" 테레즈가 물었다. "엄마가 애비와 같이 여행 온

줄 아나 봐요."

"아니." 캐롤의 편지 개봉용 나무칼로 애비의 봉투를 반쯤 찢다 말고 동작을 멈추었다. "린다는 내가 항상 애비와 편지하는 줄 알고 그렇게 적었을 거야." 캐롤은 이렇게 말하고 남은 봉투를 마저 찢었다.

"그럼, 하지가 린디에게 제대로 얘긴 안 했나 보군요?"

"안 했을 거야, 자기." 캐롤은 정신이 다른 데 팔린 채 애비의 편지를 읽기 시작했다.

테레즈는 일어나 방을 서성거렸다. 산맥이 보이는 창가에 섰다. 오늘 오후, 하커비에게 편지를 써야 한다. 3월에 그의 팀에서 일할 기회가 혹시라도 있는지 부탁해야 한다. 산맥이 테레즈를 도로 쏘아보았다. 근엄한 붉은 사자가 코끝을 내려다보는 것 같았다. 캐롤이 두어 번 웃음을 터뜨렸지만 테레즈에게 편지 내용을 크게 읽어주지는 않았다.

"새로운 소식이라도 있어요?" 캐롤이 편지를 다 읽자 테레즈가 물었다.

"별 얘기 없어."

캐롤은 차가 거의 다니지 않은 산등성이를 돌아가는 길에서 테레즈에게 운전을 가르쳤다. 테레즈는 그동안 배운 것 중에 운전을 가장 빨리 배웠다. 한 이틀 배우고 나자, 캐롤은 테레즈에게 콜로라도스프링스까지 운전을 시켰다. 테레즈는 덴버에서 시험을 치고 운전면허를 땄다. 캐롤은 원한다

면 뉴욕으로 돌아가는 길에 절반은 운전대를 내어주겠다고
했다.

어느 날 저녁 식사 시간에 그자가 캐롤의 왼편이자 테레
즈의 뒤편에 홀로 앉아 있었다. 테레즈는 먹은 것도 없는데
목이 막혀서 포크를 내려놓았다. 심장이 쿵쾅거리기 시작했
다. 가슴을 뚫고 심장이 튀어나올 것 같았다. 식사를 절반이
나 할 때까지 저 남자를 보지 못했다니. 테레즈는 시선을 돌
려 캐롤을 바라보았다. 캐롤도 테레즈를 쳐다보고 있었다.
그리고 회색 눈동자로 테레즈의 표정을 읽고 있었다. 좀 전
까지 차분하던 눈동자가 아니었다. 캐롤은 무슨 말을 하려
다 말았다.

"담배 좀 피울까." 캐롤은 한 개비를 꺼내 불을 대신 붙
여 테레즈에게 건네주었다. "네가 알아챈 거 저 남자가 모르
지?"

"몰라요."

"그럼 끝까지 숨기자." 캐롤은 테레즈를 보며 웃었다. 그
리고 자기 담배에 불을 붙인 다음 탐정이 있는 반대쪽을 바
라보았다. "그냥 편안히 있어." 캐롤은 목소리를 바꾸지 않고
말했다.

말은 쉬웠다. 다음에 탐정을 보면 단박에 알아챌 수 있
으리라 착각하기는 쉬웠다. 얼굴에 폭탄을 맞은 기분이 드는

데 애써봐야 무슨 소용이 있으랴.

"오늘 밤에 베이크드 알래스카(스펀지케이크 위에 아이스
크림과 머랭을 올려 오븐에 구운 디저트—옮긴이)는 아니겠고."
캐롤이 메뉴판을 보며 물었다. "가슴이 아프네. 그럼 우리
그걸로 할 거지?" 캐롤은 웨이터를 불렀다. "월터!"

월터가 웃으며 와서 열심히 서빙했다. 그는 매일 저녁 이
랬다. "부르셨습니까, 부인."

"레미 마르탱 두 잔이요, 월터." 캐롤이 주문했다.

브랜디는 별로 도움이 되지 않았다. 탐정은 두 사람을
쪽을 한 번도 보지 않았다. 그는 철제 냅킨 홀더 위에 책을
받쳐 놓고 읽고 있었다. 테레즈는 솔트레이크시티 외곽에 있
던 카페에서 남자를 봤을 때처럼 지금도 강한 의구심이 들었
다. 저 남자가 탐정이라는 확신보다 처참한 의문에 사로잡혔
다.

"저 남자 옆을 지나가야 하는 거예요, 우리? 캐롤?" 테
레즈가 물었다. 테레즈 뒤편으로 바 출입구가 있었다.

"응, 저쪽으로 지나가야 해." 캐롤은 눈썹을 올리고 활짝
웃었다. 여느 밤에 보여주던 그 모습 그대로였다. "저 남자는
우리한테 아무 짓도 못 해. 설마 총을 꺼내겠어?"

테레즈는 캐롤을 뒤따라가면서 남자를 30센티미터 간
격으로 스치고 지나갔다. 그는 고개를 수그리고 책을 읽고
있었다. 앞에서 캐롤이 혼자 앉은 프랑스 할머니를 보더니

우아하게 허리를 굽혔다.

"저희랑 같이 다니시죠?" 캐롤이 말했다. 테레즈는 프랑스 할머니가 늘 같이 앉던 일행이 오늘 떠났다는 사실이 생각났다.

심지어 캐롤은 그렇게 서서 몇 분간 할머니와 대화를 나누었다. 테레즈는 캐롤을 보고 깜짝 놀랐지만 덩그러니 서있기가 뭐해서 계속 걸어가 엘리베이터 옆에서 기다렸다.

호텔 방으로 올라간 캐롤은 침탁 밑 구석에 매달린 작은 기기를 발견했다. 캐롤은 가위와 양쪽 손을 사용해 선을 뜯었다. 전선은 카펫 밑으로 숨겨져 있었다.

"호텔 직원이 들여보냈을까요?" 테레즈는 겁이 난 목소리로 물었다.

"아마 탐정이 구멍에 맞는 열쇠를 갖고 있겠지." 캐롤은 침탁에 매달려 덜렁거리는 기기를 확 잡아 당겨 카펫 위로 집어던졌다. 작고 검은 상자에 전선이 매달려 있었다. "저거 봐, 쥐새끼 같아. 생긴 게 딱 하지네." 캐롤의 얼굴이 갑자기 벌겋게 달궈졌다.

"이 선이 대체 어디로 가는 거죠?"

"호텔 방 어딘가에서 녹음이 되겠지. 아마 복도 건너편 방일 거야. 카펫이 온통 깔려 있으니 신나셨겠네."

캐롤은 딕터폰을 발로 차 방 안 한가운데로 보냈다.

테레즈는 작은 상자를 보았다. 어젯밤 두 사람이 나눈

대화가 모조리 여기에 담겼으리라. "이게 언제부터 여기에 있었을까요?"

"네가 눈치채지 못한 사이 탐정이 언제부터 여기에 와 있었을까?"

"최악의 경우, 어제부터요." 말은 그렇게 했지만 테레즈가 틀렸을지도 모른다. 테레즈가 호텔에 있는 사람들을 죄다 볼 수는 없었기 때문이다.

그러자 캐롤이 고개를 저었다. "솔트레이크시티에서 여기까지 미행해서 따라오는데 2주 가까이 걸렸을라고? 아닐걸. 저 남잔 오늘 밤 우리랑 식사하기로 작정한 거야." 캐롤은 손에 브랜디 잔을 들고 책장에서 돌아섰다. 얼굴에 붉은 기가 가셨다. 이제는 테레즈를 보며 살짝 웃기까지 했다. "서툰 친구네. 안 그래?" 캐롤은 침대에 앉아서 등에 베개를 대고 몸을 뒤로 기댔다. "우리 여기에 있을 만큼 있었어."

"언제 떠날 생각이에요?"

"내일. 아침에 짐을 싸서 점심 먹고 출발하자. 어때?"

그날 밤 늦게, 두 사람은 차로 내려가 어둠 속에서 서쪽으로 드라이브했다. 이제 더는 서쪽으로 갈 수 없겠군, 테레즈는 생각했다. 테레즈의 가슴 한복판에서 날뛰는 공포심이 누그러지지 않았다. 뭔가 전에 일어난 과거지사, 아주 오래전 일들 때문이지 지금 여기에서 벌어진 일 때문이 아닌 것 같았다. 테레즈는 마음이 편치 않았지만 캐롤은 태평했다.

캐롤은 그저 쿨한 척 하는 게 아니라 진짜로 두려워하지 않았다. 캐롤이 말했다. 어디 해볼 만큼 해보라지, 그런데 미행은 당하고 싶지 않다고 했다.

"할 일이 하나 있어. 그 남자 무슨 차 타고 다니는지 알아봐."

그날 밤, 내일 타고 갈 루트를 정하려고 지도를 펴 놓고 얘기하는 모습은 영락없이 두 명의 나그네가 나누는 대화 같았다. 테레즈는 오늘 밤은 어젯밤과 같지 않을 줄 알았다. 그런데 침대에 누워 굿 나이트 키스를 하는 순간, 몸이 탁 풀리는 듯한 느낌을 받았다. 그리고 두 여자 모두 빠르게 반응했다. 두 개의 몸은 서로 만나기만 하면 어쩔 수 없이 욕정을 빚어내는 어떤 물질로 이루어진 것 같았다.

테레즈는 탐정이 무슨 차를 타고 다니는지 알아내지 못
했다. 차들이 개별 차고 안에 주차되어 있기 때문이다. 일광
욕실 쪽에서 차고가 보이긴 했지만 그날 아침 그가 나가는
모습은 보지 못했다. 점심때에도 그는 모습을 보이지 않았
다.

프랑스 할머니는 두 사람이 떠난다는 소리에 술 한잔 하
러 자기 방으로 오라고 고집을 피웠다. "우리 이별의 약주 해
야지." 프랑스 할머니가 캐롤에게 말했다. "아직 그쪽 주소도
못 받았어!"

테레즈는 두 사람이 꽃 구근을 서로 주고받기로 약속했
다는 사실을 떠올렸다. 어느 날 차 안에서 구근에 대해 한참
동안 얘기를 주고받았는데 그걸 계기로 둘의 우정이 굳어진
것이다. 캐롤은 끝까지 놀라운 인내심을 발휘했다. 그 누구
도 이런 모습을 상상하지 못했을 것이다. 캐롤은 프랑스 할
머니의 소파에 앉아 작은 유리잔을 들고 있었다. 할머니가

연달아 술잔을 채워주는 바람에 두 사람은 서둘러 그곳을 빠져나왔다. 프랑스 할머니는 작별인사를 하며 둘의 양쪽 뺨에 입을 맞추었다.

두 사람은 덴버에서 와이오밍으로 가는 북쪽 고속도로를 탔다. 두 사람이 좋아하는 분위기의 장소에 멈추어 커피를 마시기로 했다. 평범한 식당에 카운터와 주크박스가 있는 곳이었다. 동전을 주크박스에 넣었지만 기분은 예전과 같지 않았다. 테레즈는 남은 여정이 예전과 같지 않으리라는 것을 알았다. 캐롤은 여전히 와이오밍으로 가서 캐나다로 넘어가자고 얘기하고 있었지만, 테레즈는 캐롤의 최종 목적지가 뉴욕이 될 것임을 예감했다.

캐롤과 테레즈는 원뿔형 천막처럼 생긴 여행자용 캠프에서 첫날을 보냈다. 캐롤은 옷을 갈아입으며 천장을 바라보았다. 천막 기둥이 머리 위 한 점으로 모여든 모습을 보더니 무심히 이렇게 말했다. "어떤 바보들은 제 발로 문제를 찾아간다니까." 왜 그런지 이유를 알 순 없지만 테레즈는 그 말에 미친 듯이 웃음이 터졌다. 캐롤이 짜증을 내며 그렇게 계속 웃었다간 브랜디를 한 컵 들이붓겠다고 엄포를 놓았다. 그럼에도 테레즈는 웃음이 그치지 않았다. 여전히 웃음기를 머금은 채 창가에 서서 손에 브랜디를 들고 캐롤이 샤워를 마치기를 기다렸다. 그때 커다란 사무실 천막 옆으로 차 한 대가 들어서는 게 보였다. 잠시 후, 사무실로 들어갔던 남자가 밖으로 나와 원뿔형 천막 구역을 어둠 속에서 이리저리 돌아다녔다. 배회하는 그의 걸음걸이가 테레즈의 눈에 들어왔다. 그의 얼굴이 보이지 않아도 테레즈는 확신이 들었다. 실루엣을 보아하니 탐정이 분명했다.

"캐롤!" 테레즈가 소리쳤다.

캐롤은 샤워 커튼을 옆으로 들추고 테레즈를 쳐다보다가 수건으로 닦다 말고 동작을 멈추었다. "혹시……."

"잘은 모르겠지만 맞는 것 같아요." 테레즈가 이렇게 말하는 순간, 캐롤의 얼굴 위로 분노가 서서히 번져 가더니 표정이 굳었다. 그 모습을 보자 테레즈도 충격을 받아 정신이 번쩍 들었다. 모욕을 당했다는 생각이 퍼뜩 들었다. 그게 자신이든 캐롤이든.

"젠장." 캐롤이 소리치며 타월을 바닥에 내던졌다. 가운을 입고 허리띠를 둘렀다. "그래서 지금 뭐하고 있어?"

"여기에서 묵으려는 것 같아요." 테레즈는 창문 한쪽 구석으로 물러섰다. "차가 아직도 사무실 앞에 있어요. 여기 불을 끄면 더 잘 보일 것 같아요."

캐롤이 씩씩거렸다. "아니, 그러지 마. 못하겠다. 지겨워 죽겠어." 캐롤의 목소리에는 지겨움과 역겨움이 한가득 담겨 있었다.

테레즈는 어정쩡하게 미소를 지었다. 그때 박장대소하고 싶은 어처구니없는 충동이 일었지만 꾹 참았다. 만약 웃었다간 캐롤이 몹시 화를 낼 테니 말이다. 그때 차가 원형 캠프를 가로질러 천막 차고 아래로 미끄러져 들어갔다. "맞아요, 여기서 묵으려나 봐요. 투 도어 검은색 세단이에요."

캐롤은 한숨을 쉬며 침대에 앉더니 테레즈를 보고 씩 웃었다. 피곤하면서도 지겨운 표정으로 짧게 미소 지었다. 체념과 무력함, 분노도 느껴졌다. "가서 샤워해. 그다음에 도로 옷 입어."

"그런데 저자가 탐정인지 아닌지 확실하진 않아요."

"그게 문제지, 자기야."

테레즈는 샤워를 하고 옷을 입은 채 캐롤 옆에 누웠다. 캐롤이 불을 껐다. 캐롤은 어둠 속에서 담배를 피우면서 아무 말도 하지 않았다. 그러다가 마침내 테레즈의 팔을 잡고 이렇게 말했다. "가자." 그때가 새벽 3시 반. 여행자 캠프를 출발했다. 숙박비는 미리 지불한 상태였다. 불빛 하나 그 어디에도 보이지 않았다. 탐정이 라이트를 켜고 지켜보지 않는 한 아무도 그들을 볼 수 없었다.

"어쩔래, 어디 가서 다시 잘래?" 캐롤이 물었다.

"아뇨, 당신은요?"

"나도 안 자도 돼. 그럼 우리 갈 데까지 가보자." 캐롤은 액셀러레이터를 바닥까지 꾹 눌러 밟았다. 헤드라이트가 닿은 도로는 깨끗하고 매끈했다.

날이 점점 밝아올 무렵, 그들은 고속도로 순찰차에게

과속으로 잡혔다. 캐롤은 네브래스카 센트럴타운이라는 마을에서 20달러짜리 딱지를 끊었다. 두 사람은 순찰차 뒤를 따라 센트럴타운으로 되돌아가야 하는 바람에 50킬로미터를 손해 봤다. 캐롤은 캐롤답지 않게 한 마디도 하지 않고 그 과정을 묵묵히 견뎠다. 다른 때 같았으면 따지거나 봐달라고 통사정했을 것이다. 뉴저지의 교통 단속 경찰한테는 그랬었다.

"짜증나네." 캐롤은 차로 돌아와서 이렇게 말했다. 그게 몇 시간 만에 말한 전부였다.

테레즈가 운전하겠다고 했지만 캐롤은 그냥 자기가 하겠다고 했다. 평평한 네브래스카 평원이 눈앞에 펼쳐졌다. 황금빛 밀밭 위에 맨땅과 돌들이 갈색 반점처럼 드러났다. 하얀 겨울의 태양이 비추자 겉 보기엔 포근해 보였다. 차가 아까보다 느리게 달리는 바람에 하나도 움직이지 않는 느낌이 들자 테레즈는 전전긍긍했다. 땅도 발밑에서 같이 움직여서 차가 제자리걸음을 걷는 듯했다. 테레즈는 혹시 순찰차가 또 따라오나, 탐정이 탄 차가 따라오나 뒤쪽 도로를 살폈다. 이름도 모르고 형체도 확실하지 않은 뭔가가 콜로라도스프링스에서부터 뒤따라오는지 살폈다. 테레즈는 땅과 하늘에서 보이는 의미 없는 모습을 바라보며 속으로 굳이 의미를 부여하려 했다. 대머리수리가 하늘에서 서서히 방향을 바꾸었다. 바람이 불자 뒤엉킨 밀들이 바큇자국이 난 밀밭 위에서 이리저리 넘실거렸다. 굴뚝에서 연기가 피어오르는지 아닌지 잘 보이지 않았다. 8시 무렵이 되자 졸음이 미친 듯이 밀려왔다. 눈꺼풀이 감기고 머리가 뿌예졌다. 그때 뒤에서 차 한 대가 따라왔다. 그런데도 테레즈는 놀라지 않았다. 그 차는 테레즈가 그간 찾았던 투 도어 검은색 세단처럼 보였다.

"뒤에서 차가 따라와요. 번호판이 노란색이에요."

캐롤은 잠깐 아무 말도 하지 않았지만 룸미러를 들여다보더니 입술을 오므리고 그 사이로 숨을 내뱉었다. "아닌 것 같은데. 만약 맞다면 생각보다 훨씬 능력 있는 탐정이야." 캐롤은 속도를 줄였다. "저 차를 먼저 보내면 누군지 알아볼 수 있겠어?"

"네." 지금까지 탐정의 뿌연 실루엣만 언뜻 봐도 알아본 테레즈 아니었던가.

캐롤은 속도를 줄이더니 아예 차를 세웠다. 그리고 지도를 꺼내 핸들 위에 펼쳐 놓고 들여다보았다. 그 차가 다가왔다. 그 안에 그 탐정이 타고 있었다. 그 차가 앞질러 갔다.

"맞아요." 테레즈가 말했다. 남자는 이쪽으론 눈길조차 주지 않았다.

캐롤은 액셀러레이터를 끝까지 밟았다. "확실하지?"

"확실해요." 테레즈는 속도계가 100킬로미터를 넘기는 모습을 지켜보았다. "지금 뭐해요?"

"가서 말하려고."

차간 거리가 점차 좁혀지자 캐롤은 속도를 줄이고 탐정 차와 나란히 달렸다. 탐정이 고개를 돌려 이쪽을 쳐다보았다. 큼직한 일자 입술은 미동조차 없었다. 회색 눈동자는 입매만큼 무표정했다. 캐롤이 손을 아래로 휘저었다. 남자가 속도를 줄였다.

"그쪽 창문 좀 내려." 캐롤이 테레즈에게 말했다.

탐정이 탄 차가 먼지를 풍기며 갓길에 정차했다.

캐롤은 고속도로에 뒷바퀴를 걸친 채 정차시키고는 테레즈를 가로질러 외쳤다. "우리랑 같이 가는 게 좋으신가봐요!"

남자가 차에서 내려 문을 닫았다. 두 차의 거리는 3미터. 탐정은 중간까지 와서 걸음을 멈췄다. 회색 홍채 주위에 검은 테두리가 둘린 눈동자는 생기 없어 보였다. 맹하니 눈빛이 바뀌지 않는 인형 눈 같았다. 어린 나이는 아니었다. 그간 운전하고 다니느라 온갖 날씨에 시달려서 그런지 얼굴이 꺼칠했다. 그늘진 턱수염 때문에 입가 양쪽의 팔자 주름이 더욱 깊어 보였다.

"난 내 일을 할 뿐이오, 에어드 부인."

"뻔하지. 이건 더러운 일이잖아요!"

탐정은 엄지로 담배를 툭툭 치더니 거센 바람 속에 불을 붙였다. 느긋하게 그러고 있는 자태가 무대에서 연기하는 것 같았다. "이젠 거의 다 끝났소."

"그럼 제발 따라오지 말라고요." 캐롤이 말했다. 목소리에는 긴장감이 팽팽했다. 힘이 잔뜩 들어간 팔을 핸들 위에 대고 몸을 세웠다.

"난 이번 여행을 미행해 달라는 의뢰를 받았을 뿐이오. 지금이라도 뉴욕으로 돌아간다면 더 이상 내가 따라붙을 일이 없을 텐데. 한 마디 조언을 하자면 이쯤에서 그만 돌아가시지, 에어드 부인. 지금 갈 거요?"

"아니, 안 가요."

"그럼 몇 가지 알려주지. 내가 이 말을 하는 건 당신이 돌아가서 대처했으면 하는 마음에서요."

"고마우셔라." 캐롤이 비꼬며 말했다. "얘기해줘서 고맙네요. 그런데 난 아직 돌아갈 마음이 없어서. 내가 다음에 어디로 갈지 알려줄 테니 제발 따라오지 말고 어디 가서 눈이나 붙이시지."

탐정은 가식적이며 공허한 미소를 지으며 캐롤을 바라보았다. 사람 같지 않았다. 오히려 프로그램을 입력해서 태엽으로 감아 돌리는 기계 같았다. "당신은 뉴욕으로 돌아가게 될 거요. 내가 충고 좀 하지. 따님이 위험해졌소. 그 정도는 알고 계시겠지?"

"내 딸은 내 거야!"

탐정의 뺨에 잡힌 주름이 씰룩거렸다. "인간은 누군가의 소유물이 될 수 없소, 에어드 부인."

캐롤은 목소리를 높였다. "그럼 계속 따라오겠다는 얘긴가요?"

"뉴욕으로 돌아갈 거요?"

"아니."

"아마 가야 할 텐데." 탐정은 이렇게 말하고는 몸을 돌려 차로 향했다.

캐롤은 시동을 걸고 손을 뻗더니 안심하라는 듯 테레즈의 손을 한참 꽉 쥐었다. 차가 총알 같이 튀어 나갔다. 테레즈는 무릎에 양쪽 팔꿈치를 세우고 손으로 머리를 감싼 채 앉아 있었다. 수치스럽고 놀라웠다. 탐정을 만나기 전까진 한 번도 느껴보지 못한 억눌린 감정이 솟구쳤다.

"캐롤!"

캐롤이 조용히 울고 있었다. 입꼬리가 축 쳐졌다. 전혀 캐롤 같아 보이지 않았다. 소녀가 얼굴을 찌그리며 우는 것 같았다. 테레즈는 뺨을 타고 흘러내리는 캐롤의 눈물을 보며 믿을 수 없다는 듯 응시했다.

"나 담배 좀." 캐롤이 말했다.

테레즈가 불을 붙여 담배를 건네자 캐롤은 눈물을 훔쳤다. 이제 다 울었다. 캐롤은 담배를 피며 천천히 차를 몰았다.

"뒷좌석으로 넘어가서 총을 좀 갖다 줘." 캐롤이 말했다.

테레즈는 순간 몸이 그대로 굳었다.

캐롤이 테레즈를 쳐다보며 물었다. "갖다 줄 거지?"

바지를 입은 테레즈는 재빨리 뒷좌석으로 넘어가서 남색 여행 가방을 시트 위로 올렸다. 그리고 쇠를 열고 스웨터에 싸인 총을 꺼냈다.

"그냥 넘겨줘." 캐롤이 차분히 말했다. "사이드포켓에 넣어두려고 그래." 캐롤은 테레즈의 어깨 위로 한쪽 손을 뻗었다. 테레즈는 하얀 손잡이를 잡고 총을 캐롤의 손바닥에 올려놓고 도로 앞좌석으로 넘어왔다.

탐정은 여전히 뒤따라오고 있었다. 먼지가 풀풀 날리는 농로에서 고속도로로 진입한 마차 800미터 뒤에서 따라오는 중이었다. 캐롤은 테레즈의 손을 잡고 왼손으로 운전했다. 테레즈는 흐릿하게 주근깨가 뿌려진 캐롤의 손등을 내려다보았다. 캐롤이 손톱을 세워서 테레즈의 손바닥을 후벼팠다.

"탐정하고 다시 얘기해야겠어." 캐롤은 이렇게 말하더니 서서히 속도를 줄였다. "빠지고 싶어? 그럼 다음번 주유소에 내가 내려줬다가 다시 데리러 올게."

"옆에 있을래요." 테레즈는 캐롤에게 말했다. 캐롤은 탐정에게 녹음된 증거를 내놓으라고 할 것이다. 테레즈는 캐롤이 다치는 모습을 상상했다. 남자는 능숙하게 총을 꺼내 방아쇠를 당긴다. 캐롤이 미처 당기기도 전에. 그러나 그런 일은 일어나지 않았고, 일어나지도 않을 것이다. 테레즈는 이를 악문 채 캐롤의 손을 주물렀다.

"알았어. 걱정하지 마. 그냥 얘기만 할 거야." 캐롤은 갑자기 차를 좌측으로 홱 꺾어서 고속도로를 빠져나와 좁은 도로로 접어들었다. 언덕 사이로 난 오르막길이 휘어지며 숲을 관통했다. 도로 사정은 좋지 않았지만 캐롤은 속도를 올렸다. "따라오는 거 맞지?"

"네."

굽이치는 언덕 위에 농가가 하나 있을 뿐, 관목과 돌이 많은 땅만 보였다. 계속 이어지던 도로가 저 앞에서 휘어지며 끊겼다. 경사진 언덕에서 도로가 끝나자 캐롤은 커브를 돌아 차를 길 한가운데 대충 세웠다.

캐롤은 사이드포켓을 뒤져서 총을 꺼낸 다음 뭔가를 열었다. 장전된 총알이 보였다. 캐롤은 앞 유리창으로 내다보며 총을 무릎에 올려 양손에 쥐었다. "이건 아니야, 이건 아니지." 캐롤이 재빨리 읊조리더니 총을 도로 사이드포켓에 집어넣었다. 그다음, 차를 다시 움직여 언덕 옆에 똑바로 세웠다. "나오지 마." 캐롤은 테레즈에게 이렇게 말하고 밖으로 나갔다.

탐정의 차 소리가 들렸다. 캐롤은 차가 오는 쪽으로 천천히 걸어갔다. 그때 마침 탐정이 탄 차가 커브 길을 돌아 올라왔다. 속도가 빠르지 않은데도 브레이크에서 끼익하는 소리가 났다. 캐롤이 차도로 올라갔다. 테레즈는 차 문을 살짝 열고 창틀에 몸을 기댔다.

탐정이 차에서 내렸다. "지금 뭐하자는 겁니까?" 바람이 불자 목소리가 높아졌다.

"어째?" 캐롤이 간격을 조금 더 좁혔다. "갖고 있는 거 다 내놓으시지. 딕터폰 테이프든 뭐든."

하늘색 눈동자 위로 그려진 탐정의 눈썹이 거의 움직이지 않았다. 그는 펜더에 몸을 기댄 채 얄팍하고 큰 입술로 이죽거렸다. 테레즈를 쳐다보다가 다시 캐롤을 쳐다보았다. "전부 다 보냈는데. 수중엔 메모 몇 개밖에 없소. 언제 어디를 갔었는지 적은 것뿐인데."

"좋아, 그럼 그거라도 내 놔."

"그럼 지금 그걸 사겠다는 소린가?"

"난 그런 말 한 적 없어. 그냥 내놓으라고 했지. 팔고 싶은 건 당신이잖아?"

"난 당신이 돈으로 살 수 있는 그런 사람이 아니오."

"그럼 돈 때문이 아니라면 이 짓을 왜 하는데?" 캐롤이 참지 못하고 물었다. "이왕 이렇게 된 거 돈이나 더 버시지 그래? 지금 가진 걸로 얼마나 받아낼 수 있을까?"

그는 팔짱을 꼈다. "말했잖소. 벌써 다 보냈다고. 돈 낭비하지 마시지."

"콜로라도스프링스에서 도청한 건 아직 안 보냈을 것 같은데."

"과연 그랬을까?" 그가 비꼬며 말했다.

"당신은 보내지 않았어. 달라는 대로 주지."

그는 캐롤을 위아래로 훑어보고 테레즈를 보더니 입을 다시 쩍 벌렸다.

"가져 오라고! 테이프든 메모든 뭐든." 캐롤이 윽박지르자 탐정이 움직였다.

그는 차를 돌아 트렁크로 갔다. 트렁크 문을 여는 동안 열쇠가 쩡그렁거리는 소리가 들렸다. 테레즈는 더는 앉아 있을 수 없어서 차에서 내렸다. 그리고 캐롤에게 1미터 이내로 걸어가 그 자리에서 걸음을 멈췄다. 탐정이 커다란 여행 가방에서 뭔가를 찾고 있었다. 그가 허리를 세우자 세워진 여행 가방 윗뚜껑에 모자가 부딪히며 벗겨졌다. 바람에 모자가 날리자 그는 모자챙을 한쪽 발로 밟았다. 한쪽 손에 뭔가를 들고 있었다. 너무 작아서 잘 보이지 않았다.

"두 개요. 500달러는 받아야겠는데. 뉴욕에서 모은 증거만 없었더라면 더 부를 수도 있었을 텐데."

"장사 한번 잘하는군. 당신을 어떻게 믿어." 캐롤이 말했다.

"그래? 뉴욕에서는 이거 빨리 넘기라고 난린데." 그는 모자를 줍더니 여행 가방을 닫았다. "그런데 이미 그쪽엔 증거가 넘칠 만큼 많아. 내가 말했을 텐데, 빨리 뉴욕으로 돌아가시라고. 에어드 부인." 그는 담배를 바닥에 버리고 발로 짓이겼다. "그럼 이제 뉴욕으로 가시는 건가?"

"내 마음은 바뀌지 않아." 캐롤이 말했다.

탐정은 어깨를 으쓱했다. "난 어느 편도 아니오. 당신이 뉴욕으로 빨리 돌아갈수록 우리 일도 더 빨리 끝날 테니."

"그럼 여기서 일을 끝내시지. 그걸 나한테 넘기고 당신은 가던 길이나 계속 가면 되겠네."

탐정은 물건을 쥔 주먹을 앞으로 천천히 뻗었다. 어느 쪽 손에 뭐가 들고 안 들었는지 맞추기 게임을 하는 것 같았다. "그럼 500달러를 기꺼이 내 놓으시겠다?"

캐롤은 그의 손을 바라보더니 어깨에 멘 가방을 열고 지갑과 수표책을 꺼냈다.

"난 현찰이 더 좋은데."

"현찰은 없어."

그는 어깨를 또다시 으쓱했다. "뭐, 그렇다면야 수표로 받지."

캐롤은 그의 차 펜더에 대고 수표를 썼다.

탐정도 몸을 숙여서 캐롤이 수표를 쓰는 걸 바라보았다. 테레즈의 시야에 그가 쥔 작은 물건이 보였다. 테레즈는 조금 더 가까이 갔다. 남자가 수취인 란에 자기 이름을 불러 주었다. 캐롤이 그에게 수표를 건네자 그는 캐롤의 손에 작은 상자 두 개를 넘겼다.

"언제부터 증거를 수집하고 다녔지?"

"가서 직접 틀어보시지."

"내가 지금 농담하려고 여기 있는 줄 알아!" 캐롤이 고함을 쳤다. 목소리가 갈라졌다.

그는 웃으며 수표를 접었다. "난 분명히 경고했소. 내가 넘겨준 물건이 전부가 아니라고. 뉴욕에도 증거가 아주 많아."

캐롤은 숄더백을 메고 차로 향했다. 테레즈하고는 눈도 맞추지 않았다. 그러다가 걸음을 멈추고 뒤돌아서서 다시 탐정과 대면했다. "그쪽에서 원하는 걸 다 쥐고 있으니 이제 당신은 손 털 수 있지, 안 그래? 이제 그만 따라오겠다고 약속하시지?"

탐정은 차 손잡이를 붙든 채 캐롤을 쳐다보았다. "난 아직도 임무 수행 중이오, 에어드 부인. 우리 사무실에서 의뢰받은 대로 일하는 것뿐. 만일 당신이 지금 당장 비행기를 타고 돌아간다면야 그만두겠소. 아니면 아예 다른 곳으로 가버리거나. 내가 빠져나갈 구멍은 만들어 줘야 하지 않겠어? 그래야 나도 우리 사무실에 보고할 거리가 생길 테니. 콜로라도스프링스에서 며칠 지내는 동안 아무것도 보고한 게 없으니. 이보다 훨씬 그럴듯한 핑계거리를 대야 할 텐데."

"그럼 그쪽에서 말을 만들든가!"

탐정이 미소를 짓자 치아가 몇 개 드러났다. 그는 다시 차에 올라 기어를 넣고 고개를 뒤로 빼 후진한 후 재빨리 차를 돌렸다. 그리고 고속도로를 향해 차를 몰고 사라졌다.

그의 차 소리가 급히 멀어져갔다. 캐롤은 느린 걸음으로 차에 탄 후 창 밖으로 보이는 푸석한 먼짓길을 바라보았다. 기절한 것처럼 얼굴이 파리했다.

테레즈는 옆에 앉아 캐롤의 어깨에 손을 올리고 코트 위에서 꽉 잡았다. 그래 봤자 남처럼 아무 소용없었다.

"허세란 허세는 다 떤 것 같아." 캐롤이 불쑥 말했다.

캐롤은 이 말을 하더니 얼굴이 잿빛으로 변했다. 목소리에도 기가 쪽 빠졌다.

캐롤은 손을 펴서 작고 둥그런 상자 두 개를 쳐다보았다. "여기가 최적의 장소군." 캐롤이 차에서 내리자 테레즈도 따라 내렸다. 캐롤은 상자를 열어서 그 안에 영화 필름처럼 보이는 테이프를 꺼냈다. "정말 작군. 불을 붙이면 탈 것 같아. 태워 버리자."

테레즈는 차를 바람막이 삼아 성냥을 긁었다. 테이프에 금방 불이 붙었다. 테레즈가 테이프를 바닥에 떨어뜨리자 바람에 불이 꺼졌다. 캐롤은 신경 쓰지 말라며 두 개 다 강에 버리면 된다고 했다.

"지금 몇 시지?" 캐롤이 물었다.

"12시 20분 전이요." 테레즈가 차에 타자마자 캐롤은 시동을 걸고 다시 길을 달려 고속도로로 향했다.

"오마하에 가면 애비한테 전화를 해야겠어. 그다음엔 변호사한테도 해야지."

테레즈는 지도를 보았다. 약간 남쪽으로 돌아간다면 오마하가 가장 가까운 도시다. 캐롤은 지쳐 보였다. 입을 다물고 있지만 캐롤의 분노가 가시지 않은 게 여전히 느껴졌다. 바큇자국을 넘자 차가 덜컹거렸다. 앞좌석 바닥 어디선가 맥주병이 굴러다니며 찌그덕 소리를 냈다. 여행 첫날 병따개가 없어서 마시지 못했던 맥주였다. 배가 고팠다. 아까부터 몇 시간째 미치도록 허기졌다.

"내가 운전할까요?"

"그럴래?" 캐롤은 피곤한 목소리로 말했다. 다 포기한 사람처럼 느긋하게 말한 후 급히 속도를 줄였다.

테레즈는 운전석으로 넘어가 운전대를 잡았다. "그럼 아침 먹으러 갈까요?"

"난 못 먹겠어."

"그럼 술이라도 할래요?"

"오마하에 가서 마시자."

테레즈는 100킬로미터까지 속도를 올린 다음 110킬로미터를 넘지 않게 속도를 유지했다. 30번 고속도로, 이어 275번을 타고 오마하로 진입했다. 도로 상태가 최적은 아니었다. "탐정이 뉴욕에서도 딕터폰 녹음본이 있다고 한 말, 믿는 거 아니죠?"

"제발 그만! 지겨워 죽겠어!"

테레즈는 운전대를 꽉 붙들었다가 일부러 긴장을 풀었다. 두 사람 머리 위로 어마어마한 슬픔이 드리운 기분이었다. 저 앞에서 이제 막 고개를 내밀기 시작한 슬픔의 언저리를 향해 두 사람이 차를 몰고 들어가는 것 같았다. 탐정의 얼굴과 도저히 읽히지 않는 그의 표정이 떠올랐다. 테레즈는 이제야 그것이 사악한 표정이었음을 깨달았다. 말로는 자기는 아무 편도 아니라고 했지만 그의 미소 속에는 악이 깃들어 있었다. 두 여자를 떼어 놓고 싶은 지극히 개인적인 욕망도 보였다. 두 사람이 사귄다는 것을 알기 때문이다. 테레즈는 이전까지 감으로 알았던 것을 이제야 제대로 깨달았다. 이 세상은 온통 두 사람의 적이 될 태세를 갖추고 있었다. 테레즈와 캐롤이 같이 있는 모습은 더는 사랑으로도, 행복한 모습으로도 보이지 않았다. 주먹을 쥔 사람들 사이에 갇힌 괴물로 비춰질 뿐이다.

"그 수표 말이야." 캐롤이 말했다.

그 말을 듣는 순간 테레즈의 가슴에 돌덩이가 하나 더 얹히는 느낌이 들었다. "그쪽에서 집을 뒤졌을까요?" 테레즈가 말했다.

"아마도. 그럴 가능성이 있지."

"그 수표, 못 찾았을 거예요. 테이블보 밑에 넣어두었으니까요." 그런데 책 사이에 끼워둔 편지가 있었지! 순간 참견

하길 좋아하는 자만심이 고개를 들었다가 이내 수그러들었다. 아름다운 연서인데. 차라리 저쪽에서 수표 대신 편지를 찾았으면. 죄를 뒤집어씌우자면 둘 다 같은 무게일 것이다. 상대측에서는 편지나 수표나 둘 다 더럽다고 포장할 것이다. 테레즈는 캐롤에게 편지 한 장 준 적 없고, 수표를 받아서 현금화하지도 않았다. 분명 저쪽이 편지를 발견했을 가능성이 높았다. 테레즈는 차마 편지 얘기를 꺼내지 못했다. 소심해서인지, 아니면 캐롤의 마음고생을 잠시나마 덜어주고픈 욕심 때문인지 알 수 없었다. 저 앞에 다리가 보였다. "저기 강이 있어요. 여기 어때요?"

"아주 좋아." 캐롤은 반쯤 타다만 테이프가 든 작은 상자를 테레즈에게 건넸다.

테레즈는 밖으로 나가 철제 난간 너머로 상자를 내던졌다. 그리고 쳐다보지 않았다. 그때 반대편에서 오버올을 입은 젊은 남자가 다리를 건너오고 있었다. 테레즈는 괜히 적대심이 일었다.

캐롤은 오마하 호텔에서 전화했지만 애비가 집에 없자 귀가할 6시 무렵에 다시 전화하겠다는 메모를 남겼다. 캐롤은 지금 변호사한테 전화를 해봐야 아무 소용없다고 했다. 변호사가 현지 시간으로 2시까지 점심을 먹느라 부재중이기 때문이다. 캐롤은 일단 좀 씻고 술을 마시고 싶어 했다.

두 사람은 호텔 바에 앉아 올드패션드를 마셨다. 서로

아무 말이 없었다. 테레즈는 캐롤이 잔을 비우자 한 잔 더 주문했다. 그러나 캐롤은 테레즈에게 술 대신 식사를 하라고 했다. 웨이터는 바에서는 식사할 수 없다고 했다.

"이 친구가 뭘 좀 먹고 싶어 해요." 캐롤이 단호히 말했다.

"식당은 로비 건너편에 있습니다, 부인. 그리고 커피숍은……."

"캐롤, 난 괜찮아요." 테레즈가 말했다.

"부탁인데 메뉴판 좀 가져다주시겠어요. 이 친구가 여기에서 꼭 먹고 싶어 해서 그래요." 캐롤은 웨이터를 응시하며 말했다.

웨이터는 머뭇거리더니 말했다. "알겠습니다, 부인." 그러고는 가서 메뉴판을 가져왔다.

테레즈가 스크램블드에그와 소시지를 먹는 동안 캐롤은 세 번째 잔을 비웠다. 드디어 캐롤이 낙담한 목소리로 입을 열었다. "자기야, 날 용서해줄래?"

테레즈는 캐롤의 말보다 목소리 톤 때문에 가슴이 아팠다. "사랑해요, 캐롤."

"너 그게 무슨 소린지는 알아?"

"알아요." 차 안에서 절망했던 순간이 그때뿐이듯, 지금 이 순간도 하나의 상황일 뿐이라는 생각이 들었다. "이 말이 꼭 영원을 의미해야 해요? 이러면 무슨 큰일이라도 난다는 건지 난 잘 모르겠어요." 테레즈는 진지하게 말했다.

캐롤은 얼굴을 가리던 손을 떼고 몸을 뒤로 기댔다. 피곤한 얼굴이었지만 테레즈가 늘 떠올리던 캐롤의 모습 그대로였다. 테레즈를 시험할 때면 이보다 더 다정하고도 단호한 눈빛을 보내던 눈동자. 다부지고 보드라우며 지적이던 붉은 입술. 지금 그 윗입술이 파르르 떨렸다.

"당신은 알아요?" 테레즈는 이 질문이 캐롤이 워털루 호텔 방에서 말 없이 눈으로 묻던 질문 만큼 버거운 것임을 불현듯 깨달았다. 사실, 그때와 같은 질문이었다.

"아니, 네 말이 맞는 것 같다. 덕분에 깨달았어." 캐롤이 말했다.

캐롤이 전화하러 갔다. 3시였다. 테레즈는 계산서를 들고 앉아서 기다렸다. 언제 전화가 끝날지 궁금했다. 캐롤의 변호사나 애비가 뭔가 확실한 말을 해주지 않을까. 아니면, 안 그래도 안 좋은 상황이 더 나빠진 건 아닐까. 캐롤은 벌써 30분째 자리를 비웠다.

"변호사는 아무 소리 못 들었대. 그래서 나도 아무 말 안 했어. 못하겠더라. 편지로 써야겠어."

"그럴 것 같았어요."

"그랬구나." 캐롤은 그날 처음 웃으며 말했다. "여기에다 방을 잡을까? 더는 못가겠다."

캐롤은 호텔 방에서 점심을 먹었다. 두 사람은 침대에 누워 낮잠을 잤다. 4시 45분, 테레즈가 눈을 뜨니 캐롤이 보이지 않았다. 방을 둘러보았다. 캐롤의 검은 장갑은 화장대 위에, 모카신은 나란히 암체어 옆에 있었다. 테레즈는 한숨을 길게 내쉬었다. 잠을 자도 개운하지 않았다. 창문을 열고 아래를 내려다보았다. 7, 8층 정도 되는 것 같았다. 몇 층이 있는지 기억나지 않았다. 전차가 호텔 앞을 지나갔다. 거리를 걷는 사람들이 이리저리 움직였다. 그때 화들짝 무슨 생각이 스치고 지나갔다. 테레즈는 회색 빌딩이 만들어낸 칙칙하고 낮은 스카이라인에서 시선을 떼고 눈을 감았다. 그리고 돌아서는 순간, 캐롤이 문에 서서 테레즈를 쳐다보고 있었다.

"어디 갔다 왔어요?"

"그 빌어먹을 편지 쓰느라."

캐롤은 방을 가로질러 테레즈를 안았다. 테레즈는 캐롤의 손톱이 등 뒤 재킷 위로 파고드는 것을 느꼈다.

캐롤이 전화하러 간 사이, 테레즈는 방에서 나와 복도를 돌아다니다가 엘리베이터 쪽으로 갔다. 로비로 내려가 옥수수 농장주 신문에 실린 바구미에 관한 기사를 읽었다. 애비라면 바구미에 대해 빠삭하겠지. 테레즈는 시계를 보았다. 20분 후 다시 방으로 올라갔다.

캐롤이 침대에 누워 담배를 피우고 있었다. 테레즈는 캐롤이 말할 때까지 기다렸다.

"자기야, 나 뉴욕으로 가야 할 것 같아."

테레즈는 그럴 줄 알았다. 침대 발치로 다가갔다. "애비가 뭐래요?"

"애비가 밥 헤이버샴이라는 남자를 또 만났대." 캐롤이 한쪽 팔꿈치를 세우고 윗몸을 일으켰다. "그런데 지금 내가 아는 것만큼은 모른대. 다들 아무것도 모르나봐. 소문이 퍼지면 알게 되겠지. 내가 뉴욕에 갈 때까진 별 문제 없을 거야. 그래서 뉴욕으로 돌아가야 해."

"당연하죠." 밥 헤이버샴은 애비의 지인이었다. 그는 뉴와크에 있는 하지의 회사에서 근무한다. 사실 그는 애비와도, 하지와도 가까운 사이는 아니었다. 그저 서로 얼굴만 아는 정도였다. 그래도 그는 하지가 지금 뭐하는지 알지 모른다. 혹시 하지가 탐정을 알아보려고 사무실에서 통화할 때 귀동냥으로 뭐라도 들을지도 모른다. 아예 아무도 없는 것보다야 나을 것이다.

"애비가 집에 가서 수표를 챙기기로 했어." 캐롤은 침대에서 일어나 앉으며 모카신을 신으려 했다.

"열쇠가 있어요?"

"그럼 얼마나 좋아. 플로렌스한테 받아야 해. 그럼 될 거야. 애비한테 플로렌스에게 말을 전하라고 했어. 몇 가지 필요한 거 챙겨서 나한테 보낼 게 있다고."

"그럼 편지도 갖다 달라고 해주세요. 내 방 책 사이에 끼워둔 편지예요. 미안해요. 미리 말 못해서. 애비가 집으로 갈지 몰랐어요."

캐롤이 인상을 찌푸렸다. "또 뭘 챙겨야 하지?"

"없어요. 미리 말 못해서 미안해요."

캐롤은 한숨을 쉬며 일어섰다. "더는 걱정하지 말자. 설마 집까지 뒤지겠어. 대신 편지는 애비에게 말해둘게. 그건 어디에 있어?"

"『옥스퍼드 영시집』사이에 끼워두었어요. 책상 위에 있을 거예요." 테레즈는 캐롤이 방을 돌아보는 모습이 보였다. 오직 캐롤만 시야에 들어왔다.

"아무튼 오늘 밤은 여기서 자기 싫다." 캐롤이 말했다.

30분 후, 차는 동쪽으로 달리고 있었다. 캐롤은 그날 밤 디모인(아이오와 주에 있는 도시―옮긴이)으로 가고 싶다고 했다. 한 시간가량 아무 말도 없다가 캐롤은 갑자기 길가에 차를 대고 고개를 숙이며 말했다. "젠장!"

지나가는 차의 전조등 불빛에 캐롤의 퀭한 눈이 보였다. 캐롤은 간밤에 한숨도 자지 못했다. "좀 전에 지나친 마을로 돌아가요." 테레즈가 말했다. "디모인까지는 120킬로미터나 더 가야 해요."

"너 애리조나로 갈래?" 이제 남은 일이라곤 차를 돌릴 일밖에 없는 사람처럼 캐롤이 물었다.

"아니, 캐롤. 애리조나는 왜요?" 절망감이 갑자기 덮쳤

다. 테레즈는 벌벌 떨리는 손으로 담뱃불을 붙이고 담배를
캐롤에게 건넸다.

"이 얘길 하고 싶으니까 그렇지. 3주만 더 쉴 수 있어?"

"물론이에요." 당연히 가능했다. 지금 캐롤과 같이 있는
일 말고 무슨 일이 중요할까? 그게 어디든, 어떻게든. 3월이
면 하커비가 담당하는 쇼가 막을 올린다. 하커비가 테레즈
를 다른 곳에 추천해줄지 모른다. 그런데 일자리는 불확실하
고 캐롤은 바로 옆에 있다.

"뉴욕에서 길어봤자 일주일은 넘기지 않을 거야. 이제
이혼이 다 정리되어 가. 우리 측 변호사 프레드가 오늘 그랬
어. 그러고 나서 우리 애리조나에서 몇 주 같이 지내는 건 어
떨까? 뉴멕시코도 좋고. 남은 겨울을 뉴욕에서 보내고 싶지
않아." 캐롤은 천천히 차를 몰았다. 이제 눈빛이 달라졌다.
생기가 돌아왔다. 목소리도 쌩쌩해졌다.

"물론이죠. 가요. 어디든."

"좋아. 가자, 디모인까지. 네가 운전할래?"

두 사람은 자리를 바꾸었다. 자정 무렵에 디모인에 도착
해서 호텔로 들어갔다.

"넌 뉴욕으로 돌아갈 이유가 없잖아?" 캐롤이 말했다.
"차가 여기에 있으니 투손(애리조나 남부 도시─옮긴이)이나 산
타페로 가서 기다리고 있으면 내가 비행기 타고 그리로 갈
게."

"그럼 우리 헤어지는 거예요?" 테레즈는 머리를 빗다 말고 거울에서 돌아섰다.

캐롤이 웃었다. "헤어지다니?"

그 모습에 테레즈는 충격을 받았다. 이제 캐롤의 표정이 읽혀졌다. 캐롤이 테레즈를 뚫어져라 보고 있지만 테레즈는 그것 때문에 가슴이 답답했다. 캐롤은 테레즈를 마음 한쪽 구석으로 밀어버리고 뭔가 더 중요한 것을 위해 자리를 마련하는 것 같았다. "지금 당장 떨어져 지내야 하냐는 말이었어요." 테레즈는 이렇게 말하고 다시 거울 쪽으로 돌아섰다. "아니, 그러는 편이 좋겠어요. 그게 당신에겐 훨씬 빠르겠죠."

"네가 서부에 남는 편이 더 낫겠어. 요 며칠 뉴욕에서 딱히 해야 할 일이 있는 게 아니라면." 캐롤이 무심하게 말했다.

"일은 없어요." 테레즈는 맨해튼의 매서운 추위가 두려웠다. 캐롤은 너무 바빠서 테레즈를 만날 시간도 없을 것이다. 그리고 탐정을 떠올렸다. 만약 캐롤이 비행기로 간다면 탐정에게 미행당하지 않아도 된다. 테레즈는 애써 그렇게 생각하기로 했다. 캐롤이 홀로 동부에 도착했는데 미처 몰랐던 문제를 만나 피치 못할 상황에 처할 수도 있다. 테레즈는 산타페에 홀로 남은 모습을 상상했다. 캐롤이 전화하기를, 편지하기를 기다리는 모습. 두 사람 사이가 무려 3,200킬로미터로 벌어진다니. 테레즈는 그게 쉬이 상상이 되지 않았다. "딱 일주일이죠, 캐롤?" 테레즈는 빗으로 가르마를 다시 가른 다음 길고 가느다란 머리칼을 한쪽으로 튕기며 물었다. 테레즈는 몸무게는 늘었지만 얼굴은 더 핼쑥해졌다. 갑자기 그 모습이 눈에 들어왔다. 흐뭇했다. 덕분에 나이 들어 보였다.

거울로 보니 캐롤이 테레즈의 뒤에 와 섰다. 캐롤은 대답하지 않았다. 그러나 캐롤의 품에 안기자 테레즈는 가슴이 벅찼다. 이 상태론 판단하기 힘들었다. 테레즈는 의도했던 것보다 몸을 세게 틀어 화장대 옆으로 가 캐롤을 바라보았다. 두 사람의 대화가 뭔가 겉도는 듯해서 잠시 당황스러웠다. 때와 장소가 명확하지 않았다. 지금 1미터 거리에 있는 두 사람이 이제 3,200킬로미터나 멀어지게 생겼다. 테레즈는 머리를 빗으며 한 번 더 물었다. "딱 일주일이면 되죠?"

"내가 말했잖아." 캐롤은 웃는 눈으로 말했다. 그러나 테레즈가 질문할 때처럼 캐롤의 대답에서도 곤란함이 느껴졌다. 서로 한 번씩 시험하는 것 같았다. "차를 갖고 있기 싫으면 내가 뉴욕으로 끌고 가고."

"차는 갖고 있을게요."

"그럼 탐정 걱정은 하지 마. 내가 하지한테 돌아간다고 전보를 칠게."

"걱정 안 해요." 어떻게 캐롤이 이리 냉정할 수 있을까,

테레즈는 의아했다. 두 사람이 떨어져 지내게 생긴 마당에 다른 생각을 하다니. 테레즈는 화장대에 빗을 내려놓았다.

"테레즈, 내가 좋아서 가는 거 같아?"

테레즈는 탐정, 이혼, 적개심, 이 모두를 캐롤이 겪어야 한다는 사실을 떠올렸다. 캐롤이 테레즈의 뺨을 만지다가 손바닥으로 양쪽 뺨을 꽉 눌러서 붕어 입 모양을 만들었다. 테레즈는 억지웃음을 지었다. 화장대 옆에 서서 캐롤을 쳐다보았다. 캐롤이 손을 움직이는 모습, 스타킹을 벗고 모카 신을 신는 발동작 하나하나를 지켜보았다. 테레즈는 이제부터는 아무 말도 필요 없다는 생각이 들었다. 설명하고 묻고 약속하는 데 무슨 말이 필요할까? 둘은 서로의 눈을 쳐다볼 필요도 없었다. 테레즈는 캐롤이 전화기를 드는 모습을 보다가 침대에 엎드렸다. 캐롤이 내일 자로 비행기 표를 예약했다. 1인, 편도. 내일 아침 11시 편.

"어디로 갈 거야?"

"모르겠어요. 수폴스로 돌아갈까 해요."

"사우스다코타?" 캐롤이 웃으며 말했다. "산타페가 낫지 않겠어? 거기가 더 따뜻한데."

"거긴 나중에 같이 가야죠."

"콜로라도스프링스가 아니고?"

"아뇨!" 테레즈는 웃으며 일어섰다. 테레즈는 칫솔을 들고 욕실로 들어갔다. "한 일주일 정도 일할 자리를 구할 생각이에요."

"무슨 일?"

"뭐든요. 그냥 당신 생각을 덜 할 일자리로요."

"난 네가 내 생각했으면 좋겠는데. 백화점에서는 일하지 마."

"안 해요." 테레즈는 욕실 문에 서서 캐롤이 슬립을 벗고 가운을 입는 모습을 바라보았다.

"돈 걱정 또 하는 건 아니지?"

테레즈는 두 손을 가운 주머니에 찔러 넣고 발을 꼬았 다. "돈은 떨어져도 괜찮아요. 다 떨어지면 그때 가서 걱정하려고요."

"내가 내일 차 유지비로 200달러 주고 갈게." 캐롤은 지 나가면서 테레즈의 코를 잡아 당겼다. "그리고 저 차에 모르 는 사람 태우지 마." 캐롤은 욕실로 들어가서 샤워 꼭지를 틀 었다.

테레즈가 뒤따라 들어갔다. "내가 욕실 쓰려고 했는데."

"내가 쓸 거야. 대신 들어와도 좋아."

"고마워요." 테레즈는 캐롤이 가운을 벗자 따라 벗었다.

"뭐?" 캐롤이 말했다.

"음?" 테레즈가 샤워기 밑으로 들어갔다.

"뻔뻔하긴." 캐롤도 그 밑으로 들어가더니 테레즈의 한 쪽 팔을 뒤에서 비틀었다. 테레즈는 그저 낄낄거렸다.

테레즈는 캐롤을 품에 안고 입을 맞추고 싶었지만, 잡히지 않은 팔을 미친 듯이 뻗어 캐롤의 머리를 잡고 반대편으로 밀어 샤워 물줄기 밑으로 보냈다. 한쪽 발이 미끄러지는 오싹한 소리가 들렸다.

"그만 해! 이러다 넘어져!" 캐롤이 소리쳤다. "젠장, 둘이서 평화롭게 샤워할 순 없는 거니?"

테레즈는 수폴스에서 전에 묵었던 호텔 앞에 차를 세웠
다. 워리어 호텔. 밤 9시 30분. 캐롤은 한 시간 전에 집에 도
착했을 것이다. 테레즈는 자정에 캐롤에게 전화하기로 했다.

테레즈는 방을 잡고 가방을 올려다 놓고 도로 나가 중앙
도로를 따라 걸었다. 영화관이 보였다. 캐롤과 영화를 같이
본 적이 없었다. 안으로 들어갔지만 영화에 몰입할 기분이
아니었다. 여배우의 목소리가 캐롤의 목소리를 닮았다. 온통
테레즈 귓가에 울리는 차분하게 비음이 섞인 목소리는 아니
었다. 캐롤이 떠올랐다. 이제 1,600킬로미터 멀리 있는 그녀.
오늘 밤은 혼자 자야 한다. 테레즈는 자리에서 일어나 다시
밖으로 나갔다. 편의점이 보였다. 어느 날 아침 캐롤이 휴지
와 치약을 샀던 곳이다. 그리고 저 코너에서 캐롤이 고개를
들고 도로 표지판을 읽었다. '5번가와 네브래스카 가.' 테레즈
는 편의점에서 담배 한 갑을 사서 호텔로 돌아와 의자에 앉
았다. 캐롤이 떠난 후 처음으로 담배를 입에 물고 맛을 느꼈

다. 그간 잊고 지낸 혼자라는 상태를 음미했다. 그저 몸만 떨어져 있을 뿐, 혼자라는 기분이 전혀 들지 않았다. 잠시 신문을 보다가 대니와 필이 보낸 편지를 핸드백에서 꺼냈다. 콜로라도스프링스를 떠나기 직전에 받은 편지였다.

이틀 전, 리처드를 만났어요. 팔레르모에 홀로 있더군요. 당신의 안부를 물었더니 리처드가 편지 안 한다고 하더라고요. 보아하니 둘 사이 무슨 불화가 있었던 것 같은데, 굳이 캐묻지 않았어요. 리처드가 말할 기분이 아니더라고요……. 내가 프랜시스 푸케트라는 귀인한테 당신 얘기를 해두었어요. 어떤 프랑스 연극이 4월 중에 미국에서 막을 올리기만 하면 5만 달러를 쾌척하겠대요. 내가 계속 알려주겠지만, 누가 연출을 맡을지 아직 하나도 정해지지 않았어요. 대니가 안부 전해 달래요. 조만간 멀리 떠날 모양이에요. 그렇게 되면 겨울을 날 집을 새로 찾든지, 아니면 룸메이트를 구해야 할 것 같아요. 내가 보낸 「스몰 레인」 기사 스크랩 받았어요?

몸 건강히,

필

대니의 짧은 편지는 다음과 같은 내용이었다.

테레즈 보세요.

어쩌면 이번 달 말에 캘리포니아 서부로 이사 가서 직장을 다니게 될 것 같습니다. 이 일(연구직) 아니면 메릴랜드 화학 공장 근무, 둘 중 하나를 택해야 해요. 콜로라도도 좋고 어디에서든 잠깐이라도 당신을 만날 수만 있다면 일정보다 조금 빨리 출발할 생각입니다. 아마 캘리포니아로 갈 것 같아요. 그쪽이 훨씬 전망이 좋거든요. 그럼 어디로 갈지 알려줘요. 어디든 상관없어요. 캘리포니아로 가는 교통편은 상당히 많으니까요. 당신 친구만 괜찮다면 어디에서든 당신을 만나 며칠 같이 있으면 참 좋을 것 같아요. 2월 28일에 뉴욕에서 출발할 겁니다.

    사랑을 담아,
    대니

테레즈는 아직 대니에게 답장을 쓰지 않았다. 이 도시 어딘가에서 방을 잡고 나서 그다음 날 주소를 알려줄 생각이다. 그러나 다른 곳으로 가야 한다면 그건 캐롤과 상의해야 한다. 대체 언제쯤 캐롤과 통화할 수 있을까? 캐롤은 오늘 밤 벌써 뉴저지 집에 도착했을 것이다. 테레즈는 용기가 나지 않고 우울해졌다. 신문을 집어 날짜를 확인했다. 2월 15일. 캐롤과 함께 뉴욕을 떠나온 지 스무 날 하고도 아흐레가 지났다. 이걸 고작 며칠이라고 할 수가 있을까?

호텔 방에서 테레즈는 교환을 통해 캐롤에게 전화를 넣

고 목욕을 하고 잠옷을 입었다. 그때 전화벨이 울렸다.

"여보세요." 캐롤이 한참 기다린 듯한 목소리로 말했다. "거기 무슨 호텔이야?"

"워리어 호텔이요. 그런데 여기에 계속 있을 생각은 아니에요."

"도중에 낯선 사람 태운 건 아니지?"

테레즈가 웃었다. 캐롤의 느릿느릿한 목소리가 테레즈의 온몸을 어루만지듯 테레즈를 더듬고 지나갔다. "무슨 일 있어요?" 테레즈가 물었다.

"오늘 밤? 아무 일도 없어. 집은 썰렁하고 플로렌스는 낼모레나 되어야 온대. 애비랑 같이 있어. 안부 인사 할래?"

"그 집에서 애비랑 둘이 있다니 말도 안 돼요."

"그런 거 아니야. 2층 녹색 방에서 문 꼭 닫고 있어."

"지금 애비하고 통화할 마음은 눈곱만큼도 없어요."

캐롤은 테레즈가 그동안 뭐 했는지 일일이 다 알고 싶어 했다. 어떤 길을 탔는지, 잠옷은 노란색, 아니 파란색으로 입었는지 궁금해 했다. "네가 없어서 오늘 밤 잠들 때 고생할 것 같아."

"그러게요." 테레즈는 불쑥 대답했다. 갑자기 눈물이 두 뺨을 타고 흘렀다.

"고작 그런 말밖에 못해?"

"사랑해요."

캐롤이 휘파람을 불었다. 그리고 침묵이 흘렀다. "애비가 수표는 챙겼대, 자기. 그런데 편지는 없었다는데. 내 전보를 못 받긴 했지만 아무튼 편지는 없었대."

"그럼 그 책은 있어요?"

"책은 찾았는데 그 안에 아무것도 없어."

테레즈는 편지를 아파트에 두고 온 건 아닌지 의아했다. 그런데 책 사이에 편지를 끼워둔 모습이 생생했다. 책을 놔둔 장소도 확실했다. "혹시 누가 집을 뒤진 건 아닐까요?"

"아니, 몇 군데 보면 구별이 가는데 그건 아닌 것 같으니 걱정하지 마."

잠시 후, 테레즈는 침대에 미끄러지듯 누운 다음 램프를 당겨서 껐다. 캐롤은 내일 밤에도 전화하라고 했다. 캐롤의 목소리가 잠시 귓가에서 어른거렸다. 다시 우울한 기분이 테레즈를 파고들었다. 테레즈는 양쪽 팔을 가지런히 옆에 붙이고 누워서 그녀를 감싼 텅 빈 공간을 느꼈다. 이대로 관 속에 누워도 될 것 같았다. 테레즈는 이내 잠이 들었다.

다음 날 아침, 테레즈는 어느 집에서 마음에 드는 방을 찾았다. 오르막 언덕길에 자리 잡은 집인데 정면 큰 방에 돌출 창이 달려 있었다. 창가에는 온갖 식물이 놓이고 하얀 커튼이 걸려 있었다. 침대 사방에는 기둥이 솟아 있고 바닥에는 타원형 러그가 깔려 있었다. 여주인은 일주일에 7달러라고 했다. 테레즈는 일주일을 다 채울지 몰라서 일할로 계산하기로 했다.

"그게 그거예요. 어디에서 왔어요?" 여주인이 물었다.

"뉴욕이요."

"여기에서 살 생각인가요?"

"아뇨, 친구가 여기로 오기로 해서 기다리는 중이에요."

"남자, 아님 여자?"

테레즈는 웃었다. "여자요. 혹시 뒤쪽에 차고가 있나요? 차가 있거든요."

여주인은 차고 두 개가 비었다고 했다. 여기에서 묵으면 차고 비는 따로 받지 않겠다고 했다. 그리 나이가 먹은 건 아니었지만 등이 약간 굽고 호리호리했다. 엘리자베스 쿠퍼 부인이며 여기에서 15년째 하숙을 치고 있다고 했다. 맨 처음 하숙을 들어온 세 명 중 둘은 아직도 여기에 산다고 했다.

그날, 테레즈는 더치 허버와 그의 아내를 알게 되었다. 공공 도서관 근처에서 식당을 운영하는 부부였다. 남자는 깡마른 50대였고 호기심 어린 작은 눈을 갖고 있었다. 아내 에드나는 뚱뚱하고 요리를 담당했으며 남편보다 말수가 적었다. 더치는 1년 정도 뉴욕에서 일했다면서 테레즈가 잘 모르는 뉴욕의 다른 구역에 대해 물었다. 그래서 테레즈가 뉴욕의 어떤 장소에 대해 얘기를 꺼내면 그가 처음 들어보거나 잊어버린 곳이었다. 뭔가 대화가 멈칫거리고 막혀서 다들 웃고 말았다. 더치는 테레즈에게 토요일 마을에서 몇 킬로미터 떨어진 곳에서 열리는 오토바이 경기가 있는데 혹시 가고 싶으면 같이 가자고 했다. 테레즈는 좋다고 했다.

테레즈는 마분지와 접착제를 사서 뉴욕에 돌아가면 하커비에게 보여줄 무대 모형 제작에 돌입했다. 거의 다 끝내 놓고 11시 반에 밖으로 나가 워리어 호텔에서 캐롤에게 전화를 했다.

캐롤은 집에 없었고 아무도 전화를 받지 않았다. 테레즈는 새벽 1시까지 전화를 계속 걸다가 쿠퍼 부인의 하숙집으로 되돌아왔다.

테레즈는 다음 날 아침 오전 10시 30분경에 캐롤에게 다시 전화했다. 캐롤은 그 전날 변호사와 상세히 논의해보았지만 하지의 다음 행보가 무엇인지 파악하기 전까지는 캐롤도, 변호사도 아무것도 할 게 없다고 했다. 캐롤은 뉴욕에서 점심 약속이 있고 그에 앞서 편지를 써야 한다며 통화를 짧게 끝내려 했다. 캐롤은 하지가 뭘 하고 있는지 처음에는 걱정이 되어서 두 번이나 그와 통화하려 했지만 연결되지 않았다고 했다. 그런데 지금 테레즈의 마음에 가장 걸리는 건 무뚝뚝한 캐롤의 반응이었다.

"마음은 그대로인 거 맞죠?" 테레즈가 물었다.

"자기야, 당연하지. 내일 밤에 내가 파티를 여는데 네가 그리울 거야."

테레즈는 밖으로 나가다가 호텔 문턱에 발이 걸렸다. 순간, 외로움이 공허한 파도처럼 밀려왔다. 처음으로 파도에 맞은 테레즈는 온몸이 산산이 부서지는 느낌이 들었다. 내일 밤 뭘 하지? 밤 9시에 문 닫을 때까지 도서관에 가서 책이나 읽을까? 아니면 무대 모형을 하나 더 만들까? 테레즈는 캐롤이 내일 파티에 부른다는 사람들의 이름을 곱씹었다. 맥스와 클래러 티벳 부부. 캐롤의 집 근처 고속도로 인근에 온실을 갖고 있는 부부였다. 테레즈도 전에 한 번 본 적이 있었다. 캐롤의 친구 테시. 테레즈는 한 번도 보지 못했다. 스탠리 맥베이. 둘이서 차이나타운에 가던 날 밤, 캐롤과 같이 있던 남자였다. 캐롤은 애비 얘기는 하지 않았다.

게다가 캐롤은 내일 전화하란 말도 하지 않았다.

테레즈는 계속 걸었다. 그러다 마지막 순간에 캐롤이 도로 나오던 모습이 떠올랐다. 지금 다시 눈앞에서 벌어지는 장면 같았다. 캐롤이 디모인 공항에서 이륙 준비를 하던 비행기 문에 서서 손을 흔들었다. 테레즈는 활주로 건너편 철조망 뒤에 서 있어야 했기에 캐롤의 모습이 저 멀리 작은 점처럼 보였다. 연결 램프는 이미 치워지고 몇 초 후에 비행기 문이 닫힐 예정이었다. 바로 그때, 안으로 들어갔던 캐롤이 다시 모습을 보였다. 캐롤은 비행기 문 앞에 잠깐 서서 테레즈를 다시 찾더니 손으로 키스를 날렸다. 캐롤이 도로 나왔다는 사실이 테레즈에겐 바보 같아도 상당히 의미 있었다.

테레즈는 토요일에 차를 몰아 오토바이 경주장으로 갔다. 캐롤의 차가 커서 한 차에 더치와 에드나를 태우고 갔다. 그다음에 부부가 집에 와서 저녁을 먹으라고 했지만 테레즈는 거절했다. 그날 캐롤의 편지를 받지 못했기 때문이다. 적어도 메모라도 남겨줄 줄 알았다. 일요일이 되자 우울해졌다. 오후에 빅수리버에서 델래피즈까지 드라이브를 갔다 왔지만 기분은 하나도 나아지지 않았다.

월요일 아침, 테레즈는 도서관에 앉아 희곡을 읽었다. 2시경, 휘몰아치던 한낮의 분주함이 한풀 꺾이고 나자 테레즈는 더치의 식당에 가서 차를 마시고 얘기를 나눴다. 주크박스에서 캐롤과 같이 듣던 곡을 골라서 틀었다. 테레즈는 더치에게 저 차가 지금 오기를 기다리는 친구의 것이라고 말했다. 더치가 중간중간 묻는 질문에 대답하다 보니 테레즈는 캐롤이 뉴저지에 살고 있으며 비행기를 타고 오면 가고 싶다던 뉴멕시코로 갈지 모른다는 얘기까지 했다.

"캐롤이 그런대요?" 더치는 안경을 닦으면서 테레즈 쪽으로 몸을 돌리며 물었다.

그 순간, 테레즈의 가슴에서 낯선 불기둥이 치솟아 올랐다. 더치가 캐롤의 이름을 입에 올렸기 때문이다. 테레즈는 다시는 캐롤 얘기를 하지 않겠다고 결심했다. 이 마을에 있는 누구에게라도.

화요일, 캐롤의 편지가 도착했다. 짤막한 메모에 그쳤지만 모든 상황이 더욱 긍정적인 방향으로 흐르고 있다는 프레드의 말이 담겨 있었다. 이제 걱정할 것은 오로지 이혼 건뿐이며 2월 24일경이면 비행기를 탈 수 있을 거라고 했다. 테레즈는 편지를 읽으며 미소를 지었다. 밖으로 나가 누구라도 붙들고 축하하고 싶었지만 아무도 없었다. 그래서 그저 산책을 하고 워리어 호텔 바에서 홀로 술 한 잔 하면서 벌써 닷새나 못 본 캐롤을 생각했다. 테레즈가 같이 있고픈 사람은 오로지 캐롤뿐이었다. 대니도 보고 싶었다. 스텔라 오버튼도 그리웠다. 스텔라는 유쾌한 사람이지만 그래도 캐롤 얘기는 한 마디도 털어놓지 못할 것 같았다. 그럼 누구한테 얘기할 수 있을까? 지금 스텔라를 볼 수 있다면 참 반가울 것 같았다. 며칠 전 스텔라에게 카드라도 보내고 싶었지만 아직까지 보내지 못했다.

그날 밤 테레즈는 캐롤에게 편지를 썼다.

반가운 소식이네요. 워리어 호텔에서 다이커리(럼에 과일 주스를 섞은 칵테일—옮긴이)를 한 잔 하며 자축했어요. 일부러 안 마시려고 한 건 아닌데 혼자 마시니 한 잔만 마셔도 석 잔을 마신 것 같더라고요. 난 이 마을이 참 좋아요. 구석구석 당신이 떠오르니까요. 당신은 여기 말고 다른 데를 더 좋아할지 모르겠지만요. 아무튼 이게 중요한 건 아니죠. 당신이 여기에 없어도 내가 당신을 생각하는 만큼 내 곁에 있는 거예요.

캐롤이 답장했다.

    난 플로렌스가 늘 찜찜했어. 일단 이 말을 전제로 해둘게. 플로렌스가 네가 나한테 쓴 편지를 찾아서 그걸 하지에게 팔아넘긴 것 같아. 그것도 꽤 비싼 값에. 플로렌스 때문에 우리의(혹은 적어도 나의) 행방이 하지에게 발각된 거 같아. 확실해. 내가 이 집에 무슨 흔적을 남기고 가서 그런 건지, 아니면 플로렌스가 엿들은 건지 그건 잘 모르겠어. 내 딴에 꽤 조용히 말한 거 같거든. 하지가 플로렌스를 매수하는 수고를 했다고 해도, 분명히 했겠지만, 이건 말이 안 돼. 아무튼 저들이 우리를 시카고에서 따라잡았잖아. 자기야, 이 일이 어디까지 번질지 정말 모르겠다. 대충 분위기만 알려줄게. 다들 나한테 아무것도 알려주지 않다가 갑자기 상황이 죄다 까발려졌어. 누군가 정보를 갖고 있다면 그게 바로 하지야. 그이와 전화로 얘기했어. 하지는 나한테 하나도 말해주지 않겠대. 나를 완전히 무릎 꿇려 이혼전이 시작되기도 전에 내 입지를 모두 빼앗겠다고 계산한 것 같아. 그쪽은 날 안다고 생각할지 모르겠지만 나를 몰라. 아무도. 이혼전이라는 건 당연히 린디를 놓고 벌이는 전쟁이야. 안타깝지만 법원에 가야 해서 24일에는 출발할 수 없어. 이것도 하지가 오늘 아침 전화로 그 편지를 읽어주면서 한 얘기야. 편지 때문에 하지가 칼자루를 쥐게 됐어. (딕터폰 작업은 콜로라도스프링스에서만 벌인 것 같아. 내가 아는 한 그래.) 그래서 나한테 편지의 존재를 알린 거지. 무슨 편지인지 대충 알 것 같아. 우리가 출발하기 일주일 전에 쓴 편지니 하지도 무슨 말인지 헤아리기에 한계가 있을 거야. 하지는 날 협박하고 있어. 침묵이라는 특이한 형태로. 린디 문제를 말끔히 매듭짓고 돌아갔으면 좋겠어. 나 못가. 최종 담판을 지어야 할 거 같아. 법정까지 끌고 가지 않았으면. 아무튼 프레드가 만반의 준비를 하고 있어. 능력 있는 변호사이자 내게 직언을 해주는 유일한 사람이지. 그런데 안타깝게도 모든 정황을 잘 몰라.

널 그리워하냐고 물었지? 네 목소리. 네 손길, 날 뚫어져라 보던 네 눈길, 다 생각나. 의심할 수 없을 만큼 네가 보여준 용기도 다 기억해. 그래서 나도 용기를 냈어. 전화해줄래, 자기? 네가 복도에서 전화를 받아야 하는 상황이라면 통화하고 싶지 않아서 그래. 컬렉트콜로 저녁 7시경에 전화해줘. 그쪽 시간으론 6시가 되겠지.

테레즈는 그날 저녁 캐롤에게 전화를 할 참이었다. 그때 전보가 도착했다.

당분간 전화하지 마. 나중에 설명할게. 내 모든 사랑을 담아, 캐롤.

쿠퍼 부인은 테레즈가 복도에서 전보를 읽는 모습을 지켜보았다. "친구가 보낸 거군요?"

"네."

"별일 없어야 할 텐데요." 쿠퍼 부인은 사람들을 뚫어져라 보는 습관이 있었다. 그래서 테레즈는 일부러 고개를 바짝 들었다.

"아뇨, 온대요." 테레즈는 대답했다. "좀 늦는대요."

앨버트 케네디, 애칭 버트라고 불리는 사내는 이 집 뒷 방에서 살았다. 그는 쿠퍼 부인이 맨 처음 하숙을 칠 때부터 사는 사람이었다. 45세, 샌프란시스코 출신. 그런데 테레즈 가 뉴욕에서 만난 뉴요커보다 훨씬 더 뉴요커 같았다. 이 사 실만으로도 테레즈는 그가 꺼려졌다. 그는 테레즈에게 영화 를 보러 가자고 종종 청했지만 딱 한 번 같이 갔다. 테레즈는 마음이 불편해서 혼자 돌아다니는 편이 훨씬 좋았다. 그냥 구경하고 생각하는 게 좋았다. 날씨가 너무 춥고 야외에서 스케치하기엔 바람이 많이 불었다. 맨 처음 테레즈가 좋아했 던 곳들도 그림을 그리기엔 너무 썰렁해졌다. 그냥 눈으로만 보기에도 버거워졌다. 기다림은 더욱 진이 빠졌다. 테레즈는 거의 매일 저녁 도서관에 가서 책 대여섯 권이 보이는 기다란 테이블에 앉아 있다가 하숙방까지 구불구불 돌아서 갔다.

테레즈는 집에 왔다가도 곧바로 다시 나갔다. 변덕스러 운 바람에 몸이 굳기도 했고, 바람이 너무 거세자 다른 때라면 가지 않았을 길로 돌아가기도 했다. 불 켜진 창으로 피아노를 치는 소녀가 보였다. 또 다른 창에서는 한 남자가 웃고 있었다. 어떤 여자는 바느질을 하고 있었다. 그러고 나자 이제 캐롤에게 전화조차 할 수 없는 현실이 떠올랐다. 지금 이 시각, 캐롤이 뭘 하는지도 모르는 사실을 받아들여야 했다. 캐롤은 편지에 모든 걸 털어놓지 않았다. 최악의 상황은 말해주지 않은 것 같았다.

테레즈는 도서관에서 유럽의 풍광이 담긴 책을 들추었다. 시칠리아(이탈리아 지중해에 있는 섬—옮긴이)의 대리석 연못. 쏟아지는 햇빛 아래 서 있는 그리스 유적. 과연 진짜로 캐롤과 같이 유럽에 갈 수 있을까? 두 사람이 아직 해보지 못한 것들이 참 많았다. 대서양을 가로지는 첫 번째 선박 여행. 아주 평범한 일상의 아침. 그게 어디든 베개에서 고개를 들면 캐롤의 얼굴이 보이는 아침. 그런 날들은 그들의 것이 될 것이다. 아무도 두 사람을 갈라놓을 수 없다.

그러다 아름다운 물건이 눈에 띄었다. 마음과 눈을 동시에 사로잡았다. 앤티크 가게의 어두운 유리창 안에서 그것이 보였다. 이쪽 길로는 한 번도 온 적이 없었다. 테레즈는 그것을 응시했다. 그동안 잊고 지낸 이름 모를 마음속 갈증이 해갈되는 기분이 들었다. 진청, 진홍, 초록 등 알록달록한 작은 마름모로 뒤덮인 도자기 표면에는 유약이 발려 있었다. 먼지를 한 겹 뒤집어썼는데도 비단으로 수놓은 듯 윤기가 흘렀다. 손잡이 테두리엔 금색이 칠해져 있었다. 작은 촛대였다. 테레즈는 궁금했다. 누가 만들었을까? 누구를 위한 것이었을까?

다음 날 아침, 테레즈는 다시 와서 캐롤에게 주려고 촛대를 샀다.

같은 날 오전에 리처드의 편지가 도착했다. 콜로라도스 프링스에서 전송되어 온 것이다. 테레즈는 도서관 길가 돌 벤치에 앉아서 편지를 뜯었다. 사무용 편지지였다. 셈코 액화석유 가스 회사. 취사용 – 난방용 – 제빙용. 리처드의 이름이 맨 위에 적혀 있었다. 포트제퍼슨 지점 총지배인.

테레즈에게

대니 덕분에 네가 어디에 있는지 알게 되었다. 넌 이 편지가 무슨 소용이냐고 하겠지만 그래도 보낸다. 넌 아마 안개 속을 걷고 있을 거야. 우리가 카페테리아에서 그날 밤 얘기했을 때와 비슷하겠지. 그래도 이거 하나는 확실히 짚고 넘어가야 할 것 같다. 내 감정은 2주 전과 이제 완전히 달라졌다. 지난 번 편지는 내 마지막 발광이었다. 나는 그 편지를 쓰면서 다 부질없다는 걸 알았다. 그리고 네가 답장하지 않으리라는 것도 알았기에 네가 답장하지 않기를 바랐다. 그때 이미 너에 대한 사랑을 접었다는 걸 지금에야 알았다. 지금 너에 대한 내 감정을 말해주지. 맨 처음 내게 인 감정은 역겨움이었다. 넌 다른 사람은 하나도 못 보고 그 여자에게만 목매달고 있어. 지금까지 보아하니 그런 관계는 더럽고 건강하지 못해. 그래서 구역질난다. 그건 절대로 오래가지 못해. 난 처음부터 그럴 거라고 경고했어. 네 스스로도 결국 후회만 남을 거다. 네 인생을 낭비한 만큼 후회가 더 커지겠지. 그건 근본도 없고 유치한 짓이야. 빵과 고기 대신 연꽃만 보고 달콤한 사탕만 먹으며 살겠다는 것과 같은 얘기지. 우리가 연을 날리던 날, 네가 물은 질문을 종종 생각해보았다. 너무 늦게 전에 내가 막았어야 했는데. 왜냐하면 그때의 난 널 구하려 했을 만큼 널 사랑했었으니까. 그런데 지금은 아니다.

남들이 아직도 네 얘길 묻더라. 내가 뭐라고 대답해줄까? 사람들한테 진실을 말해주고 싶어. 그래야만 내가 벗어날 수 있을 테니. 그리고 내 주위에서 그 얘기가 들리는 걸 더는 못 참겠어. 우리 집에 있던 네 물건 몇 개는 벌써 보내두었다. 너를 떠올리게 하는 아주 작은 것들, 너와 관계된 거라면 그게 뭐든 기분이 나빠지더라. 난 너에게 손가락 하나 대고 싶지 않고 너와 관련된 거라면 살에 닿는 것도 싫어. 난 상식을 얘기하고 있는 거야. 넌 내가 무슨 말 하는지 하나도 못 알아듣겠지만 그래도 이것 하나는 알아듣겠지. 너와 난 남남이다.

리처드

리처드는 편지를 쓰는 동안 분명 그 얄팍한 입술에 힘이 잔뜩 들어가 일자가 되었을 것이다. 그 바람에 작고 긴장한 윗입술이 말려 올라가 거의 보이지 않았을 것이다. 테레즈는 잠시 리처드의 얼굴이 또렷이 보였다. 그러다가 괴성을 지르는 리처드의 편지처럼 그의 얼굴이 뿌옇게 멀어지더니 결국 사라졌다. 테레즈는 자리에서 일어나 편지를 도로 봉투 속에 넣고 계속 걸었다. 리처드가 테레즈를 깨끗이 지워버렸으면. 그런데 리처드가 남들 앞에 나서서 호기심 어린 자태로 테레즈에 대해 떠드는 모습이 보였다. 테레즈가 뉴욕을 떠나기 전에도 리처드는 그런 모습을 보였다. 어느 날 저녁 팔레르모 바에서 리처드가 필에게 뭔가 얘기하던 모습이 떠올랐다. 켈리 부부에게 얘기하는 모습도 그려졌다. 그가 뭐라고 떠들든 테레즈는 아무 상관없었다.

캐롤은 지금 뭐 할까? 오전 10시, 뉴저지 시간으로 11시다. 남들의 비난을 듣고 있나? 내 생각을 할까? 아니, 그럴 시간이나 있을까?

날은 좋았다. 춥지만 바람이 거의 불지 않았다. 햇살은 밝았다. 차를 몰고 어디로든 갈 수 있었다. 차를 그대로 세워놓은 지 사흘이나 지났다. 갑자기 차를 쓰고 싶지 않았다. 지난번에 차를 몰고 145킬로미터로 직선 도로를 달려 델 래피즈(사우스다코타 주에 있는 도시―옮긴이)까지 갔다 왔다. 캐롤이 보낸 편지를 받고 한없이 기뻐서 날뛰던 날이었다. 아주 오래전 얘기 같았다.

또 다른 하숙생인 보웬 씨가 현관 앞에 앉아 있었다. 테레즈가 쿠퍼 부인 집으로 돌아오자 그는 의자에 앉아 다리에 담요를 덮고 햇볕을 쬐고 있었다. 모자를 눈까지 푹 눌러 써서 자는 줄 알았던 그가 크게 외쳤다. "어이! 거기 아가씨!"

테레즈는 걸음을 멈추고 잠시 수다를 떨었다. 캐롤이 프랑스 할머니에게 늘 예의 바르게 대했던 것처럼 테레즈는 그의 관절염이 어떤지 물었다. 둘이서 재미있는 수다 거리를 찾다가 방으로 돌아왔다. 아직까지도 미소가 떠나지 않았다. 그때 제라늄을 보는 순간 미소가 가셨다.

테레즈는 제라늄을 창틀 끝에 놓고 물을 주었다. 거기가 해를 가장 길게 볼 수 있는 자리였기 때문이다. 새로 나온 잎사귀 끝까지 죄다 갈색으로 말랐다. 캐롤이 비행기에 오르기 직전 디모인에서 사준 화분이었다. 아이비 화분은 벌써 죽었다. 화원 아저씨는 키우기 힘들다고 만류했지만 캐롤이 우겨서 산 화분이었다. 제라늄도 곧 죽을 것 같았다. 그런데 쿠퍼 부인이 키우는 온갖 화초들은 창가에서 무럭무럭 자랐다.

이 동네를 걷고 또 걸어요.

테레즈는 캐롤에게 편지를 썼다.

그런데 계속 한쪽 방향으로 걸어서, 동쪽으로만 걸어서 당신에게 닿고 싶어요. 언제 오나요, 캐롤? 아니면 내가 가도 되나요? 이렇게 오랫동안 당신과 떨어져 지내는 거 참을 수가 없어요…….

다음 날 아침, 테레즈는 답장을 받았다. 캐롤의 편지 속에서 수표 한 장이 펄럭이며 쿠퍼 부인 집 복도에 떨어졌다. 250달러. 손에 힘을 다 빼고 길게 둥글려 쓴 필체였다. 단어를 다 뒤덮을 만큼 T자의 가로선을 길게 늘려 썼다. 2주 안에는 돌아갈 수 없다는 내용이었다. 그 돈으로 비행기를 타고 뉴욕으로 돌아오고 차는 실어 보내라고 했다.

네가 비행기 타고 오는 편이 내 맘이 더 편하겠어. 더 기다리지 말고 지금 와.

이게 마지막 문장이었다. 캐롤이 급하게 편지를 쓴 것 같았다. 잠깐 짬을 내 쓴 모양이었다. 그런데 편지에 냉랭한 기운이 흘렀다. 그것 때문에 테레즈는 충격을 받아서 밖으로 나가 멍한 머리로 걸었다. 모퉁이에 있는 우체통으로 가서 전날 써 놓은 편지를 넣었다. 두툼해서 항공 우표를 세 장이나 붙여야 했다. 열두 시간 후면 캐롤을 볼 수 있다. 그런데 확신이 들지 않았다. 오늘 아침에 떠나야 하나, 아니면 오늘 오후? 대체 저들이 캐롤한테 무슨 짓을 한 거지? 내가 전화해서 캐롤이 화난 걸까? 안 그래도 위태로운 상황이었는데 내가 전화하는 바람에 완전히 지는 쪽으로 판세가 기울었나?

테레즈는 테이블 위에 커피와 오렌지 주스를 올려놓고 앉아 있었다. 그리고 들고 있던 다른 편지를 읽었다. 왼쪽 위 구석만 봐도 휘갈겨 쓴 편지임을 알 수 있었다. 로비체크 부인의 편지였다.

테레즈에게

지난달에 소시지 보내줘서 맛있게 먹었우. 고마워요. 정말 살가운 아가씨네. 여러 번 고맙다고 인사할 수 있는 기회가 생겨서 정말 좋구려. 그렇게 멀리까지 가서 내 생각이 났다니 고마워서 어쩌나. 예쁜 엽서도 덕분에 잘 봤우. 수폴스에서 보낸 큼직한 엽서가 특히 좋았고. 사우스다코타는 어떤지, 산도 있고 카우보이도 있나? 난 펜실베이니아 말곤 여행 가본 데가 없어서 말이지. 행운의 아가씨군. 젊고 예쁘고 친절하고. 나야 뭐 만날 일하지 뭐. 백화점은 여전하다우. 하나도 변한 건 없고 날이 더 추워졌을 뿐. 나중에 오면 꼭 찾아와요. 내가 맛있는 저녁 해줄게. 가게에서 사다가 차려주는 거 말고. 소시지 진짜 고마웠어요. 며칠 잘 먹고 살았우. 진짜 특별하고 맛난 선물이었으니.

안부를 전하며,
루비 로비체크

테레즈는 의자를 뒤로 밀고 일어나 돈을 카운터에 놓고

뛰쳐나왔다. 그대로 내달려서 워리어 호텔까지 갔다. 그곳에서 전화를 신청한 후 수화기를 귀에 대고 기다렸다. 마침내 캐롤의 집 전화벨이 울렸다. 아무도 받지 않았다. 스무 번이나 울렸지만 응답이 없었다. 캐롤의 변호사인 프레드 헤이메스에게 전화할까? 그쪽에 전화하면 안 된다. 애비에게도 전화할 마음이 들지 않았다.

그날은 비가 내렸다. 테레즈는 방 침대에 누워서 천장만 올려다보며 3시가 되기를 기다렸다. 그때 다시 전화할 생각이었다. 쿠퍼 부인이 점심을 쟁반에 차려서 한낮에 들고 들어왔다. 테레즈가 아픈 줄 알았던 것이다. 테레즈는 음식을 입에 대지도 못해 처치 곤란이었다.

5시에 다시 캐롤에게 전화를 걸었다. 그런데 벨 소리가 끊기더니 혼선이 되었다. 양쪽 교환원이 서로 전화에 대해 뭔가를 물었다. 드디어 캐롤의 목소리가 들렸다. "네, 젠장!" 테레즈는 그 목소리가 들리자 미소가 지어졌다. 아팠던 팔도 낫는 것 같았다.

"여보세요?" 캐롤이 퉁명스레 전화를 받았다.

"여보세요?" 연결 상태가 좋지 않았다. "편지 받았어요…… 수표 든 편지요. 무슨 일이에요, 캐롤? 대체……."

시달린 듯한 캐롤의 목소리가 지지직거리는 전화선을 통해 반복되었다. "이 전화 도청되는 것 같아, 테레즈……." 그리고 말을 이었다. "잘 지내? 지금 오는 거야? 지금은 길게 애기 못해."

테레즈는 아무 말 없이 인상을 찌푸렸다. "오늘 출발하려고요." 그다음 불쑥 물었다. "이게 뭐죠, 캐롤? 더는 못 참겠어요. 난 아무것도 모르잖아요!"

"테레즈!" 캐롤이 테레즈의 말을 자르며 외쳤다. 마치 테레즈의 목소리를 지워버리려는 것 같았다. "집으로 와. 와서 애기하자."

테레즈는 캐롤이 불안하게 한숨을 내쉬는 소리를 들었다. "지금 알아야겠어요. 내가 가면 만나나 줄 건가요?"

"정신 차려, 테레즈."

우리가 이런 식으로 말한 적이 있던가? 우리가 이런 단어를 사용했던가? "만날 수 있냐고요?"

"모르겠어." 캐롤이 말했다.

팔뚝에 소름이 돋더니 수화기를 들고 있는 손끝까지 퍼졌다. 캐롤이 날 미워하는구나. 다 나 때문이야. 내가 멍청한 편지를 쓰는 바람에 플로렌스에게 들킨 거야. 무슨 일이 있어서 캐롤은 다시는 테레즈를 볼 수 없고 앞으로도 보지 않으려 할 것이다. "재판은 시작했어요?"

"다 끝났어. 그것도 편지에 썼어. 이제 끊어야 해. 안녕, 테레즈." 캐롤은 테레즈의 대답을 기다렸다. "그럼 끊는다."

테레즈는 천천히 수화기를 내려놓았다.

테레즈는 호텔 로비에 서서 프런트 데스크에 서 있는 뿌연 형체를 멍하니 바라보았다. 주머니에 있던 캐롤의 편지를 꺼내서 다시 읽었다. 캐롤의 목소리가 훨씬 선명하게 들렸다. 초조히 말하는 목소리가 다시 들렸다. "집으로 와. 와서 얘기하자." 테레즈는 수표를 꺼내서 다시 쳐다보았다. 뒤집어진 수표를 들여다보다가 천천히 찢었다. 수표를 갈기갈기 찢어서 청동 재떨이에 버렸다.

눈물이 나지 않았다. 그러다 집으로 돌아와 방을 다시 보는 순간 왈칵 눈물이 쏟아졌다. 가운데가 푹 꺼진 더블 침대. 책상 위에 캐롤이 보낸 편지가 쌓여 있었다. 여기에서 하룻밤도 더 잘 수가 없었다.

테레즈는 그날 밤 호텔로 가서 자고 싶었지만, 캐롤이 말한 편지가 내일 아침까지 오지 않으면 그때 떠나기로 했다.

옷장에서 여행 가방을 질질 끌고 와 침대 위에 올려놓았다. 개켜진 하얀 손수건 한쪽 끝자락이 주머니에서 삐져나와 있었다. 테레즈는 손수건을 꺼내서 코에 갖다 댔다. 디모인에서의 어느 날 아침, 캐롤이 향수를 잔뜩 뿌리더니 손수건을 거기에 집어넣었다. 그걸 보고 테레즈가 웃었던 기억이 났다. 테레즈는 한 손을 의자 뒤에 올리고 다른 한 손은 주먹을 쥐고 괜히 허공에 휘둘렀다. 그때 책상과 편지들이 눈앞에 보이자 정신이 멍해졌다. 그것이 보이는 순간 인상이 구겨졌다. 한쪽 손을 쭉 뻗어서 책상 뒤편에 놓인 책들 사이에 삐죽 튀어나온 편지 하나를 끄집어냈다. 늘 보던 편지 같으나 못 보던 편지였다. 편지를 뜯었다. 캐롤이 말한 바로 그 편지였다. 장문의 편지였다. 어떤 쪽은 잉크가 연했고, 또 어떤 쪽은 잉크가 짙었다. 죽죽 그은 문장도 보였다. 첫 장을 읽고 처음부터 다시 읽었다.

월요일

내 사랑

사실은 법원에까지 가지도 못하게 되었어. 오늘 아침. 하지가 내게 불리한 증거를 조용히 내밀더라. 맞아, 우리의 대화가 몇 가지 녹음되어 있었어. 이를테면 워털루에서라든가. 이걸 가지고 법원에 가나 마나야. 부끄럽더라. 이상하게도 내 자신에게는 부끄럽지 않은데 딸아이한테는 부끄럽더라. 게다가 너까지 법정에 세울 필요는 없잖아. 오늘 아침 모든 게 간단해졌어. 그냥 내가 다 포기했어. 변호사가 그러는데 앞으로 내가 어떻게 하느냐가 중요하대. 다시 린디를 만날 수 있을지 없을지가 여기에 달려 있대. 왜냐하면 하지가 린디의 양육권을 독점하기가 아주 쉬워졌거든. 이제 문제는 내가 널 그만 봐야 한다는 거야. (혹은 너와 비슷한 성향을 가진 다른 사람들을 만나는 것도 안 된다고 하더라.) 대놓고 말하지는 않더라. 최후 심판의 날을 맞이한 심판관처럼 열댓 명이 떠들어대더라. 내 의무, 내 지위, 내 미래를 일깨워주면서. (저들이 내 미래를 계획해주었던가? 아니면 6개월에 한 번씩 찾아와 확인할 건가?) 그래서 널 그만 만나겠다고 했어. 네가 이해해줄까? 테레즈. 넌 너무 어리고 너라면 절대적으로 헌신하는 엄마가 없어서 모를 거야. 내가 약속을 지키면 저들이 내게 근사한 선물을 해준대. 황송하게도 딸아이를 1년에 몇 주는 만나게 해준다더라.

　[몇 시간 후]

　애비가 왔어. 둘이서 네 얘길 했어. 애비가 안부 전해달래. 애비는 내가 다 아는 얘기를 또 하더라. 네가 너무 어리고 날 너무 좋아한다고. 애비는 이 편지를 보내지 말고 그냥 언제 오라고만 말하라고 하더라. 그것 때문에 좀 전에 싸웠다. 난 애비에게 테레즈보다 날 모른다고 했어. 애비가 너보다도 날 모르는 것 같더라. 아무튼 그런 느낌이 들었다. 오늘은 정말 행복하지 않네, 자기. 지금 호밀주를 마시고 있어. 네가 보면 이거 마시면 우울해진다고 마시지 말라고 하겠지. 너랑 몇 주 같이 보내고 난 후 이런 날이 오리라곤 전혀 예상하지 못했어. 우리 정말 좋았잖아. 그건 나보다 네가 더 잘 알겠지. 우리 이제 막 시작했는데. 사실 이 편지에서 하고픈 말이 뭐냐면, 넌 나머지 얘기를 모르고, 아마 앞으로도 모를 거라는 얘기야. 그리고 알아서도 안 되고. 그래야 해. 우린 한 번도 싸우지 않았고, 한 번도 돌아보지 않았어. 그저 천국이든 지옥이든 같이 있고 싶어 한다는 것 말고는 아무것도 몰랐으니까. 네가 날 그렇게 사랑했을까, 난 잘 모르겠다. 하지만 그게 전부였다. 우리가 아는 거라곤 우리가 이제 막 시작했다는 것뿐. 아주 짧았지. 그렇기에 네 마음속에 뿌리가 깊이 내리지 않았을 거야. 내가 어떤 사람이든, 심지어 내가 욕을 해도 넌 날 사랑한다고 하더라. 나도 널 언제나 사랑한다고 여기에서 말할게. 현재의 너도, 앞으

로의 너도. 만약 내 고백이 저들의 심금을 울려 혹시나 결정이 번복될

수만 있다면야 난 법정에서도 이 말을 하겠어. 널 사랑한다고 말하는

건 두렵진 않거든. 이건 진심이야, 자기. 그래서 내가 이 편지를 보내

는 거야. 넌 내가 왜 이러는지, 왜 어제 변호사에게 널 다시는 만나지

않겠다고 했는지, 왜 그 말을 저들에게 해야 했는지 후일 이해해주리

라 믿어. 내가 널 과소평가하는지 모르겠지만 넌 지금은 이해하지 못

해서 나중으로 미룰 것 같다.

　테레즈는 거기까지 읽고 자리에서 일어났다. 그리고 천

천히 책상으로 걸어갔다. 테레즈는 캐롤이 편지를 보낸 이유

를 이해했다. 캐롤은 테레즈보다 린디를 더 많이 사랑하기

때문이다. 그 때문에 변호사들이 캐롤을 무릎 꿇려 원하는

바를 강요한 것이다. 테레즈는 캐롤이 강요당하는 모습을 상

상할 수 없었다. 그런데 그게 다 캐롤의 편지 속에 담겨 있었

다. 캐롤은 항복했다. 테레즈는 캐롤이 불리한 상황이 아님

에도 저들이 캐롤에게 뭐든 갖다 붙일 수 있다는 걸 알았다.

순간, 기가 막힌 깨달음을 얻었다. 캐롤이 자신의 극히 일부

분만을 테레즈에게 헌신했다는 점이다. 순간, 이 세상 전부

였던 지난달이 거대 사기극으로 느껴지면서 산산이 부서지

며 허물어졌다. 그리고 나니 믿기지 않았다. 캐롤이 아이를

택한 사실만 남았다. 테레즈는 책상 위에 놓인 리처드의 편

지를 노려보았다. 리처드에게 쏟아붓고 싶었던 말들이, 한

번도 제대로 하지 못한 억울함이 속에서 울컥 차올랐다. 대체 무슨 권리로 그가 테레즈에게 누구를 어떻게 사랑해라 말아라 거들먹거리는 걸까? 자기가 테레즈에 대해 뭘 안다고? 대체 알기나 했을까?

…… 부풀리면서 동시에 무시하더라. [테레즈는 캐롤이 보낸 편지의 다음 장을 읽는 중이다]. 그런데 내가 보기에 키스를 통해 얻는 쾌감과 남녀가 침대에서 나누는 행위로 인한 쾌감은 서로 색이 다를 뿐이야. 이를테면 키스를 무시해서도 안 되고, 남들의 판단에 따라 그 가치를 매겨서도 안 된다고 생각해. 그 행위로 인한 임신 여부에 따라 남자들은 쾌감이 달라지나? 그럼 임신을 시키면 쾌감이 더 커지는 건가? 그건 결국 쾌락의 문제일 뿐이야. 아이스크림콘과 축구 경기 중 어떤 게 좋은지 논쟁해봐야 무슨 소용 있겠어? 아니면, 베토벤 4중주와 모나리자 중 어떤 게 더 좋을까? 난 이 문제를 철학자에게 맡기겠어. 그런데 그들의 행태를 보면 날 무슨 실성했거나 눈먼 사람 취급하더라. (게다가 꽤 괜찮은 여자를 남자들이 품을 수 없으니 아쉽기도 한가봐.) 어떤 사람들은 이 논쟁에 미학까지 끼워 넣더라. 날 공격하기 위해서 말이지. 정말이지 저치들은 이 문제에 대해 논쟁하고 싶기나 한 걸까? 이 쇼를 처음부터 끝까지 보고 있자니 그저 실소만 터지네. 그런데 내가 언급하지 않았고 그 누구도 생각하지 않은 가장 중요한 문제가 있어. 그건 남남, 여여 동성 커플의 관계가 절대적이며 완벽할 수 있다는 사실이야. 사실 남녀 관계에서는 절대로 그럴 수 없거

든. 어떤 이들은 그저 이쪽을 원하고, 다른 이들은 남녀 사이에서 벌어지는 뭔가 변화무쌍하며 불확실한 것을 원하지. 어제는 내가 지금 이런 식으로 살다가는 죄 짓고 타락해서 인간의 밑바닥까지 떨어질 거라는 말까지 나왔어. 은근히 암시하기도 했고. 맞는 말이야. 저들이 널 내게서 떼어 놓은 후 난 완전히 바닥을 치고 있어. 이런 식으로 지내면, 그러니까 누군가에게 미행당하고, 비난 받고, 한 사람을 깊이 사귀지 못해 그저 인간관계가 표피적으로 끝난다면 난 완전히 엉망이 될 거야. 이런 게 바로 타락 아니겠어? 다시 말하자면, 자신의 기질대로 살지 못하는 것, 그걸 정의하자면 타락인 거야.

자기야, 난 여기에 모두 다 털어놓았어. 분명히 넌 나보다 미래를 잘 헤쳐 나갈 거야. 날 그저 잘못된 케이스였다고 여겨줘. 지금 못 견딜 만큼 상처 받아서 당장, 아니 나중이라도 그것 때문에 내가 미워지면—내가 애비에게 말한 게 바로 이거야— 그래도 난 미안해하지 않을래. 어쩌면 네 말대로 내가 너의 운명의 짝이자 유일한 사람이었다 해도 넌 다 잊을 수 있을 거야. 만약 잊지 못해서 지금 온통 낙담하고 우울해 해도, 그날 오후 네가 한 말이 다 맞지만, 그렇다고 상심할 필요는 없어. 네가 돌아와 한 번만이라도 얘기할 수 있으면 좋으련만. 만일 그럴 마음이 없다면 안 그래도 돼.

네 화분은 아직도 뒤쪽 현관에서 잘 크고 있어. 내가 매일 물을 주거든……

테레즈는 더는 읽을 수 없었다. 문 밖에서 천천히 계단을 내려오더니 더욱 당당하게 복도를 지나가는 발자국 소리가 들렸다. 발자국 소리가 사라지자 테레즈는 방문을 연 채 잠시 서 있었다. 이 집에서 당장 걸어 나가고픈 충동을 눌렀다. 다 두고 떠나는 거야. 복도를 내려가 뒤편에 있는 쿠퍼 부인의 방으로 갔다.

문을 두드리자 쿠퍼 부인이 나왔다. 테레즈는 준비했던 말을 했다. 오늘 밤에 떠난다고 했다. 테레즈는 부인의 얼굴을 보았다. 부인은 테레즈의 말은 듣지 않고 얼굴만 보더니 깜짝 놀랐다. 부인의 모습을 보니 테레즈는 자신의 모습이 반사되는 것 같아 외면할 수 없었다.

"이런, 안 됐네요. 벨리벳 양. 계획이 어그러져서 어째요." 부인은 이렇게 말하면서 표정에는 충격과 호기심이 가득했다.

테레즈는 도로 방으로 가서 짐을 싸기 시작했다. 바닥에 가방을 펼쳐 놓고 그동안 만든 모형을 맨 밑에 납작하게 깔았다. 그리고 책을 집어넣었다. 잠시 후, 부인이 천천히 걸어오는 소리가 들렸다. 만약 먹을 것을 들고 오는 거라면 비명을 지르리라. 쿠퍼 부인이 노크를 했다.

"우편물이 오면 어디로 보낼까요? 혹시 편지가 더 오면 말이죠."

"아직은 모르겠어요. 나중에 편지로 알려드릴게요." 테레즈는 몸을 세우자 현기증이 나면서 어지러웠다.

"이 늦은 밤에 뉴욕으로 떠날 건 아니잖아요." 쿠퍼 부인은 6시만 넘으면 '밤'이라고 했다.

"아니에요." 테레즈가 말했다. "잠깐 어디 좀 가려고요." 테레즈는 혼자라는 상태를 참을 수 없었다. 회색 체크무늬 앞치마 앞으로 불쑥 내민 부인의 손이 보였다. 이 집 안에서 하도 신고 돌아다녀서 종이처럼 얄팍해진 낡고 흐물흐물한 실내화도 보였다. 부인은 테레즈가 여기 오기 전부터 이 실내화 발로 이곳 바닥을 디디고 다녔으며, 테레즈가 떠난 몇 년 후에도 여전히 밟고 돌아다닐 것이다.

"그럼 어떻게 지내는지 꼭 연락해요." 부인이 말했다.

"그러죠."

테레즈는 차를 몰고 호텔로 갔다. 캐롤에게 전화를 걸던 그 호텔은 아니었다. 그다음 잠시 산책을 나왔다. 캐롤과 같이 거닐던 길은 모두 피해서 정신없이 걸었다. 다른 도시로 가고픈 생각에 잠시 걸음을 멈추고 도로 차로 갈까 망설였다. 그러나 테레즈는 여기가 어딘지 신경 쓰지 않고 정처 없이 걸었다. 걷고 걷다 보니 몸이 얼얼했다. 안으로 들어가 몸을 녹일 수 있는 가장 가까운 장소는 도서관이었다. 테레즈는 식당을 지나며 그 안을 들여다보았다. 더치가 캐롤을 알아보더니 익숙하게 고개를 숙였다. 창문으로 테레즈를 보려면 고개를 숙여야 하는 것 같았다. 테레즈도 반사적으로 손을 흔들었다. 잘 있어요. 갑자기 뉴욕 집이 생각이 났다. 아직도 그 원룸 소파에 원피스가 펼쳐져 있겠지. 카펫 한쪽 귀퉁이는 말려 있을 테고. 지금 당장 가서 카펫을 판판히 펴놓았으면. 테레즈는 둥근 가로등이 비추는 좁고 단단해 보이는 길을 노려보았다. 한 사람이 인도를 걸어 테레즈에게 다가오고 있었다. 테레즈는 도서관 계단을 올랐다.

사서 그래엄 양이 평소처럼 인사했다. 그러나 테레즈는 중앙 열람실로 들어가지 않았다. 오늘 밤 그곳엔 두세 명 정도 보였다. 검은 뿔테 안경을 쓴 대머리 남자가 한가운데 책상에 앉아 있었다. 테레즈가 주머니에서 캐롤의 편지를 꺼내 읽으면서 얼마나 자주 저기에 앉아 있었던가? 옆에 캐롤이 있는 것 같았다. 테레즈는 계단을 올라 2층 역사 및 예술 서가를 지나 3층으로 갔다. 여기까지 올라온 적이 한 번도 없었다. 넓고 먼지 낀 서가에는 유리문이 달린 책장이 벽을 따라 늘어서 있었다. 유화가 몇 작품 걸리고 대리석 흉상이 대좌 위에 몇 점 올라가 있었다.

테레즈는 책상에 앉았다. 온몸이 욱신거리고 기운이 빠졌다. 두 팔에 머리를 대고 엎드렸다. 갑자기 몸이 흐물흐물해지고 졸음이 쏟아졌다. 그런데 곧장 의자를 뒤로 밀고 벌떡 일어섰다. 모근이 쭈뼛 서는 공포심이 느껴졌다. 테레즈는 지금 이 순간까지 아닌 척 연기하고 있었다. 캐롤은 떠난 게 아니야, 뉴욕으로 돌아가기만 하면 캐롤을 만날 거야. 그럼 모든 게 예전과 같을 거야, 아니 같아야만 해. 테레즈는 서가를 신경질적으로 둘러보았다. 무슨 모순이나 보상을 찾으려 했다. 잠깐이나마 온몸이 으스러질 것 같았다. 아니, 이 서가 건너편에 보이는 유리문 달린 기다란 책장으로 돌진하고 싶었다. 테레즈는 호메르의 창백한 흉상을 노려보았다. 호메르가 몹시 궁금하다는 듯 먼지에 뿌옇게 지워진 눈썹을 들어올렸다. 테레즈는 입구 쪽으로 고개를 돌렸다. 상인방 위에 걸린 초상화가 처음으로 눈에 들어왔다.

정말 닮았네. 테레즈는 생각했다. 완전히 똑같진 않아. 아주 똑같지는 않지만 닮았다는 생각이 드는 순간 가슴이 철렁했다. 닮았다는 생각이 점점 커져 갔다. 테레즈는 이 초상화를 여러 번 본 적이 있었다. 어린 시절, 음악실로 가는 복도에 걸려 있다가 내려진 그림이었다. 여인이 우아하고 화려한 드레스를 입고 미소 지으며 한쪽 손을 목 언저리에 대고 도도하게 고개를 반쯤 돌리고 있었다. 이 그림을 그린 화가는 움직이는 순간을 포착하려 한 것 같았다. 그래서인지 여자가 한 진주 귀걸이까지 흔들리는 것처럼 보였다. 탱탱하게 그려진 짧은 얼굴, 한쪽 입꼬리만 올리고 웃는 도톰한 주황색 입술, 비웃는 듯 가늘게 뜬 눈매. 단단하면서도 그리 봉긋하지 않은 이마. 아무리 그림이라지만 이마 아래로 보이는 살아 있는 듯한 눈망울은 모든 걸 다 안다는 듯 동정과 비웃음을 동시에 보내고 있었다. 캐롤이었다. 테레즈는 한참 동안 시선을 뗄 수 없었다. 입은 웃지만 눈으론 테레즈를 조롱

할 뿐. 마지막 꺼풀이 벗겨지자 조롱과 비웃음만 남았다. 배신에 성공했다며 만족한 듯 회심의 미소를 짓고 있었다.

테레즈는 몸서리치며 그림 밑으로 지나 계단을 내려갔다. 아래층 복도에서 그래엄 양이 무슨 말을 했지만, 바보가 웅얼거리는 것 같이 자기 목소리만 테레즈의 귓가에 들렸다. 숨을 쉬려고 여태 헉헉댔기 때문이다. 테레즈는 그래엄 양을 스쳐 도서관 밖으로 뛰쳐나갔다.

22

　한참 걷다가 커피숍 문을 열었다. 캐롤과 들었던 노래가 흘러넘쳤다. 테레즈는 문을 닫고 밖으로 나왔다. 음악은 살아 있으나 세상은 죽었다. 저 노래도 언젠간 죽을 것이다. 어찌 해야 이 세상을 되살릴 수 있을까? 어떻게 해야 이 세상의 소금을 되찾을 수 있을까?

　테레즈는 걸어서 호텔로 왔다. 방으로 들어가 수건을 찬물에 적셔 눈가에 덮었다. 방이 썰렁했다. 원피스와 신발을 벗고 침대로 들어갔다.

　바깥에서 째지는 목소리가 텅 비고 고요한 공간을 갈랐다. "여기 시카고 선 타임스!"

　그리고 이어지는 적막. 테레즈는 안간힘을 쓰며 잠을 청했다. 이미 피로는 숙취처럼 테레즈의 온몸을 괴롭히며 흔들어 깨웠다. 이번엔 복도가 떠들썩했다. 가방을 잘못 갖다 놓았다는 얘기가 오갔다. 소독약 냄새가 나는 축축한 수건을 퉁퉁 부은 눈 위에 올려놓고 누워 있지만 이래 봐야 아무 소용없다는 생각이 테레즈를 뒤덮었다. 밖에서 말다툼하는 소리가 들렸다. 용기가 바닥나는 기분이 들었다. 의지까지 사라지는 것 같았다. 테레즈는 경악하며 생각을 애써 다른 데로 돌렸다. 오스본 부인을 생각했다. 여전히 뉴욕에 있을 자신의 아파트를 생각했다. 그러나 테레즈의 마음은 뭔가를 살피는 것도 단념하는 것도 거부했다. 심장도 마음과 같은 소리를 외쳤다. 캐롤은 포기할 수 없다고 했다. 바깥에서 들리는 목소리처럼 여러 얼굴이 한꺼번에 둥둥 떠내려 왔다. 얼리샤 수녀와 어머니가 보였다. 학교 기숙사 방이 보였다. 어느 날 아침, 테레즈는 새벽 같이 기숙사 방을 빠져나와 잔디밭을 가로지른 적이 있었다. 봄이 왔다고 신나서 날뛰는 새끼 동물 같았다. 그걸 본 얼리샤 수녀가 미친 듯이 잔디밭을 뛰어왔다. 하얀 구둣발로 길게 자란 풀밭을 오리처럼 가로질렀다. 잠시 후 테레즈는 수녀가 우리를 뛰쳐나간 닭을 잡으려는 것 같다는 생각이 들었다. 또 이런 기억도 떠올랐다. 어머니의 친구 집에 갔을 때였다. 테레즈가 조각 케이크를 먹겠다고 손을 뻗다가 접시를 그만 바닥에 뒤엎자, 어머니는 테레즈의 따귀를 때렸다. 학교 복도에 걸려 있던 초상화도 보였다. 캐롤처럼 숨 쉬고 움직이던 초상화가 조롱하며 잔인하게 테레즈를 끊어 냈다. 오래 품은 사악한 목표를 달성한 표정이었다. 테레즈는 온몸이 공포심으로 굳었다. 복도에서 언성이 여태 계속되더니 멍하게 들리던 소리가 테레즈의 귓속을 날카롭게 찔렀다. 연못 얼음이 갈라지면서 경고하는 것 같았다.

"네가 그랬다는 게 무슨 소리야?"

"그게 아니라……."

"네가 그랬으면 가방이 아래층 임시 보관소에 있어야 하잖아……."

"말씀 드렸는데요……."

"그러니까 내가 가방을 잃어버리게 해서 그 참에 네 자리 부지하겠다는 거잖아!"

테레즈는 한마디 한마디 밖에서 들리는 소리에 의미를 부여했다. 속도가 느린 통역사가 헉헉거리며 따라가다가 아예 놓쳐버린 것 같았다.

테레즈는 악몽을 꾸다가 머리를 부여잡고 침대에 일어나 앉았다. 방은 컴컴했다. 구석에 드리운 그림자가 깊고도 짙었다. 전등 스위치를 더듬어 찾았다. 눈이 부셔서 눈을 가늘게 떴다. 벽에 달린 라디오에 동전을 넣고 처음으로 찾은 주파수에서 나오는 소리를 높였다. 남자의 목소리가 나오고 이어서 음악이 흘렀다. 경쾌하고 동양적인 곡이었다. 학창 시절, 음악 감상 수업 시간에 들었던 곡이었다. "〈페르시아 시장에서〉(영국의 작곡가 케텔비가 작곡한 관현악곡—옮긴이)구나." 자동으로 제목이 떠올랐다. 파도치는 리듬을 들을 때마다 낙타 등에 올라탄 것 같았다. 그러다 보니 좁은 기숙사 방까지 떠올랐다. 높은 판벽 위에 베르디의 오페라의 장면을 잔뜩 걸어 놓았다. 테레즈는 이 곡을 뉴욕에서도 종종 들었지만 캐롤과는 한 번도 듣지 못했다. 캐롤을 만난 이후 단 한 번이라도 듣거나 떠올린 적도 없었다. 이제 이 곡은 아무것도 건드리지 않고 시간을 넘나드는 다리로 전락한 것 같았다. 침탁 위에 올려놓은 캐롤의 편지 개봉용 나무칼을 집어 들었다. 짐을 쌀 때 어쩌다 테레즈의 가방으로 쓸려 들어왔다. 테레즈는 손잡이를 잡고 칼날에 엄지를 대고 이리저리 문질렀다. 그러나 나무칼이라는 존재는 테레즈에게 확신을 주는 대신 캐롤을 부정하는 것처럼 보였다. 두 사람이 같이 듣지 못한 이 곡만큼 테레즈에게 와 닿지 않았다. 캐롤을 생각하니 뒤틀린 분노가 일었다. 캐롤이 저 멀리에서 침묵을 지키며 미동하지 않는 점처럼 보였다.

테레즈는 세면대로 가서 찬물로 세수했다. 내일이라도 당장 일자리를 찾아야 해. 여기에 머물면서 2주간 일할 자리를 찾아야 해. 호텔 방에서 찔찔 짜지 말고. 쿠퍼 부인에게는 예의상 호텔 이름을 알려 줘야 한다. 또 하나, 하기 싫어도 해야 할 일이 있다. 다시 한 번 하커비에게 편지를 쓰는 편이 나을 것 같다. 수폴스로 온 편지에서 하커비는 정중하면서도 모호하게 말을 남겼다.

……뉴욕으로 돌아와서 다시 만나면 좋겠습니다. 지금으로써는

올 봄에 무슨 일이 있을지 확답 드릴 수 없습니다. 당신이 돌아와서 공동 제작자인 네드 번스타인 씨를 만나는 게 좋을 것 같습니다. 저보다 스튜디오 디자인계의 현황을 더욱 잘 아실 분이니까요…….

아니, 편지를 보내지 않는 게 나을 것 같았다.

테레즈는 아래층으로 내려가 미시간 호 전경이 보이는 사진엽서를 사서 로비체크 부인에게 정성껏 응원의 메시지를 적었다. 엽서를 쓰다 보니 거짓말 하는 것 같았다. 그럼에도 테레즈는 우체통에 엽서를 넣고 돌아섰다. 갑자기 온몸에 기운이 돌았다. 발바닥에 용수철이 달리고 젊음이 혈관을 도는 것 같았다. 점점 걷는 속도를 높이자 뺨이 화끈거렸다. 로비체크 부인에 비하면 테레즈는 자유롭고 축복 받은 존재였다. 엽서에 적은 내용이 거짓은 아니었다. 사실 테레즈는 꽤 잘 지냈다. 다리를 저는 것도 아니고 한쪽 눈이 안 보이거나 몸이 아프지도 않았다. 테레즈는 상점 유리창 앞에 서서 립스틱을 덧발랐다. 바람이 휘몰아치자 중심을 잃었다. 매서운 냉풍 속에서도 봄기운이 느껴졌다. 그 안에 뜨거운 심장과 생기가 느껴졌다. 내일 아침부터 일을 시작할 것이다. 남은 돈으로 살아야 한다. 그리고 버는 돈은 죄다 모아 뉴욕으로 돌아가야 한다. 물론 통장 잔고에 있는 돈을 송금해 달라고 은행에 요청해도 되지만 그러고 싶지 않았다. 테레즈는 낯선 이들 사이에 섞여서 2주간 일하고 싶었다. 백만 명이 하는 그런 일을 할 것이다. 남들의 구두를 신어보고 싶었다.

테레즈는 안내 및 파일 정리직 공고를 보았다. 약간의 타이핑 능력이 있는 자의 개별 연락을 원한다는 내용이었다. 그들은 테레즈를 적임자라고 여기는 듯했다. 그래서 테레즈는 오전 내내 그곳에서 파일에 관해 공부했다. 그런데 점심 식사를 한 후, 임원 하나가 들어오더니 기왕이면 속기를 할 줄 아는 여직원이었으면 좋겠다고 했다. 테레즈는 속기를 할 줄 몰랐다. 학교에서 타자는 배웠지만 속기는 배우지 않았기 때문이다. 그래서 그곳에서 잘렸다.

테레즈는 그날 오후 다시 구인란을 꼼꼼히 뒤졌다. 그러다 호텔에서 얼마 멀지 않은 목재소 담벼락에 붙은 공고가 떠올랐다. "업무 및 재고 관리 여직원 구함. 주급 40달러." 속기를 요구하지 않는다면 테레즈도 자격이 있을지도 모른다. 오후 3시경, 테레즈는 바람이 부는 거리를 걸어 목재소로 향했다. 고개를 들자 바람에 머리칼이 뒤로 휘날렸다. 캐롤이 한 말이 떠올랐다. 난 네가 걷는 모습을 보는 게 좋아. 멀리서 보면 12센티미터짜리 네가 내 손바닥 위를 걷는 것 같아. 바람결에 캐롤의 달콤한 목소리가 섞여 들리는 것 같았다. 점점 긴장이 되었다. 쓸쓸하고 두려웠다. 걷는 속도를 서서히 높였다. 그래야 사랑과 미움, 분노라는 수렁에 빠져 허우적거리는 마음에서 벗어날 수 있을 것 같았다.

목재소 한쪽 구석에 있는 나무 오두막에 사무실이 차려져 있었다. 테레즈는 그 안으로 들어가서 잠브로스키 씨와 얘기했다. 그는 대머리에 동작이 굼떴다. 금색 시곗줄이 간신히 배를 가로질렀다. 테레즈가 속기 얘기를 꺼내기도 전에 그는 속기는 필요 없다고 했다. 그러면서 오늘 오후부터 내일까지 테레즈를 테스트 해보겠다고 했다. 다음 날 아침에 와서 보니 여직원 후보가 둘이나 더 찾아왔다. 잠브로스키 씨는 그들의 이름을 적었다. 정오가 되기도 전, 그는 테레즈를 낙점했다.

"만약 오전 8시까지 출근해도 상관없으면 나오도록 해요."

"좋습니다." 테레즈는 그날 아침 9시에 출근했다. 만약 새벽 4시에 나오라고 해도 수락했을 것이다.

근무 시간은 오전 8시에서 오후 4시 반까지. 업무는 주문 내역과 목재소 선적 내용이 일치하는지 확인하고 확인증을 발급하는 일이었다. 사무실 책상에 앉으면 목재가 그리 많이 보이지 않았지만 나무 향내가 온통 진동했다. 톱이 지나가면서 백송 판이 드러날 때처럼 신선한 나무 내음이 가득했다. 목재소 안으로 트럭이 들어오면 목재가 덜컹거리는 소리가 들렸다. 테레즈는 이 일이 좋았다. 잠브로스키 씨도 마음에 들었다. 난로를 쬐러 사무실로 들어오는 인부들과 트럭 기사들도 괜찮았다. 스티브라는 금발 수염을 기른 멋진 인부의 요청으로 둘이서 저 아래 카페에서 점심을 두어 번 같이 먹기도 했다. 그가 토요일 밤에 데이트 신청을 했지만 테레즈는 거절했다. 저녁 내내 스티브와도, 다른 누구와도 같이 보내고 싶지 않았다.

어느 날 밤, 애비가 전화했다.

"당신을 찾으려고 사우스다코타에 두 번이나 전화한 거 알아요?" 애비가 짜증내며 말했다. "지금 거기서 뭐해요? 언제 돌아올 거예요?"

애비의 목소리를 들으니 캐롤의 목소리를 듣는 것처럼 캐롤 생각이 절실해졌다. 괜히 목이 다시 메는 것 같았다. 테레즈는 잠시 아무 말도 할 수 없었다.

"테레즈?"

"캐롤하고 같이 있어요?"

"캐롤은 버몬트에 갔어요. 지금 아파요." 애비는 거칠게 말했다. 웃음기가 하나도 없었다. "쉬러 갔어요."

"캐롤이 너무 아파서 전화도 못하나 보죠? 애비, 대답해 보세요. 캐롤이 지금 나아지고 있나요, 나빠지고 있나요?"

"나아지는 중이에요. 직접 전화해서 알아보지 그랬어요?"

테레즈는 수화기를 움켜쥐었다. 맞아, 왜 못했을까? 테레즈는 지금 캐롤이 아니라 그 초상화가 떠올랐다. "무슨 일 있었어요? 혹시 캐롤이……."

"질문 한번 잘했네. 캐롤이 무슨 일인지 편지에 다 썼잖아요?"

"그랬죠."

"캐롤이 무슨 고무공 튕기듯 여기에 왔다 재깍 돌아가길 기대했어요? 아니면 당신이 어딨나 미국을 죄다 쑤시고 다니길 바랐나요? 지금 이게 무슨 숨바꼭질 장난인 줄 알아요?"

애비와 점심을 먹으면서 나눴던 대화가 모조리 테레즈에게 쏟아졌다. 애비가 알다시피 모든 게 테레즈의 실수로 점철되어 있었다. 플로렌스에게 편지를 들킨 건 테레즈의 마지막 실수였을 뿐이다.

"언제 올 거예요?" 애비가 물었다.

"한 열흘 후에요. 혹시 캐롤이 차 필요하다면 좀 앞당길 수 있어요."

"그건 아니에요. 캐롤도 열흘 있다가 집으로 돌아올 거예요."

테레즈는 간신히 입을 떼었다. "그 편지요. 제가 쓴 편지…… 그쪽에서 그전에 찾았나요, 그 후에 찾았나요?"

"그전과 후라뇨?"

"탐정이 우릴 미행한 후인가요?"

"그 후에 편지를 발견했어요." 애비가 한숨을 쉬며 대답했다.

테레즈는 이를 악 물었다. 애비가 자길 어떻게 생각하는 지는 중요하지 않았다. 오로지 캐롤의 생각만이 중요했다. "캐롤이 버몬트 어디에 있어요?"

"내가 당신이라면 캐롤에게 전화하지 않겠어요."

"당신은 내가 아니잖아요. 캐롤하고 통화하고 싶어요."

"전화하지 말아요. 이 정도는 내가 말할 수 있어요. 내가 캐롤에게 모조리 전해줄게요. 그게 중요해요." 냉랭한 침묵이 흘렀다. "캐롤은 당신이 돈이 더 필요한지, 차는 잘 있는지 궁금해 해요."

"돈은 더 필요 없어요. 차도 잘 있고요." 테레즈는 한 가지 더 물었다. "린디도 이 사실을 알아요?"

"린디는 '이혼'이란 게 뭔지 알아요. 엄마와 같이 살고 싶어 하죠. 그런데 캐롤에겐 그 일이 쉽지 않게 되었어요."

잘 됐네, 잘 됐어. 테레즈는 이렇게 말하고 싶었다. 테레즈는 전화나 편지, 메모로도 캐롤을 괴롭히지 않을 것이다. 자동차와 관련된 내용만 전할 것이다. 벌벌 떨리는 손으로 수화기를 내려놓았다. 그러다 도로 수화기를 들었다. "여기 611호입니다. 장거리 전화는 앞으로 돌려주지 마세요. 한 통도요."

테레즈는 침탁에 올려둔 캐롤의 나무칼을 쳐다보았다. 저 칼은 캐롤을 의미했다. 캐롤의 살과 피, 주근깨 가득한 얼굴, 한쪽이 살짝 깨진 치아가 떠올랐다. 테레즈가 캐롤에게 신세진 게 있을까? 캐롤이라는 사람에게 말이다. 리처드의 말대로 테레즈를 가지고 논 건 캐롤이지 않았던가? 캐롤이 했던 말들이 떠올랐다. "남편과 아이가 있으면 좀 달라." 테레즈는 나무칼을 찡그리며 바라보았다. 갑자기 이 물건이 일개 나무칼로 보였다. 왜 이러는지 이해가 되지 않았다. 이제 이 칼을 간직하든 버리든 아무 상관없을 것 같았다.

이틀 후, 애비에게서 편지가 도착했다. 150달러짜리 개인 수표가 그 안에 들어 있었다. 애비는 테레즈에게 신경 쓰지 말라고 했다. 캐롤하고 얘기했는데 캐롤이 테레즈의 소식을 듣고 싶어 한다며 캐롤의 주소를 남겼다. 다소 냉랭한 편지였지만 그 안에 동봉된 수표는 차갑지 않았다. 캐롤이 시켜서 한 게 아니라는 것을 테레즈는 알았다.

테레즈는 답장을 적었다.

수표 고맙습니다. 정말 감사합니다. 하지만 전 이 수표 쓰지 않을 거고 필요도 없어요. 저더러 캐롤에게 편지를 쓰라고 하셨지만, 전 쓸 수도 없고 써서도 안 될 것 같아요.

테레즈가 퇴근하고 돌아온 어느 날 오후, 호텔 로비에 대니가 앉아 있었다. 대니라니, 믿기지 않았다. 검은 눈의 청년이 의자에서 일어나 씽긋 웃으며 다가왔다. 헝클어진 검은 머리칼이 보였다. 코트 깃을 세운 채 약간 당황한 듯한 모습이 눈에 들어왔다. 반듯한 얼굴로 활짝 웃는 미소를 보니 마치 어제 만난 듯 친근해 보였다.

"테레즈, 잘 있었어요? 놀랐죠?"

"세상에, 이게 누구지. 당신을 거의 포기한 상태였어요. 한 2주 편지조차 없었잖아요." 테레즈는 그가 28일에 뉴욕을 떠난다고 한 말을 기억했다. 그날은 테레즈가 시카고로 돌아온 날이었다.

"나도 막 당신을 포기하려던 참이었는데." 대니가 웃으며 대답했다. "뉴욕에서의 일이 늦어졌어요. 그게 더 운이 좋았던 것 같아요. 당신하고 통화하고 싶었는데 주인아주머니가 주소를 알려주더군요." 대니는 손가락으로 테레즈의 팔꿈치를 꽉 잡았다. 두 사람은 천천히 엘리베이터로 향했다. "여전히 아름답네요, 테레즈."

"내가요? 만나서 정말 반가워요." 앞에서 엘리베이터 문이 열렸다. "올라갈래요?"

"우리 뭐 좀 먹어요. 아니, 너무 이른가? 오늘 점심을 못 먹었거든요."

두 사람은 테레즈가 아는 곳으로 갔다. 스테이크 전문점이었다. 대니는 원래 술을 입에 대지 않는데도 칵테일까지 시켰다.

"여기서 혼자 지내요? 수폴스 아주머니 말로는 혼자 떠났다고 하더라고요."

"캐롤이 결국 오지 않았어요."

"아, 그래서 여기에 더 있기로 한 거군요."

"네."

"언제까지 있을 겁니까?"

"이제 가야죠. 다음 주에 떠나요."

대니는 테레즈의 얼굴에 검은 눈동자를 고정시키고 귀를 기울였다. 놀라는 기색이 전혀 없었다. "그럼 동부로 가지 말고 나랑 같이 서부로 가서 캘리포니아에서 좀 지내는 건 어때요? 오클랜드에서 일하게 되었어요. 모레까진 거기로 가야 해요."

"어떤 일이에요?"

"연구직이요. 바라던 자리죠. 생각보다 내가 시험을 잘 봤나 봐요."

"그럼 과에서 1등을 한 건가요?"

"글쎄, 잘 모르겠어요. 설마 1등을 했겠어요. 근데 내 질문에 대한 답은 아직 안 했어요."

"뉴욕으로 돌아가고 싶어요, 대니."

"아." 대니는 미소를 지으며 테레즈의 머리칼과 입술을 쳐다보았다. 테레즈는 그에게 이렇게 화장한 모습을 보인 적이 한 번도 없었음을 떠올렸다. "훌쩍 성숙해진 것 같아요. 헤어스타일도 바뀌고, 맞죠?"

"조금 바뀌었죠."

"이제 더는 겁먹은 거 같지 않아요. 게다가 진중해 보이기까지 하고요."

"그래서 좋아요." 테레즈는 그와 같이 있으니 수줍기도 했고 친밀함까지 들었다. 리처드와 같이 있을 땐 느껴보지 못한 감정이었다. 뭔가 짜릿한 느낌, 그게 좋았다. 약간의 소금 같은 존재라고나 할까. 테레즈는 테이블 위에 올린 대니의 손을 바라보았다. 엄지 아래쪽으로 힘줄이 불끈 튀어나와 있었다. 그날 그의 방에서 테레즈의 어깨에 두 손을 올리던 그의 모습이 기억났다. 즐거운 추억이었다.

"나 보고 싶었죠, 테레즈?"

"당연하죠."

"날 좋아할 수 있다는 생각은 해봤어요? 이를테면 리처드를 좋아했던 것처럼요." 대니는 자기 목소리에 약간 놀란 듯했다. 기막히게 좋은 질문을 했다는 눈치였다.

"글쎄요." 테레즈는 재빨리 대답했다.

"아직도 리처드를 생각하는 건 아니죠?"

"그 사람 생각 안 한다는 거 알면서."

"그럼 누구 생각해요? 캐롤?"

테레즈는 갑자기 대니 앞에서 발가벗겨진 기분이 들었다. "네. 했었죠."

"그런데 지금은 안 한다는 건가요?"

테레즈는 그가 이런 말을 아무렇지 않게 무심히 묻는 게 놀라웠다. "지금은 안 해요. 그게…… 아무한테도 이런 말을 털어놓을 수가 없었어요. 대니." 테레즈는 입을 다물었다. 자신의 목소리가 깊고 차분하게 들렸다. 마치 남의 목소리 같았다.

"그럼 과거 일이니 잊고 싶은 건가요?"

"글쎄요, 그게 무슨 말인지 모르겠어요."

"후회하느냐고 묻는 거예요."

"아뇨. 만약 또다시 그런 상황이 된다고 해도, 난 그럴 거예요."

"그럼 다른 누군가랑 그러겠다는 소린가요, 아니면 캐롤하고 그런다는 말인가요?"

"캐롤하고요." 테레즈는 말했다. 한쪽 입꼬리를 올리며 미소를 지었다.

"하지만 그 결말이 끔찍하잖아요."

"맞아요. 그러니까 잘 끝내고 싶어요."

"그럼 아직 끝나지 않았다는 소리군요."

테레즈는 아무 말 하지 않았다.

"캐롤을 다시 만날 생각인가요? 내가 이런 질문하는 거 불편해요?"

"아뇨." 테레즈가 말했다. "아뇨, 다시는 안 볼 거예요. 만나고 싶지 않아요."

"그럼 다른 사람을 만날 건가요?"

"다른 여자를 만날 거냐는 뜻인가요?" 테레즈는 고개를 저었다. "아니요."

대니는 테레즈를 보고 천천히 미소를 지었다. "그래서 그게 중요한 거죠. 아니, 오히려 중요하지 않아요."

"그게 무슨 뜻이에요?"

"내 말은, 당신은 젊어요. 테레즈. 당신은 바뀔 거고, 그리고 잊을 거예요."

테레즈는 젊다는 기분이 들지 않았다. "리처드한테 들었어요?"

"아뇨. 어느 날 밤 리처드가 말하려 하기에 내가 말을 잘랐어요."

테레즈는 입가에 씁쓸한 미소를 지었다. 그리고 마지막으로 한 모금 더 빨고 담배를 껐다. "리처드는 누구한테든 떠들고 싶을 거예요. 들어줄 사람이 필요하니까."

"리처드는 자기가 차였다고 생각하더라고요. 자존심 상해하던데요. 난 리처드와는 달라요. 남의 인생은 그 사람의 것이라고 생각하는 사람입니다."

전에 캐롤이 했던 말이 갑자기 떠올랐다. "어른들은 누구나 비밀을 갖고 있지." 캐롤은 다른 말을 하듯 이 말도 무심히 내뱉었다. 그랬는데도 테레즈의 머릿속에서는 이 말이 지워지지 않고 박혀버렸다. 프랜켄버그 백화점 점표에 캐롤의 주소를 적을 때처럼. 테레즈는 대니에게 남은 얘기까지 마저 털어놓고픈 충동이 일었다. 도서관에 걸린 그림이자 학교에 걸려 있던 그 그림 얘기를 하고 싶었다. 캐롤은 그림 속 주인공이 아니라 애 딸린 유부녀이며 손등에 주근깨가 있고 욕하는 버릇이 있고 느닷없이 기분이 바닥을 치고 테레즈를 가지고 노는 나쁜 버릇이 있다고 토해내고 싶었다. 캐롤이 사우스다코타에서보다 뉴욕에서 훨씬 더 많은 일을 겪었다고 쏟아내고 싶었다. 테레즈는 대니의 눈과 살짝 갈라진 턱선을 바라보았다. 지금에서야 자신이 캐롤 말고 아무도 보이지 않는 마법에 걸렸던 사실을 깨달았다.

"지금 무슨 생각해요?" 그가 물었다.

"전에 뉴욕에서 당신이 한 말이요. 물건을 쓰고 쓰다 버리는 일이요."

"캐롤이 당신한테 그랬어요?"

테레즈는 웃었다. "내가 그러려고요."

"그럼 당신을 절대로 버리지 않을 사람을 찾아요."

"오래 갈 사람으로요." 테레즈가 말했다.

"편지 써줄 거죠?"

"물론."

"그럼 석 달 후에 써요."

"석 달이요?" 테레즈는 무슨 말인지 문득 깨달았다. "그럼 그전엔 쓰면 안 되겠네요?"

"안 되죠." 대니는 테레즈를 뚫어져라 보았다. "그래야

공평하죠, 안 그래요?"

"맞아요, 알았어요. 약속할게요."

"하나만 더 약속해줘요. 내일 출근하지 말고 하루 종일 나랑 있어요. 내일 밤 9시 비행기거든요."

"그건 안 돼요, 대니. 할 일이 있어요. 사장님한테 다음 주에 그만둔다고 말해야 하거든요." 사실 이게 이유는 아니었다. 테레즈를 바라보는 대니도 그걸 알 것이다. 내일 그와 같이 있고 싶지 않아서였다. 너무 힘들 것 같았다. 대니를 보면 테레즈 자신에 대한 생각이 많아지는데, 아직 테레즈는 그럴 준비가 되지 않았다.

대니가 12시경에 목재소로 찾아 왔다. 두 사람은 원래 점심을 같이 먹으려 했지만 한 시간 동안 레이크쇼어드라이브를 걸으며 그저 얘기만 했다. 그날 밤 9시, 대니는 서부행 비행기에 올랐다.

여드레 후, 테레즈는 뉴욕으로 출발했다. 최대한 빨리 오스본 여사의 집에서 나올 생각이다. 게다가 작년 가을에 소식을 끊고 도망쳐온 사람들에게도 연락해볼 생각이다. 올 봄에는 야간 학교에 다니고 싶다. 그리고 옷장 속 옷가지를 개비할 것이다. 지금 뉴욕 집 옷장에 있는 옷들은 죄다 유치한 데다가 산 지 몇 년은 족히 지난 것들이다. 시카고에서 이집 저집 옷 가게를 돌아보니 테레즈의 능력 밖의 옷들뿐이었다. 그래서 간신히 머리만 새로 잘랐다.

23

원래 살던 집으로 돌아왔다. 말려 있던 카펫 모서리가 도로 펴진 게 가장 먼저 눈에 들어왔다. 세상에 이렇게 작았다니. 끔찍했다. 그래도 책장에 올려놓은 작은 라디오, 소파에 있는 쿠션 같은 살림살이를 보니 지극히 내 것처럼 느껴졌다. 아주 오래전에 써놓고 잊고 지낸 서명을 보는 듯한 느낌이었다. 벽에 걸린 무대 모형 두세 개에는 일부러 시선을 주지 않았다.

테레즈는 은행에 들러 총 200달러 예금액에서 100달러를 인출했다. 그리고 그 돈으로 검은 원피스와 구두 한 켤레를 샀다.

내일이야, 내일 애비에게 전화해서 캐롤의 차를 돌려줄 약속을 잡아야지. 오늘은 아니야.

그날 오후, 테레즈는 네드 번스타인과 약속을 잡았다. 번스타인 씨는 하커비가 무대 디자인을 맡기로 한 영국 연극의 공동 제작자였다. 테레즈는 서부에서 만든 무대 모형 세

개와 「스몰 레인」 무대 사진을 가져가 보여주었다. 혹시 하커비의 보조 일을 맡을 수 있다면 그 돈으로 먹고 살기에는 부족해도 백화점 말고 다른 데에서 일해서 충당하면 된다. 예를 들어 방송국 같은 데에서 일하면 될 것 같다.

번스타인 씨는 테레즈의 작품을 대충 훑어보았다. 테레즈는 아직 하커비 씨와 얘기하진 않았지만 그가 지금 보조를 구하고 있는 걸 아느냐고 번스타인 씨에게 물었다. 번스타인 씨는 그건 하커비의 소관이라며 자기가 아는 한 지금으로썬 보조가 더는 필요하지 않을 거라고 했다. 게다가 지금 사람을 뽑는다는 다른 연극 세트 스튜디오가 있다는 소리도 듣지 못했다고 했다. 테레즈는 60달러나 들여서 사 입은 원피스의 본전이 생각났다. 이제 통장에 100달러가 남았다. 오스본 부인한테는 이사 나갈 테니 언제든 아파트를 보여주라고 했다. 사실 어디로 갈지 정하지도 못한 상태였다. 테레즈는 자리에서 일어나 번스타인 씨에게 아무튼 자기 작품을 살펴봐줘서 고맙다고 인사했다. 얼굴이 펴지지 않았다.

"방송 쪽 일은 어때요?" 번스타인 씨가 물었다. "그쪽으로 두드려 봤습니까? 그쪽이 뚫기가 좀 더 쉬운데."

"오늘 오후에 뒤몬트(뉴저지 동북부의 도시—옮긴이)에서 누구를 좀 만나기로 했어요." 도노휴 씨가 1월에 두 명의 이름을 알려 주었다. 번스타인 씨도 몇 명을 더 소개시켜 주었다.

그다음, 테레즈는 하커비 스튜디오에 전화했다. 하커비는 지금 막 나가려던 참이라면서 오늘 스튜디오 와서 모형을 놓고 가면 내일 아침에 보겠다고 했다.

"그건 그렇고, 내일 오후 5시에 세인트 레지스에서 제네비브 크라넬을 위한 칵테일파티가 있어요. 혹시 관심 있으면 오세요." 하커비는 목소리가 부드러운데 스타카토로 힘 줘서 말하는 바람에 말투가 수학처럼 딱 떨어졌다. "그럼 적어도 내일이면 우리가 만날 수 있겠죠. 올 거죠?"

"그럼요. 가겠습니다. 세인트 레지스 어디요?"

그는 초대장을 읽어주었다. 스위트룸 D. 오후 5-7시까지. "난 한 6시쯤 들를 겁니다."

테레즈는 공중전화 박스를 나오며 기분이 날아갈 것 같았다. 하커비가 지금 막 같이 일하자고 청한 것 같았다. 테레즈는 열두 블록을 걸어서 하커비 스튜디오에 도착해 거기 있는 젊은 직원에게 모형을 맡겼다. 1월에 있던 직원이 아니었다. 하커비의 보조는 자주 바뀌었다. 테레즈는 그의 작업실을 감탄하며 둘러본 후 문을 닫고 나왔다. 그가 테레즈를 곧 부를지도 모른다. 내일이면 알게 되겠지.

테레즈는 브로드웨이에 있는 편의점에 들러서 애비가 있는 뉴저지로 전화를 걸었다. 애비의 목소리는 시카고에서 들었을 때와 판판이었다. 확실히 캐롤이 괜찮아졌구나, 테레즈는 이렇게 생각하면서도 캐롤의 안부를 묻지 않았다.

차를 돌려줄 약속을 잡으려고 전화한 것이다.

"괜찮다면 내가 가지러 갈게요." 애비가 말했다. "음, 캐롤에게 전화해보는 건 어때요? 당신 목소리 듣고 싶어 하던데." 애비가 사실상 뒤로 빠지려 했다.

"어……." 테레즈는 캐롤에게 전화하고 싶은 마음이 없었다. 그런데 대체 뭐가 두려운 것일까? 캐롤의 목소리? 아니면 캐롤이라는 사람 자체? "알았어요. 제가 차를 캐롤에게 갖다 주죠. 캐롤이 그래도 된다면요. 다시 전화 드리겠습니다."

"언제요, 오늘 오후?"

"네, 좀 이따가요."

테레즈는 편의점 문 앞으로 나가 잠시 그 자리에 서 있었다. 캐멀 담배 광고 포스터가 눈에 들어왔다. 얼굴만 크게 나온 모델이 담배 연기를 커다란 도넛 모양으로 내뿜고 있었다. 길바닥으로 쫓겨나 시무룩한 택시들이 마티니를 마시고 쏟아져 나온 인파 사이를 상어처럼 누비고 있었다. 레스토랑과 바에 걸린 간판과 어닝, 정면 계단과 창문이 뒤엉킨 낯익은 거리가 보였다. 뉴욕의 수백 군데 거리처럼 적갈색으로 뒤덮인 샛길이 정신 사나워 보였다. 예전에 웨스트 80번대 거리를 걸었던 기억이 났다. 적갈색 사암이 발린 건물 전면. 그곳에 인간과 그들의 삶이 겹겹이 내려앉은 모습이 떠올랐다. 혹자는 그곳에서 삶을 시작하고, 혹자는 그곳에서 인생을 마감한다. 그때 테레즈는 위압감 때문에 그곳을 서둘러 빠져나와 넓은 도로로 도망쳤었다. 고작 2, 3개월 전 얘기다. 그런데 이제 엇비슷하게 생긴 이 샛길을 보자 짜릿한 긴장감이 온몸에 차올랐다. 그 안으로 겁 없이 고개를 들이밀고 온갖 간판과 극장 차양이 걸린 그 길을 바삐 걸으며 인파 사이를 헤치고 싶었다. 테레즈는 몸을 돌려 공중전화 박스로 도로 들어갔다.

잠시 후 캐롤의 목소리가 들렸다.

"언제 왔어, 테레즈?"

캐롤의 목소리를 처음 듣는 순간 충격으로 잠시 마음이 일렁였지만 금방 평정을 되찾았다. "어제요."

"잘 지냈어? 예전 모습 그대로니?" 감정을 자제하는 캐롤의 목소리였다. 옆에 누가 있는 것 같기도 했지만, 테레즈는 그 옆에 아무도 없음을 알았다.

"좀 달라졌어요. 당신은요?"

캐롤이 잠깐 뜸을 들였다. "목소리도 변했네."

"네."

"우리 볼 수 있어? 아니, 나 보고 싶지 않아? 딱 한 번이라도." 캐롤의 목소리가 맞긴 했지만, 이건 캐롤의 말투가 아니었다. 뭔가 조심스럽고 불안했다. "오늘 오후는 어때? 차는 가지고 왔어?"

"오늘 오후에는 누구를 좀 만나야 해서 시간이 없어요."

캐롤이 보자고 할 때 언제 마다한 적이 있었던가? "내일 차 갖다 놓아도 돼요?"

"아니, 내가 가지러 갈게. 나 이제 안 아파. 차는 말썽 안 부렸어?"

"차는 잘 있어요." 테레즈가 대답했다. "흠집 하나 없이요."

"그럼 넌?" 캐롤이 물었다. 그러나 테레즈는 아무 말도 하지 않았다. "그럼 내일 만날까? 오후 언제가 좋아?"

두 사람은 57번가와 43번가 코너에 있는 리치 타워 바에서 만나기로 하고 전화를 끊었다.

캐롤이 15분 늦었다. 테레즈는 앉아서 캐롤을 기다렸다. 앉은 자리에서 보면 유리문 너머가 바로 보인다. 드디어 캐롤이 문을 열고 들어오는 모습이 보였다. 캐롤을 보는 순간 긴장이 되면서 몸이 먹먹한 듯 아렸다. 캐롤은 테레즈와 처음 만나던 날 입었던 바로 그 모피 코트에 검은색 스웨이드 펌프스를 신었다. 붕 띄운 금발에 두른 빨간 스카프를 지금 막 벗었다. 테레즈는 캐롤의 얼굴을 보았다. 전보다 야윈 얼굴로 놀라운 표정을 지었다가 흐리게 미소 지었다. 드디어 캐롤이 테레즈를 바라보았다.

"안녕?" 테레즈가 말했다.

"처음에 못 알아봤어." 캐롤은 잠시 테이블 옆에 서서 테레즈를 보다가 자리에 앉았다. "만나줘서 고마워."

"그런 말 말아요."

웨이터가 왔다. 캐롤은 차를 시켰다. 테레즈도 아무 생각 없이 같은 걸로 시켰다.

"나 밉지, 테레즈?" 캐롤이 물었다.

"아뇨." 캐롤의 향수 향이 희미하게 느껴졌다. 익숙했던 단내였는데 지금은 이상하게도 낯설었다. 전에 느끼던 그런 감정이 일지 않아서였다. 테레즈는 성냥갑 뚜껑을 만지작거리다가 도로 내려놓았다. "어떻게 당신을 미워할 수 있겠어요, 캐롤?"

"날 미워하는 줄 알았어. 한동안 날 미워한 건 사실이잖아." 캐롤은 사실이라고 못 박아 말했다.

"미워한다고요? 당신을요? 아니에요." 별로 미워하지 않았다고 말한 것과 다름없을지 모른다. 캐롤이 두 눈으로 테레즈의 표정을 읽고 있기 때문이다.

"그런데 지금 보니…… 어른 같아. 헤어스타일도 성숙해지고 옷도 어른스럽게 입었네."

테레즈는 캐롤의 회색 눈망울을 바라보았다. 전보다 훨씬 진중해지고 수심에 잠겨 있음에도 고개를 당당히 들고 있었다. 테레즈는 캐롤의 눈동자의 깊이를 잴 수 없어서 다시 시선을 내렸다. 캐롤은 여전히 아름다웠다. 이렇게 생각하는 순간, 상실감이 찾아왔다. "몇 가지 배웠거든요." 테레즈가 대답했다.

"뭘?"

"그러니까 난……." 테레즈는 말을 멈췄다. 갑자기 수폴스에 봤던 그림이 떠올라 생각이 가로막혔다.

"아주 좋아 보여." 캐롤이 말했다. "갑자기 등장했는데, 그 이유가 내게서 벗어나려고 그런 거야?"

"아뇨." 테레즈는 바로 반박했다. 좋아하지도 않은 차를 시켜놓고 내려다보며 인상을 썼다. 캐롤이 '등장'이라고 말하는 소리를 들으니 새로 태어난 기분도 들고 부끄럽기도 했다. 맞다. 캐롤이 떠난 후 테레즈는 새로 태어났다. 도서관에 걸린 초상화를 보는 순간 새로 태어났다. 그때 터진 울음은 신생아가 자신의 의지와 상관없이 이 세상으로 끌려 나오며 우는 것과 동일했다. 테레즈는 캐롤을 바라보았다. "수폴스 도서관에 그림이 걸려 있었어요." 테레즈는 말했다. 그리고 감정을 섞지 않고 남 얘기 하듯 사연을 털어놓았다.

캐롤은 시선을 테레즈에게 고정시킨 채 얘기를 들었다. 도와줄 수 없을 만큼 멀리 있는 사람을 쳐다보는 눈빛이었다. "이상하네." 캐롤은 차분히 말했다. "정말 섬뜩해."

"정말 무서웠어요." 테레즈는 캐롤이 이해했다는 것을 간파했다. 캐롤의 두 눈에 연민이 고였다. 테레즈는 미소를 지었지만, 캐롤은 웃지 않았다. 캐롤은 여전히 테레즈를 바라보았다. "무슨 생각해요?" 테레즈가 물었다.

캐롤은 담배를 꺼냈다. "넌 무슨 생각해, 백화점에서의 그날?"

테레즈는 다시 미소를 지었다. "당신이 내게 와서 정말 좋았어요. 하필 왜 나한테 온 거죠?"

캐롤은 잠시 뜸을 들였다. "좀 바보 같은 이유에서였어. 그 정신없는 와중에 솔직히 네가 가장 덜 바빠 보였거든. 게다가 유니폼도 입지 않았으니. 내 기억엔 그랬어."

테레즈는 갑자기 웃음이 터졌다. 캐롤은 그저 미소만 지었다. 그 모습을 보니 이제야 캐롤다워 보였다. 콜로라도스프링스에 있을 때와 비슷했다. 아무 일도 벌어지기 전 그때 그 모습이었다. 테레즈는 가방에 있던 촛대 생각이 문득 떠올랐다. "당신 주려고 샀어요." 그리고 물건을 건넸다. "수폴스에서 발견했어요."

테레즈는 촛대를 하얀 종이 몇 장으로 대충 포장했다. 캐롤은 테이블 위에서 포장을 풀었다.

"예쁘네. 꼭 너 같아." 캐롤이 말했다.

"고마워요. 이걸 보는 순간 당신이 떠올랐어요." 캐롤이 엄지와 가운데 손가락 끝으로 얄팍한 촛대 가장자리를 쥐었다. 그걸 보니 캐롤이 콜로라도에서, 시카고에서, 이제는 잊힌 장소에서 커피 잔을 손에 들고 있던 모습이 떠올랐다. 테레즈는 눈을 감았다.

"사랑해." 캐롤이 말했다.

테레즈는 눈을 떴다. 그러나 고개는 들지 않았다.

"나에 대한 감정이 예전과 같지 않다는 거 알아. 그렇지?"

테레즈는 부정하고 싶은 충동이 일었지만 어떻게 그럴수 있을까. 테레즈의 감정은 예전과 같지 않았다. "나도 모르겠어요, 캐롤."

"그게 그거지." 캐롤의 목소리는 다정하고 기대감에 차 있었다. 긍정이든 부정이든 확실한 대답을 기다리고 있었다.

테레즈는 두 사람 사이에 놓인 접시 위에서 삼각형으로 잘린 토스트를 바라보았다. 린디가 떠올랐다. 그래서 캐롤에게 물었다. "린디는 만나 봤어요?"

캐롤이 한숨을 내쉬었다. 촛대를 잡은 캐롤의 손이 뒤로 물러났다. "응, 지난주 일요일에 한 시간 정도 봤어. 린디가 1년에 한두 번 정도 오후에 만나러 올 것 같아. 어쩌다 한 번. 난 모든 걸 잃었어."

"일전에는 1년에 몇 주는 만날 수 있다고 그랬잖아요."

"음…… 그게…… 일이 좀 더 있었어. 하지와 내가 조용히 만났어. 그 사람이 요구하는 수많은 조건을 내가 거부했거든. 그랬더니 아예 시댁 식구들이 모조리 뛰어들었어. 그쪽 사람들은 내가 해서는 안 될 나쁜 행동이라며 리스트를 만들어 왔더라. 그 바보 같은 약속을 지키라기에 내가 거절했어. 그랬더니 내가 무슨 도깨비라도 되는 양 그걸 다 지키지 않으면 린디를 떼어 놓겠다는 거야. 그래서 진짜로 그렇게 됐어. 하지가 그러는데 변호사한테 다 얘기했대. 하지가 변호사들도 모르던 내용까지 죄다 까발렸어."

"세상에나." 테레즈는 혼잣말을 했다. 그게 무슨 뜻인지 상상할 수 있었다. 테레즈는 린디가 어느 날 오후 보모를 대동하고 찾아오는 모습을 상상했다. 이미 캐롤에 대해 안 좋은 얘기를 들은 보모는 캐롤을 째려볼 것이다. 절대로 린디를 시야에서 놓쳐서는 안 된다고 주의를 들었을 테지. 그리고 곧 린디는 모든 것을 이해하게 될 것이다. 그런 만남이 무슨 재미가 있을까. 하지…… 테레즈는 그 이름을 입에 올리기도 싫었다. "오히려 법원 결정이 훨씬 나았었는데."

"사실 법정에서도 내가 약속한 게 거의 없었어. 법원에 가서도 거부했거든."

테레즈는 자기도 모르게 웃음이 새어 나왔다. 캐롤이 거부했다니 기뻤다. 여전히 그렇게 자신만만한 캐롤이 좋았다.

"그런데 그 자리는 법원이 아니라 협상 테이블이었어. 워털루에서 도청한 테이프를 그쪽에서 갖고 있었어. 워털루까지 쫓아와 벽에 못을 박았대. 우리가 거기 도착하자마자 그런 것 같아."

"못이라뇨?"

"망치질하는 소리가 들리긴 했어. 우리가 막 샤워를 끝냈을 때였는데. 기억 안 나?"

"아뇨."

캐롤은 미소를 지었다. "못이 딕터폰처럼 소리를 다 끌어모은대. 우리 옆방에 탐정이 묵은 거지."

못질 소리는 기억나지 않았지만 그 과정에서 겪은 잔인함은 되살아났다. 사람을 가루로 부수는 폭력이었다.

"이제 다 끝났어." 캐롤이 말했다. "차라리 린디를 아예 안 만나는 게 나을지도 몰라. 만약 린디가 날 그만 보겠다고 하면 내가 만나자고 요구할 수도 없어. 그냥 린디의 손에 달린 거야."

"설마 린디가 엄마를 그만 보겠다고 하겠어요?"

캐롤이 눈썹을 들어 올렸다. "하지가 린디에게 무슨 짓을 할지 예측이 되지 않아?"

테레즈는 입을 다물었다. 캐롤에게서 시선을 돌려 시계를 바라보았다. 5시 35분. 만약 갈 거면 6시 전에 칵테일파티에 가야 한다. 테레즈는 칵테일파티에 가려고 옷도 그렇게 입고 왔다. 새로 산 블랙 원피스에 하얀 스카프를 두르고 구두와 검은 장갑까지 새로 장만했다. 이제 어떤 옷을 입었는지는 하나도 중요하지 않았다. 테레즈는 갑자기 얼리샤 수녀에게 받은 녹색 모직 장갑이 떠올랐다. 아직도 트렁크 밑바닥에 낡은 종이에 싸여 그대로 있을까? 그 장갑을 내다버리고 싶었다.

"사람은 다들 고비를 넘기며 살아." 캐롤이 말했다.

"맞아요."

"우리 집 내놓았어. 난 매디슨 가에 아파트를 하나 얻었고. 그리고 믿지 않겠지만 직장도 구했어. 4번가에 있는 가구점에서 매입 담당으로 일하기로 했어. 조상님 중에 목수가 계신가 봐." 캐롤은 고개를 들어 테레즈를 보았다. "아무튼, 그렇게 살기로 했고 그런 생활이 좋아질 것 같아. 아파트가 꽤 크고 좋아. 두 사람이 살기에도 넉넉하고. 네가 들어와서 같이 살았으면 좋겠어. 그런데 넌 싫겠지?"

테레즈는 심장이 쿵쾅거렸다. 백화점에서 캐롤의 전화를 처음 받던 날 같았다. 테레즈의 의지와 다르게 몸이 반응했다. 그럴 수 있다면 행복하고 뿌듯할 것 같았다. 캐롤이 용기를 내 이렇게 일을 벌인 게 자랑스러웠다. 그리고 이런 말을 한 것도 흐뭇했다. 캐롤이 앞으로도 이렇게 용기를 내리라는 사실도 기뻤다. 대범했던 캐롤의 모습이 떠올랐다. 시골 도로에서 탐정과 맞서던 용기. 테레즈는 침을 삼키면서 요동치는 심박 소리까지 같이 삼키려고 애를 썼다. 캐롤은 아예 테레즈와 눈도 마주치지 않고 재떨이에 담배 끝을 비비고 있었다. 캐롤과 같이 산다니. 그건 그동안 불가능한 일인 동시에 테레즈가 이 세상에서 가장 바라던 바였다. 캐롤과 같이 살고 일상을 공유하는 일. 여름과 겨울을 보내고 같이 산책하고 책을 읽고 여행하기. 캐롤을 원망하던 나날들이 스처 지나갔다. 캐롤이 이런 얘기를 꺼내면 테레즈는 거절하는 상상을 했었다.

"같이 살래?" 캐롤이 테레즈를 바라보았다.

테레즈는 외줄에 올라탄 기분이었다. 이제 원망은 사라졌다. 이제 결정만 내리면 된다. 공중에 매달린 외줄. 양쪽 그 어디에서도 테레즈를 밀지도 당기지도 않는다. 한쪽 끝에 캐롤이 서 있다. 반대쪽 끝에 공허한 물음표가 있다. 한쪽 끝에 캐롤이 있다. 이제는 다를 것이다. 두 사람 모두 달라졌기 때문이다. 그리고 테레즈가 처음 겪고 지나간 세상만큼 알 수 없는 세상이 펼쳐질 것이다. 지금 이 순간, 걸림돌은 하나도 없다. 테레즈는 지금 아무 의미도 주지 못하는 캐롤의 향수가 떠올랐다. 캐롤이 말하던 '채워 넣을 수 있는 허점'이란 말도 떠올랐다.

"으음……." 캐롤은 조바심을 내며 미소를 지었다.

"아뇨." 테레즈가 대답했다. "아뇨, 그러기 싫어요." 왜냐하면 당신은 날 또다시 배신할 테니까. 테레즈는 수폴스에서 이런 생각이 들어서 편지로든 전화로든 밝히려 했다. 그런데 캐롤은 테레즈를 배신한 적이 없었다. 린디보다 테레즈를 더 사랑했다. 바로 이런 이유로 캐롤은 저들에게 약속하지 않은 것이다. 이제 캐롤은 모든 것을 걸었다. 그날 길에서 탐정이 가진 증거를 죄다 얻으려고 모든 걸 걸었듯이. 그리고 그때 모든 걸 잃었다. 이제 캐롤의 표정이 바뀌었다. 약간 놀라면서도 충격 받은 표정이었다. 너무나 미묘해서 이 세상에서 테레즈만이 알아볼 수 있는 표정의 변화가 일었다. 테레즈는 잠시 아무 생각도 할 수 없었다.

"결론은 그거구나." 캐롤이 말했다.

"네."

캐롤은 테이블 위에 올려둔 라이터를 응시했다. "그런 거구나."

테레즈는 캐롤을 바라보았다. 아직도 손을 뻗어서 캐롤의 머리칼을 매만지다가 한 손 가득 움켜쥐고 싶었다. 캐롤이 테레즈의 목소리에 담긴 망설임을 눈치채지 않았을까? 테레즈는 갑자기 도망치고 싶었다. 빨리 저 문으로 나가 길을 따라 달리고 싶었다. 5시 45분이다. "오늘 오후에 가야 할 칵테일파티가 있어요. 일자리를 구할지도 모를 중요한 자리라서요. 하커비가 오기로 했거든요." 하커비는 테레즈에게 일자리를 마련해 줄지도 모른다. 분명하다. 테레즈는 스튜디오에 남기고 온 모형 건으로 오늘 12시에 하커비와 통화했다. 하커비는 모두 다 마음에 든다고 했다. "어제 방송국 일도 들어왔어요."

캐롤이 고개를 들고 미소를 지었다. "우리 꼬마 아가씨, 다 컸네. 근사한 일을 하는 것 같아. 있지, 목소리까지 달라진 거 알아?"

"달라졌어요?" 테레즈는 머뭇거렸다. 앉아 있기가 점점 불편해졌다. "캐롤, 같이 가고 싶으면 가도 돼요. 호텔 스위트룸 두 개를 빌려 큰 파티가 열리거든요. 이번에 하커비가 맡은 연극의 여주인공을 환영하는 자리래요. 누구를 데려가도 되는 데예요." 테레즈는 왜 이 애기를 하는지 몰랐다. 캐롤이 전보다 지금 더 칵테일파티를 가고 싶어 할 거라고 생각하는지 그 이유를 알 수 없었다.

캐롤이 고개를 저었다. "아니 됐어, 자기. 혼자 가는 게 낫지. 나도 좀 이따가 엘리제 호텔에서 약속이 있어."

테레즈는 장갑과 핸드백을 무릎에 올려놓았다. 캐롤의 손을 쳐다보았다. 흐릿한 주근깨가 손등에 뿌려져 있었다. 결혼반지가 사라지고 없었다. 캐롤의 눈을 바라보았다. 다시는 볼 수 없음을 깨달았다. 2분 후면 두 사람은 거리에서 헤어질 것이다. "차는 밖에 있어요. 앞으로 나가서 좌측에 세워 두었어요. 키는 여기요."

"나도 알아. 오면서 봤어."

"여기 계속 앉아 있을 거예요? 계산은 내가 할게요."

"내가 계산할게." 캐롤이 말했다. "가, 갈 거면."

테레즈는 자리에서 일어났다. 찻잔 두 개와 재떨이가 놓인 테이블에 캐롤을 앉혀 놓고 나올 수는 없었다. "여기에 있지 말고 같이 나가요."

캐롤이 고개를 들었다. 왜 이러나 하며 놀라운 표정을 지었다. "괜찮아. 우리 집에 네 물건이 좀 있는데 내가……"

"상관없어요." 테레즈가 말을 잘랐다.

"그리고 네 꽃하고 화분들." 캐롤은 웨이터가 갖다 놓은 계산서에 서명했다. "내가 사준 화분은 어떻게 됐어?"

"당신이 사준 꽃 화분이요, 다 죽었어요."

캐롤과 테레즈의 시선이 잠시 부딪쳤다. 테레즈는 시선을 피했다.

두 사람은 파크 가와 57번가가 만나는 코너에서 헤어졌다. 테레즈는 교차로 신호등이 파란불로 바뀌기 직전에 길을 건넜다. 순식간에 등 뒤로 차들이 쏟아졌다. 건너편으로 고개를 돌리자 캐롤의 모습이 아스라이 보였다. 캐롤이 천천히 걸어가고 있었다. 리치 타워 입구를 지나 계속 걸었다. 원래 이래야 했어, 테레즈는 생각했다. 질척거리며 악수를 하지도, 뒤돌아보지도 말았어야 했다. 캐롤이 자동차 문고리를 잡는 모습이 보였다. 순간, 아직도 앞자리에 있을 맥주병이 기억났다. 링컨 터널에서 나와 뉴욕으로 진입하는 연결도로를 오를 때 덜그럭거리던 소리가 떠올랐다. 캐롤에게 차를 돌려주기 전에 맥주병을 들고 내려야겠다고 그때는 생각했는데 그만 까먹고 말았다. 테레즈는 서둘러 호텔로 갔다.

복도에 들어서자 사람들이 이미 양쪽 문에서 쏟아져 나와 복도를 가득 메우고 있었다. 웨이터가 얼음통이 실린 카트를 방 안으로 밀고 들어가지 못했다. 스위트룸은 시끄러웠다. 번스타인도, 하커비도 어디에도 보이지 않았다. 아는 사람이 하나도 없었다. 단 한 명도. 그때 몇 달 전 테레즈에게 말을 걸었던 남자가 보였다. 그때 얘기했던 일자리가 실제로 이어지지는 않았다. 테레즈는 주위를 둘러보았다. 어떤 남자가 긴 잔을 테레즈의 손에 쥐어 주었다.

"마드무아젤." 그는 과장된 몸짓으로 말했다. "이거 찾았어요?"

"고맙습니다." 테레즈는 그 사람 옆을 떠났다. 저쪽 구석에서 번스타인을 본 것 같았다. 거기까지 가는 길에 커다란 모자를 쓴 여자 몇 명이 보였다.

"배우이신가요?" 아까 그 남자가 사람들 틈을 비집고 와서 물었다.

"아뇨, 무대 디자이너예요."

번스타인 씨가 보였다. 테레즈는 사람들 사이에서 옆 걸음질로 그에게 다가갔다. 번스타인 씨는 두툼한 손을 테레즈에게 다정히 뻗으며 라디에이터가 있는 자리에서 일어났다.

"벨리벳 양!" 그가 소리쳤다. "이쪽은 크로포드 부인, 메이크업 전문가이신······."

"일 얘긴 그만 해요!" 크로포드 부인이 소리쳤다.

"스티븐스 씨, 펠네론 씨." 번스타인 씨는 계속 인사를 시켰다. 테레즈는 십 수 번 고개를 숙이며 대여섯 번 이렇게 말했다. "처음 뵙겠습니다." 번스타인 씨가 소리쳤다. "어이,

이보르, 이보르!"

하커비도 보였다. 마르고 갸름한 얼굴에 수염을 약간 길 렀다. 그는 테레즈를 보더니 웃으며 한쪽 손을 내밀어 악수 를 청했다. "안녕하세요. 다시 만나서 반갑습니다. 작품이 마 음에 들던데요. 당신이 얼마나 고민했는지 보이더군요." 그 가 살짝 웃으며 말했다.

"어디든 끼워주실 만하던가요?" 테레즈가 물었다.

"그게 궁금하신가 보군요." 하커비가 미소를 지으며 말 했다. "네, 같이 일할 만하던데요. 내일 11시까지 스튜디오로 오세요. 올 수 있죠?"

"그럼요."

"그럼 나중에 봐요. 난 지금 가려는 사람들한테 인사해 야 해서." 그러고는 가버렸다.

테레즈는 테이블 끝에 잔을 내려놓고 가방에서 담배를 찾았다. 이제 됐다. 문 쪽을 바라보았다. 금발 머리를 위로 빗어 올린 여인이 보였다. 환하고 강렬한 푸른 눈으로 스위 트룸을 돌아보다가 테레즈 주변에서 번쩍 불꽃을 튀겼다. 여 인은 웃으며 민첩하게 움직이면서 인사하고 악수했다. 테레 즈는 순간 저 여자가 제네비브 크라넬임을 눈치챘다. 영국 출신으로 이번에 여주인공을 맡은 여배우다. 사진에서 보던 모습과는 달랐다. 실물로 봐야 훨씬 매력적인 얼굴이었다.

"안녕! 안녕들 하세요!" 그녀는 스위트룸을 돌아보더니 마침내 모든 이들에게 인사했다. 테레즈는 그녀의 시선이 잠시 자신에게 머무는 것을 느꼈다. 속으로 약간 충격을 받았다. 맨 처음 캐롤을 보던 순간 받은 충격과 흡사했기 때문이다. 테레즈가 처음 캐롤을 보는 순간 뻣뻣하고 일던 관심의 불꽃이 저 여인의 푸른 눈동자에서도 보였다. 이제 테레즈는 저 여인을 계속 주시했다. 여인은 시선을 피하며 주위를 둘러보았다.

테레즈는 손에 든 잔을 내려다보았다. 갑자기 얼굴이 화끈거리고 손가락 끝이 저릿했다. 몸과 머리가 동시에 떨렸다. 소개 받기 전이지만 테레즈는 이 여인이 캐롤과 같은 부류임을 직감했다. 여인은 아름다웠다. 도서관에 걸린 초상화와는 달랐다. 테레즈는 술을 마시며 미소를 지었다. 차분히 술을 쭉 들이켰다.

"꽃 받으시겠습니까?" 웨이터가 하얀 난초가 가득 든 쟁반을 내밀었다.

"고맙습니다." 테레즈는 한 송이를 집어 들었다. 핀에 문제가 있었다. 누군가 다가와 도와주었다. 펠네론 씨인지, 스티븐스 부인인지 잘 기억나지 않았다. "고맙습니다." 테레즈가 말했다.

제네비브 크라넬이 테레즈에게 다가오고 있었다. 번스타인 씨가 테레즈 뒤에 있었다. 여배우는 테레즈와 같이 있는 그를 보고 인사했다. 그와 잘 아는 사이 같았다.

"크라넬 양하고 인사했어요?" 번스타인 씨가 테레즈에게 물었다.

테레즈는 여배우를 쳐다보았다. "테레즈 벨리벳입니다." 라고 말하며 여인이 내민 손을 잡았다.

"안녕하세요. 무대 팀 맞죠?"

"아뇨, 무대 팀이 아니라 그중에서 극히 일부분만 담당하고 있습니다." 여인이 손을 풀었는데도 아직도 손이 얼얼했다. 테레즈는 가슴이 떨렸다. 바보 같지만 거친 떨림이었다.

"누가 나한테 술 안 갖다 주나?" 크라넬 양이 누군가에게 부탁했다.

이 말을 들은 번스타인 씨가 자청했다. 번스타인 씨는 아직 인사하지 못한 주변 사람들에게 크라넬 양을 인사시켜주었다. 테레즈는 여인이 누군가와 말하는 소리를 들었다. 비행기에서 내려서 곧장 오는 바람에 로비에 가방을 그냥 두고 왔다고 했다. 여인은 얘기하면서 남자들의 어깨 너머로 테레즈를 두어 번 힐끔거렸다. 테레즈는 여인의 미끈한 뒤태를 보며 짜릿한 끌림을 느꼈다. 살짝 들린 코끝이 허술해 보였다. 여인의 작고 고상한 얼굴에서 유일하게 공이 덜 들어가서 아쉬운 부분이었다. 입술은 비교적 얇았다. 여인은 주변을 굉장히 의식하면서도 동요하지 않고 침착하게 굴었다. 테레즈는 제네비브 크라넬이 파티에서 자기에게 다시는 말을 걸지 않을 줄 알았다. 그냥 말을 걸고 싶지 않을 것 같은 단순한 이유에서였다.

테레즈는 벽에 걸린 거울 앞으로 가서 머리와 화장을 살폈다.

"테레즈." 가까운 곳에서 목소리가 들렸다. "샴페인 좋아해요?"

테레즈는 고개를 돌렸다. 제네비브 크라넬이었다. "당연하죠."

"당연하다, 그럼 좀 이따가 619호로 올라와요. 내가 묵을 스위트룸이에요. 거기에서 우리끼리 파티를 열 거예요."

"영광입니다." 테레즈가 말했다.

"그런 하이볼(위스키와 소다수를 섞은 음료—옮긴이) 같은 거 마시느라 입맛 버리지 말고. 어디서 그렇게 예쁜 원피스를 사 입으셨나?"

"본위트에서 샀어요. 꽤 무리했어요."

제네비브 크라넬이 웃음을 터뜨렸다. 그녀는 파란 모직 정장을 입고 있었다. 딱 봐도 굉장히 고급스러워 보였다. "꽤 어려 보이는데. 혹시 몇 살이냐고 물어봐도 될까요?"

"스물하나입니다."

여배우는 눈을 돌렸다. "놀랍네, 아직도 스물한 살 먹은 사람이 있다니."

사람들이 여배우를 모두 주목하고 있었다. 테레즈가 찬사를, 그것도 극찬을 받고 있었다. 테레즈의 감정에 방해가 될 정도의 극찬이었다. 제네비브 크라넬에 대한 감정이 바뀔 정도의 극찬이었다.

여배우가 담배 케이스를 테레즈에게 내밀었다. "잠깐이지만 난 당신이 소수라고 생각했어요."

"그게 뭐 잘못됐나요?"

여배우는 테레즈를 쳐다보았다. 라이터 불빛 너머 크라넬의 푸른 눈이 웃고 있었다. 여배우가 담배에 불을 붙이려고 고개를 숙였다. 순간, 테레즈는 제네비브 크라넬이 테레즈에게 아무 의미 없는 사람이 되리라는 것을 깨달았다. 칵테일파티에서 30분 정도 같이 있는 것 말고는 의미 없는 사람이 될 것이다. 테레즈가 지금 느끼는 떨림도 계속 되지 않을 것이며, 다른 때나 다른 장소에서 다시는 일지 않을 것이다. 이게 대체 뭘 말하는 것일까? 테레즈는 담배 연기가 처음 피어오르자 여배우의 금발 눈썹에 힘이 들어가는 모습을 보았다. 그러나 대답은 그곳에 없었다. 갑자기 비참함이, 후회가 가슴 가득 밀려왔다.

"뉴욕 출신인가요?" 크라넬 양이 물었다.

"제네비브다!"

방금 스위트룸으로 들어온 사람들이 제네비브 크라넬을 감싸는 바람에 테레즈가 튕겨져 나왔다. 테레즈는 다시 웃으며 남은 술을 마저 마셨다. 이제야 스카치의 따스한 기운이 온몸에 퍼졌다. 테레즈는 어제 번스타인 씨 사무실에서 잠깐 만난 남자와 얘기를 나누었다. 그리고 잘 모르는 어떤 남자와도 대화했다. 스위트룸 건너 복도 쪽을 바라보았다. 때마침 네모난 출입문이 텅 비어 있었다. 캐롤이 생각났다. 캐롤이 왔으면. 와서 다시 한 번 테레즈에게 청했으면. 지금의 캐롤이 아니라 예전의 캐롤이었으면. 캐롤은 지금 엘리제 바에서 약속을 지키고 있을 것이다. 애비랑 만나는 약속일까? 스탠리 맥베이? 테레즈는 입구에서 시선을 떼었다. 캐롤이 진짜로 나타날까봐 두려웠다. 테레즈는 다시 말해야 한다. "싫어요." 하이볼을 한 잔 더 마셨다. 텅 빈 가슴이 깨달음으로 서서히 차올랐다. 테레즈가 원하면 제네비브 크라넬을 자주 만날 수 있을 것이다. 그럼에도 절대로 사귀지도, 사랑 받지도 못할 것이다.

옆에 있던 어떤 남자가 테레즈에게 물었다. "혹시 「로스트 메시아」 세트 누가 했는지 알아요, 테레즈?"

"블랜차드 아닌가요?" 테레즈가 멍하니 대답했다. 아직도 제네비브 크라넬을 생각하는 중이었다. 혐오감, 수치심 같은 감정이 밀려왔다. 절대로 그래서는 안 된다는 것을 깨달았다. 블랜차드와 누군가에 대한 얘기를 듣고 있다가 대화에 끼기도 했지만, 의식이 엉켜서 그 자리에 멈춰 섰다. 십 수 개의 실타래가 얽히고설킨 바로 그곳. 한 줄은 대니, 한 줄은 캐롤이었고, 또 한 줄은 제네비브 크라넬이었다. 줄 하나가 지나가고 또 지나가지만 테레즈의 마음은 한가운데 묶여 있었다. 몸을 숙여 담배에 불을 붙였다. 엉킨 타래가 더욱 엉키는 것 같았다. 대니라는 줄을 움켜쥐었다. 그런데 그 검고 굵은 줄은 어디로도 이어지지 않았다. 대니와는 더 이상 나아가지 못할 거라고, 그럴 줄 알았다고 말하는 환청이 들렸다. 외로움이 거친 바람이 되어 다시금 불어닥쳤다. 눈물이 얇은 막이 되어 눈을 묘하게 가렸다. 너무 얇아서 남들 눈에는 잘 보이지 않을 것이다. 테레즈는 고개를 들고 다시 출입구를 바라보았다.

"잊지 마요." 제네비브 크라넬이 테레즈 옆으로 와서 팔을 두드리며 다급히 말했다. "619호예요. 우리 자리 옮겨요." 여배우는 시선을 돌렸다가 다시 쳐다보았다. "올라올 거죠? 하커비도 온대요."

테레즈는 고개를 저었다. "고맙습니다만, 올라가려고 했는데 갑자기 갈 데가 생각나서요."

여배우는 의아하게 테레즈를 쳐다보았다. "무슨 일인데요, 테레즈? 뭐 잘못됐어요?"

"아뇨." 테레즈는 미소를 지으며 출입구 쪽으로 움직이기 시작했다. "불러주셔서 고맙습니다. 분명 우린 다시 만날 거예요."

"당연하죠." 여배우가 말했다.

테레즈는 넓은 스위트룸 옆방으로 가서 침대 위에 잔뜩 쌓인 옷 무덤을 뒤적거려 코트를 찾았다. 그리고 서둘러 복도를 따라가 계단으로 내려갔다. 다들 엘리베이터를 기다리는 중이었다. 그중엔 제네비브 크라넬도 있었다. 테레즈는 크라넬이 자길 봤는지 개의치 않고 넓은 계단을 정신없이 내려갔다. 도망치는 것 같았다. 저절로 미소가 지어졌다. 공기는 차가웠지만 이마는 뜨거웠다. 귓가를 스치는 바람이 깃털처럼 가벼운 소리를 남겼다. 재빨리 길을 건너 커브를 틀었다. 캐롤을 향해 간다. 아마 이 순간, 캐롤도 알지 않을까. 캐롤은 예전에도 이런 적이 있었을 것이기에. 길을 하나 더 건넜다. 엘리제 호텔 어닝이 보였다.

수석 웨이터가 입구에서 뭐라고 물었다. 테레즈는 이렇게 말했다. "안에서 사람 좀 찾을게요." 그리고 안으로 들어갔다.

테레즈는 입구에 서서 안에 있는 사람들을 둘러보았다. 피아노 연주가 흐르고 있었다. 조명이 밝지 않아서 처음에는 캐롤이 잘 보이지 않았다. 어둑어둑한 그림자가 진 저쪽에 캐롤이 벽을 등지고 앉아 있었다. 캐롤은 테레즈를 보지 못했다. 반대편에 앉은 남자가 보였다. 누구인지 테레즈는 알지 못했다. 캐롤이 천천히 손을 들어 머리 한쪽을 쓸어내리더니 반대편도 한 번 더 쓸어내렸다. 테레즈는 미소를 지었다. 저게 바로 캐롤 특유의 동작이다. 저 모습이 바로 테레즈가 사랑했던, 그리고 앞으로도 사랑할 모습이다. 이제는 좀 달라질 것이다. 테레즈가 달라졌기 때문이다. 이젠 캐롤을 온전히 다시 만날 것이다. 그럼에도 캐롤은 그 누구도 아닌 여전히 캐롤이며, 앞으로도 캐롤일 것이다. 두 사람은 천 개의 도시, 천 개의 집, 천 개의 외국 땅에서 함께 할 것이다. 그리고 천국이든 지옥이든 같이 갈 것이다. 테레즈가 한참을 서 있다가 캐롤을 향해 발걸음을 떼려는 순간, 캐롤이 테레즈를 알아보았다. 캐롤은 놀랍다는 듯이 잠시 테레즈를 가만히 보고만 있었다. 테레즈는 그 모습을 바라보다가 점점 크게 미소를 지었다. 순간 캐롤이 손을 번쩍 들더니 힘차게 흔들었다. 테레즈는 저런 모습을 한 번도 본 적이 없었다. 테레즈는 캐롤을 향해 걸어갔다.

이 책에 대한 영감을 얻은 건 1948년 말이었다. 당시 나는 뉴욕에 살았다. 『열차 안의 낯선 자들』의 집필을 막 끝냈지만 1949년이 돼서야 출간할 수 있었다. 크리스마스가 다가오자 약간 우울해졌고 돈도 쪼들렸다. 그래서 몇 푼이라도 벌려고 크리스마스 시즌이라고 불리는 기간 동안 맨해튼에 있는 대형 백화점에서 판매 사원으로 일하게 되었다. 한 달 정도 일했던 것 같다. 정확히 말하자면 2주 반이었다.

나는 백화점 장난감 코너로 배치됐고 맡은 일은 인형 카운터였다. 온갖 인형이 있었다. 비싼 것과 적당한 것, 인모와 인조모로 나뉘었다. 무엇보다 크기와 옷이 가장 중요했다. 아이들은 때론 유리 쇼케이스에 코를 박고 들여다보고, 엄마 아빠의 등을 떠밀기도 했다. 울음소리도 내고 눈을 감고 뜨며 두 발로 서는 신제품 인형이 전시된 것을 보고 넋을 잃었다. 물론 아이들은 인형 옷 갈아입히기를 좋아했다. 이 난

리 통에 나와 네다섯 명 정도 되는 동료 판매 여사원들은 아침 8시 반부터 점심시간까지 엉덩이를 붙이고 앉을 새가 없었다. 그 이후에는? 오후도 마찬가지였다.

어느 날 아침, 시끄럽고 정신없는 장난감 코너로 모피 코트를 걸친 금발 여성이 걸어 왔다. 여자는 난감한 표정을 지으며 인형 카운터로 직행했다. 인형을 사야 하나, 아니면 다른 걸 사야 하나? 내 기억에 그녀는 아무 생각 없이 장갑 두 쪽을 한쪽 손바닥에 대고 털었던 것 같다. 그 여자가 눈에 띈 이유는 혼자 온 데다가 당시 모피 코트는 귀했고 금발에 광채가 흘렀기 때문이다. 뭔가 곰곰이 생각하더니 여자는 내가 보여준 두세 가지 인형 중에서 하나를 골랐다. 나는 영수증에 여자의 이름과 주소를 적었다. 인형을 인근 주로 배송하기 위해서였다. 별 다를 것 없는 판매 과정을 거쳐 여자는 돈을 지불하고 떠났다. 그런데 나는 머릿속이 이상하고 어질어질해서 거의 기절할 지경이었다. 동시에 환영을 본 듯 기분에 들뜨기도 했다.

평소와 다름없이 퇴근한 후 나는 혼자 사는 아파트로 돌아왔다. 그날 저녁, 주제를 정해 플롯을 짜고 스토리를 잡았다. 모피 코트를 입은 금발의 우아한 여자에 관한 이야기였다. 당시 내가 쓰던 공책인지 가계부인지에 여덟 쪽 정도 끼적였다. 이것이 『캐롤』의 줄거리가 되었다. 느닷없이 펜 끝에서 줄줄 흘러 나와 소설의 시작과 전개, 결말이 탄생했다.

여기까지 쓰는 데 두 시간도 걸리지 않았다.

다음 날 아침이 되자 기분이 더 이상했다. 알고 보니 열이 나고 있었다. 그날은 일요일이 분명했다. 매일 아침 전철로 출근했는데, 당시만 해도 토요일은 오전까지 근무했고, 크리스마스 시즌에는 토요일 내내 근무해야 했다. 나는 지하철 손잡이를 붙들고 거의 실신할 지경이었던 것 같다. 의료지식이 좀 있는 친구와 약속이 있었다. 그래서 나는 그 친구에게 속이 메스껍고 아침에 샤워할 때 보니 복부 쪽에 작은 물집이 잡혔다고 털어놓았다. 친구는 물집을 척 보더니 이렇게 말했다. "수두네." 불행히도 나는 다른 건 죄다 앓았음에도 어린 시절에 앓아야 할 수두는 건너뛰었다. 수두는 성인이 앓기엔 곤란했다. 열이 이틀 동안 40도까지 치솟고, 간질간질하고 잘 터지는 물집이 얼굴과 팔다리, 몸통, 심지어 귀와 콧구멍까지 뒤덮는다. 잠결에 긁으면 안 된다. 그랬다간 흉터와 마맛자국이 남는다. 한 달가량, 피 나는 점 자국을 달고 살아야 하며 공기총 총알 세례를 맞은 듯한 얼굴을 남들에게 내보이고 다녀야 한다.

나는 월요일에 백화점으로 출근할 수 없다고 통보했다. 콧물이 줄줄 흐르던 어린 꼬마들 중에서 옮은 것 같았다. 그런데 창작 욕구를 일으키는 균까지 같이 옮았다. 열병은 상상력을 자극했다. 곧장 이 책을 쓰기 시작한 건 아니었다. 나는 몇 주간 이 이야기가 서서히 끓어오르도록 내버려 두었다. 『열차 안의 낯선 자들』이 출간되고 그 직후 알프레도 히치콕 감독이 영화 제작을 하겠다고 판권을 사가자, 출판사와 나의 에이전트는 이렇게 말했다. "이것과 비슷한 작품을 하나 더 쓰면 이쪽 계통에서 명성을 다지기에 좋을 것이다"라고. 이쪽 계통이라니? 『열차 안의 낯선 자들』은 당시 하퍼 앤 브로스라는 사명으로 불리던 출판사에서 '하퍼 서스펜스 소설'로 발행되었다. 하룻밤 사이, 나는 '서스펜스 작가'가 되었다. 사실 내가 생각하는 『열차 안의 낯선 자들』은 서스펜스 장르가 아니며 그저 흥미진진한 이야기가 담긴 소설일 뿐이다. 그럼 레즈비언에 관한 소설을 쓰면 이제 난 레즈비언 소설 작가가 되는 건가? 평생 레즈비언 소설을 또다시 쓸 생각이 없어도 그런 딱지가 붙을 가능성이 농후했다. 그래서 나는 필명으로 이 책을 내자고 제안했다. 1951년, 나는 이 소설을 완성했다. 이 소설을 열 달 동안 묵혀 둔 채 다른 작품을 쓸 수는 없었다. 어쩌면 '서스펜스' 소설을 한 권 더 쓰는 게 나았을지도 모른다는 단순히 영리적인 이유에서였다.

하퍼 앤 브로스가 『캐롤』을 거절하는 바람에 나는 다른 미국 출판사를 찾아야 했다. 안타깝게도, 나는 출판사를 바꾸는 걸 별로 좋아하지 않았다. 『캐롤』이 1952년 하드커버로 출간되자 진지하고 훌륭한 리뷰를 받았다. 그다음 해, 페이퍼백으로 출간되자 진정한 성공이 찾아왔다. 거의 백만 권이 팔려 나간 동시에 날이 갈수록 점점 더 많이 읽히게 되었다. 페이퍼백을 낸 출판사로 클레어 모건에게 전해 달라는 팬레터가 쇄도했다. 일주일에 두 번씩 10장에서 15장 정도든 봉투를 받았는데, 그렇게 몇 달간 계속되었다. 대부분 답장을 해주었지만 전부 다 할 수는 없었다. 판에 박힌 답장용 문구를 만들어 놓지 않았기 때문이다.

내 소설의 어린 여주인공 테레즈가 책에서 움츠린 바이올렛으로 그려졌을지도 모른다. 당시에는 게이 바가 으슥한 맨해튼 어딘가에 숨어 있던 시절이라 그리로 가고픈 사람들은 가까운 전철역이 아니라 거기에서 한 정거장 미리, 아니면 지나서 멀리 떨어진 역에서 내렸다. 호모섹슈얼이라는 의심의 눈초리를 피하기 위해서였다. 『캐롤』이 흥행에 성공한 이유는 두 주인공이 해피엔딩을 맞이하기 때문일 것이다. 다시 말하자면, 두 사람이 적어도 미래를 같이 하기로 한 사실 때문일 것이다. 이 책이 출간되기 이전 미국 소설 속에 그려진 동성애자들은 남들과 다르다는 이유로 그 대가를 치렀다. 이를테면, 손목을 긋거나 물속에 몸을 내던지기도 하고 이성애자로 돌아갔다(그렇게 묘사되기도 했다). 혹은, 외롭고 비참하게 단절된 삶을 살다가 망가져서 지옥만큼 끔찍한 우울증을 앓았다. 수많은 팬레터는 이렇게 말했다. "선생님 작품이 동성애 소설 중에서 처음으로 해피엔딩으로 끝났어요. 우리라고 전부 자살하지 않아요. 우리 같은 사람들도 대부분 잘 살고 있다고요." 어떤 이는 이렇게 적었다. "이런 주제를 다뤄줘서 고맙습니다. 꼭 제 애기 같아요……." 혹은, "전 열여덟 살이고 작은 마을에 삽니다. 누구와도 애기할 수 없어서 외로웠어요……." 가끔 나는 편지를 보낸 이에게 대도시로 가서 사람들을 더 많이 만나보라고 답장을 쓰기도 했다. 남자들은 물론 여자들이 보낸 편지도 꽤 되는 걸 보면서 나는 이 책이 잘 될 거라고 예감했다. 그리고 그 예감대로 성공했다. 편지는 몇 년 동안 드문드문 이어졌고 지금까지도 1년에 한두 통은 온다. 나는 그 후론 동성애 소설은 쓰지 않았다. 그다음 작품은 『블런더러』였다. 나는 꼬리표가 붙는 상황을 피하는 편이다. 그건 규정짓기를 좋아하는 미국 출판사들이나 하는 일이니.

1989년 5월 24일
퍼트리샤 하이스미스

퍼트리샤 하이스미스의 저자 후기를 보면서 얼마 전 읽은 글이 떠올랐다. 초현실주의자들은 의식과 무의식을 넘나드는 비몽사몽한 상태를 예술 창작을 위한 최적의 상태로 여겼다고 한다. 앙드레 브르통은 확산되어야 할 가장 바람직한 사회 현상으로 몽유병을 꼽았다. 뿌옇게 잠재된 의식 속에 잠긴 이미지를 수면 위로 건져 올리면 그것이 명화가 되고 명문이 탄생한다는 것이다. 그래서 그런가, 수두에 걸려 열병을 앓던 하이스미스에게 백화점에서 봤던 여인이 도화선이 되어 그녀의 창작욕에 불을 지폈다. 그리고 『캐롤』이라는 걸작이 탄생했다.

1952년에 출간된 『캐롤』은 두 여인의 금기된 사랑이라는 파격적인 소재를 다루고 있다. 초판 하드커버로 발간될 당시 원제는 『소금의 값(The Price of Salt)』이었다. 하이스미스는 자신에게 '동성애 소설 작가'라는 꼬리표가 붙는 것을 원치 않았기에 '클레어 모건'이라는 필명으로 이 책을 발표했다(작가는 자신을 규정짓는 꼬리표가 붙는 것을 극도로 꺼렸다). 그녀는 1960년대에 커밍아웃했다. 그 후 몇 십 년간 『소금의 값』의 원작자가 하이스미스라는 풍문이 돌았지만, 정작 본인은 이를 확인해주지 않았다. 1990년, 영국 블룸스버리 출판사는 하이스미스와 새 판을 내기로 계약한 후 『소금의 값』이 클레어 모건이 아니라 하이스미스의 작품임을 이번에 명확히 짚고 가자고 제안했고, 하이스미스가 이를 받아들이면서 애초에 붙이고 싶었던 제목인 『캐롤』로 바꾸어 출간했다. 작가는 캐롤이 자신의 욕망을 대변하는 인물이기에 처음부터 『캐롤』로 제목을 붙이고 싶었다고 후일 밝혔다. 이후 이 작품은 『소금의 값』과 『캐롤』 두 가지 이름으로 불리게 되었다.

하이스미스는 사회적 지탄을 두려워하지 않고 보란 듯이 캐롤과 테레즈에게 행복한 맺음을 선사한다. 테레즈는 이 소설을 이끌어가는 화자다. 테레즈의 감정은 고스란히 그려지지만 캐롤의 심리 상태는 테레즈의 시선을 통해 한 번 걸러져 독자에게 전달된다. 이 소설을 읽다 보면 문틈으로 캐롤의 속내를 엿보는 듯해서 그녀가 더욱 묘하고 신비롭게 느껴진다. 테레즈는 자신의 성정체성을 정확히 깨달은 후 그것을 굳이 숨기려 하지 않는다. 이런 모습은 당시에도, 지금도 여전히 파격적이다. 테레즈는 감정에 솔직하고 사랑만을 위해 직진한다. 그런데 막상 하이스미스가 자신의 모습을 투영한 인물은 테레즈가 아닌 캐롤이다. 동성애자였던 하이스미스는 캐롤의 입을 빌려 하고픈 얘기를 힘주어 말한다. 소설 후반부에 등장하는 캐롤의 편지에는 하이스미스가 이 세상을 향해 외치고픈 얘기가 오롯이 담겨 있다. 책 여기저기에 숨겨진 하이스미스의 목소리를 찾아 읽는 재미도 쏠쏠할 것이다.

동성 결혼이 합법화되는 나라가 늘고 동성애에 대한 편견이 많이 사라졌다 해도 그들을 바라보는 삐딱한 시선은 여전히 존재한다. 하이스미스는 본문(313쪽)에서 캐롤의 입을 통해 당시 사람들이 바라보는 동성애를 '부끄럽고(shamed) 혐오스러운(abomination)' 일이라고까지 표현하고 있다. 하지만 이를 동성 간 혹은 이성 간의 사랑을 초월한 인간적인 사랑으로 받아들여도 좋을 것이다. 이 책이 발간된 지 거의 70년에 가까운 시간이 흘렀지만, 하이스미스가 과감히 써내려간 이야기는 아직도 우리에겐 파격적이다. 핸드폰과 문자 대신 전화 교환원과 전보가 등장하지만, 그렇다고 해서 철 지난 유행가에서 느껴지는 어색한 촌스러움이 『캐롤』에서 느껴지지 않는다. 아날로그적 요소만 현대식으로 치환된다면, 이 소설은 강력한 펀치를 날리는 신간처럼 세련되고 힘이 넘친다. 젊은 독자들은 최첨단 정보통신 시대가 도래하기 전, 윗 세대들이 누린 아날로그 시대를 음미하며 이 책을 읽

---

* 일부 내용에 오해의 소지가 있어 수정하였음을 밝힌다.

기를 바란다. 세계가 인터넷망으로 연결되어 초를 넘어 나노 단위로 소식을 주고 받는 요즘과는 달리, 시간을 정해 전화하고 편지를 주고 받고 전보를 치던 과거의 연애 방식이 젊은 세대에게 갑갑하게 느껴질까, 아니면 여백 있어 보일까.

번역 작업에 앞서 영화 「캐롤」의 일부 클립이 공개된 상태여서 나만의 캐롤과 테레즈의 모습을 그리는 건 불가능했다. 소설 속 두 주인공의 얼굴을 그리기도 전에 캐스팅된 두 여배우의 모습이 그 위에 덧씌워졌기 때문이다. 그랬기에 작업하면서 오히려 블란쳇과 마라의 표정이 보이고 목소리가 들리는 호사를 누렸다. 독자들도 내가 누린 호사를 같이 느꼈으면 좋겠다.

2016년 1월
김미정

캐롤

초판	1쇄 발행 2016년 1월 25일
초판	7쇄 발행 2024년 12월 1일

지은이	퍼트리샤 하이스미스
옮긴이	김미정
펴낸이	정상우
편집	이민정
디자인	박수연 이원재
관리	남영애

펴낸곳	(주)그책
출판등록	2007년 11월 29일(제13-237호)
주소	서울시 마포구 은평구 증산로 9길 32 (03496)
전화번호	02-333-3705
팩스	02-333-3745

facebook.com/thatbook.kr
instagram.com/that_book

ISBN	978-89-94040-81-3 04840
	978-89-94040-34-9 (세트)

그책 은 (주)오픈하우스의 문학·예술 브랜드입니다.

「이 도서의 국립중앙도서관 출판예정도서목록(CIP)은 서지정보유통지원시스템 홈페이지
(http://seoji.nl.go.kr)와 국가자료공동목록시스템(http://www.nl.go.kr/kolisnet)에서 이용하실 수
있습니다. (CIP제어번호: CIP2016001264)」